NO HABRÁ
OTRA PRIMAVERA

# NO HABRÁ
# OTRA PRIMAVERA

La apasionada vida de Carmen de Icaza

MARI PAU DOMÍNGUEZ

la esfera ⊕ de los libros

Primera edición: julio de 2024

© Mari Pau Domínguez, 2022, 2024
© La Esfera de los Libros, S.L., 2024
Avenida de San Luis, 25
28033 Madrid
Tel.: 91 443 50 00
*www.esferalibros.com*

ISBN: 978-84-1384-834-1
Depósito legal: M. 8.670-2024
Fotocomposición: J. A. Diseño Editorial, S.L.
Impresión y encuadernación: Cofás
Impreso en España-*Printed in Spain*

*Esta historia está dedicada a todo aquello*
*que se guarda en el desván de la memoria.*

*Ana, tú tienes los ojos*
*como el alma de tu hermana,*
*por tanto, tus ojos son*
*ojos de color de alma...*

JUAN RAMÓN JIMÉNEZ, «A Ana María»
(hermana de Carmen de Icaza)

«Las circunstancias en sí no son nada. En nuestro modo de afrontarlas y de imprimirles nuestro carácter está el íntimo éxito o fracaso de nuestra vida».

CARMEN DE ICAZA, *La fuente enterrada* (1947)

# I
# ENSAYAR EL FUTURO

**Madrid, 28 de diciembre de 1959**

*¿A qué hora de la vida quedaremos para ensayar el futuro?...*

Una Carmen se sienta frente a la otra. La más joven lleva su nombre en honor a la mayor. Son tía y sobrina, fundidas momentos antes en un cariñoso y tierno abrazo en el preludio de un nuevo fin de año que, sin embargo, se anticipa distinto.

No es una más de sus sobrinos, sino su ahijada. El tirón de la sangre lo sienten más fuerte que nunca.

En este último Día de los Inocentes de la década, Madrid navega entre el frío en las calles y el empecinamiento del régimen en proyectar hacia el mundo una ilusoria libertad. Ha sido el año del Plan de Estabilización, con el que se pretende liberalizar la economía y abrir el país al extranjero. Primero llegaron los créditos. Ahora se espera a los turistas. ¿De veras alguien cree que este país va a modernizarse...?

Acaba el año con el Valle de los Caídos inaugurado, al que en marzo llegaron los restos de José Antonio Primo de Rivera, fusilado en la cárcel de Alicante en noviembre del treinta y seis. Es también el año del estreno de *La vida alrededor*, de Fernando Fernán Gómez. El de Sara Montiel en *Carmen, la de Ronda* o de *María de la O*, de Lola Flores. El de *El baile*, de Edgard Neville. Un año en el que España ha cantado con Gloria Lasso *Luna de miel* o *Solamen-*

*te una vez*, con Lucho Gatica, mientras Ava Gardner y Orson Welles se emborrachaban en Chicote o saludaban con dificultad el amanecer en El Corral de la Morería, alternándolo con escandalosas fiestas clandestinas en el domicilio de la actriz.

Un año intenso. El fin de una década.

Carmencita lleva la felicidad dibujada en su inocente rostro con las letras de colores con las que la vida se escribe en la adolescencia. Se le nota excitada y ávida de contarle a su querida tía Carmen los detalles de sus planes de boda con Rolo.

Casarse con diecisiete años en esta España de finales de los años cincuenta…

—Otro año que termina, parece mentira… —dice don Antonio, el sacerdote y amigo que acompaña a la tía y que ha tomado asiento un poco más rezagado que ella para no restarle protagonismo—. Ha sido todo un éxito la visita del presidente Eisenhower, ¿no cree, Carmen?

Con el fin de aligerar la densidad de la cita, de la que únicamente desconoce el motivo la joven, el cura no encuentra mejor tema de conversación que comentar la visita que ha realizado el presidente norteamericano hace solo cinco días. En España no se habla de otra cosa.

Sin embargo, en la mente de la joven solo cabe un pensamiento.

—Me alegro de que quieras hablar conmigo, tía, porque yo también tengo muchas cosas que contarte. —Las maneras de esta bellísima criatura son elegantes y educadas. Su forma de hablar, vivaz y entusiasta, no puede disimular la emoción—. ¡Imagino que mamá ya te lo habrá contado! —El brillo de su voz navega entre el candor y la fuerza que supone para el ánimo amar por primera vez.

Ese fervor contrasta con el esfuerzo que está haciendo la tía por no mostrar el verdadero sentimiento que la embarga en esta hora que va a ser amarga.

Dolorosamente amarga.

Carmen Díez de Rivera y de Icaza, la sobrina, no guarda ningún parecido físico con su madrina, la famosa novelista Carmen de Icaza. Su rubia dulzura viste de candor su carácter firme y resuelto. Un rubio más claro que los campos de trigo, más que la paja o los limones de un árbol maduro. El rubio de la clandestina estirpe paterna.

La madurez… Está a un peldaño de atrapar a traición a la joven. Su piel es bella, por su juventud y por su insólita palidez, más propia de un país nórdico que no del sur de Europa. Y luego están los ojos. Tan azules… tan cristalinos…

Esa tarde de finales de diciembre, Carmen de Icaza repara como nunca antes en lo idénticos que son los ojos de su sobrina a los de Ramón Serrano Suñer, el antaño todopoderoso cuñado de Francisco Franco. También uno de los hombres más interesantes del momento. Vuelve a recordar la belleza de aquellas facciones masculinas en la expresión y el gesto de su sobrina. Pero, por encima de todo, en su mirada. Los ojos de Ramón son tan transparentes que en ellos se puede ver el otro lado del mundo.

Carmencita acaba de solicitar su partida de bautismo en la iglesia de la Concepción para poder casarse y solo entonces le ha comunicado la decisión a su madre.

—No me imagino el futuro sin él —le dijo.

El futuro… Se siente en pleno ensayo de ese futuro compartido con el joven Ramón Serrano Suñer, hijo. Su amigo de la infancia.

Su inseparable Rolo, que apenas le saca cuatro años, figura en el recuerdo de la vida de Carmencita desde que tenían uso de razón. ¿Cuándo comenzó todo, a los cinco años…? ¿A los seis…? ¿Tal vez antes…? Es lo mismo que decir que siempre estuvieron el uno en la vida del otro. Como una simbiosis. Una amistad tan auténtica y natural que traspasaba la estrecha relación de ambas familias. Por un lado, Ramón Serrano Suñer y su esposa, Ramona Polo, Zita, hermana de Carmen, la mujer del general Franco. Por otro, Sonsoles de Icaza y su marido Francisco Díez de Rivera, marqués de Llanzol. Veraneaban juntos en San Sebastián. La vida de la pequeña Carmen era la vida del pequeño Rolo, que así lo llaman cariñosamente. Los paseos por la montaña…, que fueron tornándose cada vez más largos. Aquellas tardes en la playa a la caída del sol, cuando el resto de amigos de la pandilla los dejaba solos, aburridos de que ellos siempre fueran a lo suyo, como abstraídos del mundo; huidos entre el cielo y la tierra. Las confidencias… y las eternas conversaciones sobre la manera de ver la vida. Su vida…

Han crecido juntos. También el amor creció con ellos, temprano, al alba de su aún corta existencia. En la misma proporción que avanzaban juntos en la senda de la vida, avanzaba firme y libre el sentimiento poderoso que han acabado identificando como amor.

Amor… Cuatro letras cuyo orden indebido está a punto de destrozar dos vidas. Dos, como poco. La onda expansiva de la bomba que ya cae sobre ellos es incalculable.

—Ya te lo habrá contado mamá, claro. Lo de mi boda. Pero quería decírtelo yo en persona, porque quiero ver la alegría que te causa.

La mandíbula de Carmen se contrae. Aprieta los dientes aprisionando la culpa que tendrán que repartirse los adultos.

Como es incapaz de responderle, la joven insiste:

—¿Verdad que te alegras? ¿A que es maravilloso? Sé que pensarás que soy demasiado joven, y lo entiendo, pero Rolo y yo ya no podemos esperar más, nos queremos tanto… Y deseamos hacer las cosas bien, como Dios manda, por eso hemos decidido casarnos. Me siento muy feliz. Hay tanto amor entre nosotros, que creo que va a reventar en mí…

Va a estallar, sí. Sus palabras mecen la suavidad de los sueños, como unas notas de Chopin o unos versos de Darío… Pero…

Música celestial truncada. La onda expansiva está a punto de alcanzarles.

—No puedes casarte con Ramón.

Carmen de Icaza pronuncia la frase sin titubeos. Suena deliberadamente fría, igual que el acero de la hoja de un cuchillo.

—¿Qué…? —Carmencita cree no haber entendido.

Una inspiración profunda de la tía para tomar aire y repite:

—No puedes casarte con ese chico.

—¿Con Rolo…?

Ya está. Hecho. Ya lo ha soltado. La primera frase está dicha. Falta la segunda, la peor. Pero eso la muchacha no puede saberlo. Bastante tiene con la primera.

Incapaz todavía de asimilar lo que acaba de decirle su tía, insiste:

—¿Cómo que no puedo casarme con él? ¡Estamos enamorados! —Abre tanto los ojos al decirlo que habría podido caber en ellos la bahía de sus veranos juntos.

—Ese… —Carmen hace una pausa, una fracción de segundo en la que entorna los ojos antes de que se produzca el impacto—. Ese es precisamente el problema: que os hayáis enamorado.

—Oh… No entiendo. Pero no hemos hecho nada malo, no vayan a pensar que… —Sus palabras se desinflan al dirigirse al sacerdote porque ve en su cara que no se trata de lo que ella está suponiendo—. Nosotros nos respetamos… —Las palabras se quedan sin fuelle—. Queremos hacer las cosas bien, por eso vamos a casarnos, ¿es que no me han escuchado? —El religioso no dice nada. Deja que Carmen lleve las riendas de la delicada situación—. Tía, ¡por Dios!, ¿cuál es el problema? —A la joven Carmen, intentando reaccionar, le sale el carácter resuelto tan propio de los Icaza. En eso sí se parecen.

En ese momento, la tía Carmen piensa que, si perdida le había parecido que está su hermana Sonsoles ante los hechos, no será nada comparado con el efecto que va a tener en su sobrina conocer la verdad.

—Ramón… Rolo… y tú… no podéis casaros porque sois hermanos.

¿Sigue siendo el mundo el mismo…? ¿Permanece en el mismo lugar?

De repente, las inocentes caricias y los tiernos besos de dos adolescentes caen en el saco del pecado involuntario por desconocido. Bajo los pies de la chica se abre una sima tan descomunal como la desgracia que sobre ella se cierne.

Con un gran peso en su corazón, y siendo lo último que hubiera pretendido jamás, la noticia que la tía Carmen ha comunicado embarra la temprana vida de la joven, que hasta ese momento bullía plena de proyectos, sueños y deseos. La idea de la boda con el amor de su vida pasa del brillo y la luz a lo más opaco y tenebroso. A una oscuridad que ensombrece sus ojos y la sonrisa que ha desaparecido.

—¡No, no, no! —Carmencita estalla incrédula, negando con la cabeza. Al levantarse de golpe y en tal estado de agitación, tira la silla al suelo sin querer—. Esto es una locura. No es posible. ¡Ramón y yo nos amamos! ¡Cómo vamos a ser hermanos!

Se tapa la cara con las manos sin parar de llorar. «Rolo… Rolo…, mi Rolo, mi amor, no…, no…», se lamenta sin que apenas le salga ya la voz.

Se ahoga…, imposible respirar, «¡Carmen se ahoga! —grita su tía mientras la estrecha en su regazo—. Respira, hija, respira, mi niña…».

Carmencita, mi niña… y sus pulmones que se inundan de la abrupta pérdida de la inocencia. Días antes, su padre le había dicho: «Cuánto vas a sufrir, Carmencita». Irremediable. Cuánto vas a sufrir…

Su tía siente igualmente en el pecho el golpe de la desgracia. El seco puñetazo de lo irreversible. Cortar las alas cuando se está empezando a volar, cuando inician el despliegue…, cuando se siente cómo los pies van distanciándose del suelo y la tierra se convierte en un territorio vedado a los que aman…

Cortar las alas en el momento en el que los sueños alzan ese vuelo infinito que no permite ver el límite de la vida… Ese universo habitado solo por ella y Rolo, el tercero de los hijos de Ramón Serrano Suñer.

El tercero de los hijos de… papá.

De papá…

—¡Pero esto es una aberración! ¿Somos hermanos? ¿Cómo es posible? ¡Es horrible! ¿Mamá con el tío Ramón…? ¿Y qué pasa con mi padre? Es el único normal en esta familia, ¡el único! ¿Todos lo sabíais y habéis callado? ¿Hasta cuándo ibais a hacerlo? ¿Tú también lo sabías…? —La tía aguanta, aunque con el corazón destrozado—. ¿Es que nadie se ha dado cuenta en todos estos años de que Rolo y yo éramos inseparables? ¡Inseparables! —Se apoya en la mesa con los ojos cerrados por el horror, hasta que clava la mirada en su tía—. Mi madre…, ella es la culpable de todo.

—No digas eso, las cosas ocurren y…

—¿Que las cosas ocurren? —La sobrina le corta la frase con rabia—. ¿Y qué ocurre conmigo? ¿Y con Rolo…? ¿Por qué nadie ha pensado en nosotros? Jamás le perdonaré a mamá que me haya ocultado esta terrible verdad, la verdad sobre quién soy. Ya no lo sé… Ya no sé quién soy.

—No somos nosotros quienes tengamos que juzgar a tu madre.

—Yo no quiero juzgarla, tía. Pero su insensatez, la insensatez de todos, me ha partido el alma. ¡No podéis entenderlo! Siento que algo se me ha roto por dentro.

No podía ser sino Carmen, la mayor de los cinco hermanos, quien se hiciera cargo, una vez más, de uno de los momentos más duros de la familia, y, sobre todo, más duros para su sobrina. Había mantenido previamente una fuerte discusión con su hermana Sonsoles, madre de Carmencita, por entender que le correspondía a ella la tarea de informar a su hija de quién era su verdadero padre. El eterno «tío Ramón» ahora ya no es su tío. Ni tampoco el amigo de sus padres. Y, menos aún, el padre de Rolo. Ramón Serrano Suñer es su padre, y su tía Carmen, la elegida para comunicarle una circunstancia que, de no haberse producido el enamoramiento de los hermanos, se habría quedado en un desliz clandestino en la alta sociedad. Un error que no tenía por qué haber interferido en sus caminos formando una terrible encrucijada.


—¿Qué pinto yo en esto? Si se trata de un asunto que forma parte de tu intimidad —se quejó Carmen a su hermana cuando esta le pidió que fuera ella quien le explicara a Carmencita por qué no podía casarse con el joven del que se había enamorado.

—¿Me hablas de intimidad? ¡Si todo Madrid conoce la historia! —replicó Sonsoles.

—¿Y cómo no va a conocerla si no fuiste capaz de romperla en quince años? —El genio de Carmen emergía como un rayo en plena tormenta. Le indignaba que cayera ahora sobre sus hombros el peso de una historia que retornaba del pasado de la peor manera: apuntando directa a un posible incesto que había que evitar como fuera—. Pobre Paco…, da gracias a cómo quiere ese hombre a tu hija.

—¡Nuestra…! ¡Nuestra hija! —corrigió Sonsoles, asiéndose de soberbia para evitar derrumbarse—. Carmencita es hija mía y de Paco.

—Sí, pues da gracias a que Paco es un santo varón, porque todos sabemos, él el primero, que no es su hija. La ha reconocido como suya, eso le honra.

—No soy capaz, no lo soy…, no puedo afrontarlo. —Nerviosa, Sonsoles agachó la mirada entre lágrimas.

La vio tan perdida… Estaba enfadada con su hermana pequeña, pero sentía adoración por ella. Desde el primer instante de vida de Sonsoles, Carmen supo que el instinto protector hacia ella jamás se quebraría, como así era.

—Eres su madre. Tú tienes que contarle la verdad. Habéis dejado pasar demasiados años.

—Lo hemos hecho todos.

—En eso te equivocas, Sonsoles. Quien tuvo una relación extramatrimonial con un poderoso ministro fuiste tú. Quien tuvo la poca cabeza de quedarse encinta de él fuiste tú. Quien no tuvo en cuenta que se trataba nada menos que de un cuñado del general Franco fuiste tú. ¿Quieres que siga? Así que deberías ser tú quien se lo cuente a tu hija.

—¿Acaso se lo habrías dicho tú, de haber estado en mi lugar?

—Yo nunca habría tenido un hijo con nadie que no fuera mi marido.

Estas últimas palabras le hicieron un daño insoportable a Sonsoles. Pero lo que no podía imaginar era que el mismo daño le había causado a su hermana decírselas.


Al ver a su sobrina salir corriendo hecha pedazos, perseguida por el llanto y el dolor, piensa en lo caprichoso que es el destino. De todos los chicos con los que Carmencita se relaciona ha tenido que enamorarse del que, sin que ninguno de los dos lo supiera, es su hermano. El amor es cautivo porque nos ata a nosotros mismos, a nuestra propia idea de lo que queremos que sea y de cómo ha de ser. Y si esa invisible cuerda se rompe, nos rompe también a nosotros, arrastrándonos en la caída.

En la habitación contigua, la madre de la muchacha herida, que ha estado escuchando todo, se agarra a una cortina mientras observa la calle y piensa en Ramón, su Ramón, el padre de Rolo, queriendo ignorar el daño infligido. Como si no fuera con ella.

Mientras tanto, en el salón, Carmen sigue apretando los dientes hasta provocarse dolor y respira más fuerte de lo normal. Una vez más, un giro inesperado de la vida la obliga a tomar las riendas de la familia. Claro que ahora la siempre pequeña Sonsoles no es precisamente una niña.

Piensa en Paloma, su única hija. Y siente unos inmensos deseos de abrazarla, y también de protegerla aunque tenga veintisiete años, rogándole a Dios que nunca le alcancen a ella los desórdenes de la vida.

# II

# LOS ECOS DE LA VERDAD

*Cae sobre Madrid uno de esos chaparrones primaverales que cogen de improviso a toda una población vestida de claro, sin gabardina, sin paraguas y, lo que es peor, sin la menor probabilidad de tomar un tranvía, un autobús o un taxi.*

*Cris siente al principio resbalar la lluvia sobre su abrigo color canela, siente después cómo se va calando la lana y se le empapan los hombros.*

*Por fin una lucha a brazo partido y un salto ágil la cuelgan del estribo de una plataforma. Por algo es esbelta y flexible, y para algo ha practicado, en un tiempo, lejano ahora, tenis, golf y hockey.*

*«Al menos me han servido para enseñarme a conquistar a pulso un sitio en uno de esos racimos humanos que son el adorno de todo tranvía madrileño —sigue pensando—. Algo es algo. Sobre todo en un día como hoy. Además este viaje no será eterno».*

Cristina Guzmán, profesora de idiomas (1936)
Capítulo I

## Madrid, marzo de 1960

Una tormenta pasajera. La lluvia salpicando los cristales de la ventana del comedor tiene en ella un efecto hipnótico.

Tarde de melancolía y escritura. El paisaje perfecto para que los recuerdos broten y alteren la armonía de una primavera que estalla en los parques y azoteas de la ciudad.

No hace mucho que comenzaron los problemas de visión. Y el cansancio. Quién lo diría tratándose de Carmen. Pero los años y las vivencias, cuando son intensas, se alían en permanente confabulación para pesar sobre nosotros. Ella —nadie podría ponerlo en duda— ha tenido una vida de mucha intensidad y plena, más que miles de mujeres de su generación, y en esa vida encajó la pasión por la literatura. Éxito y brillantez la acompañaron en esa aventura. La Guerra Civil se encargó de intentar desencajarla, y ni aun así.

La guerra… Desencajó tantas cosas… Nunca le gustó que la tildaran de pertenecer al «bando vencedor». El día que se enteró de que Dolores Ibárruri, Pasionaria, leía sus novelas cambió su manera de entender determinadas realidades que se daban por hechas. Una mujer comunista leyendo a otra falangista. Eso, más que una contradicción, era la vida en sí misma. Aunque, en los últimos tiempos, Carmen había sorprendido a varios periodistas afirmando, al ser entrevistada con motivo de la publicación de una nueva novela: «Nunca fui falangista. Tuve cargos en organismos dependientes de Falange, es cierto. Pero la Falange jamás hubiera aprobado muchas de las cosas que yo hice siendo mujer. Tenían una idea distinta a la mía del papel que debemos tener las mujeres en la sociedad». Pero entonces el periodista de turno le recordaba algunos de sus discursos cuando era asesora del Auxilio Social, o incluso su secretaria nacional, o también de sus años de secretaria general de la Dirección General de Propaganda del Movimiento, por cierto nombrada en enero de 1940, meses antes de que Dionisio Ridruejo abandonara el mando, y ella siempre respondía lo mismo: «¿Por qué no juzga usted los hechos en lugar de las palabras?».

Se enteró de lo de Pasionaria en un encuentro fortuito. Podría parecer un chisme de los que se cuentan para matar el tiempo, pero el caso es que lo vivió en primera persona. La anécdota se produjo en un restaurante en el que Mercedes Formica cenaba con su amiga Lourdes Bolín, hija de Constanza de la Mora y Manuel Bolín, su primer marido, que había pasado nada menos que diez años en Rusia enviada por su madre. Formica era una abogada seria y comprometida con la causa de la mujer; falangista, como todas ellas. En la mesa de al lado, Carmen de Icaza. Al verla, Lourdes se emocionó y le pidió a Mercedes que se la presentara, parecía una niña dispuesta a desenvolver un gran regalo. «¡Por favor, por favor! —suplicaba con mucha gracia—. No puedo marcharme de aquí sin conocerla. ¡No imaginas la de veces que he leído *Cristina Guzmán, profesora de idiomas*! Es maravillosa».

Formica se quedó asombrada:

—Pero… ¿cómo has podido leer *Cristina Guzmán* viviendo en Rusia?

—Dolores me prestó un ejemplar.

—Dolores… —repitió Formica—. Perdona, ¿qué Dolores?

—Pasionaria, por supuesto.

Mercedes había tenido, al igual que Carmen, cargos en Falange, afiliada desde su fundación en 1933. En apenas tres años, José Antonio Primo de Rivera la nombró delegada nacional del Sindicato Español Universitario (SEU) femenino y entró a formar parte de la Junta Política de Falange Española. Era una de las tres únicas abogadas colegiadas en Madrid en aquellos tiempos.

La novela *Cristina Guzmán, profesora de idiomas* se convirtió en un inaudito fenómeno literario y también social. En una de las primeras ediciones, la propia autora dijo de su obra:

Es simplemente un argumento de película ideado en horas en que los españoles aún íbamos al cine en busca, quizá, de que el cinematógrafo, con su gama de aventuras —amorosas, heroicas, terroríficas—, estremeciese, aunque solo fuese brevemente, nuestras fantasías, aguas dormidas en cauces rutinarios.

En aquellos primeros días de la Casa de Campo, de la plaza de toros, de Chamartín y de la carretera del Este, cuando la caza de *fascistas* era un trágico deporte y los perseguidos hubiésemos querido ver borrada nuestra traza de todos los registros, de todos los ficheros, de todas las memorias, vi aparecer de repente, como un burlesco desafío, el rostro estilizado de *Cristina Guzmán* bajo mi nombre estampado en letras vistosas, en todos los quioscos y en todas las vitrinas y en todos los escaparates de las librerías madrileñas.

En la esquina de la calle Serrano y Goya presencié yo misma la venta de unos ejemplares de *Cris.* Y es que el Madrid rojo, en patética paradoja, pedía novelas rosa. Relatos llenos de optimismo fácil, en los que la virtud triunfa siempre y es castigada la maldad. El Madrid del odio pedía amor. Y sonreía un instante… Por eso pasó *Cristina* tan deprisa de los quioscos y de las librerías, a la paciente impaciencia de las horas de embajada y a la zozobra de los escondites. Entre aquellas llamadas telefónicas que nos participaban que fulano estaba *muy grave de pulmonía,* o que mengano *sería operado aquella noche,* escuché de cuando en cuando alguna voz forzosamente frívola que me decía: «Estoy leyendo *Cristina Guzmán…*».

Y *Cris*, de los escondrijos y de las embajadas, fue a parar a las cárceles: «Toma este libro intrascendente, te distraerá», me imagino que dirían los familiares de los presos, al pasarles el tomo entre un pijama y unas cajetillas. Y así fue cómo mi protagonista llegó a dibujar el *chic* de su silueta en el ambiente trágicamente inhóspito de las checas y de las mazmorras.

De la cárcel de Alicante le llegaron noticias, por una de las hermanas de José Antonio, que estuvo en ella preso hasta su fusilamiento, de que existía un único ejemplar de *Cristina Guzmán* que iba pasando de mano en mano, hasta que lo descubrieron los milicianos de la guardia y lo requisaron «para sus novias», alegaron. Tal fue la repercusión de su primera novela.

Pero aquel éxito no era más que el principio. Y si ya resultaba inaudito que recién estallada la guerra publicara esa novela y con semejante éxito, más lo fue que, recién terminada, se estrenara por todo lo alto su primera adaptación teatral. En el Reina Victoria. Recuerda ahora que fue en noviembre y que escribió el libreto en colaboración con Luis de Vargas. Años más tarde hubo una nueva versión. Y después llegaría el cine, y más teatro por toda España, y más novelas de Carmen de Icaza recorriendo cines y escenarios como alas que se despliegan majestuosas. Siempre sintió la pena de que su padre abandonara este mundo sin tener idea de los éxitos literarios que su hija mayor cosecharía, nombrada, en los años cuarenta, como la escritora más leída en España.

Todas sus obras se habían traducido al francés, alemán e italiano, mientras que algunas de ellas, además de esos tres idiomas, también al checo, portugués, holandés e incluso al japonés. Nueve novelas en total.

Ahora lleva casi siete años sin publicar. Demasiados. Es que el tiempo pesa. Y los recuerdos. Y a veces hasta la memoria. A punto está de terminar la décima y última novela que piensa escribir. No tiene claro el título —aunque el que posee más visos de ser el definitivo, hasta este momento, es *La casa de enfrente*—, pero sí el final. Carmen de Icaza nunca duda de los finales de sus novelas. Lo que para cualquier escritor supone horas de deliberaciones y consideraciones de ida y vuelta, de posibilidades y de cambios, en Carmen fluye de manera natural en cuanto comienza a elaborar el borrador de la trama. Siempre sabe hacia dónde llevará a los personajes y a qué puerto conducirá al lector. Ojalá en la vida fuera igual de fácil. Piensa en los meses que ha pasado su sobrina dando tumbos sin encontrar el rumbo que ella, en cambio, adivina para los protagonistas de sus novelas en las que el amor, por más intrincado e imposible que sea, acaba triunfando por encima de todas las cosas. Aunque Carmen sabe que, sobrepasado el territorio de la ficción, amar no es lo difícil, sino saber sobrellevarlo.

—Se le pasará. Aún es muy joven.

Pedro, su marido, irrumpe en el comedor con un café en la mano.

—No lo creo. —Carmen está convencida de lo que dice—. Es tozuda.

—¡Como buena Icaza!

Pero no se trata de tozudez, sino de amar. «No pienso dejar de verlo. ¡No voy a hacerlo! —Las palabras de su sobrina permanecen en su mente—. ¿Sabes lo que es que se den al mismo tiempo una absoluta atracción física y también intelectual? ¿Que todo sea una misma cosa? ¿Un mismo ser? ¿Que dos personas deseen y piensen de la misma manera? Solo me ocurre con él. Entre nosotros existe una unión tan distinta a todo, de piel, de cuerpo y de mente…».

Sigue impresionada por el testimonio de Carmencita, que ha acabado enfermando tras conocer el secreto familiar que ella ha tenido que desvelarle. Su hermana y su cuñado decidieron enviarla a París para que hiciera una cura de sueño que le calmara los nervios y la inquietud del alma, pero como no funcionó probaron lo mismo en Suiza. Tampoco parece que esté dando buenos resultados. Su hermana Sonsoles ya le ha dicho a su marido, el marqués de Llanzol, que lo mejor es que la niña vuelva a España para ingresar en un convento durante una buena temporada. Podría ser el carmelita de Arenas de San Pedro. Al fin y al cabo, la madre nació en Ávila. Es una zona tranquila y apartada del mundo. Habrá que ver… Pero qué golpe tan duro ha sido, no solo para Carmencita.

A Carmen se le ha juntado todo. Está preocupada por la salud de su sobrina y sigue enfadada con su hermana Sonsoles por no haber querido afrontar la responsabilidad que le correspondía como madre de Carmencita, pero, sobre todo, como una de los dos responsables directos de la mentira. Si Serrano Suñer tampoco le había destapado antes la verdad a su hijo era asunto de él. A Carmen le preocupa su familia. Todavía le cuesta creer que, desde que su hermana y el cuñado de Franco se conocieran en 1940, no haga ni cinco años que dejaron de verse. Han jugado con fuego durante quince años; un tiempo excesivo para un amor prohibido en la alta sociedad. Su sobrina cree que con lo que de verdad han jugado ha sido con su vida y también con la de Rolo. Algo a lo que no tenían ningún derecho.

Todo. Se le ha juntado todo. Él va a venir… Por si faltara algo, él visitará España de nuevo y quiere verla. Ya se lo ha dicho por carta. Ella no lo ha comentado con nadie. Nunca comentó nada de ese hombre. Así llevan años, sin que nadie sepa que se conocen. No hay persona en Madrid que esté al tanto de su vínculo. Y eso que era difícil mantener la discreción. Las autoridades franquistas jamás lo perdían de vista cada vez que pisaba suelo español y con él volvían los escándalos de vida licenciosa. Posiblemente Carmen hubiera tenido problemas con el régimen de haberse sabido la relación de amistad que mantenían. O tal vez no… Quién sabe, porque, a pesar de pronunciarse claramente a favor de la República, lo cierto es que él también ha tenido buenos amigos en las filas falangistas.

Era tan distinto a su mundo… Aún hoy lo es, pero ya importa menos.

Carmen sí sabe guardar un secreto. Todo lo contrario que su hermana. La reiterada infidelidad de Sonsoles con Ramón llegó hasta el último rincón de la capital. El Gobierno en pleno lo sabía. En casa del general Franco, también. Quizás eso fuera lo peor. Los respectivos cónyuges de los amantes callaron de puertas afuera, pero llenaron de encadenadas derrotas sus hogares. Aun así, unos y otros siguieron adelante. Zita Polo, la mujer de Ramón y hermana de la esposa del Caudillo, consintiéndolo para evitar mayor escándalo. Francisco Díez de Rivera, esposo de Sonsoles, dando su apellido al fruto de ese amor extramatrimonial: Carmencita. En cierto modo, la complicidad de todos los hizo igualmente responsables de la mentira que partió la vida de los chicos, los inocentes de la historia.

La templanza la encarna, como siempre, Carmen de Icaza, aunque pasándole una factura emocional que tardará en resolver. Pero ahora tiene que pensar en él; en cómo harán para verse, si es que lo ve, porque lleva días meditando si debe hacerlo.

—¿Y qué sabes de ella? —pregunta Perico, su marido, y Carmen se descuelga de sus pensamientos para posar los pies en la tierra.

—¿De quién?

—¿De quién va a ser? De tu sobrina.

—Lo poco que sé es lo que me cuenta Sonsoles, y no son buenas noticias. En Suiza tampoco consigue mejorar. Tengo la impresión de que no tardarán en hacer que regrese a casa.

—Pobre criatura... Los chicos no tenían culpa de nada.

—Esto es una tragedia familiar. ¿Sabes que así lo llama Carmencita? Adora a su madre, pero le cuesta perdonar que no le contara la verdad. Antes de marcharse a París me dijo que no entendía por qué desde pequeños sus padres habían fomentado la relación entre ella y ese chico, desde muy niños. Y tiene razón. Es más, Sonsoles hasta el último día estuvo alabando las bondades del hijo de Ramón y le parecía bien que salieran juntos.

—Bueno, mujer, pero ella se referiría a que salieran como amigos, en su pandilla de siempre —quiere aclarar y parece que, en cierto modo, disculpar Perico.

—Da igual. Ni siquiera eso tenían que haber propiciado. Han sido unos inconscientes —se lamenta con mucha amargura Carmen. Sin que su marido se dé cuenta guarda en el cajón la carta con la que ha estado jugueteando antes de que él entrara—. Al final, siempre acabo interviniendo, me veo en la obligación de hacerlo. Ya no tengo edad para estar haciéndome cargo de mi familia y también de las familias de mis hermanos.

—No es una obligación —responde comprensivo Pedro.

—En cierto modo lo es. O, al menos, lo ha sido. Desde que mi padre falleció he hecho de hermana y de madre, y después de esposa y, de nuevo, de madre, y ya no sé de qué más tengo que ejercer. Querido, te aseguro que voy notando esa carga.

Esa carga, sin embargo, repartida a partes iguales entre un gran corazón y el firme sentido del deber de sacar adelante a los suyos, fue el origen de su brillante carrera literaria...

# III

# HACERLE MUECAS A LA VIDA

*—Porque la vida sonríe a quien le sonríe, no a quien le hace muecas.*
*—Y después en tono más suave, acariciando la encrespada cabellera de la gallega—: Balbina, ¡frente alta! No te agobies, mujer. Si ya sabes que yo tengo suerte.*

*Balbina se ha echado a llorar.*

*—Pero ¿por qué te crees que me desespero yo? Dios mío, cuando te veo marchar, ¡a ti!, Cristina, con tu periódico debajo del brazo, dispuesta a solicitar cuantas colocaciones se anuncien, y volver después con tus zapatos llenos de polvo o de barro, muerta de frío o de calor y sin quejarte nunca, me dan ganas de darme con esta cabeza tan bruta contra la pared. No hay derecho. ¿Por qué unas tanto y otras tan poco?*

Cristina Guzmán, profesora de idiomas (1936)
Capítulo I

## Madrid, julio de 1925

«¿A qué hora de la vida quedaremos para ensayar el futuro?...», emborronó en una cuartilla.

Llevaba más de una hora escribiendo. Carmen miró el reloj que yacía sobre su buró como un mudo espectador de su incertidumbre y su pesar, entrelazadas ambas por el destino. Dar un paso y caer, despidiéndose, así, de la gloria. Darlo en otra dirección distinta, y salvarse del abismo pero arriesgándose a la confrontación con su madre, que justo en ese momento irrumpió en la estancia como un ciclón paradójicamente mudo.

En un gesto rápido, Carmen estrujó el papel con una mano.

—No creas que vas a salirte con la tuya. El asunto no está zanjado, ni mucho menos. —Se enjugó unas lágrimas rezagadas.

—De veras que te entiendo, madre, pero ¿no crees que ya tengo edad para tomar mis propias decisiones?

—No creo que a tu padre le gustase demasiado que salieras de casa a trabajar.

—Yo, en cambio, creo que, no solo lo aprobaría, sino que se sentiría orgulloso.

—¿Orgulloso...? —Doña Beatriz arrancó a llorar de nuevo, qué poco le duró la tregua—. Mi pobre Francisco..., ni dos meses hace que abandonó este mundo, ¿es que no puedes respetar su memoria?

—La respeto tanto que la honraré haciendo lo que él me enseñó: amar la literatura y escribir.

—Eso está muy bien. —La madre se sonó la nariz con clase, intentando cortar el llanto—. Pero amar la literatura no es echarse a la calle, no es ir de madrugada a trabajar como si fueras una obrera. ¿O acaso piensas salir cada mañana con el periódico debajo del brazo buscando una colocación? ¡No voy a permitírtelo! Eres mujer y una Icaza.

Fue un conato de enfado que Carmen abortó reprimiendo una furtiva sonrisa antes de decir:

—Nada tienen de malo los obreros, madre, bien que se ganan el pan para sus hijos con gran esfuerzo. A mí no se me caerán los anillos. Si no trabajo yo, ¿quién lo hará? ¿Quién mantendrá a esta familia?

—¡Como si lo necesitáramos!

Entre madre e hija se estableció un incómodo silencio, que Carmen acabó rasgando con palabras que doña Beatriz jamás habría querido escuchar:

—Lo necesitamos.

Solo dos palabras. Escuetas. Tajantes.

Contundentes.

Solo dos palabras bastaron para que a la madre se le cayera el mundo encima.

—Esa es la verdad, madre, aunque no quieras verla. Lo necesitamos.

Una ligera brisa se coló por la ventana entreabierta y la claridad resbaló por la silueta de la hija iluminando los contornos. El cabello de Carmen de Icaza era negro y elegante. Sus ojos nadaban entre el llanto y la lluvia. No sorprendía que a sus veintiséis años la expresión de sus facciones más bien pareciera de alguien que le doblara la edad, pero no porque su aspecto físico se mostrara avejentado, ni mucho menos. No. No era eso, sino que Carmen ya desde muy niña poseía un rostro adulto, de una profundidad que el pintor Ramón Casas había sabido captar con tanto acierto como sensibilidad en un dibujo a lápiz que le realizó cuando tenía solo cinco años. Aquellos rizos oscuros… y las cejas con los extremos apuntando hacia abajo, como si le marcaran a Carmen el suelo del que jamás despegaría los pies. Era una mujer realista. Entendió pronto que soñar era un privilegio que ella quiso atrapar a través de la escritura.

En esa calurosa tarde de verano que ardía en la capital, se sacudía el luto borrajeando hojas de papel en blanco, intentando cazar una idea con la que combatir la pena y el agravio que suponía para la vida la muerte de su padre.

—Sabes en qué condiciones económicas nos ha dejado la desgraciada muerte de papá.

—Oh, no, por favor, no seas cruel recordándomelo, hija, te lo ruego —imploró doña Beatriz.

—No se trata de crueldad, sino de realidad. Lo cruel e injusto en este caso es la pura realidad.

—Esto no va a quedarse así —amenazó doña Beatriz; no se rendía con facilidad.

Tenía carácter. Y mucho. Mujer de extraordinaria belleza de rasgos clásicos y de una gran fortuna, doña Beatriz de León y de Loynaz se había criado en Granada, aunque vino al mundo en La Habana. Sobrina de María del Pilar de León y de Gregorio, primera marquesa de Esquilache, era dama de la Real Orden de Damas Nobles de la Reina María Luisa y contaban las malas lenguas que enamoró al rey Alfonso XIII.

A pesar de su recio carácter y habitual valentía, le aterrorizaba perder su estatus al haber enviudado.

—Aún no está dicha la última palabra sobre esto —insistió.

—Lamento decirte que sí, madre, esta discusión ha llegado a su fin.

—Hay que pensar en otra alternativa.

—Te guste o no, voy a trabajar.

—No hablarás en serio…

—Uy, ya lo creo… —respondió Carmen, intentando quitarle hierro a la controversia a base de considerar como algo natural el determinante paso que iba a dar.

—Pero… ¿y adónde vas a ir, hija…? ¿Quién va a contratar a una mujer, y más aún de tu categoría?

—La categoría nada tiene que ver con la posición social. Más bien se mide por la manera con la que afrontamos las circunstancias que nos son adversas… —Agachó la mirada para posarla en un pequeño retrato de su padre; la voz le tembló ligeramente al seguir hablando—: Adversas y tristes, como esta que ha dispuesto Dios para nuestra familia.

Doña Beatriz, no pudiendo más con el avance de la discusión y herida por la cercanía del fallecimiento de su esposo, necesitó sentarse y lo hizo en el sillón en el que él había pasado tantas horas de fructífera lectura.

—Ortega —pronunció Carmen.

—¿Te refieres a don José? —preguntó sin apenas fuerza la madre, desbordada por la situación—. ¿Qué pasa con él?

—Pues que he ido a verlo, ya sabes la excelente relación que tenía con papá. Le he pedido trabajo en su periódico, en *El Sol*… —lo dijo con cautelosa firmeza. Doña Beatriz recostó la cabeza en el respaldo del sillón y cerró los ojos sin poder creer lo que estaba pasando. Carmen, con toda la calma del mundo, añadió—: Empiezo mañana. No hay vuelta atrás.

—¿Mañana? —La madre dio un respingo y abrió los ojos de golpe, saliendo del momentáneo trance—. ¡Pero si no hay tiempo!

—¿Cómo que no hay tiempo? ¿Para qué, madre…?

—Para qué va a ser: ¡para buscar una carabina que te acompañe todos los días al periódico!

# IV

## «TAMBIÉN EL ALMA
## TIENE LEJANÍAS»

*—¿La señorita Guzmán, profesora de idiomas?*

*—Sí, señor.*

*—Vengo a tratar con usted de un asunto a primera vista un poco raro, pero que creo que puede interesarle.*

*—¿Quiere tomar asiento?*

*—Gracias. Mire usted: procuraré explicarle la cosa lo más brevemente posible. Pero no tengo más remedio que ponerla en antecedentes. ¿Me autoriza a que le cuente una historia un poco larga?*

*—Usted dirá…*

Cristina Guzmán, profesora de idiomas (1936)
Capítulo I

—Tú dirás, Carmen…

La joven se hallaba sentada al otro lado de la mesa en el despacho de Félix Lorenzo, director del diario *El Sol*, cuya sede estaba ubicada en el número 14 de la calle de Larra. «Muy propio, no podía estar en mejor ubicación», pensó mientras se desplazaba en tranvía para su primera entrevista de trabajo.

No le había dicho a su madre exactamente una mentira, sino una verdad a medias. En realidad, a lo que iba esa mañana al periódico era a entrevistarse con el director. Aún no la habían admitido, pero estaba convencida de que lo harían.

Doña Beatriz no había querido verla esa mañana antes de que saliera de casa. Tampoco es que a Carmen le importara, porque era tozuda, posiblemente como su madre, y cuando se le metía algo en la cabeza no había obstáculo que la detuviera.

Con aplomo, fue directa al motivo de su visita:

—Pues verá, don Félix, vengo a pedirle trabajo.

El director dio un respingo al tiempo que arqueaba una ceja.

—¿Trabajo? ¿Cómo se te ha ocurrido semejante idea?

—No es una idea —Carmen solía ser estricta con el uso apropiado del lenguaje—, sino una necesidad.

—¿Necesitas trabajar?

—Así es, eso he dicho. —Su voz y su manera de hablar resultaban igual de rotundas.

—Jamás lo habría pensado.

—Le aseguro que yo tampoco. Pero aquí estoy.

—Sí…, ya lo veo, ya… —La traspasaba con la mirada, pensativo—. Algo me ha dicho Ortega.

Félix Lorenzo, conocido por el seudónimo de Heliófilo con el que firmaba sus famosas «Charlas al sol», era todo un personaje, hombre de gran temperamento, pronunciada nariz y rostro de óvalo. A Carmen le hizo cierta gracia su aspecto. El cabello se le concentraba en los laterales de la cabeza, dejando el territorio que iba desde la frente hasta la coronilla surcado por hilillos de cabello que solía cubrir con un sombrero estilo Panamá. Su mirada entrañaba un gesto extraño, profundo y de adulto, pero característico de la curiosidad infantil al mismo tiempo. Una mezcla de inocencia y acecho. Cobijando la mirada, unas cejas con trazado de arco de medio punto bajo el cual le entraba el periódico entero, todas y cada una de las secciones. Tenía tendencia a arquear la izquierda cuando ponía énfasis en algo o cuando escapaba a su comprensión. Y la conversación que estaba manteniendo con Carmen de Icaza pertenecía a la segunda categoría.

—No parece que una mujer de tu posición necesite trabajar.

—Mi padre me enseñó a no fiarme de las apariencias. Sin incurrir en contar intimidades familiares, sí le puedo decir que tras su fallecimiento no hemos podido contar con la pensión que nos correspondería. Se puede imaginar…, al dolor por su pérdida hemos tenido que añadir una merma económica que yo pretendo resolver. Esa es la verdad.

—Eres valiente, Carmen.

La joven Icaza se esforzaba en disimular el mal trago que para su familia suponía el amargo trance de reconocer que su condición social estaba abocada al cambio; abocada al descenso. Pero Carmen tenía un sentido práctico de la vida que ayudaba en ocasiones como esa. Y se mostraba dispuesta a explotarlo. Lo cierto era que la situación económica no había cambiado de la noche a la mañana.

—Creo que mi padre ha sido víctima de una gran injusticia ajena a él pero que se volvió en su contra, después de todos los años que dedicó al servicio de su país.

La trayectoria profesional de su padre era abrumadora y llenaba de orgullo a su hija. Poeta, ensayista, experto en Lope de Vega y Cervantes, crítico literario y traductor, Francisco de Asís de Icaza y Beña, nacido en Ciudad de México, fue doctor *honoris causa* por la Universidad de México, Premio Nacional de Literatura en España, donde formó parte como académico correspondiente de las Reales Academias de la Lengua, Historia y Bellas Artes, además de miembro de la Real Academia Sevillana de Buenas Letras, presidente de la sección de literatura del Ateneo de Madrid y un larguísimo etcétera que se enredaba en cientos de noches de estudio.

La lista de condecoraciones era igualmente interminable, en la que figuraban, entre otras, la Gran Cruz de Santiago, la de Alfonso XII y la de Isabel la Católica. ¡Apabullante!

Todo eso daría de sobra para llenar, y con intensidad, una vida entera. Pero para Francisco de Icaza no parecía que fuera suficiente porque, al mismo tiempo, desarrolló una dilatada e importante carrera diplomática, razón por la que llegó a España en 1886 cuando tenía veintitrés años. Lo trajo consigo en calidad de segundo secretario —pronto ascendió a primer secretario— el general Vicente Riva Palacio, prócer de la patria, héroe en la lucha libertadora contra los franceses, al ser nombrado ministro de México en España por el presidente Porfirio Díaz. El joven intelectual, poeta desde niño, comenzó, así su aventura europea que se prolongaría hasta el último de sus días; hasta el 28 de mayo de ese año de 1925, en el que dijo adiós a la vida y que también marcaba un giro importante en la de la mayor de sus hijas, Carmen.

—Yo admiraba mucho a tu padre.

—Gracias, don Félix. —Carmen apretaba los dientes evitando emocionarse con el recuerdo de su padre.

—Habría estado orgulloso de ti.

Nada, que no había manera de que la emoción quedara quieta, apartada de la reunión. Pensó con pena en la conversación mantenida con su madre, que don Félix, con sus palabras, revivió en Carmen.

La rabia por la injusticia acaecida en el final de su vida afloró acompañada de la frustrante evidencia de que no pudo hacerse nada para evitar lo que le sobrevino. Fue diplomático, sirvió como tal a su patria, pero jamás lo hizo con fines políticos.

En cuarenta años, su padre regresó tres veces a México y nunca se trató de nada más que una visita. Tras casi tres décadas de mantenerse en el poder, Porfirio Díaz presentó su renuncia en 1911. Cuatro presidentes pasaron después durante poco más de tres años. Con la llegada del quinto, en 1914, Francisco de Icaza perdió su puesto de embajador, identificado con el antiguo régimen aunque no había sido así exactamente. Qué más daba. Una errónea interpretación trabó su carrera y su existencia. De la noche a la mañana se quedó sin el importante empleo que les permitía una holgura económica que jamás pensaron que pudieran perder. En los siguientes once años hasta su muerte escribió mucho para poder vivir de ello.

—No se me ha ocurrido recurrir a nadie más, sino a usted y a este periódico, por la sincera amistad y el afecto que mi padre profesaba a don José Ortega.

—¡Ay, y quién no! Ortega y Gasset… ¡Siempre se relaciona con los mejores!

—Sería un honor poder trabajar en este periódico.

Nacido de la desbandada de *El Imparcial*, ni ocho años había cumplido aún *El Sol*, un diario liberal y reformista, partidario de la República. Se editaba en gran formato de doce páginas. En ese tiempo ya gozaba de fama de intelectual y elitista, en parte por la ausencia de dos secciones presentes en la casi totalidad de toda la prensa española debido a su tirón entre los lectores: los sucesos y la crónica taurina. A Carmen le gustaba ese rasgo de audacia que el periódico demostraba con semejante apuesta. Ir a contracorriente venía a demostrar que no hay que dar siempre todo por hecho.

Entre sus insignes plumas destacaba la del escritor Ramón J. Sender, que formaba parte de su plantilla desde hacía unos meses.

—Días antes de inaugurarlo, Ortega y yo paseamos por la calle Mayor para contemplar con satisfacción el enorme cartel que anunciaba nuestra salida. Allí estaba, un gallo imponente levantando su cresta hacia el sol, posado sobre una bobina de papel... ¡*El Sol!* Y ya ves..., no nos va mal.

Ortega y Gasset perfilaba la línea editorial del periódico impulsado por el ingeniero y empresario de ascendencia vasca, Nicolás María de Urgoiti, propietario de la potente empresa La Papelera Española, que controlaba el mercado de papel en España. Urgoiti podía permitirse una total independencia, que cacareaba a bombo y platillo en la primera página: «*El Sol* no admite subvenciones, ni anticipos reintegrables. Su precio es de diez céntimos porque el papel cuesta más de cinco, y no cuenta con más ingresos que los lícitos y confesables en que se basa toda empresa seria e independiente».

Costaba el doble que cualquier otro periódico.

Después de echar la vista atrás, el director prosiguió:

—Es tontería preguntarte si has trabajado antes, claro.

—No es tontería. Pero no. Supone bien, no he trabajado nunca. No me ha hecho falta, gracias a Dios. También debería saber de mi afición a la escritura. Espero que no lo tome como petulancia, pero creo que tengo facilidad para la misma. —El director sonrió por primera vez, lo que provocó, a su vez, una sonrisa en el rostro de Carmen. Entonces se vio en ella una amabilidad que había permanecido retenida durante toda la entrevista. Y empezó a relajarse un poco—. Póngame a prueba, si le parece bien. No pierde nada con ello.

—¡Hecho! —No tardó ni un segundo en recoger el guante—. Estarás a prueba en la redacción durante tres meses, período tras el cual, si el resultado es satisfactorio, nadie te quitará el puesto que te habrás ganado por mérito propio.

—Por mérito propio —repitió ella.

—Así es. ¡Cuenta con ello!

Estuvieron unos minutos más hablando del padre de Carmen. Cuando salió a la calle le acompañaba su recuerdo y una sensación extraña y liberadora que se entrelazaba con el temor a lo desconocido. En su entorno no había ninguna mujer que trabajara, circunstancia que se encargó su madre de recordarle nada más conocer la noticia.

—¡No quiero saber! ¡No me cuentes! Ya sabes que desapruebo esa locura tuya. ¡Y en un periódico!

—No sé qué tiene de malo un periódico. ¿Sabes qué pasa, madre? Que hoy no se me ocurrió en qué fábrica empezar a trabajar. No sé…, ¿un telar, tal vez? —le contestó irónica—. ¿O algo de más envergadura, como la industria textil? Lo digo porque como en esta familia gusta tanto la moda…

Doña Beatriz ya no escuchaba. Se había retirado enfadada a su dormitorio. Carmen entonces respiró tranquila y se percató de que su hermana Sonsoles las había estado observando con sus enormes ojos abiertos. Se echó a reír y se lanzó cariñosa a besarla.

Al acostarse, la excitación que sentía le abrió un mundo lleno de posibilidades que harían cambiar su vida; de caminos que la enriquecerían, en lugar de tener que seguir una sola senda cuyo recorrido habría estado prácticamente trazado. «¿Para qué contar

las horas/ de la vida que se fue,/ de lo porvenir que ignoras?»,
escribió don Francisco.

Antonio Machado le dedicó un poema a su padre, con
quien mantenía una profunda amistad. Lo tituló «Soledades a un
maestro»:

> *No es profesor de energía*
> *Francisco de Icaza,*
> *sino de melancolía.*
> *De su raza vieja*
> *tiene la palabra corta,*
> *honda la sentencia.*
>
> *Tienen sus canciones*
> *aromas y acíbar*
> *de viejos amores.*

En el intento de abrazar el sueño rememoraba el final de su
conversación con el director hablando de su padre.

Su padre… Siempre su padre, artífice y causante de la aventura que se le presentaba. Su padre… Apasionada alma. Literatura.
Vida…

> *También el alma tiene lejanías;*
> *hay en la gradación de lo pasado*
> *una línea en que penas y alegrías*
> *tocan en el confín de lo soñado:*
> *también el alma tiene lejanías.*

—De todos es conocido que su padre era un afamado poeta
y cervantista, y que hasta premios ganó por ello. —Recordaba que
le había dicho Félix Lorenzo, igual que recordaba esa noche algunos versos suyos.

—Mi padre veía en Cervantes un espejo del escritor. ¿Y sabe cuál era su patria?

—Claro, México —respondió Félix.

Carmen sonrió con nostalgia antes de responder:

—La patria de mi padre era la lengua española.

# V

# LOS VERSOS DE JUAN RAMÓN

*Cris, ante el espejo de su cuarto, estudia con mirada crítica su persona.*
*No está mal. El abriguito canela, aunque viejo, conserva su línea impecable.*
*Realza los hombros anchos y las caderas finas.*

*Cris estudia su rostro. Ausencia total de colorete. Palidez mate «de*
*magnolia». Ojos de un color indeciso, grises más bien, rasgados, luminosos.*

*«Mis dos únicos lujos: el lápiz y las medias», piensa Cris.*

Cristina Guzmán, profesora de idiomas (1936)
Capítulo II

Carmen, ante el espejo de su cuarto, estudiaba su imagen escrupulosamente, al detalle, buscando a la mujer que era en los días previos a la muerte de su padre. Todo y nada había cambiado. A su alrededor la alteración era notoria, no había más que ver a su madre. Ella, en cambio, seguía siendo la misma, aunque ahora pareciera asomar de su interior otra persona distinta. Pero llevaba idéntica esencia. Estaba dispuesta a conocer qué aguardaba afuera, en ese exterior que no sabía si sería hostil, a las mujeres que, por decisión propia o por necesidad, tenían que hacerse un hueco en un mundo preestablecido, con sus estrictas normas impuestas por hombres que llevaban décadas sin moverse del mismo lugar.

Carmen de Icaza había tomado la determinación, por aquello de hacer de la necesidad virtud, de creer con convencimiento que iba a comenzar a trabajar en un periódico no porque lo necesitara, sino porque así lo había decidido. Todo encajaba. Haciéndolo seguía los pasos y las enseñanzas de su padre. Las del poeta; el intelectual; el hombre cuya existencia había ido adaptándose al descalabro económico de sus últimos once años de vida a base de escribir a destajo para mantener a su familia. Lo que ganaba con la

literatura lo complementaba con los pequeños ingresos que le
suponían algunas regalías y su trabajo como jefe de la misión que
estudiaba en los Archivos de Indias de Sevilla, encomienda que le
dispensó la secretaría de Educación Pública de su país, un organismo que equivalía en España a un ministerio. Ese trabajo le hacía
viajar con frecuencia a la capital hispalense. De esa manera fueron
manteniéndose. A partir de aquel día ella también se dedicaría a
escribir, aunque fuera en un periódico. Por ahora...

Coloreó sus labios y se enfundó unas medias caras, «se nota
cuando son baratas», solía decir su madre. Echó un último vistazo
a su imagen en el espejo. De frente. De medio lado. Se ajustó la
chaqueta y se sonrió a sí misma. Ya estaba preparada para lo que
tuviera que venir.

A diario salía temprano de casa acompañada de su carabina. La primera vez que se plantó delante del tranvía permaneció unos minutos observando el movimiento de la gente. Unos entraban. Empu-
jones. Otros salían. Un ir y venir continuo e imparable. Racimos
de personas que se acomodaban en el interior. Vidas dispares, diferentes e incluso opuestas, que por unos minutos compartían un
reducido espacio común. Había pocas mujeres y ahora ella iba a
ser una más.

Contrató a Gertrudis para recorrer juntas el trayecto hasta la
sede de *El Sol*. Una vez en la puerta, la carabina la dejaba, se marchaba y volvía a recogerla a la hora acordada para acompañarla de
regreso a casa.

En aquellos primeros días pensó mucho en el giro que había
dado la situación de su familia y lo mal que lo estaba llevando su
madre, con la que apenas se hablaba desde que había empezado a
trabajar en el periódico. Las pocas veces que se dirigían la palabra
era para discutir. El ambiente en casa iba tornándose dificultoso y
no parecía que pudiera mejorar. Doña Beatriz, mujer de carácter y

firmes convicciones, no estaba aplicándose a sí misma lo que con tanto esmero había inculcado a sus hijas: hay que hacerle frente a todo en la vida. A todo, sí, menos a descender en la escala social. «¡Nadie está preparado para algo así!», se lamentaba a menudo desde el otro lado de la puerta de su dormitorio con la suficiente fuerza como para que en el salón la oyeran sus hijos. Cuando eso ocurría, Carmen se comportaba con sus hermanos como si ella fuera la madre y empezaba a repartir tareas con absoluta normalidad.

Su especial inclinación hacia Sonsoles no despertó jamás celos entre el resto de hermanos. El carácter de la pequeña, indómito pero extrañamente dócil al mismo tiempo, le resultaba conmovedor. Había heredado el temperamento de su hermana mayor y de su madre, y la misma afición a teatralizar cualquier situación de la vida cotidiana, que, por lo general, a doña Beatriz no solía hacerle la más mínima gracia.

Una noche en la que la madre voceó elegantemente desde el dormitorio la frase lapidaria que más se escuchaba en casa en los últimos tiempos, como un orgulloso quejido —«¡Nadie está preparado para algo así!»—, Carmen y Anita, que estaban recogiendo la cena, se pusieron la mano en la frente a la vez, echaron la cabeza hacia atrás al tiempo que cerraban los ojos en un gesto doliente y movían los labios simulando un plañido mudo que la imitaba, lo que arrancó las carcajadas de Sonsoles y de Paquito. Ni Margarita Xirgu lo habría hecho mejor.

De los cuatro hermanos, los tres mayores, Carmen, Ana María —Anita— y Francisco —Paco—, en ese orden, iban muy seguidos en edad. Sonsoles llegó mucho después que Paco. Con Carmen, la mayor de todos, se llevaba quince años.


Aquella mañana acabó de fijar las últimas horquillas en el cabello recogido, se enfundó las medias y un elegante traje de chaqueta oscuro sobre impecable camisa blanca con cuello de solapa en pronunciado pico. Volvió a mirarse en el espejo mientras se colocaba alrededor del cuello un fino collar de perlas, que acarició antes de buscar el abrigo y salir a la calle donde Gertrudis ya la estaba esperando.

En la redacción, Carmen había sido bienvenida, aunque levantó recelos y suspicacias al principio. Se le adjudicó una mesa en un rincón apartado. Durante los primeros días inspeccionó las instalaciones para estar al tanto de todos los departamentos y enterarse bien de en qué consistía por dentro un periódico tan importante. Carecía de formación universitaria, pero durante los años que había pasado intermitentemente en Alemania, desde su más tierna infancia hasta los catorce años, estudió a conciencia lenguas clásicas y varios idiomas. Hablaba a la perfección inglés, francés y alemán, y tenía buenos conocimientos de italiano. Siguiendo la pauta autodidacta de Francisco de Asís de Icaza, la familia decidió que en lugar de asistir a la escuela fuera instruida en casa, donde convivía con familiaridad, cuando estaban en Madrid, con intelectuales de gran renombre. Juan Ramón Jiménez, Rubén Darío, Amado Nervo… Juan Ramón la guiaba en el arte de la escritura. Con apenas cuatro años le dedicó un poema que arrancaba con estos versos:

> ¡Quién puede pensar, María,
> que cuando tú apareciste,
> tu boca rosa traía
> una copla triste y mía,
> por ser mía y por ser triste!

Pocas niñas había a las que un poeta como Juan Ramón les dedicara versos. El poema, titulado «A María del Carmen Icaza», terminaba así:

> En mi parque encantador
> todo te tendrá cariño;

*y por un sendero en flor*
*hallarás a un trovador*
*que se ha convertido en niño*
*para jugar con tu amor.*

Nunca le abandonó el recuerdo de sus besos que picaban, «como los de papá, porque los dos tienen barba». En su tierno raciocinio, si Juan Ramón y su padre eran poetas, llegó a la conclusión de que todos los poetas del mundo daban besos que picaban.

Miró el reloj. Recogió su mesa, metió en el bolso una libreta y una pluma. Se detuvo unos segundos antes de devolverla al interior del cajón y cambiarla por un par de lápices. Después de días de redactar noticias menores, estaba preparando su primer trabajo propio. Lo que les había ocurrido a los Icaza y León tras el fallecimiento del cabeza de familia generó en ella pensamientos y reflexiones que nunca antes habían ocupado su mente. El proceso de adaptación resultaba más complicado de lo que quería dar a entender a los demás. Pero lo asumía, incluso enfrentándose a una dificultad añadida que por momentos se erigía como una montaña sin túneles que había que atravesar: era mujer.

Una mujer que había elegido su camino para estrenarse laboralmente en un mundo ocupado por hombres.

La sensación de salir a la calle sin Gertrudis le pareció liberadora. Llevaba pocos días a su servicio, suficientes para que le agobiara la sensación de ir vigilada. Había sido ella misma quien la contrató, su madre no le insistió mucho más; en el fondo, Carmen sabía que, por más que se pusiera el mundo por montera y, contraviniendo las convenciones sociales, se lanzara al mercado de trabajo, no estaba bien visto que una mujer mostrara al mundo tal grado de independencia. Ella la tenía y haría con su vida lo que quisiera y creyera conveniente, dándole a la sociedad lo que quería admitir como lo correcto para evitar rumores y estigmas innecesarios. Venía a ser algo así como vence a tu enemigo haciéndole creer que la victoria fue suya. Lo importante es conseguir lo que se pretende. Y Carmen tenía muy claro lo que pretendía en esa etapa de su vida.

Aquella mañana le había dicho a su jefe que tenía que salir para recabar información sobre un asunto que se traía entre manos y que no quería desvelar.

—Verás, Carmen, aquí las cosas no se hacen así. Tengo que saber en qué estás trabajando.

—Lo entiendo —le respondió ella mostrando firmeza—. Ya me he enterado de cómo funcionan aquí las secciones, la jerarquía y el periodismo. Pero le pido que confíe en mí.

—Puedes tutearme. Trabajamos juntos, aunque que te quede claro que estás bajo mis órdenes.

—Por supuesto. Bien, pues te pido que confíes en mí.

—No es cuestión de confianza. Te queda mucho por aprender de esta profesión. No puedes inventarte una historia y no contármela. Yo podría decirte que el tema no nos interesa. Y menos aún puedes salir sin mi supervisión. No me dices adónde vas ni qué vas a hacer.

Ella escuchaba con atención las consideraciones que le hacía su jefe, pero no iba a dar su brazo a torcer porque temía que, si le contaba el tema que pretendía hacer él, se negaría y le encargaría cualquier otro reportaje. Sin embargo, estaba convencida de que la idea era buena y causaría impacto.

—Me juego mucho —se justificó—. Ya sabes que estoy en un período de prueba. ¿Crees que, en mis circunstancias, haré algo que no sea verdaderamente bueno…?

# VI

# LA CASA DEL PECADO MORTAL

*Cris no se siente sola más que cuando está con gente.*
*(…)*
*Cris, en este momento, siente la imperiosa necesidad de retirarse a ese*
*mundo suyo.*

Cristina Guzmán, profesora de idiomas (1936)
Capítulo XV

Al salir de la redacción cogió el tranvía hasta el centro de Madrid. No estaba lejos. El recorrido consistía prácticamente en una sola línea recta hasta llegar a la calle Ancha de San Bernardo. Desde allí, caminó hacia la plaza de los Mostenses, llena de gente, tan diferente al barrio de Salamanca en el que vivía con su familia; porque su madre, a pesar del golpe económico que habían sufrido, se empeñó en vivir en «un barrio de ricos, que es lo que volveremos a ser».

Tomó la calle de la Parada hasta llegar a la esquina en la que giró a una callejuela estrecha y breve como un suspiro: la del Rosal. El corazón de la capital latía con tanta fuerza como el suyo. Gente por todas partes, excavadoras, piquetas, obreros, ruido… Estaba construyéndose una gran vía que facilitaría el transporte y los desplazamientos hasta el centro histórico de Madrid. Una obra arquitectónica y urbanística destinada a pasar a la historia. La inauguró el rey Alfonso XIII a principios de 1910. No faltó la familia real en pleno.

De los tres tramos proyectados, había comenzado recientemente la acometida del tercero y último, precisamente donde se encontraba Carmen. Muchos edificios antiguos tuvieron que ser demolidos e incluso estaba cambiándose el trazado de algunas calles. Aturdía caminar entre tal caos urbano.

Mientras se dirigía a su destino iba dando vueltas en su cabeza a varias ideas. Era consciente del atrevimiento que suponía el reportaje que iba a escribir. Tal vez por eso le atraía más hacerlo. No quería empezar realizando algo que resultara previsible o que fuera lo que se esperaba de ella. A pesar de su inexperiencia laboral, sí tenía muy claro que para que la tomaran en serio y la contrataran estaba obligada, inevitablemente, a demostrar y a esforzarse mucho más que si se tratara de un hombre. No hacía falta trabajar para saberlo. El tema que pretendía abordar llamaría la atención, desde luego. Estaba por ver si la dirección del periódico se atrevería a publicarlo.

Le intrigaba el caso. Desconocía lo que iba a encontrar tras aquellos muros de piedra de la fachada. Apenas existían datos oficiales o documentados sobre aquel lugar misterioso, entendió que porque los desvíos del camino del Señor no son carne de cañón de las apariencias públicas que hay que guardar por encima de todo. No merecen ser aireados. Los destinos torcidos están mejor ocultados, a salvo de las miradas ajenas, recluidos en esquinas marginales de la sociedad, como lo era el edificio ubicado en el número 3 de esa calle del Rosal, cuyo exterior contemplaba expectante antes de llamar a su puerta.

La Casa del Pecado Mortal. Así se la conocía. Sobre su historia había hallado anotaciones que situaban su origen en un pequeño hospital de comienzos del siglo XVII al que acudían mujeres solteras para dar a luz en la clandestinidad. A muchas las recluían durante todo el embarazo. Se asemejaban a fantasmas que vagaban por la casa con el rostro cubierto con un velo para que ni siquiera entre ellas pudieran reconocerse. La organización, intendencia y atención a las embarazadas corrían a cargo de la Hermandad de Nuestra Señora de la Esperanza y del Santo Celo de la Salvación de las Almas, regida por el convento de las Arrepentidas de la calle de Hortaleza. «Recogimiento de las Arrepentidas, fundado en el año 1618». Así constaba en los archivos municipales de Madrid. Aunque en algún documento figuraba que la casa la donó como herencia la marquesa de Villagarcía a la hermandad, que había sido presidida por todos los reyes de España desde Felipe V.

Cada noche, desde la Casa del Pecado Mortal, así como desde el convento de la calle de Hortaleza, salía la Ronda del Pecado Mortal, que, con sus faroles y cencerros, recorrían las zonas de peor fama solicitando limosnas y donativos para el mantenimiento de las dos sedes. «Alma que estás en pecado, si esta noche murieras, piensa bien a dónde fueras…», vociferaban quienes hacían la ronda amparados en la oscuridad. La brevedad de la vida, el infierno, la muerte, tenían cabida en aquellas lúgubres letanías. «Para los cuerpos que pecan en tactos y viles gustos hay los eternos disgustos…».

Una monja entreabrió la puerta con desconfianza.

—Buenos días, hermana…

Hablando despacio para no inquietarla, Carmen se identificó, dijo dos frases sobre la situación de su familia tras el fallecimiento de su padre y sobre lo que creía que era deber de una mujer para salir adelante venciendo toda suerte de contratiempos. Unas consideraciones que, aunque no veían a cuento, creyó oportunas para ganarse su confianza. Y acertó, porque la monja acabó dejándola entrar por esa única puerta que había en todo el edificio, prohibida a cualquiera menos a las muchachas que solicitaban cobijo para ocultar su vergüenza.

—He visto que en la fachada hay una pequeña ranura junto a la puerta, debajo de un ventanuco. ¿Sirve para algo?

—Es un buzón.

—¿Reciben cartas? —se extrañó Carmen.

—No exactamente. Ahí recogemos las instancias de las mujeres que solicitan su ingreso en la institución para no empañar el buen nombre de su familia o para no ser señaladas en su entorno.

—Comprendo…

Avanzaron por pasillos que le parecieron oscuros y decadentes. Cualquier ventana, igual las que daban a la calle como las del patio interior, estaban protegidas por celosías o bien tenían pintados los cristales para convertirlos en opacos. La ocultación se llevaba al extremo en aquella casa.

La religiosa la condujo hasta la sala de juntas, lo más lustroso que vio en el lugar. Era una estancia rectangular y amplia, con techo y paredes historiadas y una lámpara colgante, que parecía de escasa calidad, en el centro. También allí las ventanas estaban condenadas. La luz natural era un bien ausente en el recinto.

Dos filas de austeros bancos de madera ocupaban cada uno de los laterales. Presidiendo la sala, al fondo, una mesa larga que iba de parte a parte del ancho de la estancia.

—Aguarde aquí un momento. Voy a avisar a nuestra superiora.

A los cinco minutos apareció otra religiosa de más edad, pero idéntico rictus.

—Ya me ha contado la hermana —dijo seria, sin un saludo previo.

Se sentó en el banco delantero de la izquierda e invitó a Carmen a hacer lo mismo en el de enfrente, dejando mucho espacio entre ambas. Carmen sacó la libreta y un lápiz del bolso y le hizo un gesto refiriéndose a la mesa:

—¿Puedo…?

—¿No está cómoda? —respondió la hermana con no demasiada amabilidad.

—Sí, es solo que me vendría bien apoyarme en la mesa para tomar notas. —La mujer no mostraba ninguna simpatía. Adoptó la actitud de dar a entender a su interlocutora que ya significaba mucho haberla dejado entrar y atenderla. Carmen captó el mensaje—: ¿Por qué hace esto, hermana? ¿Por qué me recibe y está dispuesta a contarme? Si todo es tan clandestino…

—Nuestra situación económica es delicada. Si no recibimos dinero en breve podría correr peligro la permanencia de esta obra tan necesaria. ¿Quién, sino nosotras, va a hacerse cargo de estas mujeres? Si desaparecemos, nadie las atenderá. Nadie las quiere. ¿Todavía no se ha dado cuenta?

—Confíe en mí. Podría serles de gran utilidad para conseguir lo que necesitan.

Anualmente contaban con el donativo de alguna persona influyente de la alta sociedad, pero no era suficiente. En cuestión de meses, cuando la joven daba a luz y abandonaba el lugar, se cortaba ese grifo a la espera de que se abriera el siguiente. El dinero les llegaba durante el tiempo que duraba el embarazo.

En la Casa del Pecado Mortal las clases sociales quedaban relegadas al mundo exterior. En el interior de aquella casa del peor de los pecados no importaba la procedencia de las descarriadas. Todas eran aceptadas sin excepción. Prostitutas, lavanderas, aristócratas… Hasta la hija de un conde tenían alojada en aquellos meses.

Un mundo atosigante y, por momentos, irreal.

—Si usted escribe algo que sea respetuoso y que haga entender a la sociedad el bien que estamos haciendo y la necesidad de ayuda que tenemos, quizás lleguen los donativos con más alegría. ¿Entiende lo que le digo?

—Perfectamente. —Carmen apretó los dientes y pronunció la palabra remarcando cada una de las sílabas.

—Solo hay una condición.

—Usted dirá, si está en mi mano…

—Lo está. Tan en su mano que si no me da su palabra de que será así habremos acabado en este instante nuestra entrevista. —La firmeza y el gesto serio e inexpresivo de la monja al hablar infundía, más que respeto, cierto temor—. De ningún modo puede decir nada que identifique nuestra dirección.

—Pero si seguro que lo sabe media ciudad.

—Pues protejamos a la otra media.

Se instaló un silencio. Carmen le aguantaba la mirada. Hasta que asintió:

—Está bien, hermana. Guarde cuidado.

—Despiste a sus lectores diciendo que la casa se encuentra en cualquier otro lugar, al norte de la capital, o incluso a las afueras.

—Aun así, veo difícil que no se percate nadie.

—Si eso ocurre, déjelo de nuestra parte. En caso de que alguien que no deba venga a llamar a nuestra puerta con no abrirle, asunto arreglado. Y ahora, vamos, tome nota y vaya preguntándome lo que necesita saber...

Las historias resultaban duras en muchos casos; increíbles en otros. Llegó a preguntarse, mientras escuchaba el relato de lo que sucedía entre aquellas paredes de una oscuridad que opacaba las circunstancias que hacía que esas mujeres acabaran allí acogidas, si el pecado original y común en todas ellas era su condición de mujer.

Pasó allí metida la mañana entera. Se sintió conmovida, pero le resultó abrumador el caudal de información, inaudito y trágico a veces, y necesitaba respirar. No podía permanecer por más tiempo en aquel lugar. En esa extraña realidad desconocida.

En el camino de salida vio por equivocación a una de aquellas mujeres, fue una torpeza por parte de la joven monja que acompañaba a la muchacha. En la fugaz aparición tuvo tiempo de apreciar que el embarazo se hallaba muy avanzado. La joven, cuyo rostro cubría con un velo, era alta y lucía una frondosa melena de rubios tirabuzones muy bien cuidados. Se movía con clase. Quizás fuera la aristócrata que la madre superiora había mencionado. Antes de desaparecer por un pasillo se había detenido unos segundos para fijarse en Carmen. A ella le inquietó aquella mirada de ojos ocultos. Sucedió todo de prisa, hasta que la monja tiró de la embarazada para sacarla de allí cuanto antes y subsanar su error.

—Disculpe, es un fallo inaceptable —se justificó la madre superiora.

El ambiente inquietante de aquella casa del bien y del mal le causaba una ligera opresión en el pecho; un desasosiego que empezaba a agobiarla. No era persona que no supiera encajar ningún desafío. Abandonó el lugar con la clara conciencia de que su trabajo tenía que servir para algo y que iba a centrarse en una causa que no tenía por qué estar perdida: ayudar a los más desfavorecidos, a las personas vulnerables que se tornaban invisibles para una sociedad que prefería mirar hacia el lado de quienes mejor vivían. En eso centraría su labor periodística. Lo tuvo claro después de lo que acababa de conocer.

Se despidió estrechando la mano de la monja. Un «Le agradezco que me haya dejado pasar»; un «Gracias» que no cae en ningún saco; otro «No olvide que usted nunca ha estado aquí»… Y por fin la calle.

Y el destino.

Justo en el momento de salir tuvo un encontronazo accidental con un hombre joven y corpulento que caminaba a paso ligero y demasiado pegado a la fachada. En el tropiezo, a ella se le cayeron los papeles que portaba en la mano. Esparcidas por el suelo quedaron historias definidas con palabras y trazos a lápiz.

—¡Lo siento, lo siento! ¡Discúlpeme! —El hombre se agachó solícito para recoger las hojas.

Se puso nerviosa al ver los documentos expuestos a la vista de un desconocido, quien desde luego no tenía ningún interés en mirar el contenido de las notas.

Impaciente, hizo el gesto de inclinarse para que la recogida terminara antes.

—Oh, no, de ningún modo voy a permitir que lo haga usted —dijo el joven—. Mire…, ya casi está.

Carmen había sabido convencer a la responsable de las hermanas de Nuestra Señora de la Esperanza, que regentaban la casa de acogida, para que terminara hablándole de varios casos y proporcionándole más información de la que en un principio creyó que podría conseguir. Eso explicaba que saliera de la entrevista con tantos documentos.

—Está bien…, gracias.

Al ponerse en pie se percató de lo alto que era, debía de medir más de un metro ochenta y su aspecto resultaba agradable. Tenía una cabeza prominente, poderosa, y un brillo en la mirada que hacía que los ojos hablaran por sí solos. Parecía de edad muy similar a la suya.

—Por su indumentaria y su elegancia se ve que usted no es de esta zona de la ciudad —se atrevió a decirle el desconocido.

—Es un comentario imprudente por su parte. Ya le he dado las gracias, así que adiós, que tenga un buen día. —Se sentía incómoda hablando con un extraño en plena calle.

El hombre era extranjero. A ella le dio la impresión de que podría ser inglés.

—¿Sabe usted lo que es esta casa? Oh, claro, qué torpe soy, si acaba de salir de ella.

—¿Cómo se atreve a pensar que yo…? —Pasó de la incomodidad al enfado en un giro tan rápido como el que había experimentado su vida en las últimas semanas.

—¡No, no, por favor! —El desconocido quiso salirle al paso antes de que el equívoco fuera a peor—. Nada más lejos de mi intención que pensar algo que no sea amable, de veras. Tenga… —Le tendió las últimas hojas—. Ya lo decía mi madre siempre, que mi altura y mis pies me hicieron patoso. Señorita, lamento mi torpeza de haberla arrollado sin querer, pero no lamento haber conocido a una dama como usted.

Carmen se fijó más detenidamente en sus rasgos y le parecieron graciosas las orejas levemente despegadas. La mandíbula angulosa delataba un fuerte carácter. Las entradas de la frente hacían de orillas del oscuro cabello que confluía en un pico central que desnivelaba la armonía al estar una entrada más pronunciada que otra. La voz era grave con un ligero tono de caverna.

Aun antes de que ella se marchara, aquel hombre quiso seguir hablándole:

—Creo que las mujeres que están ahí dentro luchan por sobrevivir. ¿Sabe una cosa?

—Disculpe, tengo prisa. —Y arrancó a andar.

Él avanzó unos pasos a su lado.

—No la entretengo más. Solo quería compartir con usted algo en lo que creo y en lo que pienso mucho últimamente, no me pregunte por qué, pero al ver esta casa vuelve a venirme la idea: el hombre puede ser destruido, pero jamás derrotado. El hombre siempre lucha para no ser vencido. Piénselo.

—También la mujer. *Piénselo.* —Esto último lo dijo emulándolo con cierta sorna o quién sabe si no sería un atisbo de soberbia que le hizo ponerse a la defensiva.

—¡Desde luego que sí! Las que están ahí dentro seguro que luchan. ¡Eh!… ¡Espere un momento! —Se detuvo para no incomodarla más—. ¡No me ha dicho su nombre…!

Lo dijo alzando la voz, que se abrió paso entre el hueco de una amplia sonrisa, para que Carmen lo escuchara mientras se alejaba de aquel sitio con rapidez sosteniendo fuertemente los papeles.

—¡Yo soy…! Bah, no importa…

Daba igual. Carmen ya no podía oírlo.

Pero entonces, el joven se dio cuenta de que en el suelo había quedado una pequeña libreta de tapas de color verde oscuro, parecía un cuaderno de notas. Lo cogió y sin dudarlo salió corriendo tras ella hasta alcanzarla.

—¡Se le ha caído esto! Tenga…

—¡Qué descuido tan imperdonable! —A Carmen la alteró la posibilidad de que hubiera podido perder su cuaderno.

—Bueno, no ha pasado nada. Aquí lo tiene. No sea tan dura consigo misma. ¿No cree que podría perdonarse?

Lo dijo con una sonrisa que iba avalada por un innegable encanto, a lo que Carmen respondió con otra.

—No sabe cuánto se lo agradezco.

—Puedo imaginarlo, porque por fin ha sonreído. Ese cuaderno debía de ser importante para usted.

—A nadie le serviría, pero para mí tiene mucha importancia, está en lo cierto. ¡Menos mal que lo he recuperado!

—Yo también llevo siempre encima un cuaderno para ir anotando ideas que se me ocurren. Es que soy escritor, ¿sabe?

—¿Escritor? Qué interesante… Mi padre también lo era, un escritor de mucho prestigio. Y yo aspiro a serlo, escritora, me refiero, no quería decir de prestigio.

—Pero seguro que usted también escribe. La libreta la delata. Creo que es más que una aspirante.

—Oh, bueno, yo… escribí una novelita cuando tenía dieciocho años. No creo ni que llegue a publicarse nunca. Pero acabo de empezar a trabajar en un periódico.

—¡Vaya, qué coincidencia! Yo estoy en Europa como periodista. Envío mis crónicas a Norteamérica.

—Pues sí, ¡qué casualidad! Entonces, ¿es usted americano?

El joven le parecía atractivo. Quizá contribuyera a ello su envolvente manera de hablar.

—Sí, lo soy. Me llamo Ernesto. —Le tendió la mano.

—Y yo, Carmen.

—¿Puedo invitarla a tomar un café? Podríamos buscar algún lugar tranquilo por aquí cerca, pero donde no estén de obras.

—Pues…

Carmen sintió el impulso de decir que sí. Pensó que no había nada de malo en compartir un café con un desconocido que le estaba causando una muy buena impresión. Un desconocido en cuya sonrisa sería fácil perderse. Seguro que tenían temas en común para hablar, ya los habían encontrado en plena calle.

El desconocido Ernesto seguía regalándole una sonrisa permanente que a Carmen le pareció turbadora.

¿Un café? ¿Y si eso les llevaba a otro café? ¿O a verse de nuevo? ¿O a una cena?

La primera sílaba de un «sí» quiso salir de su boca.

Pero… ¿con un hombre al que acababa de conocer en la calle?

—No. Lo siento.

Eso fue lo que, finalmente, respondió.

—Vamos, será un café rápido. No le quitará mucho tiempo.

—Imposible. Es que…, tengo que escribir mi artículo, lo esperan para hoy —mintió.

—¿Entonces, otro día?

—Otro día…, no veo cuándo pueda ser. ¿Sabe qué? Se está haciendo tarde, de veras. Tengo que marcharme. Ha sido un placer, Ernesto.

—Pero…, dime, al menos, adónde podría llamarte o cómo localizarte. Podríamos continuar la conversación.

No hallaba las razones que explicaran su negativa a conocer a Ernesto. Puede que viera en él el peligro de lo desconocido que gusta al ser descubierto. En ese momento, ya había suficientes complicaciones en su vida. Aunque, por otro lado, tampoco hacía daño a nadie si aceptaba volver a ver a ese hombre. Podría ser un respiro en medio de tanta responsabilidad con la que cargaba. Pero…

De nuevo, pero…

«Mejor así», se dijo mientras se marchaba del lugar coartando cualquier posibilidad de seguir dudando.

Ernesto siguió su camino hacia la Carrera de San Jerónimo, donde se alojaba con Hadley, su esposa. Allí llevaba días escribiendo. Pensión Aguilar. Habitación número siete.

*Cristina Guzmán, profesora de idiomas, avanza por la Carrera de San Jerónimo con paso largo y seguro de Diana cazadora. Y en el alma de Cristina Guzmán, profesora de idiomas, tocan a gloria las campanas de su optimismo. Veintiocho años. Sana. Decidida. Y las puertas de la oportunidad abiertas de par en par.*

*Cris respira con deleite la brisa abrileña. En sus ojos brilla el triunfo. Y los transeúntes le ceden el paso. Se vuelven y la siguen con la mirada. ¿Por guapa? No. Cris no es una belleza que levanta multitudes. Pero irradia algo que atrae, que subyuga. Vitalidad. Confianza en sí misma. Seguridad de vencer. Y la vida sonríe a quien le sonríe.*

Cristina Guzmán, profesora de idiomas (1936)

Capítulo IV

# VII

## NADA ES COMO ANTES

*Cristina está en el hall del Ritz.*

*El corazón de Cris —el valiente corazón de Cris— late más deprisa mientras sube al ascensor.*

*Ciento uno, ciento dos. Llama con los nudillos. Se abre el ciento cinco. Luis Alfaro se inclina sonriente:*

*—¿Quiere pasar, señorita Guzmán? Un momento, por favor. Enseguida la recibirá* mister *Prynce.*

Cristina Guzmán, profesora de idiomas (1936)
Capítulo III

**Madrid, abril de 1960**

Tiene Carmen un corazón tan grande que late en cada uno de los miembros de su familia. Madre, tía, hermana se llaman Carmen.

—¿Quieres pasar…? No te quedes ahí pasmada —le dice a Sonsoles.

Y ese corazón le acerca siempre a la verdad. O al menos es lo que intenta.

La visita de Sonsoles es breve. «Carmencita ha ingresado en un convento», les dice a su hermana y a su cuñado Perico con una levedad afectada de displicencia, que resultaría más idónea para comentar las inclemencias del tiempo, que no lo que venía a decirles.

En efecto:

—Con esta primavera se estará bien en Ávila. Porque es allí donde la habréis llevado, supongo. Claro que, estando encerrada, igual ni se entera. —La ironía de Carmen es tan fina como afilada y punzante.

—Sí. Al convento de las carmelitas descalzas de Arenas de San Pedro. Dice que quiere hacerse monja. —Se calla un segundo—. De clausura —aclara sin que nadie se lo haya pedido.

—¿Eso dice? Me sorprende.

—Pues no sé por qué te sorprende —responde la madre de la joven con cierta altanería.

—¿Quizás porque tu hija no es niña para estar encerrada? ¡Y menos en un convento! No la imagino de monja carmelita.

Su preciosa melena rubia ya no existe, sospecha Carmen. Tampoco el candor de su rostro, aunque hace meses que no la ve. De la inocencia seguro que no queda ni rastro desde el día en el que le dio la peor de las noticias. Sigue sintiéndose culpable por haber sido partícipe de la mentira.

—Es un espíritu libre —añade.

—¡Menuda novedad en ti! Siempre te empeñas en ver la vida como si fuera una de tus novelas. Un espíritu libre… ¡Lo que hay que oír!

Sonsoles ataca sin fundamento. Bien sabe, como lo sabe la propia Carmen, que en la realidad no hay espacio para los personajes que salen de su imaginación de novelista. Su literatura hace soñar. De entre la infinidad de críticas favorables que ha tenido durante su carrera, alguien escribió en una ocasión sobre su primer libro importante, *Cristina Guzmán, profesora de idiomas*, que era el que «todas las chicas casaderas leímos sentadas en la camilla y muchos soldados llevaban en el macuto». Así se estrenó en el mundo editorial. Pero para su hermana pequeña carecía de importancia.

—Se hace tarde, me marcho —dice Sonsoles con prisa.

—Pero si acabas de llegar.

—No quiero que Paco se preocupe.

—Ahora te importa que tu marido se preocupe. Eso sí es una novedad.

—¿Hasta cuándo me lo harás pagar? —Sonsoles está alterada desde que ha entrado.

—Mi querida hermana… No es ante mí ante quien has de rendir cuentas. Líbreme Dios de meterme en eso.

—De lo que no te libra Dios es de seguir enfadada conmigo, es evidente.

Pero Carmen no quiere continuar la conversación.

—¿De veras que no quieres tomar nada?

—No, gracias. Ya me voy.

Desaparece con la misma elegancia que había causado admiración, y también envidia, en aquel Madrid de los vencedores arrancando los años cuarenta, el de las damas y caballeros poderosos que mientras bailaban y bebían champán francés en los salones de hoteles como el Ritz o el Palace evitaban mirar hacia donde dolía; hacia las calles que seguían sangrando acabada la guerra. En aquellos salones triunfó como ninguna otra mujer la marquesa de Llanzol, del brazo de su marido a la vista de todos y en el lecho clandestino del más poderoso ministro de Franco, cuando nadie la veía.

Carmen siente que lo ocurrido también le está pesando a ella años después. Demasiados años desde que se inició el romance.

—Todo lo que rodea este asunto sigue siendo desafortunado —comenta Perico, su marido, después de haberse despedido de su cuñada.

—El asunto en sí mismo es lo desafortunado. Esto jamás tenía que haber ocurrido. Pero… si no te importa, vamos a dejarlo ya. Me incomoda seguir hablando del tema. Lo único que me preocupa ahora es mi sobrina y ya vemos que no parece que las cosas vayan a pintar bien para ella. Me gustaría creer que estar en un convento le ayudará a tranquilizarse, pero me temo que no será así.

—¿Apostamos a cuánto durará en él?

—No, porque creo que apostaríamos a lo mismo.

—¡Tienes razón! —lo dijo sonriendo, Perico es un hombre afable—. Escribías cuando llegó tu hermana. ¿Cuánto te queda para terminar la novela?

—Ya casi está.

—Deberías tomarlo con más calma. ¿No has trabajado ya lo suficiente en la vida? Últimamente te noto cansada. Y hoy no vino Maruja.

A Maruja, su secretaria, lleva años dictándole los textos de sus novelas. Siempre lo hace así y ha tenido la suerte de volver a contar con ella después de siete años sin escribir.

—Como Sonsoles avisó de que venía, le dije que no iba a necesitarla. No imaginé que mi hermana nos haría la visita del médico. A veces se comporta como una niña pequeña.

—No seas tan estricta —le pide comprensivo Perico—. Para ella tampoco debe de ser una situación fácil, posiblemente no sepa cómo manejarla. Nunca ha tenido tu fortaleza. Tienes que estar a su lado, ahora más que nunca. —Se inclina y le da un beso en la mejilla—. Deja la escritura ya por hoy.

—No creo que vaya a haber más novelas después de esta. Me cuesta fijar la vista y eso es una dificultad importante para un escritor.

Pero no es en su libro, ni en sus problemas de visión, en lo que está pensando en este momento. Ni siquiera en su sobrina. Es él quien ronda permanentemente en su cabeza desde la última carta en la que le anunciaba su nuevo viaje a Madrid. Carmen no ha respondido porque no sabía si sería aconsejable verlo. Aún queda tiempo, dice que su intención es aterrizar a finales de verano.

Le conmueve el naufragio del ánimo de ese hombre y cree no ser capaz de afrontarlo. Es que ella tampoco pasa por un buen momento. Evita contarlo para no preocupar a su marido, ni a su hija, pero últimamente se ha venido abajo. Parece otra. La culpa es de lo del Auxilio. Seguro. No puede ser otra cosa.

Nada es igual desde su marcha del Auxilio Social, que vive con un oscuro tinte de derrota. Su vida la divide entre antes y des-

NO HABRÁ OTRA PRIMAVERA                     65

pués del Auxilio, otorgándole un papel tan determinante que, una vez fuera de la organización, le ha quedado un vacío terrible. Ha pasado más de dieciocho años dedicada a la institución falangista fundada por Mercedes Sanz-Bachiller, cuyo fin era el socorro humanitario y que sembró España de comedores infantiles y «cocinas de hermandad». Casi veinte años de intensa actividad que incluía vida social, discursos, reuniones, viajes por España y el extranjero, Alemania, Italia, y hasta una entrevista con Mussolini... Dos décadas de esplendor, desde los años cuarenta hasta hace tres años, cuando Antonio Oriol llegó como nuevo delegado nacional y desembarcó con su equipo para desplazarla de su cargo en el Auxilio. Se acabó. Dolida, abandonó. No le quedó otra alternativa. El dolor se multiplicó porque Antonio era su amigo, y cuando algo así ocurre es inevitable considerarlo una traición en lugar de una mera sustitución.

Ya nada es lo mismo. Carmen decidió recluirse en casa, desde entonces apenas sale. Antes solía ir mucho a tomar el aperitivo a un quiosco en el parque del Retiro, La Gabi, el que está junto a la escultura del Ángel Caído. Es el mismo lugar que frecuentaba Ortega y Gasset. Ahora, en cambio, su vida son sus nietos y poco más. Ya tiene tres: Íñigo, que ha cumplido cuatro años y se llama como su padre, Beatriz y el recién nacido Pedro. ¿Qué tendrá preparado el destino para ellos...?

Aprovecha que Perico ha salido a dar un paseo para dirigirse a la biblioteca y extraer una carta del interior de un libro que estaba en el estante más alto. «Llevo a cuestas mis sesenta y un años como maletas cargadas de piedras», lee. Ese hombre y ella tienen la misma edad, nacieron en el mismo año, con una mínima diferencia de cuatro meses que le aventaja Carmen. Era el último año de un siglo.

Quiso el caprichoso azar cruzar sus caminos ante la puerta de la Casa del Pecado Mortal, cuando ninguno de ellos era todavía conocido por sus méritos literarios, pasión que comparten, además de la edad. Eran entonces muy jóvenes. Y qué lugar tan singular para haberse conocido. La Casa del Pecado Mortal ya no existe, fue demolida junto a otras muchas para completar el tercer tramo de construcción de lo que hoy es la Gran Vía. Pero quedaría inmortalizada en el reportaje de Carmen que dio mucho que hablar en su momento. Tantas veces se ha preguntado por la suerte que habrían corrido aquellas mujeres allí encerradas. Eran muchas las biografías interrumpidas; muchas las jóvenes obligadas a tomar una decisión en contra de su voluntad. Mujeres con un destino marcado por otros sin que a nadie importara cuáles eran sus deseos.

Él se ha convertido en una auténtica celebridad mundial, su vida bien es digna de cualquiera de las novelas escritas por uno u otro. Tristemente, los excesos han hecho mella en este hombre antaño enérgico e incansable.

Ha releído la carta varias veces. Lo que le cuenta en ella le hizo llorar la primera vez que la leyó. Vuelve a hacerlo en este momento antes de decidir que accederá a verlo. Porque lo cierto es que le cuesta mantenerse al margen de ese sufrimiento que le confiesa por escrito. No puede negarse.

Sí…, el corazón de Carmen es inmenso pero también valiente. Cómo, si no, puede explicarse la decisión de ocuparse de los más vulnerables, que tomó al poco de llegar al periódico en aquellos años veinte en los que comenzó todo…

Unos años que determinaron sus futuros pasos.

# VIII

# POSTIZOS EN EL MOÑO
# Y EN EL ESPÍRITU

> —¿Miss *Guzmán?*
> —*Yes.*
> *Se sienta en el sillón tras la mesa de despacho. Cris no se ha movido*
> *de su asiento.* Mister *Prynce, aunque rey del acero, es para ella solamente un*
> *hombre, y por un hombre «la maestrita» no acostumbra a levantarse.*
> *Cuando sea su empleada, ya veremos.*
>
> Cristina Guzmán, profesora de idiomas (1936)
> Capítulo III

**Madrid, año de 1935**

Artículo publicado en la revista *Blanco y Negro*

17 de noviembre de 1935

FEMINISMO A TRAVÉS DEL MUNDO. LA MUJER RECLAMA SU DERECHO AL
TRABAJO

Y la mujer cerró el piano y abrió de par en par las ventanas a los
aires de fuera. Y entonces oyó los ruidos de la calle que antes no le
dejaban percibir los mullidos tapices y la valla compacta de tercio-
pelos y *bibelots*. Y, a compás de las voces callejeras, fue suprimiendo
cachivaches en torno suyo y prejuicios de su mente. Se quitó los
postizos del moño y los del espíritu.

Y un día, con timidez, bajo la mirada sonriente —condes-
cendencia protectora— del esposo, se lanzó a la vida pública como en años anteriores se había lanzado a patinar. Quiso enterar-

se de problemas sociales y de problemas políticos, sintió la
necesidad de cultivarse y de dar una mejor cultura a sus hijas.
Dejó de leer novelas —fantasías— para estudiar en el libro abierto de la realidad.

La nueva realidad familiar se le atravesaba a doña Beatriz. No
conseguía asumirla y el mal humor acabó instalándose en la vida
cotidiana desde que su marido murió, y lo que vino después…
Que su hija Carmen hubiera empezado a trabajar en un periódico,
publicando artículos que ella no aprobaba, acabó de empeorar su
manera de afrontar los cambios. Tan insoportable se hizo la convivencia que, finalizando aquel año de 1925, la familia tardaría en
olvidar, Carmen tomó la inaudita decisión de abandonar su hogar
para instalarse en una casa propia. Pero no lo hizo sola, se llevó
consigo a los dos hermanos que iban detrás de ella en la escala de
edad: Anita y Paco. Aquello sí fue una hecatombe familiar. Sonsoles
era demasiado pequeña para irse con ellos, ni siquiera había cumplido los doce años.

La hermana mayor tomaba las riendas de la familia pero fuera
del nido; buscando su propio lugar.

(La mujer) adquirió saber y experiencia, dejó de charlar para aprender a hablar y, paso a paso, a fuerza de inteligencia, de tacto, de constancia, fue conquistando un sitio de honor en la vida social.

La furiosa reacción de la madre no amedrentó a Carmen,
decidida a que la vida fuera más llevadera: «Nos apañaremos», les
dijo a sus hermanos. Y a ellos la idea les parecía lo mejor que podía
pasarles. No entendían por qué cada día tenía que ser una lucha
permanente entre su madre y su hermana, pareciendo que hubiera
cometido un crimen en lugar del sacrificio que suponía la obligación de salir a trabajar, con extraños horarios y a veces teniendo
que renunciar al descanso dominical.

Anita y Paco le prometieron que pondrían de su parte para que las cosas marcharan bien fuera del hogar familiar. «Lo que sea, con tal de que acaben las discusiones». Y de nuevo tuvieron que escuchar en la despedida cómo doña Beatriz volvía a la carga con lo de que dónde se ha visto que una mujer de su clase trabaje. Y lo mismo… y vuelta a empezar… y siempre lo mismo…

Y lo mismo.

Pero ya no. Ya estaban en otra realidad distinta. Carmen hizo cambiar la suya y la de dos de sus hermanos. La decisión de trabajar había entrado a formar parte de sus íntimas creencias, de sus convicciones más firmes, hasta el punto de atreverse a escribirlo públicamente…

Fue la gota que colmó el vaso de la paciencia de doña Beatriz.

Hoy el universo —que quiere volver a sus viejos cauces— ha vuelto a entusiasmarse ante la norma ancestral de «el hombre en la lucha, la mujer en el hogar». Alemania la puso de moda al exigir de sus mujeres —hará de esto unos dos años— que en gesto de patriótico renunciamiento abandonaran las posiciones ganadas para dejar paso franco a los hombres. Solo así podría hacerse frente al problema de «los sin trabajo» y remediar en parte el paro forzoso.

Pero ha llegado el temido momento en que ya no pueden rezurcir lo zurcido y que tienen que mezclar agua en la leche. Y la esposa y la madre protestan en ella. Y con ella y por ella protestan toda la legión de las luchadoras que reclaman *como seres humanos su derecho al trabajo*. Su derecho a vivir decorosamente. Su derecho a poder alimentar a sus hijos, física e intelectualmente, de manera más amplia. Su derecho a poner con su propio esfuerzo un poco de alegría en su existencia y en la de los suyos.

Desde que pisó la redacción de *El Sol* hasta que escribió ese artículo diez años más tarde pasaron muchas cosas en su vida.

Hacía cinco que se había casado con Pedro Montojo, un buen tipo, alto y con muy buena hechura, que trabajaba en Telefónica. Los había presentado un amigo común amante de los caballos, como Pedro. El Real Hipódromo de Legamarejo, en Aranjuez, fue el escenario en el que una tarde sus vidas coincidieron. Ella había acudido a regañadientes ya que la equitación no era precisamente una de sus pasiones, pero pensó que podría pasar un rato agradable en compañía de su amigo fuera de la capital.

En el final de una de las carreras desde la terraza cubierta de la tribuna, Pedro la invitó a entrar en el salón de té, dejando a su amigo que siguiera la conversación con unos conocidos con los que se había encontrado.

—Monto desde pequeño. ¡Me apasionan los caballos! Pero, por tu cara, mucho me temo que a ti no te interesan nada. ¿Me equivoco?

—No te equivocas. Soy más de filosofía que de caballos. —Inmediatamente Carmen intentó suavizar su respuesta—: ¡Oh, disculpa! Eso ha sonado fatal, quise decir que me gustan los libros, la literatura, leer, incluso escribir. Soy periodista, ¿sabes…?

—Algo he oído, sí —respondió él, no sin cierta ironía condescendiente—. ¿Pedimos un té?

Lo dijo con una sonrisa amplia y cálida que infundía seguridad.

—Qué raro —comentó Carmen—, todo el mundo pide café. Yo siempre prefiero té.

—¡Vaya, ya nos vamos poniendo de acuerdo en algo!

Hasta la hora de marchar permanecieron en el salón. No volvieron a asomarse a la terraza para ver los caballos porque para entonces no les parecían tan interesantes a ninguno de los dos, no solo a Carmen.

Pedro fue su único novio formal, aunque ella rompió la relación durante un tiempo, no quería casarse por obligación. De nuevo se negaba a tener que cumplir con lo considerado como correcto y lo que se esperaba que hiciera. Quería tomar sus propias decisiones, tomarlas por sí misma, con absoluta independencia, convencida de cada paso que diera en su camino.

Aunque los Gobiernos y los conceptos políticos de los mismos sean de diferentes ideologías, los principios de esta organización feminista —Federación Internacional de Mujeres de Negocios y de Profesiones Liberales— son idénticos en todas partes. Su objeto es lograr el desarrollo de la personalidad de la trabajadora y combatir el nuevo ambiente hostil a la emancipación femenina.

Se casaron el 14 de febrero de 1930 en el barrio de Salamanca, en la iglesia de la Concepción, la misma a la que años más tarde su sobrina Carmencita acudió para solicitar los documentos necesarios también para casarse. Félix Lorenzo, director de *El Sol*, firmó como testigo de su boda.

Justo un año después vino al mundo su primera y única hija, Paloma, en un frío 9 de enero. Para Carmen dar a luz fue como si nada, un trámite pasajero para que Palomita saliera al mundo, y mientras los familiares que la esperaban celebraban su nacimiento, la madre se enfrascó en contarle a su suegra el argumento de una novela que estaba a punto de acabar, sin prestarle la debida atención a la recién nacida. No entendía el revuelo que su actitud causó: «No creo que sea para tanto. El parto ya ha pasado, la niña está bien, así que no creo que haya que seguir dándole vueltas a lo mismo».

En el fondo, Carmen se negaba a que el matrimonio significara un cambio radical en su vida; a que la pusiera tan patas arriba que se viera obligada a abandonar su trabajo y la escritura. Una mujer casada tenía que seguir siendo, ante todo, una mujer, le dijo a su suegra, causándole un alarmante estupor, porque en ese momento no supo si su hijo había acertado al elegir aquella esposa. A Carmen su reacción le causó más risa que otra cosa. Lo que en verdad le interesaba era lo que pensara su marido y a él en ningún momento se le ocurrió rebatir las ideas de su mujer. Daba por hecho que formaban parte de su forma de ser y de pensar, y no tenía ningún interés en intentar cambiarlas.

Para ella se trataba de una lucha universal que debía extenderse por todo el mundo para que fuera eficaz. En el Código Civil de Francia las mujeres casadas figuraban «entre los incapacitados, con los menores de edad, los desterrados y los deficientes mentales», había leído Carmen en el *Journal de la Femme*.

Volcó la indignación que la causaba en el artículo con el que decidió despedir aquel 1935.

Pero en todas partes el problema sigue en pie: por un lado, los Gobiernos y las empresas que consideran que en cuestión de trabajo el hombre posee el privilegio de «pasar primero» y que «la mujer casada pertenece a sus hijos y a su hogar», y por otro, las mujeres —célibes, viudas, esposas, madres, hijas—, que, acosadas por las dificultades de nuestros tiempos actuales, dicen a la vida en gesto desesperado: «Me has dado cerebro, me has dado manos y me has dado voluntad. No tengo marido, o mi marido está enfermo, o mi marido ha muerto, o mi marido no gana lo bastante para sufragar los gastos de nuestro hogar. ¿En virtud de qué extraña justicia se me niega el derecho —que tiene hasta el último de los animalejos— de buscar mi sustento y el de los míos?».

Carmen de Icaza

# IX

# NUEVOS AIRES EXTRAÑOS

*—Yo desearía saber algo sobre su familia. ¿Tiene usted padres?*
*¿Novio? ¿Alguna persona con derecho a intervenir en sus planes?*
*—No. Soy mi propia señora y dueña, libre de hacer y deshacer lo que*
*me plazca. A nadie tengo que rendir cuentas de mis actos.*

Cristina Guzmán, profesora de idiomas (1936)
Capítulo III

El año 1935 terminaba para Carmen de Icaza de la misma manera que había empezado, con la publicación de un sonado artículo, en el Día de Reyes, del que se habló durante semanas.

Artículo publicado en *Blanco y Negro*

6 de enero de 1935

### El hotel para niños que viajan solos

Sabido es que Alemania, como primera medida retrógrada, ha emprendido una enérgica cruzada contra la mujer que trabaja, declarando que «su sitio es el hogar» y su única misión, el tener y criar hijos.

Ese día fue a visitar a su madre acompañada de su marido y la pequeña Paloma, y tan solo veinte minutos más tarde salió enfadada de la que había sido su casa familiar. A esas alturas, su capacidad para tolerar las discusiones con doña Beatriz se hallaba en su nivel más bajo. Ya no se trataba de que su madre se quedara atrás en aceptar que trabajara en la redacción de un periódico, sino que se había quedado atrás en entender el mundo en el que vivían. La naturaleza transforma la realidad. Y la realidad estaba transformándose de manera natural...

> Los enemigos de la emancipación femenina acusan al feminismo de ser una de las causas primordiales del paro forzoso. «Si las mujeres —dicen— hubieran seguido en el seno de sus hogares, si no trabajaran en competencia con el hombre, este tendría más facilidad para hallar colocaciones».

La transformación, sin embargo, incluía una evolución en múltiples direcciones. Y aunque Carmen había optado por una que abrazaba entonces el feminismo, era testigo de cómo, al mismo tiempo, España iba abriéndose, de forma preocupante para el Gobierno de la República instaurado desde el 14 de abril de 1931, a la entrada de una corriente de ideas que llegaban de Italia y Alemania.

Un año había cumplido su hija cuando en octubre de 1933 se fundó Falange Española con un discurso de José Antonio en el teatro de la Comedia, en Madrid, lleno hasta la bandera de seguidores del hijo de Miguel Primo de Rivera, muerto en el exilio en París a los dos meses de su renuncia, en 1930, con la que ponía fin a siete años de dictadura.

«La patria es una unidad total, en que se integran todos los individuos y todas las clases. La patria es una síntesis trascendente, una síntesis indivisible, con fines propios que cumplir; y nosotros lo que queremos es que el movimiento de este día, y el Estado que cree, sea el instrumento eficaz, autoritario, al servicio de una unidad indiscutible, de esa unidad permanente, de esa unidad irrevocable que se llama patria. Que todos los pueblos de España, por diversos que sean, se sientan armonizados en una irrevocable unidad de destino». Aquella exaltación patriótica cabalgaba a lomos del totalitarismo que traían consigo el nacionalsocialismo y el fascismo.

José Antonio tenía carisma, o eso decían, y un rugido interior que lo impulsaba a arengar con su voz nasal a la masa de enfervorizados seguidores. «Que desaparezcan los partidos políticos. Nadie ha nacido nunca miembro de un partido político; en cambio, nacemos todos miembros de una familia; ¿para qué necesitamos el instrumento intermediario y pernicioso de los partidos políticos, que empiezan por desunirnos en nuestras realidades auténticas?».

Llegó a decirse también que fue Benito Mussolini quien brindó el apoyo económico necesario para fundar la Falange. De hecho, los hermanos Primo de Rivera y Sáenz de Heredia —Pilar, Miguel y el primogénito, José Antonio— habían visitado Italia, cuna del movimiento fascista, a principios de aquel año y se entrevistaron con el Duce. Este les regaló un retrato firmado, que José Antonio colocó orgulloso en su despacho junto al de su padre.

«Y queremos que si esto ha de lograrse en algún caso por la violencia —clamaba exaltado José Antonio en el acto fundacional—, no nos detengamos ante la violencia. Porque, ¿quién ha dicho que cuando insultan nuestros sentimientos, antes que reaccionar como hombres, estamos obligados a ser amables? Bien está, sí, la dialéctica como primer instrumento de comunicación. Pero no hay más dialéctica admisible que la dialéctica de los puños y de las pistolas cuando se ofende a la justicia o a la patria».

De aquello hacía ya dos años y durante ese tiempo Carmen le había prestado atención a lo que propugnaba José Antonio por mera curiosidad. En aquel momento, no habría español que no estuviese al tanto de los nuevos aires contrarios a la República que, llegados de fuera, estaban propagándose por todo el país. Lo de defender ideas usando la violencia no iba con ella. De todos modos, empezó a darle vueltas a algunos fundamentos que no le encajaban puestos en boca de aquel hombre cuya juventud y energía al defenderlos, sin embargo, le parecían dignos de admirar. Cierto que le acompañaban un porte elegante, distinto al de muchos líderes políticos, y cierto atractivo físico que redondeaba su imagen pública. Escucharlo era debatirse entre el rechazo y la aprobación, pensaba Carmen al atender algunos de sus discursos, de manera que no tenía claro si se trataba de un iluminado o un loco. O tal vez pudieran confluir ambos en una misma persona.

Además, estaba el culto a aquellos dos líderes europeos. ¿Qué habrá visto Primo de Rivera en ese Hitler…?

> Con objeto, sin duda, de restablecer el equilibrio del universo, Hitler y sus imitadores excluyen cada vez más a la mujer de toda clase de oficios y empleos, recordándole con gesto imperioso que ha venido al mundo con ese programa de «las cuatro kas —*Kinder, Kirche, Kleider, Küche* ("niños, iglesia, trapos, cocina")—», que era en la vieja Germania el lema de la perfecta casada.

En sus artículos periodísticos, Carmen se refería también a que con la supresión del trabajo de la mujer lo que se pretendía era el «retroceso hacia el tipo de vida familiar *a la antigua*». Y denunciaba que en el Berlín de entonces se detenía a «transeúntes que lucen demasiado *rouge* en los labios o *rimmel* en los ojos, que prohíbe las faldas cortas, destierra los libros sobre emancipación femenina…».

Precisamente sus años adolescentes vividos en Alemania, sobre todo en Berlín, donde residieron en un suntuoso edificio propiedad del káiser Guillermo II, la llevaron a dar sus primeros pasos literarios con dieciocho años. Firmó con el seudónimo de Valeria de León —su segundo nombre y también su segundo apellido— la que sería su primera novela, *La boda del duque Kurt*, que publicó en ese 1935 con enorme pudor por su parte. Había transcurrido mucho tiempo desde que la escribió. Pero al editor le gustó y no hubo vuelta atrás. Acabó en las librerías.

> La nueva Alemania no quiere que sus mujeres trabajen. Por decreto quiere obligarlas a ser «honestas madres de familia». La nueva Ale-

mania ha prohibido que sus mujeres se pinten. Las obliga a lavarse
la cara cuando se atreven a desobedecerle.

Carmen de Icaza

¿Qué iba a suponer para ella esa nueva Alemania? Ese país en
el que había pasado tantos años y en el que se había formado y
adquirió los conocimientos que le estaban permitiendo desarrollar
un trabajo intelectual.

El germen de la Falange estaba extendido y convertido ya
en un cuerpo robusto y arrogante. Faltaba un himno que acom-
pañara a la exaltación del movimiento. El 3 de diciembre, un
grupo de escritores falangistas se dieron cita con José Antonio en
el restaurante vasco Or-Kompon, en Madrid. «Voy a reunir a una
escuadra de nuestros poetas y hasta que no lo tengamos no los
suelto», clamó el líder. El joven veinteañero Dionisio Ridruejo,
Rafael Sánchez Mazas, Agustín de Foxá, José María Alfaro, Pedro
Mourlane Michelena, Jacinto Miquelarena... «Os espero mañana
por la noche en la cueva del Or-Kompon —les dijo a todos
ellos—. Si falta alguno, mandaré que se le administre el ricino».
Esto último, al parecer, no era una forma de hablar, ni tampoco
una broma. De hecho, al grupo se unieron los considerados
«hombres de acción» Luis Aguilar y Agustín Aznar, caracterizados
por sus métodos rotundos para doblegar voluntades. La cosa,
pues, iba en serio.

El Or-Kompon se ubicaba en el número 4 de la calle de
Miguel Moya, al lado de la calle Luna, en la trasera de Gran Vía, en
un sótano con paredes impregnadas de la esencia de Guipúzcoa,
acuarelas con paisajes de cielos y maizales, carros tirados por bue-
yes... Nubes y boinas entre los frontones... Y una carta de comida
netamente vasca.

Todos y cada uno de ellos llegaron con el mismo ánimo
levantado en dirección a la gloria. Sacaron de sus bolsillos papeles

doblados con algunas anotaciones y la sensación de estar haciendo historia aquella noche. «Si te dicen que caí/ me fui al puesto que tengo allí». Empezaron a redactar la letra del futuro himno. Ridruejo escribió: «Volverán banderas victoriosas/ al paso alegre de la paz». José Antonio le siguió con otros dos versos que llevaba escritos, compuestos en casa del marqués de Bolarque antes de salir camino de la taberna: «Y traerán prendidas cinco rosas./ Las flechas de mi haz». Cada uno iba diciendo un verso, una palabra, una idea…, y corregían, y tachaban, y añadían…

Lo llamaron *Cara al sol.* «Volverá a reír la primavera/ que por cielo y mar se espera». Henchidos de la gloria venidera, acabaron bailando y cantando pasodobles entre sidra, chacolí, platos de bacalao y un exceso de humo de cigarrillos que inundaba la sala como una marea.

De madrugada, antes de abandonar el local, los letristas rodearon el piano y cantaron su himno por primera vez, con la música de Juan Tellería, tan guipuzcoano como el local. Tellería había abandonado su pueblo, Cegama, a los dieciséis años para ganarse la vida como músico en Madrid, París y varios lugares de Alemania. Contaba en su haber un éxito importante con su obra lírica *El cabaret de la academia*, representada en el teatro Eslava por la compañía de Celia Gámez. De aquello hacía ocho años y todavía se hablaba en la capital de los números picantes que interpretaba la Gámez.

«Cara al sol con la camisa nueva/ que tú bordaste en rojo ayer,/ me hallará la muerte si me llega/ y no te vuelvo a ver…».

Juan Tellería compuso un año antes una obra de claro espíritu militar titulada *Amanecer en Cegama*, cuya música adaptó al himno que a partir de esa noche exhibiría con orgullo la Falange.

«¡Arriba escuadras a vencer!,/ que en España empieza a amanecer!».

Un amanecer de turbia claridad…

# X

# EL PACTO

*—No es para vestirla a usted,* miss *Guzmán, para lo que coloco a Georgette a su lado, sino para enseñarle a vestirse. —Y suavizando la impertinencia—: Usted va a representar en esta comedia, que quizá devuelva la razón a mi hijo, el papel de una gran señora. De una muchacha extraordinariamente elegante y rica. Usted tiene que vestirse, y que arreglarse, y hasta perfumarse, del mismo modo que lo hacía mi nuera. De ello depende el éxito de nuestro experimento.*

Mister *Prynce parece reflexionar.*

*—Ya sabe que, aparte de sus honorarios, estará usted vestida y mantenida a todo lujo.*

Cristina Guzmán, profesora de idiomas (1936)
Capítulo III

**Madrid, mayo de 1960**

Es mediodía. Carmen viste con elegancia, lo habitual en ella. Vestido oscuro con cinturón estrecho. Al cuello, un collar corto de perlas de doble vuelta. El cabello recogido, tocado con un pequeño sombrero ladeado. En un costado, el brazo sujeta un bolso de mano.

Antes de entrar se detiene un momento para contemplar las cariátides que flanquean el umbral de la sede del Banco Central, en el chaflán de la calle Alcalá con Barquillo. La fachada es imponente. Las cariátides, cuatro, enormes, una pareja a cada lado de la puerta, recibiendo majestuosas al visitante. A ella le apasiona la Antigüedad clásica. Las cuatro esculturas le resultan un estado puro de la belleza en plena calle.

Una vez dentro, pregunta por el subdirector. Tienen una cita acordada.

Tras el saludo inicial, la acompaña al segundo sótano, donde se halla la cámara acorazada en la que se guardan las cajas de seguridad. El ruido de la gigantesca puerta circular al abrirse retumba en los bajos del edificio. Carmen ni se inmuta, le sonríe al subdirector y al empleado que recibe las órdenes.

Culminado el operativo de apertura, se adentran en un inmenso habitáculo en el que hay una división marcada por una verja con cerradura.

La abren. Después van a por la caja identificada como de su propiedad y la dejan a solas con ella. Reposa sobre una austera mesa central. Carmen la mira detenidamente antes de introducir la diminuta llave para abrirla. Hay cierta emoción en lo que está haciendo.

El interior de la caja solo contiene un sobre grande, no alcanza el tamaño de un paquete pero casi, que extrae con cuidado utilizando ambas manos, como si se tratara de una delicada joya.

Lo deposita sobre la superficie de la mesa. Cualquiera diría que lo está dejando reposar.

No para de mirarlo. Hasta que por fin se decide a tomarlo por la parte del precinto, sin levantarlo de la mesa. Detiene sus dedos antes de proceder a abrirlo, es lo que ha ido a hacer, abrirlo de una vez por todas. Desconoce su contenido. Cree que ya es hora de saberlo después de tantos años. Aunque por el tamaño y la forma deduce que serán folios. ¿Tal vez un libro? A saber…

Pero algo, una sensación, un pálpito, un temor quizás… Lo que sea, pero algo hace que intuitivamente se pare. Acaba de arrepentirse. Se pregunta que cómo se le ha podido ocurrir desprecintar el sobre sin que sea todavía el momento acordado. El pacto con la persona que confió en ella al elegirla como depositaria de ese paquete quedaría quebrantado. Sabe que para él es importante y eso ha de estar por encima de su curiosidad. Merece que lo respete.

El momento de descubrirlo llegará, tiene que esperar. Debido al contenido del pacto, y muy a pesar de sus ganas de conocer lo que contiene, es mejor que eso ocurra lo más tarde posible. Pero no está en su mano.

Se sienta delante de la mesa y contempla el sobre unos minutos más antes de devolverlo al cofre de seguridad, guardando con él el secreto de su dueño.

# XI

## SOLO PARA HOMBRES

*Cris se levanta, dando por terminada la conversación.*

*—Estoy conforme,* mister *Prynce. Acepto el puesto de enfermera de su hijo con sus ventajas e inconvenientes. Y acepto este asunto de «disfrazarme» como parte del tratamiento. Soy enfermera diplomada y eso me ayudará a cumplir debidamente mi cometido.*

*Por primera vez mira* mister *Prynce cara a cara a «la maestrita». Instintivamente se ha levantado también.*

*Se inclina levemente. No le tiende la mano. Cris tampoco le sonríe.*

Cristina Guzmán, profesora de idiomas (1936)
Capítulo III

### Madrid, diciembre de 1935

Pedro Montojo estrechó la mano de un amigo, *peñista* como él, al que se encontró esa mañana en la entrada de la Gran Peña, un club privado de hombres situado en un edificio representativo en el centro de la capital.

Perico —familiarmente lo llamaban así— era un hombre sonriente, amable, de hábitos fijos.

Uno de esos hábitos que más disfrutaba consistía en consumir rincones de la vida en los salones del club con amigos, ratos de tranquila conversación, una copa al calor de la chimenea en invierno, un delicioso aperitivo en uno de los salones…, mientras, las calles de Madrid bullían de gente que cargaba con sus íntimas miserias, pero también con el saco de las insatisfacciones colectivas. Se veían pequeños a través de los cristales.

En el universo atrapado entre las regias paredes de la Gran Peña, el tiempo era tan exquisito que parecía un accesorio que cada cual manejaba en beneficio propio. El tiempo discurría limpio, ajeno al ruido exterior y también al ruido que últimamente hacían los políticos, mostrando un bochornoso espectáculo, más bien un permanente escarnio público de unos contra otros.

En el interior del edificio de arquitectura barroca reinaba una elegante tranquilidad que trascendía los problemas. Se trataba de un club selecto, muy exclusivo, por el que corrían los detalles de los sucesos más trascendentes de la capital.

Pedro Montojo mostraba siempre interés por la historia, en general, así que cuando conoció la de la Gran Peña decidió, sin esperar ningún otro argumento, hacerse socio de inmediato. El origen del club había que buscarlo en los acontecimientos derivados de la revolución de 1860 que destronó a la reina Isabel II y configuró un Gobierno provisional que no era bien visto por algunos estamentos del ejército. Empezaron a proliferar las peñas o reuniones de militares en céntricos y concurridos cafés de la capital, en los que se despachaban a gusto contra la revolución. Miembros del Estado Mayor y del cuerpo de ingenieros escogieron el café Suizo para sus encuentros, hasta que fueron advertidos de que las autoridades conocían el contenido de sus conversaciones que destilaban una clara hostilidad contra el Gobierno provisional. Alguien los había delatado. Tuvieron que ir cambiando los lugares de sus citas, que decidieron formalizar, en marzo de 1869, en la Sociedad Gran Peña. El número de asociados y el presupuesto crecieron a partes iguales, y en 1914 decidieron comprar un solar en el que construir una sede propia.

La fachada curva del edificio de diez plantas daba a tres calles al hallarse en la confluencia de las de la Reina y la del marqués de Valdeiglesias, con entrada principal por la avenida del Conde de Peñalver, en el inicio de la Gran Vía esquina con la transitada y señorial Alcalá. Más céntrico, imposible. El club ocupaba los sótanos, la planta de calle y la siguiente, la principal, y también el ático. El resto se dedicó a viviendas de alquiler, lo que suponía unos suculentos ingresos para la sociedad.

A Perico le encantaba leer el periódico frente a la galería acristalada de la planta principal. Dependiendo de la hora, disfrutaba de un rato de soledad que le sabía a gloria. Aunque solía ocurrir muy de vez en cuando. Trabajaba cerca, un par de calles más arriba, en la misma Gran Vía, en el edificio de la Compañía Telefónica Nacional de España. Siempre tenía mucho trabajo, que era correspondido con un buen sueldo. Una razón de peso para no quejarse.

—Buenos días, Luisillo. ¿Cómo estamos…?

—¡Hola, don Pedro! Bien, gracias a Dios.

El habitual saludo de siempre. Ni una palabra más, ni una menos. Luis, el limpiabotas, era un joven de unos veinte años y aspecto de sortear los días agarrándose a ellos refugiado en aquel sótano en el que también se alojaban los servicios de peluquería, duchas, baños, las cocinas y el comedor para los criados. Llevaba trabajando en la Gran Peña desde que era un niño, y siempre lustrando zapatos masculinos y dando gracias por tener un trabajo con el que ayudar a su familia. Vivía con sus padres y dos hermanas más pequeñas que él. «¡A ver cuándo te haces un hombre y te independizas! —solía bromear Pedro—, que ya no eres un chaval. En cuanto te descuides, te plantas en los treinta». Le había cogido cariño. Haberlo visto crecer entre el esfuerzo por hacer bien su tarea diaria para conservar su puesto y las ganas de agradar a la clientela, le enternecía. A veces le pedía a Carmen que le hiciera un pequeño paquete con chacina y algo de chocolate para que lo llevara a su casa, y entonces al muchacho se le iluminaba la cara de alegría. «Mire que lo intento, don Pedro, pero soy glotón, qué le vamos a hacer», refiriéndose a que las chocolatinas casi nunca llegaban íntegras a casa porque se las iba zampando por el camino. «¡Que vaya cómo zampas, hijo!», le regañaba el padre al verlo llegar con el paquete mal cerrado intentando disimular el expolio chocolatero.

Madrid brillaba en Navidad más hermosa que en el resto del año. Las luces de la calle se colaban a través de los amplios ventanales de la planta principal de la Gran Peña iluminando de un tono esmerilado el salón en el que lo único que pasaba era el tiempo, que iba deteniéndose en cada mesa, en cada sillón, dentro de las copas de brandy que degustaban los caballeros...

Aunque hay quien dice que en España algo va a pasar, que andan los obreros muy revueltos y los ánimos políticos, exacerbados. Que el escándalo del estraperlo, ese de los sobornos a personas influyentes a través de un juego de azar, que ya le ha costado el puesto a Lerroux, supondrá también el descalabro de su Partido Radical en las próximas elecciones que posiblemente se celebren en febrero. Sí, las Cortes van a disolverse en cuestión de días y se convocarán elecciones. Hay quien dice que Alcalá Zamora podría dejar de ser presidente porque el Parlamento no puede suspenderse más de dos veces en un solo mandato y esta sería la tercera. Hay también quien dice que la gente está desencantada de la República, pero que a la izquierda no le queda otra que hacerse fuerte para que esta perdure, que peor era la dictadura de Primo de Rivera.

Y mientras tantas cosas se decían, Carmen de Icaza terminaba su primera novela como tal, seria, porque la de *La boda del duque Kurt* «fue un experimento de juventud del que no he quedado satisfecha, ¡era demasiado joven!», le había dicho al editor. Pero *Cristina Guzmán, profesora de idiomas* ya era otra cosa. En ella había una trama más sólida, con más fundamento y experiencia; unos personajes con la entidad que no se da a los dieciocho años. Tenía mucho más clara su visión del papel que podía desempeñar la mujer en la sociedad y de sus derechos. Los cuentos de hadas quedaban encerrados en el baúl de la inocencia bajo siete llaves.

Pero..., los rumores no se agotaban. Hay quien dice que este invierno anuncia un próximo 1936 convulso. Lo único que Carmen sabe es que en el nuevo año cogerá de la mano a Cris para lanzarla al mundo, aunque sea un mundo cambiante que barrunte agitación. El mundo es siempre de los valientes, eso dicen, de los que se atreven a arriesgar. Y, al final, la vida sonríe a quien le sonríe. Hay quien dice que…

Se dicen tantas cosas…

# XII

## AVA, LA VECINA

*A la salida toma un taxi.*
*—Al Bazar Mayo, Gran Vía.*
*Y allí, en pleno país de automóviles pequeños, «patinettes» y triciclos,*
*Cris se siente locamente pródiga.*
*—Esto..., esto..., esto... y esto.*
*(...)*
*—Pero mamá, ¿es que eres un Rey Mago?*
*Cris, ante el retrato de Madrazo, sonríe, la mirada húmeda:*
*«¿Verdad, Cristina, que esto nos compensa de las impertinencias de un*
*millonario americano?».*

Cristina Guzmán, profesora de idiomas (1936)
Capítulo IV

### Madrid, principios de agosto de 1960

—Adoro cuando te pones deliberadamente impertinente, querido.

Su marido suele bromear con ella porque disfruta con su sentido del humor. A veces le toma el pelo hablándole de posibles joyas o de objetos de valor para decorar la casa, que podría comprarse con lo que ganará con su siguiente novela. «¡Ni que fuéramos millonarios!», replica Carmen, a pesar de que ya sabe que no lo dice en serio. «Date prisa, que ya estarán a punto de llegar».

Esta noche reciben a su hermana Sonsoles y a su marido. Francisco de Paula Díez de Rivera, Paco, marqués de Llanzol, es un hombre sencillo y generoso. Y muy austero, algo de lo que siempre lo acusa su esposa. Hoy se le ve cansado mientras intenta seguir con esfuerzo la conversación.

Al terminar la cena, sus cuñados, Carmen y Perico, anfitriones de la velada, les invitan a tomar una copa en el salón. Celebran que ya salió al mercado la nueva novela de Carmen, *La casa de enfrente*. Los críticos se han apresurado a decir que se trata de su obra más madura y completa. «¡Pues menos mal!, porque con la edad que una va teniendo, ¡como para que no sea madura!»; una novela oscura, de suspense y de desencanto, en la que ven planeando sobre la historia de dos personajes contrapuestos una sombra de crítica hacia el Auxilio Social. «Y si fuera así, ¿acaso no me lo puedo permitir ahora que estoy fuera de él?», se defiende la autora.

Después, los cuatro hablan de asuntos banales. La levedad de la intrascendencia va acotando territorios hasta que al fin llegan a lo importante: «Carmencita va a salir del convento». La madre lo cuenta con indignación, como si se tratara del paso previo a la llegada del fin del mundo. El padre, en cambio, comenta el hecho mostrando preocupación por la hija. Pero Sonsoles insiste en que la joven ha perdido el rumbo.

—Pero ¿qué esperabas? —le pregunta Carmen—. ¿Es que en algún momento se te pasó por la cabeza que tu hija iba a mantener la cordura después de lo que le ha pasado?

Las hermanas se enzarzan una vez más en una discusión estéril. Lo ocurrido ya es irremediable. Pero Sonsoles sigue y sigue, como si quisiera eximirse de su responsabilidad a base de cargar contra la hija.

Hasta que su marido la interrumpe:

—Pobre hija nuestra… —El marqués no les mira al decirlo. Le pesa demasiado el dolor de Carmencita. «Cuánto vas a sufrir», le había dicho, así es, antes de que se sentara frente a frente con su tía y se destapara todo—. En estos meses he intentado imaginar cómo se habrá sentido, pero no lo consigo —continúa—. Creo que nadie puede ponerse en su lugar. Yo daba por hecho que no aguantaría mucho en el convento. ¿Sabéis lo que nos han contado? —Por fin mira a Carmen, y entonces ella advierte la desolación profunda que mina sus ojos—. Que está famélica, apenas come, va mal vestida y pasa frío… —Al decir esto último se le quiebra la voz—. Pasa frío…, mi niña…, pasa frío y hambre.

A Carmen le conmueve el padecimiento que arrastra su cuñado.

—No eres el único que lo siente —dice Sonsoles con desacierto.

—¿He dicho yo que lo sea?

—Bien… ¿te sirvo otra copa? —pregunta Perico a su cuñado para zanjar el asunto tras una mirada de su esposa que lo incita a hacerlo—. ¿Estáis al tanto de los escándalos del general Perón con Ava Gardner? En todo Madrid no se habla de otra cosa, os lo aseguro.

—Esa mujer es avasalladora —dice Sonsoles—, pero tan hermosa… ¿No te parece? —le pregunta a su marido.

—Pues yo no tengo ni idea pero tampoco demasiado interés, dicho sea de paso —responde el marqués como por obligación, le sigue afectando mucho lo ocurrido con su hija.

—Paco, qué poco sofisticado eres siempre —protesta su esposa.

—Ya me dirás para qué sirve tanta sofisticación.

Le cuesta asumir, aún hoy que llevan casados tantos años, lo que ha supuesto el carácter independiente de su esposa, sus gustos refinados y exquisitos, y su tendencia al lujo.

—Claro, Paco, a lo mejor es que preferirías estar casado con una mujer muy distinta a mí. Alguien como María Estela Martínez, por ejemplo. ¡Qué mujer tan rancia! Con ese peinado tan anticuado, será que en Argentina siguen llevándose esos cardados.

—Venga, hermana, no exageres.

—¿Que no exagere? ¿Tú no has visto la falta de clase de esa mujer? Y no sé qué se le ha perdido en España a ese matrimonio.


El expresidente argentino y su compañera sentimental se habían instalado en Madrid no hacía ni un mes. El golpe militar perpetrado en septiembre de 1955 provocó la huida de Isabelita y Juan

Domingo Perón de Argentina. Iniciaron entonces un largo periplo en el exilio que les llevó a Paraguay, Panamá, Nicaragua, Venezuela y República Dominicana. Hasta que el 26 de enero de este año aterrizaron en el aeropuerto de Sevilla. El destino tenía que haber sido Barajas, pero en pleno vuelo se recibió la orden de cambiar de planes. Franco aceptaba recibirlos como exiliados, pero no sin condiciones. Su temor a que a su llegada fuera aclamado por una multitud de seguidores condujo el avión hacia el sur de España. Y el destino final: Torremolinos, en la costa malagueña.

—El Caudillo quería tenerlo controlado. Estando en Andalucía no había motivo de preocupación. El problema es que, por lo que parece, Perón prefiere estar donde se cuece lo importante, en Madrid.

—¡Pues claro! Es argentino pero no tonto —bromea Perico; todos le ríen la gracia.

—De haber intentado evitarlo habría sido peor el remedio que la enfermedad.

El ambiente está más distendido, lo que relaja a Carmen.

—Pues ahora os contaremos lo mejor, ¿verdad, Perico? No os lo vais a creer, pero hemos recibido una invitación para acudir a una cena en su residencia.

—¿En la residencia de quién…? ¿Del general Perón? —exclama incrédulo el marqués.

—Ya dije que os iba a sorprender.

—No sabía de vuestra relación con él.

—Nosotros tampoco, ja, ja —contesta Perico, divertido—. Que os lo cuente… que os lo cuente Carmen.

—¡No seáis así! —Se hace la ofendida—. ¿A qué viene esa risa? Al fin y al cabo, no es tan extraño. Nos explica en su carta de invitación que, como está recién llegado a Madrid, quiere contactar con personas que puedan introducirlo en los círculos sociales de la capital. Ya sabéis, intelectuales, políticos, periodistas… Me parece una idea muy acertada.

—Bueno, bueno, pero andaos con ojo con él. Es un general exiliado y un hombre muy popular en su país… No quiero pensar que pueda liderar aquí, en España, la reorganización de un movimiento para preparar un posible regreso a lo grande a Argentina.

—¡Ay, Paco! Ni que fueras el Caudillo —se queja Carmen—. Seguro que es lo mismo que piensa él.

—¿Y dónde se ha instalado? —pregunta Sonsoles.

—En la avenida del Doctor Arce —responde Carmen.

—No es mala zona. ¡El Viso!

—Qué menos para alguien que ha sido un mandatario como él —pretende aclarar el marqués reafirmando su idea—. No tardará en convertirse en un personaje importante en Madrid, lo estoy viendo.

—Un mandatario venido a menos —tercia Perico.

—¿Y se ha instalado con Isabelita? Así la llaman, ¿no? —prosigue Sonsoles con detalles dignos de los cotilleos de salón—. Porque creo que continúan sin estar casados.

—Querida hermana, no tengo ni idea. ¿Quieres que se lo pregunte? —bromea Carmen.

Lo cierto es que el marqués de Llanzol tiene razón en parte. Tras unos meses viviendo en Torremolinos, la pareja se trasladó a un chalé a las afueras de Madrid, en El Plantío. Pero incluso los escasos kilómetros que separan la zona del centro de la capital le parecían muchos al argentino. Así que se mudaron a uno de los barrios céntricos más exclusivos, El Viso; la mejor manera de estar más cerca de todo.

—Prometo no escatimar detalles cuando os cuente nuestra noche con ellos…

El portal número 11 de la avenida del Doctor Arce corresponde a un edificio independiente y bajo, rodeado de vegetación. Por la austeridad de la fachada que da a la calle no se diría que se trata de una finca de alto nivel. Sin embargo, en la parte posterior un frondoso jardín de pinos centenarios y paredes de piedra característica de la sierra madrileña sosiega con elegancia la vida del reducido vecindario. En la segunda planta, los Perón ocupan un piso amplio de unos trescientos metros cuadrados con una terraza que da al jardín. Sus famosos vecinos hacen de ella una comunidad singular.

Justo encima de ellos, en el dúplex de la planta tercera, vive nada menos que la actriz Ava Gardner. Corre por Madrid el rumor de que la casa es propiedad de su amante, el torero Luis Miguel Dominguín.

—Al principio, la relación entre nosotros podría decirse que era cordial.

Perón, con un marcado acento argentino, informa a Carmen y a su marido de cómo es la complicada convivencia del matrimonio con la reconocida actriz.

En el menú de la cena reina la austeridad. Y en la decoración de la casa, un regusto rancio.

—Si hasta yo misma les subía ricas empanadas criollas que hacíamos en casa. Oh, y por favor —remarca con énfasis las dos últimas palabras—, llámenme Isabelita, como hacen nuestros amigos, entre los que gustosamente ya les consideramos a ustedes —les ruega la señora de la casa.

—Pues en ese caso mejor nos tuteamos todos —responde campechano Perico.

—¡Brindemos por ello! —propone Perón y chocan sus copas en el aire.

—¿Y qué problemas tienen con su célebre vecina?

—Nos hemos visto obligados a llamar varias veces a la Guardia Civil por las fiestas indecentes y ruidosas que hacen ahí arriba.

—Eso es un antro de perdición. —Isabelita se santigua indignada.

—Se junta gente de todo pelaje y condición: muchos extranjeros, gitanos, artistas… ¡Gente de mal vivir…! Parece que lo peor de Madrid se da cita encima de nuestra casa para soliviantar al vecindario y no hay quien duerma. Ya no sabemos qué hacer. ¡Cualquier día de estos escribo a Franco!

Carmen da un trago a su copa al escuchar la última frase y no dice ni mu.

La cita en el domicilio de Juan Domingo y María Estela era temprano y ellos han sido puntuales. La cena ha discurrido por cauces de cordialidad y de interés, sobre todo por parte del matrimonio anfitrión, ávido de conocer detalles sobre la sociedad madrileña y algunas de sus relevantes personalidades.

—Espero que les guste mi nueva novela —comenta Carmen para cambiar de tema. Estuvieron hablando de ello nada más llegar.

—La leeremos con mucho detenimiento. Qué bello gesto ha tenido con nosotros. Se lo agradecemos.

De pronto, la calma con la que discurre la reunión se rompe por unos extraños ruidos procedentes del piso superior.

Sorprendida, Carmen pregunta:

—¿Qué habrá sido eso? ¿Lo habéis oído?

Perón y María Estela se miran entre sí.

—Aguarden y verán… —dice él.

No se equivoca. Comienzan a mezclarse voces gritonas, golpes en el suelo, taconeos, palmas, música… y el volumen va creciendo hasta hacerse insoportable. Claramente se trata de una fiesta, muy animada y con grandes dosis de alcohol, a juzgar por los gritos desvariados de muchos de sus participantes. De tanto en tanto, se rompe alguna copa o un vaso.

—Pero ¿cuánta gente vive arriba? ¿Es una fiesta? ¡Menudo estruendo! —Perico no puede creer lo que están escuchando—. ¿Era esto a lo que te referías, Juan Domingo?

—Digamos que no es *una* fiesta sino *la* fiesta de todos los días —responde Perón.

—¿Lo hacen a diario? No puedo creerlo.

—Prácticamente.

—Este es un barrio tranquilo —comenta Carmen—. No creo que sus ilustres vecinos vean con buenos ojos estos escándalos.

El ruido de voces y música sigue aumentando. Hace mucho calor. «El verano en Madrid…, tendréis que acostumbraros», dice Perico. Han dejado las ventanas abiertas.

—«A ver si corre el aire»—. Isabelita se abanica sofocada y la noche no parece dispuesta a darles una tregua de la canícula estival.

—¿Hay alguien que pueda dormir en esta comunidad? Esto es inadmisible —se queja el marido de Carmen—. No me puedo imaginar cómo es vivir así. Pero alguien tiene que ponerle fin a esto. Si la Guardia Civil ya está al tanto de lo que ocurre, en algún momento tendrán que terminar con este dislate.

Un estruendo exagerado que parece proceder de algún objeto de grandes dimensiones que se ha roto al caer al suelo colma la paciencia del matrimonio Perón. Llaman de nuevo a las autoridades.

Pero no están dispuestos a esperar a que lleguen «quién sabe cuándo».

—Creo que ya están hartos de acudir a nuestra llamada. Así que… ¡Vamos! Acompáñennos, ya que están aquí. Verán que no les hemos engañado. Quizás a ustedes les hagan más caso que a nosotros.

Los invitados suben con actitud decidida junto a los Perón, guiados por la expectación de saber qué estarán haciendo en el piso de arriba, pero, sobre todo, de ver a una de las actrices más aclamadas del mundo. Y también bella y exótica como pocas.

Contra todo pronóstico, abre la puerta la mismísima Ava Gardner en persona. Viste una falda tan ceñida casi como la piel y luce el escote más pronunciado que ninguno de los cuatro ha visto jamás al natural. El aura de diosa les impresiona. A un lado, en un rincón, puede verse a la sirvienta; es española. Claramente a la actriz le gusta provocar porque ha desplazado a la chica para abrir ella misma. Quiere que la vean, plantar cara con descaro. Su manera de mirar, los ojos felinos, la carnosidad de la boca y su vestido a punto de estallar en los voluptuosos contornos de su cuerpo, la dotan de una sensualidad que revienta las costuras también de una sociedad constreñida que ella sola podría dinamitar, sin ayuda de nadie.

—Señorita Gardner —arranca Perón—, se lo hemos pedido en reiteradas ocasiones por las buenas. ¿Cree que alguien puede hacer una vida normal con tanto ruido?

—Y… ¿quién quiere hacer una vida normal, señor Perón?

—¿Sabe que es usted una descarada?

—¿También a su mujer se lo parezco? —dice procaz mirando a María Estela.

—¡Esto es intolerable! —exclama la argentina.

Carmen y su marido jamás han estado tan cerca de una mujer como ella. Aunque pueda parecer lo contrario, con lo que están viendo esa noche, piensan que vivir en ese edificio posiblemente no sea tan atractivo como creían antes de visitarlo.

Al fondo se entrevé la juerga y una densa nube provocada por el humo de los cigarrillos. Una humareda que abraza al nutrido grupo de amigos entre los que hay varios cantaores, tres bailaoras, algunos extranjeros, una familia gitana con «un arte que no se *pué aguantá*, ¡oleee! ¡Venirse *pá cá*!», les exhortan desde el salón.

—¿Acaso les resulta graciosa esta situación? —responde el expresidente argentino.

A Perico le parece ver a algún famoso actor de Hollywood, pero no está seguro. El jaleo se extiende hasta el rellano, convertido ahí en un molestísimo estruendo.

¡Una cabra! El animal emerge como una aparición surrealista dispuesto a escapar de semejante locura. Tras la cabra sale corriendo para intentar darle alcance un tipo corpulento, de aspecto envejecido prematuramente, que se detiene en la puerta.

—¿Qué está pasando, Ava? —dice con voz ronca y profunda, empastada por el exceso de alcohol—. ¿Tus vecinos se unen a la fiesta?

—¿También usted por aquí? ¡Otra vez! ¡Vaya, no falta nadie! —grita Perón tan sorprendido como enojado.

—Ya ve, aquí estoy de nuevo, gener…

Intentando no tambalearse, iba a cuadrarse ante Perón en tono de burla cuando de pronto repara en las personas que lo acompañan, y sin poder disimular su estupor exclama, para sorpresa de todos:

—Oh… ¡Carmen!

# XIII

# SUEÑOS EN LA AURORA

*—Abre. Debe ser la doncella francesa.*

*—Buenos días, mademoiselle. Vamos a salir juntas, ¿verdad? El señor Alfaro me ha dicho que iríamos de compras. Que es necesario para la salud de monsieur Joseph convertirla a usted en madame la comtesse (la señora condesa)... Y, en efecto, se le parece usted bastante.*

*—Georgette, no la necesito hoy. Pero tome por su molestia.*

*Y le tiende un billete azul.*

*—De ningún modo, señorita. Yo estoy al servicio del señor Valmore. Viniendo aquí solo cumplo órdenes suyas. Muchas gracias, pero no puedo aceptar.*

Cristina Guzmán, profesora de idiomas (1936)
Capítulo V

## Madrid, principios de agosto de 1960

Le duele la cabeza. Se lo ha provocado la situación, más que la música y el ruido de la fiesta. Se lo ha provocado la tensión, las quejas y el enfado de los Perón, la discusión con Ava Gardner... ¡Discutir con Ava Gardner! Ni remotamente se le podía haber ocurrido una escena semejante, por mucha inventiva que tenga al ser escritora. Cree que incluso el horrible cardado de María Estela Martínez ha contribuido al dolor de cabeza. «Tengo que recomendarle a mi peluquero, lleva un peinado muy poco *chic*, le irían bien unas ondas», piensa y ríe sola, permitiéndose un ramalazo de frivolidad con el que contrarrestar las consecuencias de la delirante experiencia que acaban de vivir.

Ya están en casa. Salieron con prisa del domicilio del expresidente argentino. Carmen quería evitar tener que dar explicaciones de cómo es que conoce a Ernest Hemingway, desde cuándo, dónde ha ocurrido… En fin, entiende que resulte llamativo tener trato personal con alguien como él, y más siendo una mujer que nada tiene que ver con lo que rodea al escritor norteamericano. Nada que ver con la vida conflictiva de este Premio Nobel, llena de excesos y de polémica. Una vida que parece estar pasándole factura, porque lo ha visto tan envejecido… Unos segundos han bastado para advertir la derrota en su mirada cansada y eso le entristece.

—¿Tú conocías a Hemingway en persona?

Su marido no entiende lo que acaba de ocurrir y menos aún que Hemingway conozca a su esposa y se haya sorprendido al verla.

—Pues…, sí, lo conocía… En cierto modo.

—¿Qué quiere decir en cierto modo? O lo conoces o no lo conoces. ¿Puedes explicármelo?

—Es una larga historia.

—¡Ah! Encima es una larga historia. Menos lo entiendo, entonces.

—Vi a Ernesto por primera vez de una maner…

—¿Ernesto? ¿Esa familiaridad te gastas con él?

—¡No! Lo llaman así sus amigos españoles y a él le gusta. Oye, Perico, ¿no estará tu cabeza inventando cosas absurdas, verdad? ¡Estamos hablando de Hemingway!

—Habría que ver qué entiendes por absurdo en lo que estoy preguntándote.

De pronto, Carmen estalla en una risa que no puede reprimir al ver a su esposo tan preocupado y receloso.

—¿No estarás pensando que él y yo…?

—Te diré que no sé qué pensar. Una sorpresa de este calibre no es propia de ti. ¿Por qué nunca me has dicho que lo conocías?

—De veras, querido, no tiene sentido que te pongas así. Tuve un encuentro casual con él cuando ni siquiera sabía quién era. Fue hace mucho, cuando yo acababa de empezar a trabajar en *El Sol*. ¡Imagínate!

—¿Cómo? ¿Así que lo conociste antes que a mí y acabo de enterarme?

—No es que lo conociera, tropezó conmigo en plena calle y…

El cansancio le puede y no le deja poner en orden sus pensamientos para explicar lo que Pedro espera saber. Ha sido una noche muy agitada.

—¿Por qué no vamos a descansar? ¡Estoy muerta después de todo lo que ha pasado en una sola noche! Y prometo que mañana te contaré con detalle de qué conozco a Hemingway. Todo… Te lo contaré todo.

Contar todo es empezar por el principio. Y el principio se remonta a aquel día que ella olvidó durante años. Nunca le dio importancia. Relata lo que ocurrió a las puertas de la entonces escandalosa y clandestina Casa del Pecado Mortal, lugar del primer encuentro fortuito con quien acabaría siendo uno de los escritores de más fama mundial. Tardaron treinta años en volver a coincidir. Podían no haberlo hecho nunca, no haber vuelto a encontrarse jamás. Vivían en países muy distantes entre sí, procedían de mundos opuestos y se movían en círculos sociales diferentes. Habría sido lógico pensar que jamás volverían a encontrarse. Sin embargo, sucedió. Quiso el azar volver a cruzar sus caminos. A veces una casualidad cae como un rayo en el destino y cambia su rumbo aunque tarde en hacerlo.

Cuando se encontraron de manera accidental en la calle, Hemingway visitaba por primera vez España en aquellos años veinte. Venía de París acompañado de su primera esposa, Hadley Richardson, quien ya en ese viaje supo del romance de su marido con la periodista Pauline Pfeiffer, con la que llegó a casarse después de que ellos se divorciaran. «¡Se ha casado hasta cuatro veces! No conozco a nadie aquí que lo haya hecho. En su vida sentimental no ha tenido demasiada suerte». Aunque eso depende de cómo se mire, porque tal vez él no piense que ha tenido mala suerte, sino más bien lo contrario. Ha amado con tal intensidad que a veces no fue posible seguir haciéndolo sin riesgo a que ese amor matara. Porque es verdad que el corazón puede romperse. «El mundo nos rompe a todos, y después muchos son fuertes en los lugares rotos», escribió el autor norteamericano. Pero ni Carmen ni Perico son capaces de hacerse a la idea; a ellos les bastó un solo amor para sentirse libres.

«A Ernesto le fascinó nuestro país desde el primer instante en que lo conoció. Ahora que lo pienso, España quizás sea su amor más estable y, al mismo tiempo, el más convulso y longevo. Le gusta el país, y bien que lo ha reflejado en su obra literaria, pero más aún le gusta la gente. Y, sobre todo, los toros. Ha paseado por el mundo la fiesta de los sanfermines como ningún español ha hecho. Cuando tuvimos el tropiezo vivía en la pensión Aguilar, en la Carrera de San Jerónimo, muy frecuentada por taurinos. ¡Debía sentirse en su salsa!».


Y ahora ese genio de la literatura, ese hombre talentoso y controvertido, está aquí. Ahora. En este instante en el que no está en ningún otro lugar del mundo sino en casa. Jamás pudo pensar Pedro Montojo que sus ojos verían a Ernest Hemingway sentado en su sofá, fumando un pitillo y tomando un whisky tranquilamente frente a él.

Se hallan en la sobremesa. Hemingway —Ernesto— muy agradecido por la invitación a almorzar, corresponde amablemente a sus cumplidos. Hace dos días de la cena en casa de los Perón.

A Pedro, a quien todavía le cuesta creer lo que está pasando, no le abandona la fascinación ni un segundo. Pero después de la segunda copa, que se suma al vino que han tomado durante la comida, que no ha sido poco, los deja a solas. Los amigos tienen mucho más que contarse, pero él se siente muy cansado y se disculpa antes de retirarse.

Le dedica una última mirada a su esposa —«Nunca dejarás de sorprenderme, nunca…»—, y camina hacia el dormitorio dándole vueltas al saco de inesperadas emociones de las últimas horas.

A Carmen le ha impresionado comprobar la pésima relación que Ernesto mantiene con el paso del tiempo, que va más allá de la que se tiene de manera consustancial al hecho de existir. Porque el tiempo pasa y pesa. Sobre todo para él. Salta a la vista. Sus manos están torpes. En poco tiempo el cuerpo ha aumentado su volumen como si se hubiera expandido en varias direcciones en busca del camino que tomar.

Lo peor es la mirada…, tan cansada que parece pedir un auxilio permanente. Pero, a pesar de todo, Ernesto no ha perdido su gesto afable.

—¿Sabes que ya no pensaba regresar a España? —le confiesa.

—Me sorprende.

—No, querida. No sorprende si sabes la carga que me supone vivir. Cualquier cosa que me proponga se me hace un mundo —suspira—. Lo cierto es que ya apenas me propongo nada.

—¡Qué tontería dices! No sé de nadie a quien le guste la vida más que a ti.

—Eso era antes. Ahora me siento viejo, vencido, terriblemente cansado… y enfermo. Mi cuerpo y mi mente se han rebelado contra mí. Tengo serios problemas de presión arterial y no duermo. El insomnio me persigue desde hace años.

—Pero de algo sirven los médicos. Seguro que están controlando bien todo lo que me cuentas. Ya no somos unos niños, es normal tener achaques, yo también los tengo, y mi marido, ¿y quién no los tiene a nuestra edad? —La última frase la dice con una calidez que intenta ser reconfortante—. No me parece que sea tan grave.

Hemingway la mira fijamente y serio antes de añadir:

—Lo es. Tengo una afección de la córnea. Estoy quedándome ciego, Carmen. Y eso me produce terror.

Al escucharlo, ella nota un dolor que la tambalea en el sillón. Le ha dado un escalofrío, como una corriente eléctrica que le ha atravesado la espalda de arriba abajo. Se siente dolorosamente identificada en las palabras de su amigo. No lo esperaba. Le cuesta decir:

—¿También tú…?

—¿Por qué dices *también*? —se alarma Ernesto.

Un nudo va a atravesarse en la garganta de Carmen.

—Porque para mí es terrible comprobar cómo voy perdiendo vista día tras día. Sí…, yo también. Hace tiempo que tengo problemas de visión y se van agravando en cuestión de días. Siento pavor ante una posible ceguera. A mi familia no quiero contarle toda la verdad. ¿Ves…? Al final, resulta que no somos tan diferentes como siempre hemos creído.

Ernesto se incorpora afectado por la fatal coincidencia y toma su mano.

—Vaya…, no lo imaginaba. Lo siento mucho…

Se mantienen en silencio y ambos cierran los ojos como si quisieran ahuyentar de ellos los malos presagios de un mundo a oscuras.

—Cada vez trabajo con más dificultad —prosigue Carmen—. Llevaba siete años sin publicar. Y creo que, después de esta última, ya no habrá más novelas de Carmen de Icaza —pronunció su nombre rimbombante, bromeando.

—Lamento que así sea y no puedo negar que te entiendo, más de lo que puedas creer. —Le suelta la mano y vuelve a recostarse.

—Pensaba esperar para retirarme a que me concedieran el Premio Nobel pero veo que la cosa se está alargando demasiado —continúa bromeando Carmen—. ¿Crees que podrías hacer algo?

Los amigos ríen y en la risa se reencuentran de jóvenes, al igual que el peso de la vida les une en el presente. Aunque el peso que siente Carmen es una carga natural del hecho de cumplir años. En Hemingway, en cambio, los excesos aplastan su salud y le minan mortalmente el ánimo.

—Si ya no pensabas regresar a España, ¿qué te ha hecho cambiar de opinión?

—Un amigo me necesitaba.

—Tiene que ser muy buen amigo para recorrer tantos kilómetros cuando no entraba en tus planes.

—¡Lo es! Se trata de Ordóñez. Antonio.

—El torero.

—El gran matador, sí… —Se echa la mano a la frente como si le hubiera dado un dolor repentino.

—¿Estás bien, Ernesto?

—Sí, sí, no te preocupes…

Extrae un bote de pastillas del bolsillo de su pantalón y toma una con un trago rápido de whisky.

—Te traigo un vaso de agua, espera —se apresura a ofrecerle su amiga.

—Gracias, no es necesario. Así está bien. Y dime…, ¿es definitiva tu intención de no seguir escribiendo?

—¿Por qué mejor no me cuentas qué te ocurre? ¿Para qué son esas pastillas?

—¿Preguntas qué más me ocurre, además de lo que te he contado? ¿No te parece suficiente? —Ella lo mira esperando una respuesta que le aclare más de lo que cuenta, en lugar de tanto interrogante—. Sí…, ya sé… Sé lo que estás pensando, Carmen. En efecto, ocurre algo más, pero nunca quiero reconocerlo. No es fácil… Padezco de crisis nerviosas, son molestas, intento remediarlas a base de pastillas. Eso es todo.

—Me temo que no es todo. ¿Sigues bebiendo? Es lo peor que puedes hacer.

—¿Peor que vivir sin querer?

—¿Cómo puedes decir eso? ¡Un hombre con tu fortaleza y tu talento! Te quedan todavía muchas batallas que lidiar.

—Preferiría lidiar un toro junto a Ordóñez. —Es difícil que pierda su sentido del humor.

—Siempre me gustó tu agudeza y la ironía con la que afrontas situaciones que te resultan molestas. Veo que, ¡afortunadamente!, no se te pasa con la edad.

En la profunda calada que Ernesto da al cigarrillo viaja la tristeza de no asumir lo que la edad no perdona.

—¿Sigues sin querer contarme qué contiene el paquete que me entregaste para que lo custodiara? Todavía hoy no entiendo que quisieras que fuera yo quien lo hiciera.

—¡Ja! ¿Crees que me pillas con la guardia tan baja que voy a decírtelo?

—¿Qué importancia tiene? Te garantizo que está a buen recaudo, así que…, qué más te da desvelarme lo que contiene.

—Mucha, Carmen. Tiene mucha importancia. ¿Sigue estando en un banco?

—En una caja de seguridad, tal y como me pediste.

—Me tranquiliza. No te preocupes, que ya pronto podrás conocer su contenido.

—¿Pronto? —se sorprende Carmen.

—Claro, ¿recuerdas cuál era nuestro pacto? Podrás abrirlo cuando yo haya muerto. Y me temo que no falta mucho para que ocurra, no me queda tanta guerra que dar como tú crees.

—¡No empieces con eso! —Su amiga intenta quitarle hierro—. Con la edad se te está yendo la cabeza.

—No imaginas cuánto, querida, no imaginas cuánto…

Hay momentos en los que a Hemingway le falta el aire, e inmediatamente la respiración vuelve a acompasarse. Cuando eso ocurre, se queda como un niño a la espera de que un adulto lo socorra. Es una fracción de segundo en la que su infancia se instala en su mirada recordándole las ganas de que el círculo de la vida se cierre pronto. Ocurre cuando uno se cansa de vivir, pero tiene que seguir haciéndolo.

Está tan distinto a como es él. Carmen no cree haber cambiado tanto.

—Me ha sorprendido saber que jamás le has contado nada de nuestra amistad a tu marido.

—No lo he considerado necesario. Nadie habría entendido que fuéramos amigos.

—¿Tú crees? No veo por qué —defiende Hemingway.

—¿Acaso me has presentado tú a tu esposa? Bueno, habría que especificar el momento del que se trate para saber si tenías que haberme presentado a una o a otra.

—¡Ja, ja, ja...! Ahí me diste bien, amiga.

—Era broma. No sé... —Carmen no se siente cómoda hablando de ello, posiblemente porque, en el fondo, tampoco ella le encuentra una explicación, aunque lo intenta—. Siempre he pensado que nuestras vidas eran en verdad muy distintas. Y tú tienes unas costumbres y te mueves en unos círculos en los que yo...

—¿Unos círculos y unas costumbres inmorales...?

—No he querido decir eso. Digamos bohemios...

—Tiene gracia esa habilidad tuya de utilizar el lenguaje para alterar la interpretación de un hecho real. Me he pasado mucho en mi vida, Carmen, he cometido injustificables errores, grandes torpezas, pero, sobre todo, demasiados excesos. Hay muchos idiotas que intentan resumir mi vida privada con solo dos palabras: mujeres y alcohol. Y eso es porque no me conocen, yo no he sido un mujeriego, sino un romántico. —Alza el vaso de whisky antes de beber—. Pero en lo del alcohol sí tienen razón, me he pasado mucho con él. Pero no hablemos más de mí. Dime, ¿de verdad no quieres seguir escribiendo?

—Desde luego no creo que escriba más novelas. No es cuestión de no querer. ¿Acaso quieres tú dejar de hacerlo? El problema en la vista lo complica todo. Es demasiado el esfuerzo y son muchos los años que llevo dedicada a ello. Bueno, ¡qué voy a contarte a ti! Llevo publicando exactamente los mismos años que hace que estalló la Guerra Civil.

—Una guerra no estalla, la provocan. Y en este caso está claro quién lo hizo.

—¡Uy! No empecemos con eso, Ernesto.

—Tienes razón, vale, vale… Tienes razón, ya hemos discutido suficiente sobre ese asunto a lo largo de nuestra vida. Pero lo de tu carrera literaria…

—Agosto del treinta y seis —reitera ella—. Mi primer gran éxito con una novela.

—Qué coincidencia tan…, no sé… ¿extraña?

—Sí, lo es. No sé cómo, pero así fue. Supongo que nadie imaginaba que entraríamos en guerra.

—Nadie quiere una guerra, y menos entre compatriotas. Yo no soy español y la hice mía. Vuestra guerra fue mi guerra.

—Tú eres ya más español que muchos que presumen de serlo.

—En España fui feliz y a la vez sufrí en medio de donde caían las bombas. En medio de aquella tragedia que supuso la Guerra Civil. Y en España también soñé. Años más tarde me di cuenta de que me soñé a mí mismo…, gracias a tu país.

Los sueños en la aurora del desencanto se encadenan a la memoria de los años vividos, convirtiendo a Hemingway en una sombra de lo que antaño fue.

En una sombra que cobra vida aunque solo sea para recordar cuando España se partía en dos iniciando una senda de inexorable dolor.

# XIV

# LAS VÍRGENES DE BOTTICELLI

*La petite institutrice ha llegado a casa de uno de los mejores peluqueros de Madrid y ha confiado su melena a las manos del artista.*

*(...)*

*La maestrita sueña. Un sueño de película. Medias de malla superfina. Bolsos lisos y brillantes. Pañuelos de batista de Holanda. Y ropa interior de crespón natural.*

*El secador susurra como enjambre de abejas. Cris ha cerrado los ojos. Siente un bienestar maravilloso.*

*(...)*

*Cris siente cómo el sopor le embarga el cerebro... Un millonario americano: hombros anchos y ojos fríos... El Ritz... Un Rolls... y maletas de piel de Rusia con coronas de plata...*

*Cris abre los ojos. Se mira en el espejo. Se encuentra horrorosa con aquellas ondas disciplinadas como un desfile militar. ¿Para qué irán las mujeres al peluquero, Dios mío?*

Cristina Guzmán, profesora de idiomas (1936)
Capítulo VI

**Madrid, primavera de 1936**

Al lado de la peluquería de caballeros, en el sótano, dónde va a ser si no, lustra que lustra la bota y el zapato.

Un millonario extranjero irrumpe en la vida de Cristina Guzmán para abonar las ensoñaciones de las jóvenes románticas, que estallan como las burbujas del champán. Y, mientras, en el mundo real, los sueños de un chico como Luisillo se estancaban en la pobreza de cualquier rincón de los confines de la capital; allí donde antes no llegaban los coches de caballos ni entonces tampoco los vehículos modernos, esos que se impulsaban a motor. Aun así, hay días en los que cualquier pequeño detalle reaviva un atisbo de ilusión. Aunque se trate de la vida ajena; qué más da si ayuda a sacar la cabeza.

—¡Enhorabuena, don Pedro!

—Muchas gracias, Luisillo, pero ya me estás contando cuál es el motivo de la alegría, venga, suéltalo. ¿Qué merece esa felicitación?

—Espere, espere, que primero termino con sus zapatos.

—¡Pero si están perfectos! Como sigas sacándoles brillo iluminaré la Gran Vía al andar.

—Ja, ja… En realidad, la felicitación no es directamente para usted. Mire…

Se levantó levemente para extraer un ejemplar de la revista *Blanco y Negro* sobre el que estaba sentado en su banqueta.

—La he cogido de casa. Es de mi madre y tengo que devolverla porque como se entere de que me la he llevado me mata. —Enseguida Pedro entendió de lo que se trataba, pero no dijo nada, a ver qué le contaba el muchacho—: He oído por ahí que es muy bueno. Y tiene que serlo porque, ¿sabe, don Pedro?, en mi casa no se lee, no hay dinero para comprar libros, pero tampoco es que mis padres, o yo mismo, seamos mucho de leer, ya se puede imaginar… Pero mi madre ha agarrado esta revista y no la suelta.

La obra *Cristina Guzmán, profesora de idiomas*, de Carmen de Icaza, había empezado a publicarse por entregas en *Blanco y Negro*. La historia de una joven viuda que tiene que sacar adelante sola a su hijo pequeño dando clases particulares pero a la que, un buen día, una enigmática oferta de trabajo de un millonario le cambia la vida, estaba pegando fuerte entre los lectores. En poco tiempo todo el mundo hablaba de «la maestrita» inventada por Carmen. Estaba claro que había sido una buena idea. Después de una década escribiendo artículos, noticias y reportajes en prensa, se le ocurrió explorar las inquietudes literarias que siempre le habían acompañado y acertó.

—Le he oído decir a don Mariano, ¿sabe usted, el señor ese tan estirado que trabaja en el banco?, pues dice que su señora está enganchadísima al folletín de la tal Cristina Guzmán. Por eso le digo que seguro que es buenísimo. —Lo dijo con tanta pasión que provocó la risa de Pedro—. Lo malo —siguió contando Luisillo— es que, como no podemos gastar en comprar la revista, mi madre lleva semanas atascada con el capítulo del ejemplar este que le he cogido. A ver si usted pudiera enterarse de cómo sigue para poder contárselo yo a ella.

—Mucho mejor que yo te lo contaría la propia autora.

—¡Qué pena que su esposa no pueda entrar en este club! Porque anda que no me gustaría a mí conocerla, ¡y a mi madre, más! ¿No podría usted preguntarle, al menos, si el millonario va con buenas intenciones? Dice mi madre que ella no se fía.

—Está bien, veré lo que puedo hacer. —Y le guiñó un ojo al entusiasmado limpiabotas, que volvió a guardar la revista en el asiento.

La anécdota enterneció a Carmen.

—He pensado que mañana, o pasado, cuando te parezca bien, podría llevarle al chico otro hatillo con comida para su familia y algo de ropa que no usemos.

—¡Claro! —A Carmen habitualmente le parecía una magnífica idea, pero ese día le puso más ganas que de costumbre, gratamente sorprendida porque la madre de Luisillo fuera una de las admiradoras de su folletín—. Lo prepararé, cariño, ¡le va a encantar!

—Si puedes, además de la chacina de siempre ponle también queso, creo recordar que alguna vez me ha comentado que a su padre le gusta mucho. Y, por favor, no olvides las barritas de chocolate para él. Es uno de los escasos lujos que puede permitirse. Me ha contado que, cuando la señora de la casa en la que trabaja su madre no la ve, le coge el *Blanco y Negro* y lo lee a hurtadillas para seguir las andanzas de tu Cristina Guzmán.

—¡Vaya! Eso me anima mucho.

—Y es una buena señal de que el éxito va a ser todavía mayor de lo que ya es.

Carmen detuvo lo que estaba haciendo, se quedó pensativa y mostró sus temores:

—¿Crees, de veras, que va a ser así?

—¿Lo dudas? —Cariñoso, Pedro fue a abrazarla—. ¿Quieres que apostemos a que este no es más que el primero de muuuchos éxitos literarios que están por venir…? ¿Apostamos?

—Anda, deja, qué tonto te pones —le dijo, fingiendo querer quitárselo de encima.

Era aquella una primavera singular. Hacía un mes que los Icaza habían vivido un importante momento de celebración bajo una aparente y relativa tranquilidad social, tan ilusoria como un espejismo en el desierto, porque para entonces España ya ardía.

La pequeña de los hermanos, el ojito derecho de Carmen, elegante y caprichosa como ningún otro miembro de la familia, se casó.

—Es en esta familia en lo que tienes que pensar, no va a hacerlo solo tu hermana Carmen. Y tú no vas a ponerte a trabajar como ella, así que es tu obligación elegir un buen marido por el bien de todos. El marqués de Llanzol no puede ser mejor partido. Has tenido mucha suerte.

—¿He tenido, o *hemos* tenido, mamá? Siempre estás con lo mismo.

Sería por la insistencia de doña Beatriz, la madre, o porque puede que Sonsoles hubiera acabado por enamorarse, el caso es que el marqués se convirtió en su esposo. Lo de menos era que

Francisco de Paula Díez de Rivera y Casares, coronel de caballería y capitán de la escolta del rey, de cuarenta seis años, fuera veinticuatro mayor que ella. La boda se celebró el 12 de febrero en la iglesia de la Concepción, solo cuatro días antes de las elecciones generales. Actuó de padrino el hermano del novio, Ramón, marqués de Huétor Santillán, marido de Pura Huétor. Testigo, Pedro Montojo Sureda, marido de Carmen.

Velas, tapices antiguos, lirios, jazmines y rosas blancas, engalanaron la iglesia en esa gran ocasión. Fuera, en la calle, se agolpaba una multitud que quería ver a la novia. Y soñar. Muchos quisieron soñar y encontraron en ese enlace nupcial la ocasión más perfecta para hacerlo en unos tiempos que se intuían oscuros.

En la crónica de sociedad del diario *ABC* pudo leerse al día siguiente:

> Sonsoles de Icaza y León, blanca nube de tul, pupilas primaverales y sonrisa de niña, rubia y diáfana como las vírgenes de Botticelli, ha entrado en el templo del brazo de su padrino, el marqués de Huétor de Santillán. Detrás, Francisco Díez de Rivera y Casares, marqués de Llanzol —uniforme azul de caballería y cruz de Calatrava—, ofrece el suyo a su madrina, la señora viuda de Icaza, doña Beatriz.
>
> —¡Qué guapa! ¡Qué bonita! ¡Qué preciosa! —susurran al paso de la novia las guirnaldas de rosas y de muchachas.
>
> Pero nosotros —en pleno barullo de enhorabuenas, charla y *lunch*— no tenemos miradas más que para la nueva marquesita de Llanzol, señoril y diáfana en su largo y sencillo traje. Para esta novia de nombre sonoro como campanillas de plata y de belleza estilizada y pura como las vírgenes que soñó Botticelli.

Pero, como la felicidad no parecía tener buen encaje en la España del treinta y seis, las notas del «Ave María» de Schubert que llenaron los espíritus alegres en la iglesia de la Concepción aquel

12 de febrero, y cuyos ecos resonaron entre el gentío del exterior, se fueron solapando bajo los gritos y algaradas de una oleada de violencia callejera desatada tras las elecciones. Ocurrió tan solo una semana después de la boda, entre la tarde del día 19 y la mañana del 22.

Hubo sangre en las calles; sangre inesperada que, al derramarse, abonaba el germen del odio y teñía de un violento rojo la «blanca nube de tul» de las vírgenes de Botticelli...

# XV
## ODIO

*Balbina le metió las maletas en el taxi, húmedas las mejillas de manzana madura y el acento más gallego que nunca.*

*—No llores. Tres meses pasan volando..*

*Balbina, a través de sus lágrimas, y cuando arrancó el taxi, tuvo como última visión de Cris el relámpago blanco de su sonrisa.*

Cristina Guzmán, profesora de idiomas (1936)
Capítulo VII

**Madrid, mediados de julio de 1936**

Para participar en la lucha había que ir pensando en por quién o por qué vencer; el objetivo al que ofrendar la batalla.

La tensión tomó, imparable, como un relámpago, un camino ascendente, caldeando el ambiente político con desbocada celeridad. Aquellos meses se convirtieron en una carrera vertiginosa hacia ese odio en ciernes que entonces pocos querían reconocer pero que ya estaba incorporado a la vida de muchos.

Una apacible tarde de domingo, varios pistoleros acabaron a tiros, en pleno centro de Madrid, con la vida del teniente José Castillo, miembro de la Guardia de Asalto. Fue el 12 de julio. Dijeron que los asesinos eran de extrema derecha, a saber… Contaban que Castillo estaba en una lista negra de militares de izquierdas, de la que ya había caído algún otro antes que él.

Al día siguiente, 13, fecha fatídica en el calendario de la historia, en el que muchas más se añadirían, antes del almuerzo y devorando el periódico en busca de nuevas noticias sobre el crimen de Castillo, Pedro Montojo se dejaba limpiar su calzado en la Gran Peña.

Luisillo, el limpiabotas, más callado que de costumbre al ser consciente de la preocupante atmósfera de expectación que reinaba en Madrid, se concentraba en la brillante superficie de los zapatos de «don Pedro». Como si fuera un espejo en el que buscar explicaciones a la realidad que se reflejaba en ellos.

—No quiero imaginar cómo estará la familia de ese pobre hombre —comentó el chico, refiriéndose al asesinato del que hablaba la prensa.

—Menuda tragedia, sí.

—Esto se está poniendo feo, señor.

—Esperemos que no vaya a más.

—¡Esto es de locos!

—Ojalá se tratara de la acción de unos locos, Luisillo, pero mucho me temo que sabían bien lo que hacían. Espera… ¿Qué ocurre…?

En el interior del club estaba produciéndose una alteración inusual. Se advertía movimiento de gente en la planta de arriba. Ruidos. Alguna que otra carrera hacia no se sabía dónde.

Desde el sótano donde estaban llegaban lejanas frases agitadas entre mucho nerviosismo.

—¿Qué puede estar pasando, don Pedro?

Montojo cerró el periódico y se incorporó en el sillón.

—Eso me gustaría saber. Ha tenido que ser algo grave. Tanto revuelo aquí dentro no es normal. Iré a ver.

Pero antes de que le diera tiempo a levantarse se escuchó con claridad lo que alguien vociferaba por un pasillo: «¡Han asesinado a Calvo Sotelo!».

—¡Dios mío! —exclamó Pedro—. No puede ser… Vas a tener razón, la cosa está poniéndose fea de verdad.

Luisillo respiró hondo.

Al diputado y líder parlamentario de la monárquica Renovación Española, José Calvo Sotelo, lo habían sacado de su casa de madrugada —entre los agentes republicanos iba un guardia civil—, y lo metieron en un furgón de la Guardia de Asalto, donde fue asesinado a tiros.

—Eso ha sido para vengar la muerte de Castillo; es que la cagaron pero bien. A quién se le ocurre. Y ahora pues le ha tocado a Calvo Sotelo, que no podía haber nadie más contrario a la República que él.

—La defensa de las ideas, sean cuales sean, no deberían conducir a ningún crimen, Luisillo.

—Depende de qué ideas, ¿no? Calvo Sotelo era un exaltado y le encantaban las ideas del fascista Mussolini. Era partidario de la mano dura. Estoy seguro de que, si hubiera podido, habría utilizado al ejército contra «las hordas rojas». Así hablan los fascistas, ¿no?

Pedro se quedó sorprendido por su sinceridad y alarmado, porque lo último que imaginaba era que Luisillo pudiera pensar de esa manera.

—¿Estás justificando que lo hayan matado?

—Ehh…, no pretendía —caviló el limpiabotas.

—Ningún asesinato puede justificarse, Luisillo. Ninguno.

—No…, claro…, Claro —se reafirmó.

—Anda, vete a casa, creo que es lo mejor. No sabemos qué pasará ahora. —Le pagó el servicio—. Hoy me marcho a El Escorial; mi familia ya está allí descansando y yo empiezo mis vacaciones. Vaya manera de hacerlo.

—¡Me alegro! Y no se preocupe por lo de Calvo Sotelo, señor. Aproveche y descanse.

—Oye, ¿necesitas algo de dinero para tu familia? No nos veremos en muchos días.

—No, señor, muchas gracias, no es necesario.

Aun así, Pedro le extendió un billete doblado para que no se notara.

—Toma, métetelo en el pantalón. ¡Y no lo pierdas!

—¡Que no, don Pedro, que no!… Bueno, vale, pues muchas gracias. Y seguro que no tardaremos tanto en vernos. El mes de julio pasa rápido, para cuando quiera darse cuenta ya estará de vuelta. La vida sigue…, ¿no?

# XVI

## «PARTIR ES MORIR UN POCO»

*Cris aparece en la estación del Norte, esbelta, fina, vestida de gris de pies a cabeza, con un amplio abrigo al brazo y un maletín gris en la mano.*

*Cris ha dejado de ser Cris en su casa. En la casa del viejo portalón que da sobre el jardín de las monjas. Y allí tampoco ha habido grandes escenas. Cris no es amiga de efusiones.*

*(...)*

*Ahora, en la estación, miss Guzmán avanza hacia el tren con paso largo y seguro.*

Cristina Guzmán, profesora de idiomas (1936)
Capítulo VII

### El Escorial (Madrid), 18 de julio de 1936

—¿Estamos listos? ¿Tenemos todo?

Fue a comprobar que no olvidaban nada en la casa. Había que dejarla en orden y bien cerrada. En la maleta pequeña de Paloma iban sus juguetes, no podían descuidarla.

—¡Cómo íbamos a imaginar que regresaríamos tan pronto a Madrid! —lamentaba Carmen, desconcertada por la decisión que había tomado su marido recién llegado para pasar unos días de descanso que apenas ni empezaban.

—En eso tienes razón. Nunca he visto vacaciones más cortas —interfirió doña Beatriz, no conforme con la decisión tomada por su yerno.

—Querido, ¿de veras crees que esto es necesario? Palomita, cariño, deja eso. —La niña estaba empeñada en coger su pequeña almohada—. Ve con la abuela.

—Sinceramente, no lo sé, Carmen. Pero creo que estaremos más seguros en nuestra casa de Madrid. Pienso sobre todo en nuestra hija. No sé… Está todo muy revuelto en las calles, posiblemente no sea nada, tampoco hay que ser alarmistas. Pero dos atentados tan seguidos…

—¿Y no sería mejor quedarnos en El Escorial hasta que todo se calme?

Pedro echaba una última mirada, a través de la ventana, a los árboles del jardín. Era una imagen que, por alguna razón que no sabía explicar —tampoco de eso estaba seguro—, quería alojar en ese rincón de la memoria en el que guardamos todo aquello que deseamos recordar para el resto de nuestras vidas.

—No —respondió—. En Madrid podremos estar mejor informados en caso de que la situación empeore. Creo que es lo más sensato.

—No sé cómo podría empeorar. A mí, el atentado de Calvo Sotelo me parece muy grave. ¡Hija, deja eso! —La pequeña Paloma, que se había escapado de su abuela, se llevaba a la boca un trozo de pan que había caído al suelo mientras guardaban la comida—. Vámonos ya, está empezando a ponerme nerviosa. Sabes que no me gustan las prisas. Y no tengo yo tan claro que marcharnos sea lo mejor, pero no voy a discutírtelo ahora.

No paraba de moverse, enérgica como siempre, de un lugar a otro de la casa para comprobar que no se dejaban nada que pudieran necesitar. Pensaba en voz alta mientras iban saliendo con las maletas. «Aunque claro que lo de Calvo Sotelo…, puede que tengas razón y sea mejor partir cuanto antes, quién sabe lo que puede estar pasando a estar horas…».

Oscuridad y silencio quedaron atrapados en la casa al cerrar la puerta. El cimbreante movimiento de las copas de los árboles al paso de un golpe de viento inusual en esa época del año, los despidió.

El paisaje quedaba retenido en la memoria.

Un manto de clandestinidad cubría en aquellas horas el grito sordo de la sublevación.

Al sur. Tan al sur como Marruecos. El asesinato del diputado de la extremista formación de derechas Renovación Española alteró el calendario. Para antes del 20 de ese mes de julio tenía que haber sucedido lo que llevaba gestándose desde que se conoció el resultado de las elecciones de febrero.

En las horas previas a que Pedro Montojo y su familia suspendieran las vacaciones en su casa de El Escorial se había producido un misterioso movimiento de militares en Melilla. Según los escasos ecos que llegaban, parece ser que un grupo de sublevados tomaron Ceuta y Tetuán, capital del Protectorado español. Y el 18 por la mañana se hicieron con el resto del territorio marroquí gobernado por España; el mismo día en que los insurgentes pusieron, en Sevilla, al general Queipo de Llano al mando del ejército en Andalucía. Una decisión trascendente para sus objetivos. Y aunque precisamente Sevilla no resultó una plaza fácil —milicianos partidarios de la República levantaron barricadas en barrios populares como el de Triana y la Macarena entre muchos otros—, ese mismo día cayeron Córdoba y Cádiz.

Ya nadie podría detener la cuenta atrás.

—¡Pues sí que ha tardado usted poco en volver! —La alegría de Luisillo era sincera. Ninguno de los dos, ni el limpiabotas ni el propio Pedro, pensó que las vacaciones de este último durarían tan poco—. Espero que no le haya pasado nada malo a su familia.

—No, no te preocupes. Estamos todos bien. Pero tal y como está poniéndose la situación hemos creído conveniente regresar de El Escorial. ¿Los tuyos también están bien?

—Sí, don Pedro, muchas gracias.

—Veo que no ha habido novedades en la Gran Peña.

—Aquí todo sigue igual.

—¡Eso ya son buenas noticias! Ya que estoy aquí, ¿qué tal si le damos un repasito a los zapatos?

—¡Está hecho! Tome asiento, no tardaré nada, los trae usted impecables.

—¡Por cierto! No quiero que se me olvide. Ten, esta bolsa me la ha dado mi esposa para tu madre. Y aquí tenéis también esto para toda la familia.

Le extendió el habitual paquete con comida, que esta vez era más pequeño que de costumbre.

—No tenía que haberse molestado.

—Te aseguro que no es ninguna molestia. Todo lo contrario.

—A ver… ¿qué será esto? —el joven no podía aguantar la curiosidad y quiso abrir la bolsa.

—Ni se te ocurra, es una sorpresa para tu madre.

—Vaya, ¡con lo que a mí me gustan las sorpresas!

—Pues para esta tendrás que esperar a llegar a casa. También hay algo para ti. Tu madre te lo dará.

—Eso sí es fácil de adivinar: ¡mi chocolate!

Pedro sonrió y saludó con la mano a un socio.

Durante la mañana se mantuvo el trasiego habitual en el club, aunque con menos socios al ser julio, la mayoría andaba ya lejos de Madrid. Posiblemente algunos de ellos, al igual que Pedro, también regresaron antes de tiempo.

Había invitado a su recién estrenado cuñado, el marqués de Llanzol, a que se hiciera socio del club, pero no había dado tiempo entre tanta convulsión. Esa tarde lo llamaría, quería saber qué pensaba de lo que estaba ocurriendo en Marruecos. Y también le preguntaría por Sonsoles. Sabía por Carmen que estaba muy asustada.

No era la única. De norte a sur, España era recorrida por el temor, cada vez más firme, de que algo muy grave iba a suceder, si es que no estaba sucediendo ya…

A esa hora, doña Beatriz, intranquila, perseguía la idea de que nada malo iba a pasar. Había decidido quedarse con su hija Carmen hasta ver si las cosas se calmaban un poco, «¡Ojalá sea pronto!».

En la otra punta de la ciudad, Luisillo, nada más llegar a casa, dejó el paquete de comida en la cocina y la bolsa de parte de la esposa de don Pedro sobre la cama del dormitorio de sus padres.

Josefa, la madre, abrió la bolsa en cuanto llegó y de ella salió un brillo de estrellas como el de las luciérnagas en la noche. Le pareció un maravilloso sueño. Un montón de ejemplares de la revista *Blanco y Negro* con los capítulos de *Cristina Guzmán, profesora de idiomas* publicados hasta ese momento. La mujer se emocionó y, nerviosa, fue mirándolos todos y luego los ordenó para la lectura. Empezaría esa misma noche. Ni Cristina ni Josefa querían esperar más para saber la una de la otra.

> *Cris no se asoma, como los demás viajeros, a la ventanilla. No le interesa el andén. Se ha sentado y ha cruzado las manos sobre sus rodillas. Y espera a que parta el tren con algo de angustia:*
>
> *Partir es morir un poco.*

Cristina Guzmán, profesora de idiomas (1936)

Capítulo VII

# XVII

# DÍAS DE JULIO

*—¿Va usted a París, señorita?*

*Cris asiente.*

*Y el desconocido prosigue:*

*—Permítame que me presente: Jorge Vial, marqués de Atalanta.*

*Cris titubea. Solo inclina, sonriente, la cabeza.*

*—Creo que he leído su nombre entre nuestros jugadores de polo que van a tomar parte en las jornadas de Amberes.*

*—Justamente. Se parece usted a Joan Crawford —dice en voz alta—. Quizá en su mirada desencantada de mujer que todo lo tiene y que, sin embargo, siente que no tiene nada.*

*Cris reprime sus ganas de reír. De soltar su risa cristalina de los mejores momentos. «De mujer que todo lo tiene».*

*Pero Cris sabe dominarse. Sus labios siguen esbozando la misma sonrisa. Solo en sus ojos nace una lucecita burlona.*

Cristina Guzmán, profesora de idiomas (1936)

Capítulo IX

## Madrid, 19-20 de julio de 1936

Las fuerzas del Gobierno de la República habían ido desplegándose como un abanico por los aledaños de la plaza de España horas antes. La noche transcurrió en una tensa calma en la que el tiempo caía como una losa en todos los frentes. Los bandos ya estaban formados. España empezaba a llorar en dos colores opuestos.

La Guardia de Asalto había ido tomando posiciones con vehículos blindados y el apoyo de voluntarios que fueron apostándose desde el despunte del alba. Comunistas y miembros de la Unión General de Trabajadores y de las Juventudes Socialistas. En aquel momento, la defensa del Cuartel de la Montaña de Príncipe Pío, sede del Regimiento de Infantería Covadonga número 4, era decisiva para detener el avance de las fuerzas rebeldes y también para hacerse con el material depositado en su interior: un arsenal de cerrojos de fusil necesarios para que las armas gubernamentales, almacenadas en el Parque de Artillería, pudieran ser disparadas. Resultaban muy necesarias para luchar contra los militares sublevados.

Carmen se levantó esa mañana con un malestar que no sabía a qué atribuir. Un malestar que se presentó como una suerte de tribulación interior que le agitaba el ánimo y le hizo presente la conciencia de que las fatalidades iban a sucederse posiblemente encadenándose unas a otras. Quizás también no deseadas por nadie. ¿Quién iba a querer meterse de lleno en una guerra?

¿Guerra…? Acababa de escribir «guerra». Así, sin más, sin artículo ni adjetivo. «Guerra». La maldita palabra se había colado de repente entre líneas de su novela por entregas sin tener nada que ver con la historia que estaba escribiendo, así que un tachón la devolvió a su inexistencia. Se dijo a sí misma que sería exagerado pensar en una posible guerra solo por las noticias que se tenían del norte de Marruecos. Además, a su marido no se le veía preocupado y seguía en casa con toda naturalidad. Como si no pasara nada. «Aunque creo que hicimos bien en regresar de El Escorial».

Mejor hacer como si no pasara nada.

Porque nada pasaba… ¿o sí? Claro que en Sevilla sí parece que pase…

—¿Cómo va tu Cris? ¿Qué le harás vivir hoy?

Pedro se había acercado por detrás para sorprenderla con un beso de buenos días en la mejilla, que ella encajó distraída.

—En realidad, la historia está acabada. Me permito jugar un poco con el personaje de Cris para las últimas entregas de la revista, porque el libro estará ya imprimiéndose. El final ya está más que terminado. ¡No me hago a la idea de ver a Cristina Guzmán convertida en una novela!

—Será emocionante. Pero no deberías trabajar tanto. Hoy te levantaste más temprano que otros días...

Temprano... Desde muy temprano, desvaneciéndose la calurosa madrugada de mediados de julio, la Guardia de Asalto se había posicionado. Conforme avanzaba la mañana empezaba a ser una muchedumbre la que se concentraba frente al cuartel y sus alrededores. La calle Ferraz..., la de Luisa Fernanda... y otras adyacentes, se fueron llenando de tanta gente que apenas se podía pasar. El jefe de los guardias de asalto distribuyó a una media docena de efectivos, un sargento y los voluntarios, algunos de ellos con armas reglamentarias, apostándolos en un edificio de la calle Ferraz. Enfrente tenían unos jardines y la rampa de acceso al cuartel. Y junto a ellos, dos cañones y una ametralladora que apuntaban a la fachada. No había atisbo de vida en el interior de aquel edificio de enormes dimensiones en el que podían alojarse más de tres mil soldados. En sus tres plantas reinaba la oscuridad y el silencio, perfectos aliados de cualquier ataque.

Tres días antes, el 17, los madrileños se abrazaron masivamente a la radio, ávidos de noticias sobre los confusos movimientos militares ocurridos en Marruecos. Según las informaciones del Gobierno, se trataba de un conato de insubordinación que había sido reducido. Pero mientras la gente se arremolinaba en corrillos en las calles de Madrid y muchos se agolpaban en los bares en los que poder encontrar aparatos de radio que no dejaban de emitir con elevado volumen, numerosos falangistas se fueron congregando a las puertas del Cuartel de la Montaña.

Todo era confuso. El 18 de julio parecía que la rebelión militar se estaba extendiendo por el Protectorado español en el norte

de África, pero que no había que preocuparse en territorio penin-
sular. Eso decían en la radio.

Sin embargo, el día 19, el desorden y el caos buscaron su hueco en el corazón de Madrid. La situación viraba hacia el que estaba
convirtiéndose en el primer acto rebelde en la capital. El general
Joaquín Fanjul, miembro destacado de la Unión Militar Española
(UME), había cambiado de planes, y en lugar de viajar a Burgos,
como estaba previsto, se presentó en el cuartel a las doce y media
del mediodía para apoyar al general Rafael Villegas, jefe de la Junta
Militar, que estaba al mando. Fanjul vestía de paisano y pidió que
le buscaran un uniforme.

Cincuenta y seis años, la barba y el pelo canos, Fanjul se creció y, arengando efusivamente a los presentes —«Hacemos esto
para salvar de la ignominia a España»—, se le fue el tiempo. Y, también, en la espera de refuerzos previstos desde Valladolid y Burgos.
Ni la estructura de mando ni las instrucciones estaban siendo claras. Menos aún las comunicaciones.

El caso es que ya era tarde. Muy tarde... No había vuelta
atrás. Estaban rodeados y encañonados. El futuro de la sublevación
militar en Madrid enseñaba sus frágiles patas.

Comenzaba el asedio. Había, pues, que actuar a toda prisa.
Tapiaron las ventanas con sacos terreros entre cuyas juntas coloca-
ron las ametralladoras, bloquearon las puertas y entradas y levantaron
barricadas.

Los cañones de la plaza de España iniciaron con fuerza el ataque, que fue respondido desde el interior con débiles granadas de
mortero. El objetivo a alcanzar se difuminaba con la vegetación.

De repente, transcurrido poco tiempo de combate, por una
minúscula rejilla ondearon una bandera blanca. Demasiado pronto
para la rendición. Pero eran tantas las ganas de sofocar el golpe
con la victoria que muchos madrileños se aproximaron a los
muros del cuartel celebrándola de manera ilusa. Ahora sí estaba
claro el objetivo. Era una trampa. Los fusiles de los militares rebel-

des apuntaron indiscriminadamente hacia la masa enfervorizada del exterior y la mitad cayó abatida por los tiros. Un reguero de cuerpos inertes quedó esparcido por la explanada que se abría ante el acuartelamiento.

—Demasiado temprano —insistió su marido—. Miré el reloj y marcaba las cinco.

—Sí, es que… no sé, estaba intranquila y no podía dormir.

—¿Atascada con algún pasaje de este último «recreo» de la maestrita?

—Sí… —dijo por decir algo, no quería mencionar lo de Marruecos, ni lo de Andalucía, quizás por no querer creerlo—. Eso es.

—Están haciendo café y creo que es oportunísimo para que te concedas un pequeño descanso. Te vendrá bien. Seguro que tu Cristina Guzmán estará de acuerdo conmigo.

Mientras tomaban café, y sintiendo Carmen cada vez más intensa su zozobra interior, en otra zona hacia al sur de Madrid el cielo se tiñó del invisible color del miedo. Ruido al acecho, y un avión republicano que emerge, preludio del cercano final. A los mandos, el conocido como capitán Rexach, revolucionario, controvertido y temerario entre las nubes, partícipe del fallido golpe contra Miguel Primo de Rivera.

Una profusa lluvia blanca de octavillas en las que se pedía a los sublevados que depusieran las armas precedió a las bombas que sembraron el sometimiento del enemigo entre los muros del cuartel. Con el segundo vuelo, que fue rasante, los congregados se quedaron mudos mientras los artefactos que soltaban las tripas de la aeronave impactaban contra los dos patios.

Fanjul seguía creyendo que recibiría ayuda con los refuerzos al menos de las guarniciones cercanas de infantería del paseo de

Rosales y de la Guardia Civil en Conde Duque, sin sospechar que ambas se habían rendido.

Por segunda vez, la bandera blanca ondeaba desde el interior y removió, esta vez sí, el aire de verdadera derrota cubriendo con ella a las víctimas y su sangre derramada. Y aunque algún tiro deslavazado aún salía, los civiles voluntarios, muchos de ellos armados con escopetas, se lanzaron hacia la rampa mientras las fuerzas gubernamentales avanzaban con cautela.

En la vorágine del desorden y el desconcierto, las puertas se abrieron para dejar paso a los vencedores. Los atacantes aprovecharon para adentrarse en los pasillos del cuartel haciendo acopio del material que encontraban al paso y alcanzaron el cuarto de banderas para horror de su mirada.

Difícilmente podrían olvidar la escena: los cuerpos sin vida de una docena de jóvenes oficiales yacían en el suelo, cada uno con su respectiva pistola tirada al lado. El calor no había tenido tiempo de abandonar los cuerpos, ni tampoco las armas. Los oficiales se habían suicidado apenas minutos antes de la catástrofe final, que parecía dispuesta a alargarse.

De la calle no paraban de llegar espontáneos incontrolados con muchas ganas de unirse al festín de un recién estrenado tiempo de victorias y derrotas, de sangre y amenazas.

Como si no fuera suficiente la muerte sembrada, siguieron sumando más. Soldados, cadetes, falangistas… caían en la refriega del cuerpo a cuerpo.

Fanjul inició aquel día el camino hacia el pelotón de fusilamiento, previo paso por la cárcel. Estudiantes civiles y alumnos de la Academia de Infantería se contaban entre los que lucharon en el cuartel. Bajo un intenso calor, los patios dibujaron un dantesco escenario de cientos de cadáveres desparramados al aire caliente del verano.

Los relojes marcaban las doce del mediodía, grabando a fuego para la historia el inicio de una contienda entre hermanos. El éxito, estratégico y militar, que para el Gobierno republicano suponía la victoria de ese 20 de julio se convirtió en un símbolo de la lucha frente a los militares. La sublevación fracasaba en Madrid. Y ante la victoria de unos y la derrota de los otros, la incertidumbre cubría con su espeso manto las ilusiones y el futuro de la población.

El futuro que se tornaba más incierto conforme las horas avanzaban en una desconocida carrera contra el tiempo y la cordura.

La comida ese día en casa de Luisillo fue poca cosa. Daban gracias a que tenían los embutidos y el queso de don Pedro. Josefa, la madre, no había ido a trabajar porque su señora le dijo que andaba la calle muy revuelta y que mejor se quedara en casa con su familia hasta que todo se calmara.

Aprovechó la siesta de su marido para sentarse en la diminuta cocina y terminar de leer el último número de *Blanco y Negro* que le había traído su hijo de parte de la familia Icaza. No eran tiempos que incitaran a soñar. Pero, en aquel reducido espacio, entre un trío de paredes desconchadas y sombrías, Josefa soñó como nunca antes, agarrada a la mano de Cris, viendo un invisible rayo de luz…

*La vida es hermosa. Cris se siente feliz. La vida puede haber sido dura con Cris. Más que dura, cruel. Pero lo que no podrá arrebatarle nunca es esa maravillosa cualidad de saber sentir la belleza, la bondad, hasta de las cosas más humildes. Esa supersensibilidad que responde al menor rayo de luz.*

Cristina Guzmán, profesora de idiomas (1936)
Capítulo X

En otro punto de la ciudad, en la sede del Ministerio de la Guerra, pensaban cómo hacer para retirar tantos cadáveres después del asedio al Cuartel de la Montaña. Finalmente sería el servicio municipal de limpieza el encargado de amontonar en sus camionetas los primeros muertos de la sublevación y conducirlos a un destino que ya no importaba.

Madrid resistía.

# XVIII

## EL VERANO DE LA IRA

*El rostro de Cris ya no es risueño. Los ojos grises persiguen una casita blanca que se pierde entre follaje.*

*(…)*

*Ahora es Jorge el que se ríe.*

*—Dígame —suplica— quién es usted.*

*—¿Yo? Nadie interesante. Una muchacha como otra cualquiera.*

Cristina Guzmán, profesora de idiomas (1936)
Capítulo X

### Madrid, 6 de agosto de 1936

¿Qué sueños tendrá Palomita cuando crezca? Mamá los velará. Sus sueños se expandirán sorteando rencillas, afrentas, batallas… Aún son sueños de niña.

De vacaciones con su familia, feliz y protegida, ese día, su tía Anita le había regalado un bonito vestido que su madre le puso nada más desenvolverlo.

—¡Estás preciosa! —La tía le dio un beso y la pequeña se le colgó al cuello.

—¿Y cómo les va a los recién casados? —Carmen se dirigió a su hermana Sonsoles y a su marido, que empezó a mover la cabeza negando.

—A nosotros bien —respondió él—, pero no puede decirse lo mismo de España. Vamos de mal en peor.

El mundo no estaba a salvo en aquellos días, pero ellos, como muchas otras familias, creían estarlo entre las paredes de su casa. Desde luego que vivir en un piso amplio en López de Hoyos casi esquina con la calle Serrano, la vivienda de los Montojo de Icaza, no era lo mismo que hacerlo en los barrios en los que los «luisillos» intentaban sobrevivir sobreponiéndose a la penuria y a la marginalidad. No era lo mismo. Sin embargo, una guerra lo es para todos.

—Pero no pensemos en ello hoy —siguió Paco—. Además del cumpleaños de Palomita, creo que tenemos que celebrar también algo importante, ¿no es así, Carmen? ¡Brindemos por el éxito de tu novela!

—Gracias, confío en que esta buena noticia nos alivie un poco las penas.

—¡Por Carmen, la celebridad de la familia Icaza! —Propuso un brindis el marqués alzando la copa.

—¡Qué exagerado eres, Paco!

Carmen sentía una alegría que, si bien no podía decirse que fuera falsa, sí que era distinta a cualquier otra que hubiera sentido anteriormente. Celebrar lo que se preveía como el inicio de una exitosa carrera literaria cuando las tripas de España reventaban beligerantes provocaba en ella sentimientos opuestos y una enorme inquietud.

Con Madrid resistiendo a la entrada de las fuerzas insurrectas, la editorial Juventud publicaba *Cristina Guzmán, profesora de idiomas*, que tomaba, así, forma de novela después de haber sido un exitoso folletín por entregas. Un momento extraño para celebrar el lanzamiento de una primera novela. Extraño, también, para enamorarse o para casarse. Extraño para celebrar el amor. Habían tenido suerte Sonsoles y Francisco; daba la sensación de que la guerra venía empeñada en pisarle la cola del vestido y ni la luna de miel quiso respetarles, pero al menos habían podido casarse. A ellos es lo que les importaba. El resto, lo que a su paso tuviera preparado el porvenir, solo el tiempo lo diría.

Pedro Montojo y Paco Díez de Rivera hablaban con preocupación de los acontecimientos ocurridos en las últimas semanas.

—Tú tendrás buena información de lo que está pasando —comentó Pedro a su cuñado—. Dicen que la sublevación militar empezó a gestarse tras la victoria del Frente Popular. Pero me huele a que incluso pudo ser antes.

—El atentado contra Calvo Sotelo no ha sido la causa —dijo el marqués de Llanzol—. Lo que el asesinato provocó fue que no se retrasara más la fecha del alzamiento. Nada más.

La idea de sublevarse para derribar el Gobierno constituido después de que ganara en las urnas el conglomerado de izquierdas que formaba el Frente Popular ya estaba tomada. No importaba cómo estuviera de cerrado el plan; había que ejecutarlo para asegurarse su éxito. El asesinato de Calvo Sotelo lo aceleró. En el complot de generales sonaron como participantes activos los nombres de Emilio Mola, Joaquín Fanjul, Miguel García de la Herrán y Francisco Franco, a punto de partir hacia su nuevo destino en Canarias, más un coronel y un teniente coronel.

—Te aseguro que hay que estar preparados para lo que venga —añadió.

—¿Y también preocupados? —preguntó Pedro.

—Dejémoslo en preparados, querido cuñado. Esta convulsión hay que detenerla y no pinta bien. El alzamiento se ha producido, es una realidad, y, nos guste o no, estamos entrando en una guerra.

—Es increíble haber llegado a esto… Quizás tendríamos que ir pensando en tomar decisiones. Si, como dices, la escalada bélica se recrudece, tal vez no debamos estar en Madrid.

—En mi caso, aquí está mi puesto y aquí me quedaré. No parece que esta ciudad vaya a rendirse con facilidad. Más cabe pensar que seguirá siendo un bastión republicano por mucho tiempo. No puedo abandonar.

El marqués hablaba al mismo tiempo que iba reflexionando sobre lo que decía. Al fin y al cabo, quién quiere una guerra…

Aquel verano se convertía en un infierno sangriento en el que el horror y el espanto iban extendiéndose por toda la geografía española, avanzando sin interrupción hacia la muerte y el odio.

Las tropas del general Juan Yagüe tomaron Badajoz y la arrasaron. Era el 14 de agosto. Ese día y el siguiente se produjo la primera masacre de las muchas que llegarían a ocurrir. Más de mil republicanos fueron asesinados sin ninguna piedad, había que dar ejemplo de lo que pasaba si se mantenía la resistencia, aunque muchas fuentes apuntaron a que el número de víctimas podría llegar hasta tres mil.

De entre el coro de voces de la muerte sobresalía, en aquellos días, la de Queipo de Llano con su altavoz radiofónico desde Sevilla arengando sobre la violencia más desorbitada. Alentaba a cometer atrocidades de tal e inimaginable magnitud, que de la mayoría de ellas no se dejaba constancia escrita. Así serían de brutales...

Con una semana de diferencia, la ira del que ya se había asentado como el otro bando tomó la cárcel Modelo de Madrid, en cuyos sótanos fueron fusilados más de una treintena de presos, la mayoría falangistas. Con nocturnidad y alevosía, cayeron Julio Ruiz de Alda, uno de los fundadores de Falange Española; Fernando, hermano de José Antonio Primo de Rivera; el general Rafael Villegas, cabecilla de la resistencia en el Cuartel de la Montaña, donde también combatió el hijo de Fanjul, fusilado igualmente durante esa noche de terror en la Modelo.

Por la capital de España fueron diseminándose tenebrosos lugares, las checas, término tomado del comunismo soviético. Más de doscientas hubo en Madrid. En aquellas cárceles improvisadas, por lo general en los bajos de edificios significativos, partidos y organizaciones sindicales de izquierdas impartían el terror sin límites en sus más oprobiosas posibilidades: a los detenidos se les interrogaba, requisaba, torturaba y, después de lo que llamaban juicios sumarísimos, terminaban asesinándolos. Cuántos no habrían querido que los hubieran matado directamente, sin más preámbulo.

Cuántos no querrían que aquella carrera por ver qué bando era más cruel no estuviera produciéndose.

Aproximándose el fin del mes de agosto, doña Beatriz y su hija Ana se marcharon de España. Paco, el otro hermano, residía en Alemania como diplomático de México, país al que se trasladó un tiempo después de fallecer su padre. Durante la etapa en la que estuvo viviendo con su hermana mayor y con Anita, se licenció en Derecho por la Universidad Complutense. Su hermana Carmen le convenció de que en España no tendría tantas oportunidades laborales como en México, donde gozaban de cierto nombre gracias a su padre. Y no le faltó razón. Al igual que él, Paquito acabó siendo embajador.

Carmen y su marido decidieron que, de momento, seguirían en Madrid con sus respectivos trabajos. «Deberíais venir con nosotras», les aconsejó doña Beatriz, pero Carmen, siempre tozuda, no veía que fuera necesario llegar a tal extremo.

—Esto se reconducirá.

—No es eso lo que dice tu cuñado Paco. Él sí sabe lo que va a pasar…, bueno, en realidad, lo que ya está pasando. ¡No seas ilusa!

No lo era. De hecho, últimamente había establecido contacto con algunas personalidades del entorno de Falange y veía imparable el prolongado camino de la guerra. Pero aún confiaba en que hubiera alguna otra manera de combatir el caos en el que, creía, la izquierda estaba sumiendo al país.

—Todo irá bien, mamá.

—Parece mentira que seas escritora. Esa es la frase que se dice cuando se sabe que posiblemente nada irá bien.

Pocas veces, entre la tempestad del temperamento de su madre, le había visto momentos de debilidad como aquel, y sintió ternura. Carmen la abrazó y después, mientras le atusaba el cabello colocando en su sitio un mechón díscolo, se despidió de ella. «Tú no te preocupes, mamá. Haréis un buen viaje y confiemos en que pronto podáis estar de vuelta». Después, doña Beatriz le dijo adiós a su nieta con el corazón roto. Ese adiós no deseado fue para ella un desgarro sin ningún sentido.

Ese adiós no había hecho más que empezar.

# XIX

# LAS ALMAS DE LA NOCHE

*Jorge Atalanta no la escucha casi.*

*—¿Por qué me mira usted con esa cara tan rara? ¿No es usted feminista?*

*—No, señora, o señorita; no lo soy. Al contrario. Me parece el feminismo algo contra la ley natural de las cosas de este mundo.*

*—Explíquese.*

*—Pues sí: el feminismo me parece un desquiciamiento.*

*—No comprendo.*

*—Pues salta a la vista. Ahí la tenemos a usted, por ejemplo, una muchacha guapa, bien educada, de buena familia (no tengo más que verla), que, si no existiera la moda de «ganarse la vida», habría permanecido tranquilamente en su casita en espera de poder hacer por las buenas la felicidad de cualquier individuo; pero que, bajo el influjo de lo que ustedes llaman «feminismo», se lanza a una vida de luchas, obstáculos y tentaciones, que, desde luego, no es la que le corresponde.*

Cristina Guzmán, profesora de idiomas (1936)
Capítulo X

## Madrid, noche del 27 al 28 de agosto de 1936

La ciudad estaba desvelada. Esa noche Madrid no conseguía coger el sueño. El calor insoportable y una compacta pesadez en el aire la mantuvieron en vela hasta que unos zumbidos en el aire quebraron la quietud nocturna.

Eran aviones de guerra.

No podía estar pasando, pensaron muchos madrileños tan insomnes como la propia noche. Pero estaba pasando. Bastaron segundos para que varios Junkers Ju-52 de la aviación alemana rasgaran el cielo soltando bombas sobre lugares estratégicos de la capital. Estaciones de tren y el Ministerio de la Guerra. Y población civil. La gravedad de los sucesos que se habían concatenado desde mediados de julio hasta esa noche en diferentes puntos del territorio español ya estaba clara, era inequívoca. Los nazis ayudaban a los militares alzados contra el Gobierno constitucional de la Segunda República. Dar el paso de atacar utilizando la aviación suponía un serio aviso. No fue un ataque masivo, a pesar de que hubo alguna víctima mortal y varios heridos. Pero la advertencia estaba hecha.

La pequeña Paloma se despertó llorando, y como ella cientos de niños que, con el estruendo de las bombas, en mitad de la noche sintieron el pánico que sus padres callaban. Carmen fue corriendo a buscarla a su habitación, la tomó en brazos y la metió en la cama con ellos. Cada uno le cogió una manita para calmarla. La madre empezó a contarle un cuento inventado, en el que una niña soñaba que tenía el don de volar pero solo por las noches porque así podía vigilar desde el cielo a los niños que no conseguían conciliar el sueño, y llegaba a sus casas para hacerles compañía hasta que se dormían tranquilos.

> *«Emanan sus almas —se dice Cris— ahora que todo duerme. Sus almitas buenas y agradecidas al trato humano. Ellas son las que nos rodean en la paz de la noche…».*
>
> Cristina Guzmán, profesora de idiomas (1936)
> Capítulo XXI

Cuando por fin consiguieron adormecerla, Carmen dijo:

—Perico… No someteremos a nuestra hija a este peligro. Quién sabe el tiempo que Madrid puede resistir. Cuanto más lo haga, mayor será el riesgo que corramos. Y si a ti te llaman a filas, que lo harán, ¿cómo saldremos adelante Palomita y yo solas en un Madrid tomado por los republicanos?

—Sí, mañana mismo empezaremos a organizar lo necesario para irnos de la ciudad. Esta es una guerra que puede durar años. Permanecer aquí más tiempo es una locura.

—No creo que una guerra sea la mejor solución para ponerle fin a este caos. Gente inocente sufrirá, y niños como nuestra Palomita…, no quiero ni pensarlo.

—Tienes razón, pero lo que está claro es que no podemos seguir con esta convulsión que acabará por hundir el país. Ahora ya no hay vuelta atrás.

Ambos soltaron las manos de la niña ya dormida, plácidamente boca arriba, y se cogieron las suyas.

—Confiemos en que esto pase rápido, que te equivoques y acabe pronto. Tengamos fe y, sobre todo, resolución para escapar. ¿Crees que será fácil conseguirlo? Me temo que Madrid estará tomada por los guardias republicanos —se planteó Carmen, preocupada ya por la huida.

—No lo pienses ahora, no avanzaremos nada. Intenta descansar. Mañana será un día intenso.

Carmen y Pedro se emplearon a fondo en los preparativos de su marcha. No imaginaron que tendrían que pasar por un calvario que les llevaría de embajada en embajada. A la primera a la que se dirigieron fue a la de México, pensando que iba a ser fácil obtener pasaportes al ser hija de mexicano y funcionario de su diplomacia. Pero se equivocaron. Les pusieron todo tipo de impedimentos y terminaron negándoselos, para irritación de Carmen, que profirió improperios casi a gritos contra el personal de la legación. Impropio en ella, pero los nervios ya estaban a flor de piel y le indignó el trato que recibieron, «Después de que mi padre consagrara su vida a servir a su país, ¡es una vergüenza!».

No le dedicó mucho tiempo a lamentarse, por aquello del sentido práctico; era urgente resolverlo, y puso rumbo rápidamente a la embajada de Cuba, país del que ella ya disponía de pasaporte al ser su madre natural de La Habana. Se sirvió de su buena relación con el embajador cubano y lo consiguieron sin problemas. Solo quedaba hacer las maletas. Y asimilar el paso que estaban a punto de dar… Dejaban España porque solo así podían asegurarse su salida de una ciudad que no estaba dispuesta a rendirse con facilidad ante las tropas sublevadas, a pesar de que, como ya se había demostrado con los primeros bombardeos, estas contaban con la ayuda del ejército nazi y también el apoyo del fascismo italiano.

Y era precisamente a la Alemania en la que se había educado Carmen adonde iba a regresar para refugiarse de las bombas y la muerte anunciadas.

En casa de Luisillo, desde una de las dos únicas ventanas que tenía la modesta vivienda, el joven miraba el cielo sin apenas pestañear. Las manos en los bolsillos. De pie, sin inmutarse. Debatiéndose entre si el hecho de estar a punto de cumplir veinte años lo convertía en un hombre o si seguía siendo un joven que se hace mayor. El joven que ayudaba a su familia a salir adelante.

Pero hay decisiones que en cuanto se toman nos alejan de la juventud. Apuró el pitillo sujetándolo como hacen los hombres hechos y derechos: por arriba. Sin sofisticación. Es la naturaleza del superviviente. Abrió la ventana y lo lanzó al exterior como si fuera una canica.

En la calle López de Hoyos, Carmen, Perico y Palomita salían con un exiguo equipaje. Lo más delicado de la casa yacía mudo, cubierto por enormes sábanas blancas. Los dos adultos eran conscientes de la trascendencia de ese momento en el que al cerrar la puerta y dejar tras de sí los recuerdos que no caben en una maleta iniciaban un largo camino de imprevisible final. Qué difícil se les hizo echar el cerrojo a su vida cotidiana y a los recuerdos familiares adheridos a muchos de los objetos que allí se quedaban, y no saber si algún día podrían ser recuperados.

El golpe seco de la puerta al cerrarse fue la despedida que no querrían jamás haber tenido que vivir. No se dijeron nada. Pensaban en alcanzar la estación cuanto antes. Solo tenían eso en mente en aquellos momentos de vértigo.

Disponían de billetes para viajar a Alicante, donde embarcarían hacia Marsella en un barco de guerra de la Marina inglesa. El destino final era Berlín. Allí les esperaban su madre y sus hermanos Anita y Paco.

El emplazamiento de la estación del Norte estaba próximo al monte llamado del Príncipe Pío, y, por tanto, cerca del Cuartel de la Montaña donde se había librado la primera batalla del Madrid republicano del que Carmen y su familia huían. Los estragos de las bombas lanzadas por la aviación nazi se notaban en algunas zonas de la estación, convertida en un avispero de gente queriendo hacer lo mismo que ellos: abandonar la capital, que seguía en manos de «los rojos». Intimidaba la presencia de numerosos agentes de la Guardia de Asalto y de guardias civiles, que pronto se reconvertirían en un nuevo cuerpo llamado Guardia Nacional Republicana, según ordenaba un decreto aprobado por el Gobierno dos días antes.

Carmen llevaba a Paloma cogida fuertemente de la mano. La niña iba asustada, nunca se había visto entre una multitud semejante. Por primera vez sus inocentes ojos contemplaban a tantas personas al mismo tiempo y eso le estaba produciendo un estado de ansiedad que sus padres eran incapaces de evitar. No se podía. Tenían que atravesar la marea de gente, que solamente en algunos instantes se aligeraba, para alcanzar su vagón.

La pequeña se encaprichó con un helado del puesto que habían dejado atrás, un carro ambulante empujado por un hombre de mediana edad que le sonrió al pasar. «Shhhh…», el padre no conseguía callarla. Hablaban entre ellos en voz baja. No se fiaban de nadie. Y, aprovechando sus nuevos pasaportes, Carmen pretendía hacerse pasar por ciudadana cubana para no levantar sospechas.

Llegaron al vagón que les correspondía, pero Carmen quiso que, sobre la marcha, allí mismo, les cambiaran los billetes por otros en un coche cama para poder dormir, así que buscaron a un revisor.

—Mientras tú intentas que los cambien, voy a por el helado de Palomita, a ver si así se tranquiliza.

Pedro se perdió entre los viajeros camino del carro de helados, que no estaba demasiado lejos. La niña no paraba de llorar. Mientras tanto, Carmen buscó a alguien del personal ferroviario y encontró a un revisor. Con los billetes en la mano para mostrárselos comenzó a contarle que no había podido conseguir otros cuando los compró porque entonces no era seguro que habilitaran los coches cama, pero que, una vez en la estación, habían visto que sí. Hablaba con un exagerado acento cubano; para que resultara creíble le había pedido previamente a su hija que no abriera la boca mientras ella discutía con aquel señor el cambio de los billetes.

Estaban tan cerca de alcanzar la meta y verse saliendo de Madrid... Conseguirlo supondría la confirmación de que se encontraban a salvo. Parecía que iba bien. Confiaba en conseguirlo, no había razones para pensar lo contrario, quiso creer.

Solo que a veces ocurre que, estando a punto de rozar eso que se ansía, algo se tuerce en el último momento. Y de nada sirve actuar con rapidez para evitarlo, porque el destino es el que manda y dispone.

En el momento de pagar el helado, Pedro se dio cuenta de lo mismo que Carmen en la distancia. Se percataron a la vez. Fue una conexión intangible, unidos por el mismo temor advirtieron a la par el peligro real. Había delatores repartidos por el andén señalando, para que los detuvieran, a viajeros sospechosos de apoyar la sublevación militar. Seguramente el joven que Carmen tenía al lado, casi pegado a ella, fuera uno de esos delatores.

Intentando calmar los nervios y asiendo con más fuerza la mano de Palomita al darse cuenta de la presencia del joven, continuó hablando con el revisor. Acentuó la farsa cubana.

—Oiga *usté* yo le pido, *porl favorl*, que vuelva a mirarlo. Tiene que *haberl* algún sitio en el coche cama. ¿No ve que la niña es muy pequeña y necesita descanso?, ¡hombre, *porl Dioss*…!

Entendió que la pasividad del revisor se debía a que aguardaba la señal del delator para acceder a la petición que le estaba haciendo o rechazarla, en cuyo caso ni siquiera subirían al tren. Era ese un destino que por nada del mundo deseaba Carmen para su familia, mucho menos para su hija.

Dejó de sentir el corazón, de tan acelerado como latía. En los segundos transcurridos habría cabido media historia de la humanidad, así de eternos se le hicieron. Hasta la piel y el cabello le molestaban. Habría deseado estar en otro cuerpo. Se sintió como si de repente hubiera entrado en un estado febril de delirio.

Carmen y el joven delator se miraron, temiendo ella lo que a todas luces iba a hacer él.

El silbato de la locomotora, que sonó agresivo en aquel escenario de insoportable tensión, anunciaba la inminente partida del tren.

Desde lejos, un impotente Pedro sabía lo que estaba ocurriendo, pero para cuando alcanzara a su esposa y a su hija es posible que fuera demasiado tarde. Sin embargo, sabía que tenía que intentarlo y se dirigió hacia ellas a medio correr para no llamar la atención. Involuntariamente, desaceleró la marcha, sus pasos se trabaron, al reconocer a la persona que estaba al lado de Carmen a punto de hablarle y que parecía un miliciano. Un delator.

Sí: un delator.

Lo era, aunque Pedro se negara a creerlo. Súbitamente creyó estar inmerso en una pesadilla. ¿Cómo era posible que no se hubiera dado cuenta en todo ese tiempo? En tantos meses en los que estuvieron relacionándose con normalidad, sin sospechar nada.

Entonces arrancó a correr sin importarle nada.

Carmen cerró los ojos apretándolos con fuerza por un instante, convencida de que la detención sería inminente. Acto seguido se agachó para estrechar entre sus brazos a su pequeña Paloma. Sus dulces ojos…, la inocencia…, el amor que no cabe en un mundo imaginable. Todo temió perderlo de repente y solo le importó cómo salvar a su hija.

Pero entonces el desconocido dijo:

—¡Doña Carmen de Icaza! Ya puede usted hablar con el acento que quiera o vestirse de china, que se la reconoce.

—¡Luisillo! —Pedro llegaba jadeante y demudado, y se adelantó a que a su esposa le diera tiempo de responder al muchacho.

—¿Luisillo? —Carmen le lanzó la pregunta al joven—. ¿Tú eres Luisi…?

Palomita arrancó a llorar de nuevo con desconsuelo al ver a su padre llegar sin el helado. Se le debió de caer por el camino.

—Luis… ¿estás con ellos? ¿Tú…?

La decepción se alojó en el tono de Pedro y en su pecho, empezando a oprimirle.

—Estos señores pueden viajar —le dijo el limpiabotas con frialdad al revisor ignorando la pregunta—. Confórmese con lo que tiene —le aconsejó a Carmen, mirando los billetes.

El revisor asintió con la cabeza.

—Señora… —Luisillo le dirigió un gesto amable, aunque serio, a Carmen—. Don Pedro… Suban ya.

—Saluda a tu madre —le pidió Carmen, dándole las gracias, con una voz momentáneamente desgastada.

Fueron conducidos a sus asientos. Al marcharse el revisor, respiraron y se abrazaron. El reloj del tiempo, detenido en el andén, volvió a ponerse en marcha.

Paloma se agarró a la falda de su madre con un último llanto, quería su helado.

—¡Ni se te ocurra! —le dijo Carmen a su marido—. De aquí ya no se mueve nadie hasta que lleguemos a Alicante.

Por fin el tren arrancó. Al advertir el movimiento, la niña se acercó a la ventanilla, pegó la nariz al cristal y vio con tristeza cómo se alejaba el carro de los helados, en el que se encerraba su pequeño mundo ajeno a la realidad. Y, dejando atrás todo cuanto le resultaba conocido, lanzó al aire su imaginación…

*Un silbido agudo. Un estremecimiento. El tren ha echado a andar. Adiós, casona vieja del viejo Madrid. Y adiós, pajarillo que tienes tu nido colgado sobre el jardín de unas monjas.*

Cristina Guzmán, profesora de idiomas (1936)

Capítulo VII

# XX

## EL HECHIZO DEL MAR

*Cris mira a Atalanta con fijeza.*

*—Ignoro si hay alguna segunda intención en sus palabras. Supongo que no. Pero lo que sí veo claro es que usted considera la emancipación femenina como un deporte practicado por mujeres acomodadas.*

*—Por mujeres sin resignación. No me negará usted que antaño también existiría la necesidad, y, sin embargo, las mujeres sabían sobrellevarla dignamente.*

*—¿Qué entiende usted por sobrellevarla dignamente?*

*—Sin dejarla trascender. Permaneciendo en su sitio: en el hogar. Ignoradas y respetables.*

Cristina Guzmán, profesora de idiomas (1936)
Capítulo X

## Madrid, finales de agosto de 1960

—Fue un golpe de Estado, por más que lo llamarais alzamiento —echó un trago—. Este whisky es de primera.

—No bebas tanto, Ernesto. ¿Vamos a pasarnos la vida discutiendo sobre eso? ¡Como si tú y yo no hubiéramos hablado lo suficiente sobre este asunto! La guerra es el pasado.

—Tienes razón, lo es. Pero ¿sabes una cosa, Carmen? He cubierto varias guerras, nada tenían que ver unas con otras, y ninguna me marcó tanto como la vuestra. Créeme que tenía mucho de épico, tal vez ahora lo veo como un romántico.

—Todas las guerras son una tragedia, nada tienen de épico, ni mucho menos de romanticismo. Creo que lo que a ti te pasa se llama edad, años, tiempo que transcurre... ¿En qué estás trabajando ahora?

—Di mejor en qué debería estar trabajando, porque no consigo avanzar.

—¿Te has estancado? No te preocupes, a veces ocurre.

—No, Carmen, esto no es pasajero. Y claro que me preocupa. Terminé un reportaje largo para la revista *Life* en mayo y todavía no he acabado de corregirlo. Tú también te preocuparías.

—¿Llevas tres meses con un artículo? Entiendo la preocupación.

—Vaya, gracias, eres única dando ánimos —dijo él, afilando su ironía.

—¿Y de qué trata?

—Sobre la rivalidad entre dos grandes del toreo: Ordóñez y Dominguín. *El verano peligroso*. Así lo he titulado. Durante el verano del año pasado recorrí con ellos miles de kilómetros de plaza en plaza, fue apasionante y reconozco que muy agotador.

La revista *Life*, queriendo repetir el éxito de la publicación en sus páginas de *El viejo y el mar*, que le valió a Hemingway el Premio Pulitzer, le encargó otro gran reportaje. El tema parecía perfecto: los toros. Tenía que seguir de cerca el enfrentamiento que se estaba produciendo por el trono taurino español entre dos grandes rivales, Luis Miguel Dominguín y Antonio Ordóñez, cuñados, para más inri, al estar casado Ordóñez con una hermana de Dominguín. El morbo estaba servido.

El escritor pasó el verano con ellos. Diez corridas. Bayona, Ciudad Real, Málaga, Valencia… Y cornadas, tres cada uno, algunas graves.

—Creo que aún no me he recuperado de aquello. Estoy metido en un buen lío, no consigo rematarlo.

—Eso no es habitual en ti.

—Sí, por primera vez tengo dudas sobre algo que escribo.

—Pero el tema te encanta, es una de tus pasiones.

—El problema soy yo, no el tema.

—¿Qué extensión te pidieron?

—Diez mil palabras.

—¿Y cuántas has escrito?

—¿De veras quieres saberlo? —dijo en un tono socarrón que hizo reír a Carmen—. ¡Ciento veinte mil!

—¿Me tomas el pelo? ¡A mí ya me habrían echado! —Rectifica enseguida dándose un aire muy cómico—: Claro que yo no soy Hemingway…

—¡Mucho mejor para ti que no lo seas, querida!

—¿La historia de los toreros no se te ha ido un poco de las manos esta vez?

—No te rías de mí. Aunque no te lo creas, la historia es muy interesante y da para eso y mucho más.

—¿Para mucho más? El director de *Life* acabará tirándose por un barranco.

—¡Ja, ja! —La risa de Ernesto suena a estruendo cavernoso y también a muy benigna para él—. No sé cómo lo haces pero siempre consigues animarme. Estoy pensando que tal vez, además de reportaje, convierta *El verano peligroso* en un libro, ¡así ya no tendré que recortar nada!

—Me alegra verte animado, no tienes razones para lo contrario. Te queda mucha guerra que dar.

Hemingway se pasa la mano por la frente y luego se frota los ojos. Mira su vaso de whisky.

—No, amiga. Estoy demasiado cansado. Unos segundos que me animes no evitan que este sea el año más negro de mi vida.

—¿Tan grave es? Te he visto mal en otras ocasiones y has salido adelante. Pasará, ya verás.

Él iba a mirarla, pero la mirada se pierde a mitad de camino, de puro cansancio.

—Esta vez es peor. Siento que ya se agotó el camino que me quedaba por recorrer.

—No te pongas melodramático. No va contigo. ¿Qué ocurrió el último verano? ¿Te pasaste y por eso estás tan agotado y te cuesta rematar tu artículo para *Life*? ¿Es eso?

Ernesto no es capaz de responder al instante. No ha olvidado las juergas con Ordóñez y Dominguín en la espectacular finca malagueña La Cónsula, un hermoso palacete rodeado de diez hectáreas de jardín, propiedad de su buen amigo Bill Davis. Entre un viaje y otro del ajetreado verano recalaba en ella, pero en lugar de reponer fuerzas, las consumía.

Quiere eludir, no ya la respuesta, sino el propio recuerdo del exceso.

—Ernesto, mírame —le pide con decisión, dando una muestra de su forma irruptora de hablar, que describía con maestría Ridruejo cuando se refería a Carmen—. Tienes que prometerme una cosa: vas a terminar ya tu artículo.

Su amigo la mira y, ahora sí, le sonríe:

—¿Y seguir recortando el texto? Muy bien. Si tú me ayudas, lo hago —quiere provocarla.

—¡De eso ni hablar!

La chica, Reme, irrumpe para comentarle que su sobrina la llama por teléfono. Es importante. Carmen se disculpa con Hemingway y va a atender la llamada. Carmencita le avisa de que irá a verla al día siguiente, es su cumpleaños. Dieciocho. Pero no va a celebrarlo. «¿Seguro que estás bien, hija?», le insiste al dudarlo.

Cuelga sabiendo que la pena tardará en salir del corazón de ambos jóvenes. De Rolo, por cierto, hace tiempo que no sabe nada. El duro golpe que ha supuesto conocer la verdad ha dejado a su ahijada sin la pisada firme con la que se abría paso en la corta senda de la juventud.

Cuando regresa con su amigo le explica lo que ocurre con su sobrina y con su hermana Sonsoles. Contándoselo siente como si se tratara de una historia que le ha sucedido a otros, algo ajeno a ella y a su familia. Como un argumento de alguna de sus novelas.

*Cris, en la calle, no marcha ya con su paso de vencedora.*
*Es dura la vida.*

Cristina Guzmán, profesora de idiomas (1936)
Capítulo XVIII

Intenta evitar que Carmencita note el impacto que le ha causado verla. Su imagen es muy distinta a la que su tía tiene de ella. El cabello mal cortado, creciendo como puede entre el desastre de tijeras cometido por las monjas, es lo peor de todo.

—Crecerá, madrina —le dice la joven en un tono de resignación, porque, a pesar del esfuerzo, ha notado su preocupación al ver ese pelo.

—Sí, sí, por supuesto. ¡Estás guapísima! De veras. Eres guapísima, también por dentro y ahí el pelo no crece.

—Por dentro… Si tú supieras cómo estoy por dentro. Pero no quiero recrearme en mi dolor y en lo vacía que me siento. Desde que me lo contaste todo, noto en mi corazón un frío que no se acaba…

*Cris siente frío. También en el corazón. Cris, en vez de estar sentada a orillas de las llamas que se agitan en un hogar ajeno, quisiera hallarse junto al calor de la lumbre propia.*

*Cris recuesta su cabeza de niña cansada en el respaldo del sillón. Y unas lágrimas ruedan lentamente por sus pálidas mejillas.*

Cristina Guzmán, profesora de idiomas (1936)
Capítulo XXI

—Mi niña… —Carmen siente el impulso de abrazarla, y mientras lo hace querría poder borrar de ella esa huella de tristeza que está impidiéndole disfrutar precisamente de su juventud.

A pesar de esa tristeza que no abandona a su sobrina, pasan un rato agradable. Carmencita se siente a gusto y tranquila con su madrina. Su energía le resulta, paradójicamente, un bálsamo para su maltrecho ánimo.

Y Carmen, que la quiere como a una hija, la acuna en la memoria de los días de su infancia. El instinto de protección que siempre ha tenido con ella se ha agudizado desde el día en que le contó la verdad; el secreto guardado en la familia durante demasiados años bajo la losa de la vergüenza.

—He venido a despedirme hasta después del verano. Me voy a Almería con mi amiga Catali.

—¿Catali? ¿Qué nombre es ese? ¿Quién es?

—Catalina Garrigues. Es que todos la llaman así.

—Ah, no la conozco. ¿Es una amiga nueva?

—La conocí el año pasado y congeniamos enseguida. Su familia ha sido muy amable invitándome. Me irá bien estar en un sitio tranquilo para descansar. Sigo sintiéndome muy débil, tía. No sé si podré superar lo que ha pasado, me cuesta mirar a mi madre y no pensar en lo que ha hecho.

—Creo que es mejor que no le des más vueltas a ese asunto. En lo que debes pensar es en el futuro y, sobre todo, en ti.

—Es lo que nadie ha hecho, pensar en mí. Ocultar algo tan grave durante tantos años significa que no importaba el daño que pudieran causarme. No le he importado a nadie.

—No digas eso, cariño. Claro que importas, a mí me importas, y sé que a tus padres también.

—¿A qué padres te refieres, a mi madre y mi padre Serrano, o a mi madre y mi padre el que me ha criado como una auténtica hija? ¿Y por qué tú nunca me dijiste nada? Tú tampoco...

—¿Crees que yo no he sufrido viéndoos a Rolo y a ti tan unidos siempre? Pero era un asunto familiar muy delicado y no me correspondía a mí resolverlo, quién soy para inmiscuirme en la vida íntima de otros. ¿Por qué no piensas ahora en los días que tienes por delante para recuperarte de la horrible experiencia de enclaustrarte en ese convento de Ávila?

—¡No imaginas cuánto de horrible, tía!

—No quiero ni pensarlo. Cómo se le ocurriría a tu madre semejante idea…

Después del día en el que Hemingway pisó por primera vez la casa de Carmen, los encuentros se han sucedido con la grata cadencia que buscan los buenos amigos, los de verdad, a los que les suele faltar constantemente una nueva ocasión para charlar o estar juntos. Él los propicia por esa sensación molesta que le embarga desde hace un tiempo de creer que la vida se le acorta y necesita apurar los momentos agradables con tanto ahínco como ha apurado el whisky o los daiquiris cuando el cuerpo aguantaba. Imposible contar los amaneceres ebrios que lo fueron conduciendo a esta pesadumbre que ya no ahoga en alcohol sino en subidas de tensión, insomnio o paranoicas crisis nerviosas.

Hoy vuelven a hablar de la Guerra Civil. Carmen no quiere —«No es necesario estar recordando lo mismo una y otra vez»—, pero él insiste.

—Defendimos bandos contrarios, era lógico que lo hiciéramos.

—¿Ah sí? ¿Te parece lógico? Se supone que tú debías informar, no tomar partido. Viniste como corresponsal de guerra.

—En eso tienes razón. —Frunce el ceño, le cuesta recordar—. En una carta a un amigo, creo que fue a principios de los años cincuenta, llegué a escribir que yo no tenía más partido que un profundo interés y amor por la República. No puedo negarlo, siempre he estado del lado de la República, pero no milité en ningún partido político. Y respecto de mi necesaria objetividad como corresponsal, te diré que en todo momento he tratado de contar los hechos tal y como sucedieron, lo cual incluye atrocidades por ambos lados. No creo que se me pueda acusar de ser tendencioso en mi novela *Por quién doblan las campanas*. Ese es el retrato de aquella guerra. Intenté en todo momento ser sincero cuando escribía de un bando y de otro, porque en los dos tuve buenos amigos. Aunque sigo sin entender por qué te hiciste falangista. Eras una gran defensora del feminismo.

—Y lo sigo siendo.

—¿Vas a decirme ahora que la Falange era feminista pero no supimos verlo? ¿Y qué pasa con la Sección Femenina? ¿Te parecía bien el papel al que relegaban a la mujer, formarla para casarse y saber llevar un hogar? ¡Caray, Carmen, tú siempre defendiste lo contrario!

—¿Has terminado ya…? No, no voy a decirte nada obvio que seguro que esperas que diga. Pero lo que sí puedo decirte es que otra manera de luchar por los derechos de la mujer es hacerlo desde el propio sistema. Aunque tal vez no sea eso lo que te guste escuchar.

—¡Agg…! —Hemingway ha dado un trago tan largo que le ha raspado la garganta—. Vale… —Su tono de voz ha cambiado repentinamente, está cansado—. Dejemos el tema. La guerra es mala hasta para recordarla.

—De la guerra aprendí algo importante. Si imaginaras cuánto me costó al principio dejar atrás nuestra casa, muebles, ropa, los recuerdos… Creía que dejaba atrás mi vida. Hasta que, lejos de Madrid y de España, y sabiendo cuáles son las consecuencias de la guerra, me di cuenta de que en realidad lo que había salvado, lo que llevaba conmigo, era precisamente lo que pensé que dejaba: mi vida. Eso fue lo que salvábamos, nuestras vidas. Lo material puede reponerse, o incluso no importa que se pierda. Todo aquello a lo que llamamos erróneamente «nuestra vida», objetos, muebles, casa, no lo es. Somos nosotros nuestra vida. Nada más. —A Ernesto esas palabras le hacen recordar también la suya. Su amiga prosigue—: Ya no volvimos a Madrid hasta terminada la guerra. Pero en

Berlín estuvimos poco tiempo. Mi marido tuvo que regresar pronto para incorporarse a filas. Estuvo en varios frentes y cayó herido más de una vez. Yo no quería estar tan lejos de él.

—Tu marido no era militar.

—No, pero estuvo en caballería y terminó la guerra con varias condecoraciones y llegó a ser teniente coronel honorario.

—¿Adónde fuiste después?

—Pasé por San Sebastián para dejar a mi hija con mi madre y viajé a Pamplona, Salamanca y, finalmente, Valladolid. Y sí, me hice falangista para ayudar a tantos desamparados de la guerra, mujeres y niños en su mayoría. Ese fue el verdadero sentido del Auxilio Social, en cuya gestación participé. Bien orgullosa me siento de ello.

—Mejor habría sido no provocar la guerra, para luego no tener que prestar auxilio a las pobres víctimas.

—¿Estás juzgándome? —El rostro de Carmen se torna serio.

—Uy, no, querida… No se me ocurriría, si no soy capaz ni de juzgarme a mí mismo, que debería, porque he cometido muchos errores a lo largo de mi vida.

—Todos cometemos errores.

De repente piensa en Carmencita. Aunque sea sorprendente que haya escrito una carta tan pronto —ni siquiera ha debido de darle tiempo de deshacer la maleta—, lo entiende. Le duele su inocencia destrozada, la juventud desvencijada, empujándola a la edad adulta sin que todavía le corresponda. «Mi muy querida madrina», encabeza la epístola. Carmen abraza las palabras escritas por su sobrina como la abrazaba a ella a los pocos días de nacer. Acude a su mente la tierna evocación del rubio bebé sostenido entre sus brazos recibiendo el agua bendita en el bautizo, y de cómo miraba a esa criatura con una delicada ternura que aflora en el presente con la misma fuerza que un huracán y la templanza del cariño.

—Aguarda un momento, Ernesto, quiero enseñarte algo que no tiene nada que ver con lo que estamos hablando.

Sostiene la foto de aquel momento, que ha ido a buscar al cajón donde guarda sus recuerdos, en su dormitorio, y le regala a la imagen la misma mirada de entonces, cálida y pura como el corazón roto de Carmencita. Relee la carta antes de regresar al salón:

*Solo llegar a Almería ha sido para mí un respiro. Aquí me siento bien, lejos de Madrid, lejos de todo. Y lejos de mi madre. Hoy he pasado horas en la playa sin hacer nada más que mirar el mar... Me resultó fascinante, ni cuenta me di del tiempo que había pasado. Es como si me hubieran hechizado. No imaginas cuánto necesitaba algo así. Mañana saldré a pescar. Estoy emocionada con la idea, adentrarme en esa inmensidad y navegar entre las olas tranquilas del Mediterráneo. Creo que no exagero si digo que me he enamorado del mar. No quiero irme de aquí. ¿Alguna vez has cerrado los ojos deseando no estar en el mundo?*

Una lágrima que cae sobre el papel emborrona la palabra «mundo»... Quédate donde quieras, Carmencita, allí donde puedas ser feliz, porque ese será tu lugar para siempre y en él tendrás mi corazón.

Quédate ahí y no salgas. Inténtalo...

*Cris mira a Atalanta con verdadero asombro.*
*—¡Y usted se las da de hombre moderno! Si tiene usted mentalidad medieval. ¿De modo que a usted le parecían más «dignas y respetables» aquellas señoritingas de ayer que cantaban romances a la luna, mientras su padre se mataba a trabajar para poder sostenerlas? Las mujeres modernas, créame usted, no han abandonado sus casas por seguir una moda. Y a mí me parecen admirables en este nuevo anhelo de crearse a pulso un* modus vivendi *que les permita emanciparse de esa ley secular y absurda que decreta que una mujer solo puede existir mantenida por un hombre.*

Cristina Guzmán, profesora de idiomas (1936)
Capítulo X

# XXI

# UNA PEQUEÑA REPÚBLICA
# EN VALLADOLID

> *París, (estación) Quai d'Orsay. Cris salta a tierra. ¡Gracias a Dios que han llegado! El barullo la envuelve.*
>
> *(…)*
>
> *El Rolls, suave y majestuoso, atraviesa la ciudad rutilante de luces entre un caos de tráfico. Cris ve pasar París ante su ventanilla como una rápida visión de film.*
>
> *Cris, cansada, se ha recostado y ha entrecerrado los ojos. Así no hieren sus pupilas los destellos de la Ciudad Luz.*
>
> Cristina Guzmán, profesora de idiomas (1936)
> Capítulo XI

## Valladolid, octubre de 1936

No es que ser extranjero restara autoridad para poder opinar sobre lo que estaba sucediendo en España, o incluso para tomar partido, respondiendo a una mezcla de curiosidad e inquietud. Desde luego, lo deseable habría sido que esa guerra jamás se hubiera producido. Pero Carmen vio claro que, dado que no estaba en su mano evitarla, metidos en ella, alguien tenía que ocuparse de las víctimas inocentes que sufrirían sus consecuencias.

Sabía que, durante el tiempo que durara, en ningún momento iba a poder olvidar la despedida de su pequeña Paloma cuando la dejó en la casa de San Sebastián en la que solían pasar los veranos. Aquel cuerpecito que se abrazaba al suyo con desconsuelo no estaba dispuesto a soltarla. Tampoco Carmen quería que lo hiciera, pero no hubo más remedio. La abuela, doña Beatriz, tomó a la niña de la mano y evitó el adiós en la puerta. Los infantiles ojos de su hija, tan parecidos a los de la madre, descargaron sus lágrimas al dejar de verla. A partir de ese momento, su mamá se convirtió en un sueño que quiso atrapar cada noche junto con la luna y el recuerdo del helado que no llegó a sus manos en la estación al ponerse el tren en marcha.

Los niños... La guerra no era para ellos pero iba a tocarles. Doliéndole en el alma esa idea, como le dolía la sonrisa de su Palomita antes de saber que mamá se marchaba, partió hacia Pamplona. Sola. Era la hora de la soledad para miles de mujeres que, igual que ella en aquel momento, ni siquiera sabían dónde estaban sus maridos o qué suerte correrían. Tampoco la suerte propia la tenían echada.

De allí viajó hacia Salamanca y, más tarde, a su destino final: Valladolid, importante enclave para los falangistas. En la ciudad castellana encontró la que sería su misión en la vida en guerra: una tarea humanitaria compartida con Mercedes Sanz-Bachiller, que acababa de enviudar de Onésimo Redondo. El suceso había causado un gran impacto entre los partidarios de las fuerzas sublevadas. Redondo, que había nacido en el pueblo vallisoletano de Quintanilla de Abajo, fue asesinado cuatro días después de salir de la prisión de Ávila, tras la sublevación militar. Abogado estrechamente relacionado con el corporativismo agrario de la región y seguidor de las teorías fascistas italianas y del nacionalsocialismo alemán, fundó, con su hermano Andrés y el estudiante Jesús Ercilla, las Juntas Castellanas de Actuación Hispánica (JCAH). Contemplando desde su casa las imponentes puestas de sol que se posaban sobre los campos de Castilla, Redondo fue creando un ideario que se resumía en la soflama «¡Castilla, salva a España! Sea este el grito de la nueva revolución». Así lo publicó en el periódico *Libertad*, que había fundado en Valladolid: «¡Castellanos! ¿No veis a España en la pendiente de la ruina? Nunca como en esta hora se agravaron todos los males nacionales, porque nunca los políticos y periodistas alcanzaron tan desaforado albedrío. La instauración plena del régimen socialista parlamentario hace posible la flotación de los más bajos fondos, el encumbramiento de las ideas y los hombres más insensatos».

Más tarde, al conocer a Ramiro Ledesma Ramos en Madrid, fusionaron sus formaciones para constituir las Juntas de Ofensiva Nacional-Sindicalista (JONS), por cierto fuertemente apoyadas por los jesuitas. De eso hacía casi cinco años. Ledesma Ramos se encargó de elaborar un decálogo para el buen funcionamiento de las JONS que incluía la necesidad de la violencia para alcanzar los objetivos políticos. Y precisamente en política estaban hechos el uno para el otro porque Redondo también llamó a los jóvenes a levantarse en armas: «Traidores son los que todavía quitan importancia a tan catastrófico período: el que no sienta alarmado todo su ser es indigno hijo de España. El momento histórico, jóvenes paisanos, NOS OBLIGA A TOMAR LAS ARMAS. Sepamos usarlas en defensa de lo nuestro».

Para Onésimo y Ramiro la verdadera y total fusión llegó al unirse a Falange Española.


Onésimo Redondo cayó abatido en una emboscada cuando se dirigía al Alto del León, en la sierra de Guadarrama, dispuesto a combatir junto a las tropas de los nacionales. Cuando aquel 24 de julio le comunicaron la muerte de su marido, Mercedes se desmayó y perdió el hijo que llevaba en sus entrañas.

A pesar de su juventud, la vida no había tratado bien a Mercedes porque la muerte se empeñaba en salirle al paso. Madrileña del barrio de Chamberí, huérfana de padre a los tres años y de madre a los catorce. Fue tutelada por un familiar médico, encargado de administrar la herencia que le dejaron sus padres. Tenía veinticinco años y un instinto de supervivencia sin el que no habría podido salir adelante muriéndose de pena y sola, con tres

niños pequeños, en los albores de una guerra. Demasiado sufrimiento para tan corta vida. Su primer hijo había nacido muerto.
Después alumbró a Mercedes, Pilar y Onésimo, el pequeño. Y el
insoportable dolor le segó la vida al cuarto, que iba en camino
pero que ya no nacería, de modo que para ella el asalto republicano al Alto del León le arrebató, no a uno, sino a dos seres queri-
dos. Se sintió devastada por dentro. Vacía y rota. Y entonces necesitó hacer algo por los demás para no enloquecer. Se volcó en la
actividad política y en la beneficencia. Su cuñado, Andrés Redondo, la convirtió en líder de la Sección Femenina de Falange en
Valladolid.

La conciencia del drama que suponía para muchas mujeres
perder a sus maridos y, en muchos casos, sacar adelante a los hijos
sin ayuda ni posibilidad de encontrar trabajo en mitad de la contienda bélica, condujo a Mercedes a la creación de una organización que pudiera ayudarlas, a la que comenzaron llamando Auxilio
de Invierno. Con ella estaban dos personas que se convirtieron en
indispensables para su causa: el abogado y discípulo de Onésimo
Redondo, Javier Martínez de Bedoya, quien el año anterior había
cursado estudios de Derecho en Alemania y copiado la idea del
Auxilio nazi, la Winterhilfe, y Carmen de Icaza. A ella lo alemán
no le era ajeno. Contaron con la ayuda de Hans Kröger, adjunto al
embajador de Alemania, el general Von Faupel.

Carmen de Icaza admiró la entereza de Mercedes frente a
una circunstancia personal de tanta amargura como la que escondía esta mujer en su interior. Ambas se entendieron bien desde el
primer momento de conocerse, lo que no ocurría con Pilar Primo
de Rivera, responsable nacional de la Sección Femenina, bajo cuyo
amparo y utilizando sus recursos, nació el nuevo organismo dedicado a fines sociales.

Pilar no era santo de la devoción de Carmen, y, en el caso de
Mercedes, su manera de entender lo que debía ser esa institución
femenina colisionaba con la de su creadora, a lo que había que

sumar su intención de mantener la independencia de la organización que creaban.

La hermana de José Antonio había fundado la Sección Femenina en junio del treinta y cuatro con el propósito de ocuparse de «los camaradas presos, atender y acompañar a sus familias y a las familias de los caídos, que iban ya siendo muchos, y recoger dinero para ayudarles». Así es como ella lo definía. Aunque a nadie se le escapaba que la propaganda no era un concepto ausente en el proyecto. Su hermano no era muy partidario de la idea, pero ella insistió tanto en la necesidad de crear un movimiento femenino dentro de Falange que al final acabó accediendo.

Una de las primeras consignas que dio como jefa nacional era que cada afiliada debía llevar a la organización a otras cinco. De esta forma, rápidamente se convirtieron en un grupo numeroso. Empezaron planificando en Navidad una cena especial para todos los detenidos, que les dejaban preparar en una taberna enfrente de la cárcel Modelo. El menú incluía, tras el postre, un puro atado con una cinta de la bandera de Falange, «para que no les falte nada en fecha tan señalada», comentaba Pilar a sus camaradas.

La manera de canalizar la propaganda, con la que además conseguían recaudar fondos para ayudar a presos y a personas en riesgo de muerte, era muy curiosa: bordaban las camisas azules falangistas, vendían pastillas de jabón que llevaban grabado el emblema del yugo y las flechas, elaboraban brazaletes y banderas… Se convirtió en una potente maquinaria de producción artesanal que José Antonio, en los comienzos reacio a aceptar a las mujeres en su organización, jamás habría podido imaginar sin ellas. Hacían de todo, hasta de enlaces y de correos. En Madrid elaboraban comida para los suyos y proporcionaban documentación falsa e incluso armas.

Al año siguiente, Pilar se planteó, junto a Dora Maqueda, la secretaria nacional de la Sección Femenina, organizar las provincias. Extender la red era tan fundamental como la existencia de la red misma. Juntaron quinientas pesetas y recorrieron, entre otras,

Huesca, Zaragoza, Pamplona, Santander, Asturias, León, Zamora, Salamanca… En Vigo dejaron al frente de la delegación a Lila Ozores, que había sido «reina de la belleza».

Durante aquel mismo año, a Dora y Pilar se les unieron las primas de esta, Inés y Lola Primo de Rivera, para realizar un viaje de inspección a Segovia. Las cuatro jóvenes se montaron en un pequeño Morris conducido por Pilar y lleno de hojas de propaganda, y enfilaron la carretera mientras daban rienda suelta a su entusiasmo cantando el recién estrenado *Cara al sol*, que pretendían aprenderse de memoria para enseñárselo a los de Segovia.

José Antonio le había indicado que en aquella ciudad castellana encontraría a «un chico estupendo». Se refería a Dionisio Ridruejo, poeta, cuya hermana Angelita era la encargada de organizar la Sección Femenina segoviana. Y así hizo. Una tarde de tibio sol, el Morris llegaba a la plaza de la Merced en la que vivía la familia Ridruejo. La casa, que maravilló a Pilar, se erigía como las grandes casonas de provincias.

Fueron recibidas con efusividad por la madre, una señora educadísima y agradable, de finas facciones y hablar cadencioso. Las otras hermanas de Dionisio también trabajaban, al igual que él, para la causa falangista. Aquella noche salieron a pasear por la ciudad, hablando sin descanso de los proyectos que tenían en mente al sentir sobre sus hombros «la responsabilidad de hacer algo para salvar al país de esta hecatombe», hasta que llegaron a la plaza de la catedral. Sentados en bancos, bajo la luz macilenta de un farol, continuaron la conversación, «El tema inagotable que llena toda nuestra juventud», dijo Pilar. «La Falange», completó la frase Dionisio. Y siguió este reviviendo palabras de José Antonio que consideraba tan grandiosas que a ellos los engrandecía: «Es inconmensurable la magnitud de esta España que está naciendo». O eso, al menos, es lo que creían. Que no es lo mismo.

Carmen y Mercedes seguían entregadas a su obra. Con el Auxilio de Invierno, financiado, según el modelo nazi, a través de cuestaciones públicas, pretendían cambiar la idea de beneficencia por la de solidaridad, y acabar con el tipo de hospicios tradicionales, masivos e inhóspitos, imaginándolos reconvertidos en «pequeños hogares, limpios, ventilados, más habitables, dirigidos por voluntarias con una clara vocación maternal y ganas de cuidarlos». El paternalismo se colaba entre las palabras que usaban para describir el proyecto, pero todos dieron por hecho que, aunque no lo reconocieran como tal, así debía ser. Carmen acuñó la máxima de: «En nuestros hogares no hay ni rojos ni azules, solamente niños de España».

A finales del mes de octubre se realizó una cuestación en la ciudad, con huchas, emblemas de solapa y el sello de la organización, un cuchillo empuñado por un robusto brazo contra las fauces de un lobo, que habían sido encargados a Alemania. Y el día 30 se inauguró, en una calle de nombre muy oportuno para la ocasión —Angustias—, el primer comedor, al que acudieron cien niños. Atendido por voluntarios, daban comida a viudas y a niños huérfanos, y proporcionaban medicinas, ropa y otros enseres. En tan solo una semana abrieron un total de diez locales.

Por Valladolid corría ya ese otro joven de claras veleidades poéticas, que iba a ser importante para la causa: Dionisio Ridruejo, llegado desde Segovia. Soriano de El Burgo de Osma, a sus veinticuatro años, Ridruejo acababa de licenciarse en Derecho.

A Ridruejo, Javier Martínez de Bedoya le parecía el joven más inteligente, y también más influyente, del «jonismo» en Castilla. Ciertamente, Javier era un tipo tranquilo, de temperamento calmo, voz suave y de cuerpo no precisamente atlético. Amagaba su cautela tras unas gafas de montura ligera. Y aunque no inspiraba una simpatía inmediata, Dionisio y él entablaron amistad con facilidad.

Los dos jóvenes iban todas las noches a hacer tertulia a casa de Mercedes. Primero, el debate se centraba en cuestiones del entorno falangista, pero no tardaban en aparcarlas para adentrarse en aspectos, dudas, dilemas, encrucijadas, de sus respectivas vidas. Eso sí que les gustaba. Discutían sobre el alcance de los sueños de tres jóvenes muy distintos que, aunque estaban convencidos de lo contrario, entendían la militancia política y el sentido de la existencia con aristas diversas, a pesar de que utilizaban el mismo prisma. Por aquel tiempo tocaba acompasarse en una senda compartida; que puestos a compartir, Mercedes lo vio claro: no tenía ninguna lógica que, detentando ya algún tipo de responsabilidad en la estructura de la Falange, vivieran cada uno por su cuenta en pensiones que cobraban cara por la precariedad que ofrecían.

—No entiendo cómo podéis vivir en esos cuchitriles y encima pagando un dineral.

—¿Qué otra cosa podemos hacer? Si es que está todo fatal —se lamentó Dionisio.

—Longitud de miras en la política, para ahogaros luego en un vaso de agua —les recriminó Mercedes amigablemente.

Dionisio y Javier se miraron entre sí, decidiendo de manera callada que sería mejor no responderle. Llegaba a resultar un poco cómico. Pero sabían que tenía razón. Ella les convenció de que resultaría más barato y confortable establecerse en una especie de «república» —así lo llamaron—, un reducido universo que se tradujo en una pequeña residencia, limpia y cómoda, bien comunicada por su cercanía a la estación. Mercedes se encargó de todo, hasta de encontrar a una mujer que se ocupara de las tareas más básicas y de hacer la comida.

—Lo único que no me cuadra es lo de llamarlo república —afirmó jocosamente Martínez de Bedoya, a pesar de que no era un hombre dado a la broma.

—Tienes toda la razón. —Ridruejo se reafirmó en la idea—. Yo lo llamaría imperio. ¡Sí, señor! Este será nuestro particular imperio. ¡Camino de la victoria!

Mercedes los miraba sin dar crédito, atribuyendo ese dilema a una conjunción de testosterona masculina, más que a una teoría política contraria a la República.

Dionisio se fue tan contento, bailándole la esperanzadora idea en la cabeza de que con la propuesta de Mercedes por fin podría asearse en condiciones. En el hotelucho en el que se alojaba tenía que avisar con antelación de la fecha en la que pensaba ducharse; en la habitación solo disponía de una exigua pila con ínfulas de lavabo.

Pero la alegría por el nuevo hogar les duró poco, justo el tiempo que tardó en caer una bomba de aviación al lado, sobre un colegio, causando la muerte de muchos niños y mutilaciones en los pequeños cuerpos de otros.

Es posible que, con el tiempo, a alguno de los tres amigos le llegara a espantar lo que entonces era un enfrentamiento ideológico: Dionisio y Javier discutían porque el primero se consideraba «mussolinista», tal y como él mismo se definía, y el segundo, «hitlerista». «El fascismo italiano era socialmente débil, pero el alemán tosco en exceso», en eso consistía muchas veces el origen de la discusión, lo que habría puesto los pelos de punta al hombre que Carmen conoció a raíz del encuentro fortuito en la calle a mediados de los años veinte. Claro que era imposible saberlo entonces.

Un día, ambos amigos fueron juntos al cine a ver una película documental sobre Hitler y Mussolini.

Cuando apareció en la pantalla el líder nazi, Ridruejo exclamó:

—¡Es un tipo ridículo!

Y al aparecer el fascista italiano, Martínez de Bedoya le respondió:

—Es un farsante.

«Creo que Javier y yo solo estamos en desacuerdo en los temas que tienen que ver con esa dicotomía», le explicó un día Dionisio a Carmen de Icaza. Pero más que una dicotomía, ambos polos, el italiano y el alemán, eran una desgracia para la mayor parte de Europa.

Una tarde de noviembre, en casa de Sanz-Bachiller, mantenían su habitual tertulia, a la que ese día invitaron a Carmen, quien les sacaba en edad algo más de una década. Entrando la noche, los hijos de Mercedes se fueron a dormir mientras los adultos apuraban unos últimos momentos de conversación. Hablaban de cómo se habían conocido entre ellos.

—Puede que entonces ni lo supieras, Mercedes, pero en tus años de colegio en las francesas de Valladolid, fuiste amiga y confidente de uno de mis primeros amores —confesó Dionisio.

—¿Me tomas el pelo?

—En absoluto. Hablo muy enserio —dijo aguantándose la risa.

—¿Rosita…? ¿A que era ella? Mi mejor amiga.

—Sí, Rosa, fue un amor de la infancia. Un amor de esos que no cicatrizan del todo porque no se cumplen.

—Amores incumplidos hay en todas las edades, no solo en la infancia.

Javier lo dijo mirando a Mercedes, aunque ella no quiso entender la intención de su mirada y prefirió tomar otro derrotero en lugar de recoger el órdago que le lanzaba su amigo.

—Yo sí pude cumplir el mío. Onésimo y yo nos casamos dos meses antes de que se proclamara la República. Qué paradoja que casi nos bendijera.

—¿Sabéis cómo conocí a Onésimo? En Madrid —contó Dionisio—. En el centro falangista de la Cuesta de Santo Domingo, un lugar destartalado que parecía caerse a pedazos, decorado con muebles de ocasión. Tenía una escalera de tablas que crujían al pisarlas, de modo que pensabas que a cada peldaño te la jugabas. Era la primera vez que iba a ese lugar.

—¿Y a qué fuiste? —quiso saber Carmen.

—Había algo así como un congreso de jefes o delegados provinciales.

—Pero tú no tenías ningún cargo —dijo Javier.

—No lo tenía, pero José Antonio me invitó a aquella sesión porque en ella iban a discutir unos textos de propaganda y quería que participara en su revisión.

—Su hermana Pilar nos teme. Sobre todo a Mercedes —comentó Javier.

—No creo que sea para tanto. —Sanz-Bachiller le restó importancia.

—¡Pues claro que sí! ¿A qué se debe, sino a que quiere tenerte cerca para poder controlarte, que haya establecido en Salamanca su cuartel general de la Sección Femenina?

—Bueno, al fin y al cabo, nos ayudan, y no es que nos aprovechemos de ella, sino que… digamos que usamos sus recursos.

—Es cierto, Carmen, tienes razón —afirmó Javier—, pero no te engañes, esto es un duelo de dos personalidades muy firmes. Pilar recela de Mercedes porque sabe de su carácter y de su capacidad de convicción. Puede hacerle sombra en cualquier momento. Mira en qué poco tiempo el Auxilio se ha llenado de voluntarios, muchos de ellos de importante relevancia pública en Castilla. Pilar sabe muy bien a qué se debe.

—Ella conoce lo que pienso de la Sección Femenina —dijo Mercedes.

—¿Y qué piensas? —preguntó Carmen.

—No veo tan claro que sea buena idea eso de que las mujeres tengamos que hacer esa especie de servicio militar, pero del hogar, que ella propone y que tanta exaltación le produce.

—Estoy totalmente de acuerdo —manifestó Carmen, en la línea de Mercedes—. Creo que servimos para mucho más.

—Uy…, tened mucho cuidado con vuestras ideas, no sea que os recluten en las filas comunistas —bromeó Ridruejo.

La radio se oía de fondo. Durante mucho rato había estado sonando música, pero de repente la emisión se interrumpió. Con un tono de suma gravedad, el locutor anunció que José Antonio Primo de Rivera había sido ejecutado. Treinta y tres años tenía.

A Primo de Rivera lo detuvieron el 14 de marzo, a él y a toda la junta política de Falange, acusados de tenencia ilícita de armas y de conspiración contra la República. Tras una corta estancia en la cárcel Modelo, acabó en la de Alicante junto con su hermano Miguel.

Aún era pronto para conocer la verdadera carnicería que había tenido lugar en el patio de la enfermería de la prisión alicantina ante más de cuarenta testigos. Nadie había dado la orden reglamentaria de «¡Fuego!». Catorce fusileros dispararon a capricho hasta un total de seis ráfagas, a escasos tres metros de distancia. Fueron cinco las víctimas. Más de ochenta balas para cada una. Junto a José Antonio cayeron ejecutados otros dos falangistas y un par de requetés de Novelda.

Javier se sentó junto a Mercedes y le tomó las manos entre las suyas mientras Dionisio se hundió en el sofá y Carmen se dio cuenta del extravío de su mirada.

No os llevaré gratis a la muerte. Saldremos, yo el primero, asumiendo el riesgo de la vanguardia. Si os falta valor saldré yo solo.

José Antonio Primo de Rivera y Sáenz de Heredia

# XXII

# ABRAZADOS POR LA MUERTE

*Cris penetra en sus nuevos dominios. Entra primero en su cuarto-tocador, que está todo tapizado de espejos como el de una estrella hollywoodiense. La luz rota a raudales de mil sitios extraños: del suelo, de la pared, de las mismas mesas. Después, el cuarto de baño, todo de mármol rosa, con su piscina incrustada en el suelo y sus duchas con aspecto de conchas gigantescas. Las paredes semejan el fondo del mar.*

*Cris preferiría unos honrados baldosines blancos a este vecindario de monstruos marinos, inverosímiles y estáticos, que surgen entre ramas de corales y algas retorcidas.*

Cristina Guzmán, profesora de idiomas (1936)
Capítulo XI

## Zona nacional, año de 1937

La muerte y el fracaso a nadie le van bien. Salvo a quien las contempla en otros intuyendo su beneficio propio. El general Francisco Franco no era el hombre previsto para ponerse al frente de la sublevación, ni de la guerra, ni de España. Pero bastaron dos meses para que su estrella cambiara e iniciara la senda del ascenso que acabaría convirtiéndolo en Caudillo, Generalísimo y jefe del Gobierno del Estado, que no está mal para no ser «el elegido».

Y aunque podría considerarse que méritos militares no le faltaban, lo cierto es que los fracasos de los generales Fanjul, en Madrid, y Goded, en Barcelona, dos plazas importantes, y el accidente aéreo del general José Sanjurjo cuando regresaba del exilio en Portugal para liderar una parte de la insurrección, le dejaron el camino libre.

Franco estableció su cuartel general en Salamanca, a poco más de cien kilómetros del grupo de jóvenes embarcados en la obra del Auxilio de Invierno, en Valladolid, donde las horas se balanceaban en intervalos de soledad en la que apagar las esperanzas como cigarrillos en un cenicero.

En los ratos de abrumadora nostalgia, Carmen se dedicaba a escribir cartas, a pesar de saber que las comunicaciones eran complicadas. Le hacía sentirse, en cierto modo, reconfortada. Estaba resultando muy difícil mantenerse lejos de los suyos y tenerlos repartidos por diferentes lugares, sin apenas recibir noticias de ellos. Ni buenas ni malas.

Se sentía aislada, y realmente lo estaba. Todos sus vínculos afectivos habían quedado interrumpidos en aquella burbuja vallisoletana en la que decidió que no bastaba con sobrevivir, sino que tenía que hacerlo permaneciendo activa para ayudar a los demás. Por eso ella servía al Auxilio como el Auxilio la servía a ella. «No sé quién hace más por quién —le comentó a Mercedes—. Querida, esta organización me ha salvado la vida en esta España enloquecida».

Lo que más echaba en falta era abrazar a Paloma. Saber que estaría bien cuidada con su abuela y su tía no aliviaba la pena. Una de las noches en que no conseguía dormir —¡había tantas!— se puso a pensar en cuántos niños habrían muerto hasta entonces, cuando todavía la guerra apenas si estaba comenzando, comparado con lo que podría quedarle para terminar.

Cuántos niños no se habrían marchado irreversiblemente abrazados o acunados, los más pequeños, por la muerte… Casi trescientos solo en los fusilamientos de Paracuellos del Jarama y Torrejón de Ardoz, en Madrid, entre noviembre y diciembre del año anterior. Hubo más de tres mil asesinados. ¿O serían cuatro mil, tal vez? ¿Cinco mil…? Era difícil poner cifra a la barbarie, en un lado y en otro.

A Paracuellos y Torrejón llegaban a diario «sacas» de presos de las cárceles de Porlier y la Modelo para ser ejecutados en masa por los republicanos, en una orgía de odio y terror. Un joven comunista, de nombre Santiago Carrillo y apenas veintiún años, era entonces responsable de orden público de la Junta de Defensa de Madrid.

Las fosas comunes se llenaron con aquellos cadáveres agujereados por las balas y por la vergüenza de que el ser humano pudiera ser capaz de atrocidades como aquella. O como la de Guernica, el 26 de abril de ese año en el que estaban, 1937. Un bombardeo masivo de la Legión Cóndor, formada por fuerzas aéreas de la Alemania nazi, devastó literalmente la localidad vizcaína. Treinta y una toneladas de bombas lanzadas desde el cielo. Casi dos mil muertos y novecientos heridos. Y cientos de niños abatidos entre las faldas y los brazos de sus madres y sus abuelas, que también cayeron con ellos mientras trataban de protegerlos.

Carmen no entendía por qué esa noche todos aquellos fantasmas quisieron citarse con ella a la vez. Todas esas víctimas, acudiendo al mismo tiempo. Su recuerdo, las voces imaginadas, los gritos, las caritas inocentes… Paloma correteando entre las figuras de los niños que nunca volverían a la vida.

Aquella muerte imaginada le hizo daño, demasiado, nadie había que pudiera soportarlo, y lloró hasta el amanecer.

Pilar Primo de Rivera incorporó oficialmente el Auxilio de Invierno a su organización, la Sección Femenina, y nombró a Mercedes como delegada provincial. Carmen ya le advirtió de que esa maniobra se produciría en cualquier momento. Pero Mercedes y su inseparable Javier no tardaron en darse cuenta de que la figura de Pilar estaba debilitándose ante Franco y no desaprovecharon la ocasión para hacerse fuertes ellos. Supieron tocar la tecla oportuna —el secretario de la entonces ya unida Falange Española Tradicionalista, FET, y de las JONS, el capitán mallorquín Ladislao López

Bassa— para llegar hasta Ramón Serrano Suñer, quien se había convertido en uno de los más firmes apoyos de su cuñado, el general Franco. Por aquel entonces, Ramón era un hombre sombrío, ahogado en la pena de un drama del que estaba convencido de que jamás se recuperaría. El dolor por la muerte de sus dos hermanos, José y Fernando, a los que adoraba, asesinados ante la tapia del cementerio de Aravaca cuando salían de misa, se le incrustó en la mirada y ahí quedó para siempre.

José y Fernando eran ingenieros de caminos y puentes, como su padre, y en aquel octubre del treinta y seis trabajaban en unas obras en el puerto de Mirasierra como funcionarios del Ministerio de Fomento. Se dedicaron sin descanso a hacer lo que fuera necesario para liberar a su hermano pequeño de la cárcel. Debido a sus trabajos en el ministerio tenían contactos en partidos de izquierda y en altas instancias de la Administración de la República. Era normal. La vida no se divide en dos polos opuestos de un día para otro. Se daba el caso de que personas de ideología de izquierdas tenían amigos y familiares en la derecha, y viceversa.

Pepe, el mayor de los hermanos, contactó con Jerónimo Bugeda, subsecretario de Hacienda con Negrín, y Ramón fue trasladado de la cárcel Modelo a la clínica España, situada en la calle Covarrubias, para ser tratado de su úlcera de estómago. Pero también, y por encima de todo, para urdir un plan de fuga. Su hermana Carmen, que había ido desde Valencia, donde vivía, para ayudarles y que lo visitaba a diario dos veces, hizo gestiones con el doctor Gregorio Marañón, que dieron sus frutos.

Un mediodía, un coche lo esperó con el motor en marcha a escasos metros de la clínica. Serrano Suñer se disfrazó de mujer y se cubrió con el abrigo de su hermana. Le costó porque la peluca le quedaba pequeña, pero era la única que Carmen pudo encontrar ya que, al parecer, las monjas las habían agotado en las tiendas. Milagrosamente, el descabellado plan salió bien y consiguió llegar a la embajada de Holanda. Y de allí, a la de Argentina.

Un ayudante del general Miaja, el capitán Fernández Casta-
ñeda, quería salir de Madrid para pasarse al bando nacional y fue
quien ayudó a Ramón llevándolo consigo en su propia huida
hacia Alicante. Un nuevo disfraz, esa vez de marinero, y se vio dentro del torpedero argentino *Tucumán*, donde aguardó la llegada de
su esposa y sus dos hijos, José y Fernando. Los mismos nombres
que sus hermanos, tal era el estrecho vínculo que tenían. Veinte
largos días después, durante los que no pudieron salir al exterior,
zarparon rumbo a Marsella.

Mientras todo eso ocurría, saliendo de misa, a Pepe y a Fernando los llevaron al paredón. Iban juntos. Murieron juntos. Daba
igual que trabajaran para el Gobierno republicano. El apellido era
el que era y se convirtió en el puente hacia una muerte a tiros y,
después, la eternidad en una fosa común.

Carmen se salvó porque estaba haciendo gestiones para poder
liberar a su hermano pequeño.

Hasta que no llegó a Francia, Ramón no supo que sus hermanos habían sido fusilados. Habrían podido abandonar Madrid,
como tantos otros, como la propia Carmen de Icaza y su familia,
pero decidieron quedarse para ayudarle en su fuga.


Sanz-Bachiller y Martínez de Bedoya fueron recibidos por Serrano Suñer en el palacio episcopal de Salamanca, donde estaba establecido el cuartel general de los nacionales, y consiguieron que
intercediera ante Franco para que se cambiase el nombre de su
organización al de Auxilio Social y dejara de depender de Falange.
Mercedes pasó a tener mucho poder, lo que contrarió sobremane-
ra a Pilar.

Esa noche, Mercedes y Javier cenaron temprano en la pensión
en la que se alojaban. Brindaron por el desarrollo de la que, en un
principio, se presentaba como una incierta operación, pero que
habían culminado con un éxito mayor incluso de lo que esperaban.

—Todo marcha bien, cada vez vas a estar mejor, ¿te das cuenta? —La voz de Javier era melosa—. No pareces la misma, por fin vuelve a haber alegría en tu rostro.

—El golpe que recibí con la muerte de Onésimo fue muy duro, no lo imaginas. Son muchas las veces en las que he pensado en cómo sería el instante en el que murió; he visto en sueños aquellas montañas una y mil veces. Han sido terribles pesadillas que no acababan.

—Mejor que en pesadillas, pensemos en sueños. Es lo que mereces. —No era Mercedes una persona soñadora, convencida de que para acometer tareas importantes, dentro y fuera de su casa, necesitaba ser práctica y apoyar con fuerza los pies en la tierra. Javier continuó—: Yo siempre he tenido uno muy claro.

—Disculpa, ¿un qué…? —preguntó distraída, seguía pensando en el trabajo.

—Un sueño, Mercedes. Mi gran sueño desde que era niño es tener una casa frente al mar.

—No te imagino de niño —le tomaba el pelo cariñosamente—. Seguro que tenías pinta de empollón.

—¿Eso es lo que te sugiere mi sueño?

—No, era broma. Me parece un sueño precioso. Y es alcanzable, no creo que sea descabellado.

—A mí lo que me parece ahora mismo es lejano. Pero es verdad que nunca se sabe, tal vez algún día lo consiga.

—La guerra torna lejano todo, querido. Tenemos que marcharnos pronto a Valladolid para celebrar con Carmen y con Dionisio lo que hemos conseguido. Aquí ya tenemos todo hecho.

Mercedes estaba pletórica. Su carácter era tan fuerte como sus convicciones, y ambas circunstancias encajaban a la perfección con Javier, como si fueran una maquinaria de alta precisión a pesar de lo opuestos que eran entre sí. De hecho, la pasión por la política era lo único en lo que se parecían. Ella era impulsiva, vehemente y directa; tenía unas manos muy expresivas con las que parecía querer alcanzar sus ideales al hablar. Ridruejo la describía como «la imagen del fresco impulso natural y de la energía».

Él, en cambio, era más de transitar por curvas y recovecos en el camino hacia sus metas. Era reposado, paciente y de hablar reflexivo. Mercedes mostraba indiscutibles dotes de decisión y Javier de organización. Que dos personalidades tan opuestas se ensamblaran de manera tan natural es en lo que consiste, en ocasiones, el misterio de las relaciones humanas.

Mientras se decidía sobre su futuro, el Auxilio de Invierno daba pasos hacia delante en su objetivo, que iban mucho más lejos de la ayuda básica y necesaria. La palabra «moral» se convirtió en parte de su ideario. Se crearon dos asesorías, la de cuestiones morales y religiosas, encabezada por un sacerdote de Valladolid, que se dedicaba a instruir en la moral y doctrina católicas a los acogidos y escogía a los capellanes de las distintas delegaciones provinciales del Auxilio; y la de pedagogía, dirigida por un profesor vinculado a Falange. Las misas y los rezos pasaron a ser obligatorios. A diario misas y el rosario, sin necesidad de que la penitencia se incluyera en el pecado.

A cada niño que era acogido por la institución se le realizaba una ficha en la que constaban antecedentes políticos y religiosos de sus padres y familiares, su ideología, si los habían bautizado, cuántas veces se habían confesado, si estaban casados por la Iglesia… Porque no todos los chavales eran huérfanos. En función de los datos de la ficha se organizaban catequesis, bautizos, comuniones, matrimonios religiosos y todo lo que hiciera falta para encarrilar a fieles que nunca quisieron serlo.

En el caso de los huérfanos, se les adoctrinaba sin importar lo que le hubiera podido parecer a los padres. Algunos tenían la suficiente edad como para ser conscientes de que no era de esa forma como habían sido educados en sus familias. Pero ahora ya no tenían familia, ni derecho a pensar en una dirección que se saliera del camino marcado por el nuevo régimen.

Religión y caridad se cogieron de la mano y ya no se soltarían en mucho tiempo.

López Bassa escribió una carta oficial ratificando lo acordado.

> *En nombre del Caudillo, y a propuesta de la delegada nacional del movimiento femenino de Falange Española Tradicionalista y de las JONS, expido este nombramiento a favor de Mercedes Sanz-Bachiller, viuda de Redondo, como delegado nacional del Auxilio Social que comprende el Auxilio de Invierno, Obras de Protección a la Madre y al Niño, Auxilio al Enfermo y demás obras benéficas similares de las antiguas organizaciones de Falange y Requeté.*

Las luchas intestinas entre falangistas habían llevado a Franco a decretar la unificación, bajo su capitanía, como jefe nacional, de los dos grupos con el nombre de Falange Española Tradicionalista y de las JONS. El decreto llevaba fecha de 19 abril de 1937 y fue como un torpedo en la dirección de Falange y en el ánimo de Pilar Primo de Rivera, que por entonces aún no tenían la certeza de que José Antonio hubiera muerto; se le seguía considerando «el Ausente», y sustituirlo como cabeza visible del partido, aunque fuera por Franco, no les gustó nada. Pilar desconfiaba de él. Ahora pensaba que seguramente ya conocía el asesinato de su hermano y por eso tomó la decisión.

No les quedó otro remedio que acatar la unificación. En la Sección Femenina tuvieron que alternar una falangista y una tradicionalista en las jefaturas y secretarías provinciales. Fue una época de difícil adaptación, a la circunstancia pero también al nombre de la nueva organización. Los falangistas, en broma, lo alargaban más todavía llamándole Falange Española Tradicionalista de las Juntas Ofensivas Nacional-Sindicalista y de los grandes expresos europeos. La lista de afiliadas también aumentó, ya que pasaron de las dos mil iniciales a más de sesenta mil a principios de aquel año de la unificación, tras la cual comenzaron a trabajar en los llamados «lavaderos del frente», donde lavaban, ponían a secar y organizaban la ropa de los soldados del bando nacional. Cuando era menester la remendaban o cosían prendas nuevas. Pronto se hizo necesaria su labor también en hospitales.

Por su parte, la actividad del Auxilio Social, que tenía por lema «Ni un hogar sin lumbre, ni un español sin pan», se multiplicó, desplegando un amplio abanico de actuaciones, que incluían orfanatos, centros de prevención y tratamiento de enfermedades infantiles, guarderías… Mercedes estaba imparable. Como todo aquello requería de un importante incremento del presupuesto, se le ocurrió crear una red internacional de contribuciones, que la llevó a viajar a lugares tan dispares como Nueva York, Londres, Biarritz, Buenos Aires, Lisboa o París. En todos ellos se encontraban los llamados «amigos del Auxilio Social». Hasta creó su propia red de transporte con camiones que repartían comida en las plazas que las tropas nacionales iban invadiendo.

«Todo esto no habría podido hacerlo sin vosotros —llegó a reconocerle a Carmen—, sobre todo, sin ti. Entre todos estamos consiguiendo algo grande».

A Carmen le aguardaban responsabilidades que, de nuevo y posiblemente no iba a ser la última vez que ocurriera, la llevarían a luchar en un intrincado mundo de hombres, más complejo que nunca. Porque ahora esos hombres estaban en guerra, estrechando el margen que les quedaba a las mujeres para participar en lo que fuera. Mercedes y Carmen eran las mejores exponentes de ese «margen».

En aquel año decisivo para el curso de la guerra, Carmen se embarcó en varios viajes a Alemania e Italia, dos agujeros negros en el mapa; dos inmensas heridas por las que Europa sangraba, pero que España tomó como modelos de una sociedad en la que había que poner orden.

El orden que ellos quisieron imponer.

El primer destino fue Hamburgo. Carmen se convirtió en indispensable en esas expediciones por su conocimiento de idiomas. Ridruejo se quedó boquiabierto la primera vez que, en suelo alemán, la escuchó hablar en esa lengua:

—¡Pero si pareces una berlinesa auténtica!

—¿Qué sabrás tú de cómo hablan las berlinesas? —Y le soltó una sonora carcajada que no tenía traducción posible.

Aquella expedición, por supuesto formada íntegramente por varones, a excepción de Carmen, era reducida y zarpó en barco desde Algeciras. La finalidad consistía en conocer el funcionamiento de la organización nazi traducida como «La alegría a la fuerza». Y casi a la fuerza fueron, ya que el viaje se retrasó tanto que dejaron de contar con él, y cuando finalmente se decidió que debían ir no tuvieron tiempo de prepararlo, salieron casi con lo puesto. «Carmen iba de señora estupenda», le comentaría a la vuelta Dionisio a Javier. Echó en la maleta con prisas un traje negro que sabía que le sentaba bien, y poco más. Lo que no sabía era que iba a sacarle tanto partido a un único traje.

Con las carreras del último momento nadie reparó, hasta llegar a Stuttgart, en que no les habían dado dinero para los gastos del viaje. Por un momento parecieron estudiantes echando cuentas en una caja común. Y, de nuevo, ella tomó las riendas para evitar un pequeño caos en la economía de la estancia en Alemania.

Ridruejo decía que después de aquello no podría viajar sin Carmen. Les sacó de más de un apuro. Su saber estar en cualquier situación y el dominio del alemán fueron definitivos para el éxito de aquel primer viaje, pero también su forma de ser. Carmen era una mujer muy culta, enérgica, expresiva y con tendencia al triunfalismo para animar a los de su alrededor porque consideraba que solo así se conseguía lo mejor de cada uno y se aseguraba la victoria en la empresa de que se tratara. A Dionisio le gustaba su sentido del humor y su ingenio, que cuando ponía al servicio del lenguaje desarmaba a cualquier interlocutor.

Un buen ejemplo de dicha virtud tuvo lugar en agosto de aquel año en San Sebastián, donde fue condecorada con la Cruz del Mérito Civil de Alemania por sus tareas de divulgación, a través de la prensa escrita, la radio y sus aclamadas conferencias, de las actividades de asistencia social de las mujeres alemanas. Las mismas a las que antes defendía desde la otra orilla, arremetiendo contra el papel al que las relegaba el nazismo.

Los conocimientos que Carmen aportó para desarrollar en España el Auxilio de Invierno, ahora llamado Auxilio Social, le valieron la condecoración y los interminables aplausos del embajador Von Faupel, encargado de entregarle el galardón, y especialmente de su esposa, quien se deshizo en elogios tras escuchar su discurso.

Con todo, lo mejor del viaje a San Sebastián, que estaba a punto de cumplir un año en manos de los nacionales, no fue ese almuerzo festivo en el que se le rindió homenaje, sino volver a abrazar a su hija. Llevaba muchos meses sin verla.

La pequeña Paloma voló por la playa de la Concha en un largo paseo con su madre y el mar de fondo, en horas de marea baja, convertida en un tierno peluche de algodón entre sus brazos. Como si de Platero se tratara, el burro al que Juan Ramón Jiménez inventó una tierna historia que mamá le leía antes de la guerra, en aquellas noches en las que todavía cazar el sueño era una intención con final feliz. El mismo Juan Ramón de su infancia. El que le enseñó a amar la literatura. «Platero es pequeño, peludo, suave; tan blando por fuera, que se diría todo de algodón, que no lleva huesos. Solo los espejos de azabache de sus ojos son duros cual dos escarabajos de cristal negro...». Así abrazaba Carmen a su niña, como si no tuviera huesos, con su cuerpo de algodón y su cabello oscuro que olía a mar y a amor en la distancia.

# XXIII

# LOS HUESOS OLVIDADOS

*Y ahora Cris descansa entre sus sábanas de Holanda.*

*Extiende sus miembros con delicia en la cama fresca, impecable, con su suave olor a armario bien tenido. Acaricia la rica colcha de crespón. Y piensa… piensa…*

*Allá lejos, en Madrid, perdida como una gota de agua en la inmensidad de un mar, existe una cunita blanca con una colcha azul… y una cabecita enmarañada y morena, mitad ángel y mitad golfillo, sueña quizá…, llama quizá…*

*Cris se inclina sobre su almohada:*

*—Bubi, mi vida —dice muy bajo.*

Cristina Guzmán, profesora de idiomas (1936)
Capítulo XI

**Zona nacional, año de 1938**

«Allá lejos, en Madrid, perdida como una gota de agua en la inmensidad de un mar…» hay una camita blanca pero está vacía. Su hija se halla lejos. Como sus padres. Como tantos padres…

—Sé que has sufrido mucho —le decía Carmen a Mercedes—, pero ahora al menos tienes la suerte de poder estar junto a tus hijos. Tenerlos cerca es una bendición, dadas las circunstancias que estamos atravesando.

—Lo sé. Si no los tuviera conmigo, me moriría. Oh, perdón, no quería decir eso…, sé que tú…

—Tranquila. Seguro que ya queda poco para poder reunirme definitivamente con Paloma y Perico. Lo que a mí me ocurre es lo que viven miles de familias ahora mismo. Pero tu caso…, haber perdido a tu marido cuando la guerra comenzaba, ha debido de ser muy difícil para ti. Eso es mucho peor, no puede compararse con nada.

—Y sigue siendo difícil.

—Pero tienes a gente que te quiere, cuentas con nosotros para ayudarte.

—¡Eso es una suerte! No imaginas cuánto lo agradezco.

—Bueno…, querida, sobre todo tienes a Javier. Hay que estar ciego para no darse cuenta de cómo te mira.

—Qué cosas dices.

—Digo lo que veo, Mercedes. Javier siente algo por ti. ¿No te gusta? Parece un buen hombre y… es atractivo. —Le hizo un gesto de complicidad con los ojos.

—¿Te has vuelto loca? Carmen, ¡acabo de quedarme viuda!

—Lo sé, querida, lo sé. Pero precisamente porque la vida sigue y estás sobreviviendo, tienes que mirar hacia delante. Y si puedes contar con alguien que te quiere y que puede ser un gran apoyo para ti, ¿por qué no hacerlo? Esto es muy duro, y más aún, habiéndote quedado sola y con tres niños a tu cargo. No sé si yo podría con ello.

—¿Tú? ¡Seguro que sí! No he conocido mujer más fuerte que tú.

—Pues yo sí la he conocido: ¡tú!

Continuaron la conversación entre risas con el ruido sordo de fondo de las trincheras y los combates a decenas de kilómetros de allí.

—Yo solo digo que lo pienses y que te dejes ayudar —insistió Carmen.

—No sabía que eras tan pesada. Olvídate del tema, anda.

—Mercedes, déjate querer y déjate cuidar, hazme caso. La vida te resultará más fácil, ya lo verás.

—Definitivamente, se te ha ido la cabeza.

—No, solo soy práctica. ¿Crees que es fácil, en esta situación tan complicada para todo, encontrar a alguien que te entienda y te ame? Tú lo tienes tan cerca…, pero no quieres admitirlo. Javier te ama, estoy segura de ello.

—La muerte de mi marido es muy reciente. Merece un respeto.

—¿Javier sería capaz de hacer algo que no respetara la memoria de tu esposo?

—No. —Mercedes sintió como si su corazón reposara, de repente, sobre un lecho de espuma. Un bienestar acaparó su espíritu—. Javier no haría nada así, es verdad.

—Ahí tienes la respuesta que necesitas. Rectifico mis propias palabras: si no quieres, no pienses. Pero deja que todo transcurra como tenga que ser. Javier está siempre pendiente de ti. Permítele acompañarte.

Mercedes la abrazó.

—Eres una buena amiga, Carmen.

En ese momento llegaba Javier. Mercedes se dio cuenta de que, de pronto, lo encontraba distinto.

Días más tarde, con la formación del primer Gobierno de Franco, el 1 de febrero de 1938, le ofrecieron a Javier Martínez de Bedoya ser subsecretario del nuevo Ministerio de Organización y Acción Sindical, con sede en Burgos. Pero, por más tentador que fuera el cargo, acabó rechazándolo. Y al hacerlo se dio cuenta de lo que le estaba ocurriendo, porque en la razón de ese «no» se escondía la verdadera medida de sus sentimientos, que en un primer momento lo asustó. Carmen estaba en lo cierto.

Cuando llegó a casa después de haber mantenido en Salamanca la reunión en la que decidió los pasos de su destino más inmediato, se puso a escribir. Tenía un cuaderno en el que anotaba desde hacía unos meses momentos importantes que elegía de entre todo lo que estaban viviendo. Algo parecido a un diario.

Era tarde y Dionisio ya dormía. El silencio ayudó a su corazón a desparramarse en el papel:

Por primera vez me he dado cuenta de que los días se me harán eternos sin la certeza de tener a Mercedes junto a mí. Me asusta pensar que este sentimiento pueda ser amor y trato de sosegarme reflexionando que a todos los hombres que trabajan a las órdenes de Mercedes les ocurre algo parecido. Aunque, acto seguido, me pregunto si no estaré engañándome. Sea lo que sea, lo que no admite discusión ni negación es que mi lugar está en Valladolid, porque aquí está Mercedes. No podría estar lejos de esta ciudad porque me alejaría de ella y del anhelo de que lo que ahora siento pase algún día al plano de lo real y deje de ser un sueño tan inalcanzable como el de la casa frente al mar.

En otro punto de la ciudad, Carmen se peleaba con otra noche más en la que campaban libres y desbocados los fantasmas de la incertidumbre; los fantasmas de la guerra. Sin noticias de su marido, ni tampoco de Sonsoles y Paco, su imaginación fue enredándose en los años en los que, siendo niña, se extasiaba con las historias que a veces le contaban, reunidos en su casa en las tertulias que organizaba papá, Rubén Darío o Amado Nervo… O Juan Ramón… Y cuando abrazó al burro Platero, imaginándose sobre la arena de la playa de la Concha, consiguió por fin dormirse.

Después de haber rechazado el primer ofrecimiento de un cargo, a mediados de febrero Ramón Serrano Suñer, nombrado ministro del Interior, le ofreció a Martínez de Bedoya otro puesto: ser jefe del Servicio Nacional de Beneficencia. Esa vez sí aceptó al estar la sede del organismo en Valladolid.

—¿Sigues albergando dudas sobre sus intenciones? —Carmen volvió a la carga con Mercedes en el trabajo, la oficina del Auxilio.

—Simplemente ha elegido un trabajo.

—Sabes que no es así. Rechazó ser subsecretario de un nuevo ministerio, ¡era mucho mejor que lo de ahora! Pero resulta que tenía que trabajar en Burgos y dijo que no, ¡qué casualidad! Podían no haberle propuesto nada más. Pero esa posibilidad a él le daba igual, lo que quería era estar cerca de ti. ¡Está claro! Y luego dicen de mí que soy tozuda, eso es porque no te conocen.

Mercedes, Carmen y Dionisio andaban por aquel entonces enfrascados con los preparativos de un nuevo viaje, esta vez a Italia, aunque Mercedes no iría. El objetivo era estrechar lazos con las autoridades italianas y limar las asperezas surgidas durante la estancia de unos estudiantes españoles.

El grupo que viajaba a Italia era más numeroso que el que fue a Alemania el año anterior y había más mujeres: Carmen de Icaza, Pilar Primo de Rivera y Carmen Werner. En palabras de Ridruejo, esta última había tenido con José Antonio «una amistad un poquito sentimental». «Pareces una portera», le decía Carmen.

El director de la Academia Española, José María Pemán, y Eugenio Montes, destacado escritor y ferviente seguidor del ideario falangista, viajaban con ellos.

Durante el largo trayecto, a Carmen se le ocurrió la idea para una nueva novela. En ese momento podría parecer absurdo pensar en algo así, pero llevaba meses privada de la escritura y para entonces había descubierto que no le sería posible vivir al margen de la literatura. La guerra tendría que acabar algún día y era una lástima no aprovechar el gran éxito de *Cristina Guzmán, profesora de idiomas*, pensó frente a la inmensidad del océano en la cubierta del barco. No podía dejar sola en las librerías a Cristina Guzmán. Esperaba darle pronto un acompañante, esto era, una nueva novela. Imbuida por lo que estaba viviendo desde que abandonó Madrid, se le ocurrió narrar las peripecias de una espía en la Guerra Civil.

Para cuando llegaron a Roma tenía diseñada prácticamente la trama íntegra. Pero ya no dispuso de más tiempo para pensar en ella. En Italia, la agenda era vertiginosa e incluía el plato fuerte: un encuentro con el líder italiano Benito Mussolini.

A punto estuvieron de llegar tarde a la cita. Dionisio se hallaba dispuesto a salir de su habitación para reunirse en la recepción del hotel con sus compañeros cuando apareció Eugenio Montes con problemas en su indumentaria. Llevaba la guerrera abrochada con torpeza y los correajes del uniforme enredados, un auténtico desastre que tuvo que arreglar.

Bajaron para unirse al grupo con un cuarto de hora de retraso y, al verlos, Carmen, «entre indignada y muerta de risa», como más tarde describiría Dionisio, les dijo: «Con poetas no se puede ir a ninguna parte». Y salieron a la carrera hasta el palacio Venecia, donde Benito Mussolini había instaurado la sede del Gobierno fascista.

A falta de un minuto de la hora prevista, aguardaban ante la puerta del gran Salón del Mapamundi, en el que fueron recibidos para mantener una entrevista tan breve como intrascendente.

En el camino de regreso al hotel, Dionisio anotó en su cuaderno: «Mussolini era más chico de lo que suponía. De cuerpo macizo, pero no bastante para disimular el gran tamaño de cabeza casi afeitada. Al hablar se llevaba las manos a la cintura, a la que imprimía un pequeño movimiento, como si el correaje le oprimiese o desazonase».

Mientras su compañero escribía, Carmen extrajo del bolso la foto que Mussolini le había firmado. La miraba seria, pensando en qué se podía hacer con un retrato como ese, con la firma de puño y letra del mismísimo Duce. Volvió a guardarla y se dedicó a mirar por la ventanilla del automóvil. Sintió unas ganas inmensas de volver a casa, a su casa en Madrid, junto a su familia. Lo peor de las ausencias y la distancia es cuando no se sabe lo que pueden durar, como era el caso.

Pero antes de marcharse de Roma todavía les quedaba por vivir otro momento que iba a quedar fijado en sus retinas durante mucho tiempo, si no para siempre. Una mañana, ya tarde, después de un prolongado paseo en solitario por la Ciudad Eterna, del que después anotaría que sobre la vía Apia «se anda o se rueda como sobre crujidos de huesos olvidados», Dionisio tomaba una copa mientras esperaba a alguien en el bar del Grande Albergo, el hotel donde se hospedaban. Como si de una aparición se tratara, de pronto vio a «un caballero melancólico, un señor de piernas largas, vestido de oscuro, solo un poco vencido de espaldas —como suelen habituarse a andar los hombres de estatura aventajada que conviven con otros de talla menor— que se dirigía hacia mi mesa resueltamente. Era don Alfonso XIII, el último rey reinante». Dionisio se levantó y el monarca exiliado le tendió la mano con una decisión carente de ceremonia. Residía en el Grande Albergo acompañado de un reducido grupo de aristócratas, entre los que estaban el conde los Andes y el duque de Miranda, que intentaban hacer que se sintiera en familia para no ahogarse en el destierro.

Los invitó a su *suite* para conocerlos a todos. Dos horas duró la reunión en una pequeña salita de la habitación. Ridruejo prestaba tanta atención que parecía haberse encomendado a sí mismo la tarea de ser transcriptor de cuanto ocurriera. En sus propias palabras, a él y a Eugenio Montes les habló «como posibles informadores de las cosas de España; a Pilar, con especial atención. Seguramente no ignoraba que todos los Primo de Rivera guardaban hacia él un cierto resentimiento. A Carmen de Icaza, con una cortesía interrogativa». Carmen era monárquica declarada y muy alfonsina.

Don Alfonso les confesó su creencia de que el fascismo italiano le parecía «cosa floja, sobre todo en el orden militar», y que era plenamente consciente de que jamás volvería a su amada España, al menos no como rey.

En la despedida se refirió a Serrano Suñer: «Díganle que sigo con mucho interés todo lo que hace. Y que tenga cuidado. Le atacarán por todas partes...».

Regresaron a España vía Argel. Entre las anotaciones del final de aquel viaje, Ridruejo dejó constancia de «dos impresiones sonoras que se me habían instalado en la base de la memoria y que nunca dejaría enteramente de oír: el tintineo de los martillitos con que golpean sus metales los orfebres del Ponte Vecchio de Florencia y la formidable recapitulación de la historia de la música del *Juego de cartas,* de Stravinski. Lo habíamos ido a oír, dirigido por el propio compositor, en el teatro de la Ópera. Es curioso cómo las músicas pueden servir de lecho para la conservación de los otros recuerdos».

A Carmen le interesó más conservar en su memoria el recuerdo de ver en persona a Stravinski dirigiendo su propia obra que la foto de Mussolini, aunque sabía que lo primero era un mero deleite de los sentidos y lo segundo, un paso en la historia de la que ella conservaba un pedazo en el interior de su bolso.

«Una escala en el europeizado Argel precedió a nuestro retorno al Peñón —siguió escribiendo Dionisio—. Un día después gozábamos, en la pensión Santa Clara de Torremolinos y en el hotel Caleta de Málaga, de las delicias de un cabo de verano que todavía daba flores».

Aquel otoño de bombas en las trincheras y soledad en habitaciones que eran el refugio en el que se aguardaba a que la guerra terminara, Carmen repartió su tiempo entre la dedicación a las tareas del Auxilio Social, en el que cada vez tenía más trabajo, y su posible futura novela. El personaje femenino, Isa, protagonizaba una trama de espías, viajes alrededor del mundo y amor. Ese amor que entonces a todos les faltaba por estar descolocado o roto.

En un pasaje de los que escribió en aquellos días, el personaje de Isa dejaba clara su opinión sobre la guerra:

—Pues yo creo en la humanidad —afirma pensativa—. Y creo que las guerras revuelven por un lado, cierto es, mucho fango; pero que por otro despiertan virtudes magníficas insospechables. (…) Cuando todo en nuestro entorno se derrumba, cuando los frenos y las barreras sociales pierden su significado ante una fatalidad superior, entonces es cuando a un ser humano se le brinda la oportunidad de rebelarse.

Quizás porque lo tenía muy presente, al tratarse de una experiencia reciente, o quizás porque le había dejado marcada igual que una llaga que no llega nunca a curarse, pero el hecho es que reproducía un episodio demasiado similar al vivido por ella junto a su marido y su hija cuando intentaban abandonar Madrid al inicio de la guerra. Llevar aquella vivencia límite a las páginas de su ficción novelística daba cuenta del miedo que habían pasado; un miedo al que necesitaba darle una salida y la encontró en la literatura.

En la novela, que aún carecía de título pero cuyo final ya tenía claro, aparecía un personaje llamado el Chepa, un antiguo limpiabotas que recordaba al Luisillo real de la Gran Peña y que, como él, recorría los andenes y pasillos de una estación de tren identificando a quienes huían de la ciudad para que los detuvieran. El Chepa señaló a un capitán del bando nacional que escapaba acompañado de su mujer y de su hija. La familia había subido al tren, pero él descendió para ir a buscar una gaseosa de bola que su pequeña le reclamaba, en lugar del helado del que se encaprichó Palomita en la vida real.

Se quedó en vela una noche entera dándole vueltas a cómo concluir la escena, porque cada vez que la pluma rozaba el papel, Carmen sentía una dentellada en algún lugar de su cuerpo, y así no hay manera de escribir…

Era la tercera carta que recibía con las mismas noticias. A cada nueva misiva que le llegaba a Valladolid se renovaban las incertidumbres y aumentaba el temor a que pudiera llegar un día en el que perdiera para siempre a su marido caído en combate en cualquier punto de una España en llamas.

Aquella tercera vez, Pedro había vuelto a salvarse, pero le comunicaban que en el parte de guerra constaba que había sido herido en un costado. Su estado no revestía una gravedad extrema, pero lo tenían en observación en el hospital de campaña correspondiente. Carmen lo imaginó tendido en un destartalado camastro, junto a decenas de compañeros, compartiendo con ellos un similar vacío de la misma soledad. Pero al menos sabía que estaba vivo.

Esa certeza era el oxígeno con el que seguir respirando hasta que acabara la guerra.


En un tiempo en el que no había lugar para las celebraciones, Javier le propuso a Mercedes que pasaran juntos la última noche de aquel año. Ellos solos, haciéndose mutua compañía para recibir el nuevo año que no dejaba atrás las armas.

Mercedes accedió, aunque protestando, porque no quería dejar a sus amigos. No sabía que tanto Dionisio como Carmen prefirieron no compartir con nadie sus respectivas soledades, cada uno por una razón distinta. Dionisio, porque creía que los hombres deben curtirse solos asumiendo su papel en un tiempo en guerra, mientras que Carmen se decantó por dedicarse a conjurar los fantasmas —de nuevo y siempre los fantasmas— de los efectos de las batallas escribiendo mientras pensaba en Palomita… y en su marido… y en Sonsoles y en su madre y…

Pensando en ella misma en épocas de felicidad.


Javier llevaba en la mano un mustio y desaliñado ramo de flores corrientes.

—Es más de lo que se puede encontrar con la guerra, lo siento. Pero imagina que son las flores que más te gusten porque responderán más a mi intención.

—Qué detalle, Javier. Tu intención es lo que importa, y te digo de corazón que me conmueve.

—Me hace feliz oírte decir eso.

Al acabar la frase le tomó suavemente una mano y la acarició. Mercedes, repentinamente ofuscada, reaccionó tomándole a él las dos en una demostración de camaradería.

Solo camaradería y no otra cosa.

—¿Nos sentamos? —le dijo. Sobre la mesa, la mínima expresión que permitía la situación bélica.

—No, espera. —Javier la detuvo.

—Pero se enfriará ese «maravilloso» caldo que he tardado toda la tarde en elaborar —bromeó ella.

—Mercedes… —pronunció su nombre como un ave que alza el vuelo—. Sabes que yo respeto como nadie, exceptuándote a ti, claro, la memoria de Onésimo. —Hizo una pausa en la que no cupo ninguna respuesta—. ¿Lo sabes, verdad? Pero eso no tiene nada que ver con mi sentimiento.

—¿Tu sentimiento…?

—No puedes decirme que no lo imaginabas, porque has tenido muchas muestras de lo que significas para mí. Otra cosa es que no hayas querido hacerme caso.

—No se trata de hacerte caso. Es que de ninguna manera estoy preparada para que…, o sea…, para… —Su firmeza en la expresión y su carácter resolutivo cayeron inusitadamente como cae una fortaleza en un ataque por sorpresa—. Agradezco lo que haces por mí, pero…

—No hago, Mercedes, sino que siento. Lo que siento por ti. Te amo.

—No digas eso, Javier. Eso no puede ser. Nosotros no…, no debemos albergar esos sentimientos.

—Pues ya es tarde. Porque lo que voy a hacer en este momento espero que cambie nuestras vidas. Voy a pedírtelo porque ya no puedo más, y quién sabe si mañana seguiremos vivos. Cásate conmigo, Mercedes. Casémonos. La guerra acabará pronto. Prácticamente toda España está liberada.

La cogió de los brazos y los acarició sin atreverse a besarla.

—Es una locura, Javier. Se me ocurren muchas razones por las que tú y yo no podemos casarnos.

—Claro que podemos, nadie nos lo impide.

—Está bien: por las que no «debemos» casarnos. Para empezar tengo tres hijos. Ya me dirás qué hombre soporta eso.

—Cualquiera que esté enamorado.

—Y qué me dices del escándalo que supondría que volviera a casarse la viuda nada menos que de un héroe. Políticamente sería cavar nuestra propia tumba.

—Los escándalos se olvidan pronto.

—Te equivocas. Los escándalos pueden pasar a la historia y hacer que sean crucificados quienes los protagonicen.

—Onésimo fue mi maestro y sé que él querría que fueras feliz con un hombre en el que él confiara. Y yo te amo, Mercedes, lo siento, pero ha ocurrido y no me avergüenzo de ello.

Entonces la besó, quedando atrás por una noche las balas y los muertos, y el crujido de algunos huesos que serán olvidados.

Carmen había vuelto a escribir un artículo. Echaba de menos el periodismo, con el que se había encontrado gracias a la necesidad económica de su familia, de lo cual estaría alegrándose el resto de su vida. Lo publicó en la revista *Auxilio Social* con el título «La mujer española y su servicio social». Era como pasear por el otro lado de la luna respecto de lo que escribía menos de tres años atrás, cuando ponían en cuestión el papel al que el nacionalsocialismo alemán relegaba a las mujeres. ¡Solo hacía menos de tres años! ¿Cómo había sido posible que se produjera un cambio tan grande en un período de tiempo tan pequeño?

Desde el pasado mes de mayo era asesora del Auxilio en cuestiones sociales. La única mujer entre el cuadro de asesores de la organización. Su caso era distinto al de la mayoría de mujeres. Ella había conseguido destacar y tener una relevancia pública que poco tenía que ver con lo corriente en aquel momento en España.

«Los cursos, las conferencias y las charlas históricas, políticas y artísticas darán a conocer a la mujer algo de nuestra España eterna...», decía en el artículo.

España sería eterna si es que sobrevivía.

# XXIV

# LA GUERRA EN EL CORAZÓN DE ERNESTO

*Las diez de la mañana. Georgette tiene orden de ayudar a* miss *Guzmán a transformarse.*

*Monsieur* Valmore *y el señor doctor esperan a la señora, a las once, en la biblioteca.*

*(...)*

*El profesor Rouvier ha pegado un respingo al ver entrar a Cris en la biblioteca, y* mister Prynce *tampoco ha podido reprimir un estremecimiento.*

*—Es formidable —murmura el psiquiatra.*

*Mister* Prynce *le mira triunfante. Como si el parecido de Cris fuese obra suya.*

*—Vamos —ordena Rouvier. Y dirigiéndose a Cris—: Señorita, a su intuición femenina encomiendo este dificilísimo asunto. Por ahora no puede usted hacer nada más que presentarse. Desdichadamente, el enfermo no está en condiciones...*

Cristina Guzmán, profesora de idiomas (1936)
Capítulo XII

## Madrid, finales de agosto de 1960

—¿Quién podría considerar a Onésimo Redondo como un maestro? —pregunta Hemingway.

—Martínez de Bedoya, por ejemplo —responde Carmen con rapidez y cierta displicencia.

—No, claro... Él y los miles de «iluminados» mesiánicos que estaban tan locos como él y lo seguían. Aunque Ramiro Ledesma era todavía peor que Redondo, mucho peor.

—Si cualquiera de ellos estuviera aquí diría lo mismo de ti.

—Seguramente. Lo cual no me restaría razón.

—Ni a ellos. Nunca das tu brazo a torcer, ¿verdad?

—Eso no es cierto. —Sonríe con nostalgia—. Conozco a alguien que es mucho más tozuda que yo, ¿verdad, «doña Carmen»?

—Eres imposible… Incorregible.

—¿Vas a compararme con ellos?

—Tú no viviste aquellos tiempos.

—Hay otras opciones antes de la de un golpe de Estado que encima derive en una guerra. A la conquista la llamaban liberación. Liberación…, llamar así a ese tajo que se le asestó a España.

—España era un caos ingobernable.

—Pues si ese Gobierno no gobierna, se cambia. Igual que llegó puede llegar otro.

—No era tan fácil. Los desmanes y atrocidades de los rojos solo los podía combatir el ejército. Yo tampoco quería una guerra.

—Los «rojos»… —pone énfasis en la palabra cuyas sílabas ha arrastrado al pronunciarla, al tiempo que abre desorbitadamente los ojos.

Carmen hace un gesto como de armarse de paciencia para responderle:

—Los rojos, sí. Los comunistas, socialistas, anarquist…

—Vale, vale, Carmen, ya… Me lo sé. Y no lo he olvidado.

—También sabrás que asesinaron a líderes políticos, quemaron iglesias, mataron a monjas. Puedo seguir…

—Puedes seguir todo cuanto quieras. Pero la guerra nunca es la solución, y te lo dice alguien que ha estado nada menos que en tres. Ahora lo pienso y no sé cómo pude… ¿Sabes que en la primera, en la Gran Guerra, fui conductor de ambulancias? En el frente de Italia. —Con el whisky se bebe el recuerdo del joven Ernesto—. No, Carmen, no. La guerra nunca es la solución a nada. Si hablas con las familias republicanas qué crees que te contarán: lo mismo, ajusticiamientos ilegales, venganzas, fusilamientos solo por pensar en contra del régimen… Ambos bandos perdieron, sin duda, aunque cada uno vea solo lo suyo, pero con la diferencia de que el vencedor se empleó a fondo en sus ganas de revancha. Nosotros, los corresponsales extranjeros, a pesar de que creas lo contrario, tal vez teníamos una mejor visión desde fuera de que aquello era una locura, españoles contra españoles… Llámame sentimental, y ya sé que una guerra no tiene nada de sentimental, ya me lo has dicho antes, pero, para mí, fue peor que las otras dos que tuve que cubrir. Dolía más.

—Creo que lo que te ponía sentimental no era la guerra sino Martha, tu mujer.

El escritor agacha la cabeza, cierra los ojos y se los aprieta con los dedos de una mano. Las sombras acuden a su cabeza, y los ruidos extraños que se le metieron hace un tiempo dispuestos a quedarse, amagando con torturarlo cuando les viene en gana. Como si no fuera suficiente con vivir lo malo de la vida, que encima hay que estar recordándolo. Un buen día… No. Mejor, un mal día, los malos recuerdos ocuparon su mente y desde entonces se alimentan los unos a los otros para no debilitarse. Lamentablemente para Ernesto siguen estando tan fuertes como el primer día.

—Me gustaría poder hacer algo para que no sufrieras tanto —le dice Carmen conmovida al verlo así, sintiéndose impotente—. ¿Ha sido la mención a Martha?

Con el encargo de cubrir la Guerra Civil, Hemingway realizó varios viajes a España como corresponsal, contratado por la North American Newspaper Alliance (NANA). Algunos de aquellos viajes se convirtieron en largas estancias. En uno de ellos, en el año treinta y ocho, estuvo acompañado de Martha Gellhorn, protagonista de uno de sus amores más arrebatados y tempestuosos. Se habían conocido en el bar Sloppy Joe's en Cayo Hueso, una pequeña isla en el estrecho de Florida. Al igual que él, Martha era corresponsal de guerra, una de las mejores, y enloqueció por ella. Alta, bella, poseía un *glamour* que podía inducir a engaño: calzaba su atuendo y botas de montaña, y se colocaba en primera línea de combate para narrar los hechos como el más aguerrido de sus colegas varones. Era una mujer de carácter y osada en su trabajo.

—A ti te habría gustado, Carmen, seguro que os habríais entendido muy bien.

—Posiblemente más de lo que la entendiste tú.

—No me digas eso. ¿Crees que no me hizo sufrir saber que con ella no estuve a la altura?

—Decir eso te honra. Los hombres importantes no suelen reconocer sus fallos, y menos aún con las mujeres.

—¿Y tú crees de verdad que soy un hombre importante? ¡No me jodas, Carmen! *Fuck!* Mírame, lo que soy es un hombre acabado. Soy un hombre convencido de que todo habría sido distinto si ella hubiera seguido conmigo.

—Eso no puedes saberlo.

—Lo sé. —Parece que fuera a llorar; le duele—. Sé que todo habría sido distinto pero lo jodí. Eso hizo este «gran hombre», hacer que una mujer única, como ella, se apartara de mi lado y no quisiera saber nada de mí.

La revista *Collier's* contrató a Martha Gellhron para cubrir la Guerra Civil española y fue la ocasión para reencontrarse con Hemingway, en el hotel Florida, un establecimiento barato situado en la plaza de Callao, ocupado por corresponsales extranjeros y escritores con intenciones de buscar la inspiración bajo el ruido incesante de los obuses cayendo sobre la Gran Vía.

En el edificio de la Telefónica, donde trabajó Pedro Montojo hasta que estalló la contienda, estaba la Oficina de Prensa Extranjera, en la cuarta planta. Allí se presentó Hemingway con una atractiva rubia del brazo y le soltó a sus colegas: «¡Os presento a Marty! Ya podéis tratarla bien porque el medio para el que trabaja es mucho más importante que cualquiera de los vuestros».

Entonces aún no había pasado nada entre ellos. Pero en Madrid la atracción que sentían explosionó como el choque de dos meteoritos en el universo. En la habitación 109 del Florida se hicieron amantes. Y, así, mientras Madrid se resistía a ser tomada por los sublevados contra la República, Martha y Ernest se rindieron enseguida y descubrieron entre las sábanas una pasión que el incómodo aroma de la pólvora que a veces llegaba hasta el hotel fundió en amor.

Su matrimonio duró cuatro intensos y convulsos años.

—Cuando me abandonó dijo que quería volver a ser ella… Quería recuperar su nombre, soltar el lastre de mi apellido. Qué triste me resulta pensarlo años después. ¿Despreciaba mi apellido? ¿Tan malo fui? ¿Tan mal me porté con ella?

—¿Acaso no entiendes que el apellido es lo de menos? Martha necesitaba volver a ser considerada por ella misma como la gran periodista que era.

—Ella era muy buena. Muchos dijeron que sus crónicas de España eran mejores que las mías.

—Tenía mucho talento. Y sobre tu comportamiento con ella, nadie debe juzgarte, sino tú mismo. Pero si me preguntas como amiga, he de decirte que muy bien no te portaste, Ernesto. En el fondo, no necesitas que nadie te lo diga, y por eso te duele y hace que te sientas mal a pesar del tiempo transcurrido.

En ese tiempo transcurrido se incluyen las noches en el patio del Florida bajo el resplandor de las bombas, cuando los corresponsales extranjeros se reunían al cabo del día para beber, fumar… y para comentar la jornada. No dejaba de ser la celebración de que, un día más, seguían vivos y podían informar a sus respectivos medios. Cubriendo la maldita guerra se juntaron nombres de mucho relumbre que quedaron hermanados para siempre en las páginas de sus respectivos medios de comunicación y también en las de la historia de una España que sufría. Nombres como los de Jay Állen, periodista estadounidense y uno de los más afamados corresponsales de guerra en Europa; los escritores John Dos Passos y George Orwell; el ruso Mijaíl Koltsov, del diario *Pravda*, o los franceses André Malraux y Antoine de Saint-Exupéry. Unidos en aquella España partida en dos que incluso a ellos dividió, posicionándolos en un bando o en otro. Parecía lo inevitable.

A finales de mayo de 1938, Hemingway regresó a Estados Unidos convencido de que la guerra todavía podían ganarla los republicanos. «El enemigo llegará y cortará en dos a la República, pero eso no es para preocuparse —compartió con sus colegas americanos—. La guerra entrará ahora en una nueva fase, se redoblará la resistencia del Gobierno. El pueblo está ansioso por detener el avance de Franco hacia el mar». En realidad, sus deseos se impusieron a su instinto periodístico, porque a aquellas alturas era difícil creer que los nacionales no ganaran la guerra. Sin embargo, él se resistió a pensar que así fuese hasta el último momento.

En sus crónicas periodísticas no cabía el cúmulo de sensaciones, ideas, vivencias, sentimientos que notaba a punto de entrar en erupción en cualquier instante a cada paso que daba en este país en guerra. Ernest dejó que el volcán estallara en una visión novelada de la Guerra Civil.

—Con lo que gané con *¿Por quién doblan las campanas?* compré la hacienda de Finca Vigía, en Cuba, donde fui inmensamente feliz con Martha. Ahí queda lo vivido, nadie podrá arrebatármelo. Ella fue quien encontró la casa. Tardó tiempo, pero en cuanto la vio supo que era el sitio perfecto para nuestro amor.

—Piensa en todo el tiempo que fuisteis felices juntos. Es lo que te queda de ella.

—No puedo evitar pensar en el que podríamos haber seguido pasando juntos.

—Eso se llama pesimismo. ¿Oye, tan elevadas fueron las ganancias?

—Esa novela se vendió como daiquiris helados en el infierno, querida. Y ahora… Ahora dejo Cuba. No sé qué haré con Finca Vigía. Ya lo pensaré, pero voy a fijar mi residencia estable con Mary en Estados Unidos, de nuevo.

—¿Te has hartado de Castro?

—En cierto modo, sí. Me molesta que me utilicen. Estoy muy cansado, me he hartado, pero de todo. Quiero quedarme en mi país.

Hemingway y Mary Welsh, antigua periodista de la revista *Time*, su cuarta esposa, llevan juntos catorce años.

—Y por cierto, Carmen, yo también conocí en persona a Mussolini. —Hace un brindis al aire para provocarla—. Lo entrevisté. Fue en los años veinte, poco después de que creara el primer partido fascista. Pero, eso sí, a mí no me firmó ninguna foto, te lo puedo asegurar.

—Incorregible…

# XXV

## EL PAN DE FRANCO

*Y Cris penetra en un dormitorio amplio, amueblado en estilo inglés, con escasos muebles. En el fondo, una cama. Y entre las almohadas, una cabeza rubia: un rostro de niño casi, pálido, demacrado, con ojos azules, muy claros, enormes.*

*(...)*

*Cris se ha acercado al enfermo, que la mira de pies a cabeza, con mirada algo inquieta.*

*Pero Cris se ha sentado tranquilamente en la cama del enfermo. Su mano ligera se posa con gesto de cariño sobre la cabellera rubia (...allá en Madrid hay una cunita blanca...).*

*De nuevo reina en la habitación un angustioso silencio. Cris sonríe. Con su sonrisa sana y clara. Joe la mira con un poco de asombro.*

*—¿Quién es usted? —pregunta de nuevo. Pero su tono es más suave.*

*Y entonces es cuando sucede lo que a todos les parece un milagro. Otro segundo (¿o es un siglo?) de ansiedad.*

*Joe se ha incorporado bruscamente.*

*De repente, Cris se siente cogida, envuelta por dos brazos delgados. Sobre su pelo siente una lluvia de besos apasionados. Ha cerrado los ojos. Una gran felicidad la inunda toda. «Si le salvo, he salvado también a Bubi de algún peligro desconocido...».*

Cristina Guzmán, profesora de idiomas (1936)
Capítulo XII


**Madrid, 1 de abril de 1939**

Reina un angustioso silencio.

La guerra ha terminado.
Más silencio.
Huele a muerte y a desdicha.

¿Alguien sabe quién es el enemigo?

Cualquiera que estuviera vivo era enemigo de alguien.

Todos eran «el enemigo».

«El auxilio a la población no olvida ni a los que hasta ayer fueron enemigos y aun a aquellos que sigan siéndolo ahora en su fuero interno, pues la justicia del Generalísimo alcanza hasta los hambrientos "rojos", y no solo a las víctimas de aquellos cobardes marxistas que huyeron robando, llevándose todo lo que valía algo en España», diría Carmen a través de los micrófonos de Unión Radio Madrid en los días siguientes a la caída de la capital.

El adiós a la Segunda República daba la bienvenida a los vencedores. Como la cara y la cruz de una moneda, sin espacio para puntos intermedios. Las tropas nacionales se abrían paso entre las ruinas de la derrocada Segunda República española.

El primer día de un abril empujado por el viento de la tristeza que los muertos dejaban en las cunetas de ambos bandos, Carmen de Icaza entró en Madrid montada en uno de los camiones del largo convoy del Auxilio Social. Asomó la cabeza por una junta de las lonas traseras y vio su ciudad cambiada y sórdida. Ni siquiera el sol de la mañana conseguía quitarle aquel gris color de plomo a las fachadas de los edificios y las calles por las que circulaban. Sobrecogía el desolador paisaje. Ahora tocaba el reencuentro con los vivos y con las ausencias que había que encajar entre los restos de lo que había quedado.

Al paso de los camiones mucha gente se acercaba para recoger pan y alimentos que iban repartiendo. En sus discursos radiofónicos, Carmen pedía a los madrileños que entonaran: «Un canto al pan de Castilla, las hortalizas de Navarra, las carnes de Galicia y León, las frutas de Aragón y Levante y cuantos víveres envía la España nacional al Madrid liberado en prueba de amor y fraternidad».

Y describía cómo había sido el recorrido: «Las caravanas de camiones del Auxilio Social con víveres por la meseta castellana en dirección a Madrid, trayendo a la capital mártir el pan de Franco, pan ganado con las puntas de las bayonetas del glorioso ejército nacional y que se distribuye a la vez que el consuelo y la justicia, serena pero inflexible. Despidamos esta alocución como la hemos empezado, con un vibrante ¡Arriba España!».

En cuanto tuvo ocasión, un coche la condujo a la calle López de Hoyos. Qué encontraría en casa… y en qué estado. Temor y alegría subieron las escaleras con ella. Quería observarlo todo, hasta los peldaños, porque le permitía tomar contacto con la nueva realidad en la que dormitaba su vida anterior bajo sábanas que cubrieron muebles y recuerdos durante tres años sin que nadie les hiciera caso. Pero continuaban en pie, que ya era mucho.

El primer paso que dio en el interior de su casa la encaminó instintivamente a la habitación de Paloma. Su olor, su presencia imaginada y sentida le produjo una emoción que acabó de estallar inundando todas las estancias cuando a los pocos días la niña llegó con el resto de la familia. Solo faltaba su marido, al que recibieron en menos de una semana. Carmen llevaba casi medio año sin noticias suyas. Exactamente desde la notificación de su tercera baja por heridas de guerra. Sin saber si estaba vivo o si había muerto en cualquier lugar indeterminado. Fue tan extraño y sorprendente, tan emocionante el reencuentro, que no cabían palabras en él. Se deshicieron entre las manos los deseos de devorar el tiempo que no tuvieron. Ese tiempo que se escapó en la guerra y en la lucha por conservar la vida que al fin volvía.

Hubo alegría por la llegada a Madrid también en Mercedes y Javier. La existencia, además de haber cambiado, como las de todos los españoles que habían sobrevivido a la guerra, en su caso tomó un camino que solo les concernía a ellos. La despedida en Valladolid tuvo un sabor agridulce, aunque la alegría por el fin de la guerra lo envolvía todo, incluidos los abrazos de los cuatro amigos.

—Ha sido un honor haber trabajado contigo, Carmen —le dijo Dionisio emocionado—. ¡Ojalá podamos volver a viajar juntos! Eso fue divertido.

—Sí, pero para la próxima vez asegúrate de que tus amigos poetas hayan aprendido a colocarse correctamente un uniforme, por favor —se permitió bromear Carmen, reteniendo en el rincón de los recuerdos aquel momento que ponía punto final a la guerra pero también a la convivencia en Valladolid.

En Madrid, siguieron callando ante los demás el amor que ya no ocultaban en privado, pero no transcurrió demasiado tiempo hasta que un día Mercedes le dijo a Javier:

—¿Qué costa te gusta más de toda España?

—¿Por qué lo preguntas?

—Por saber cuánto interés tienes en que tu mayor sueño se cumpla.

—Sabes que tengo todo el interés del mundo. Todo…

—Pues es posible que puedas disfrutar de una casa frente al mar…

Él no le hizo mucho caso.

—Como posible, cualquier cosa puede serlo. Esa, también.

—Yo me refiero a que disfrutes de una casa con unas preciosas vistas al mar… Que las disfrutemos juntos…

—¿Juntos?

—Sí, cuando nos hayamos casado.

Javier iba a decir algo, más bien a gritarlo de alegría, pero se quedó sin voz, no salía de su cuerpo enamorado. Así que la abrazó y, sin soltarla, besó su boca. Y sus besos le dijeron a Mercedes lo que él sentía. No fueron necesarias las palabras.

La noticia de la boda causó sensación entre las filas nacionales, aunque todavía era pronto para saber si la sensación era buena o mala. Carmen y Mercedes pasaban mucho tiempo juntas con las tareas del Auxilio y, al final, las confidencias se colaron de rondón una tarde de finales de abril.

—Es muy fácil juzgar a la ligera sobre la vida de otros. Sé que nos juzgarán por intentar ser felices juntos.

—Sobre todo te juzgarán a ti, Mercedes, por ser mujer.

—Creo que, por desgracia, ambos seremos sentenciados. Ojalá me equivoque, pero mucho me temo que será así.

—Tienes casi veintiocho años, eres viuda con tres hijos pequeños, desempeñas importantes tareas políticas y una gran labor social. ¿Es un crimen que quieras hacerte cargo de todo, que no es poco, acompañada por un hombre que te ama y al que tú también amas?

—Nadie más que una misma puede saber lo que es levantarse cada día sintiendo una terrible soledad de cuerpo y de alma, y teniendo que cumplir con todos aquellos que dependen de ti, no solo en mi familia sino en el Auxilio, con lo que eso supone. La hemos convertido en una organización con una estructura amplia y compleja, que requiere una dedicación agotadora, sin descanso, ¡qué te voy a contar a ti! Pero hay más. Creo que lo peor, en este caso, es que, además, soy «la viuda de Onésimo», como si fuera un título o una definición de quién soy y de lo que significo. Pero soy mucho más que una viuda, soy una mujer, una persona, como el resto, que siente lo mismo que siente cualquier otra. A eso también me expongo.

—Sí, pero «eso» debería importarte poco. Tienes derecho a decidir por ti y a pensar en ti. Y, sobre todo, tienes derecho a sentir. No vas a quedarte viuda el resto de tu vida solo porque seas «la viuda de Onésimo» —lo pronuncia cargando la frase de intención.

—Mito y héroe para los nuestros… Pero también persona, y eso es lo que la gente no entiende. Para mí fue marido y padre de mis hijos, y por él he sufrido y aguantado penalidades que, de no haberlo querido como lo quise, no habría podido soportar. Porque a su lado sufrí mucho, Carmen…, pero también he sido muy feliz. Casarme con Javier no supondrá jamás que lo olvide. Él siempre estará conmigo. A veces me decía que, si lo mataban, yo tendría que volver a casarme. Se ponía muy pesado. Entonces no le hacía caso, pero ahora recuerdo su insistencia con añoranza. Nuestro matrimonio fue corto, solo cinco años, ¡pero te aseguro que valieron por veinticinco!

—¡Te creo! —Acabaron riendo—. Quédate tranquila —le recomendó Carmen—. Al fin y al cabo, vas a hacer lo que él quería para ti: rehacer tu vida y que fueras feliz. Algo que solo sabes tú, y es lo que importa.

—Nunca te lo he dicho, pero ¿sabes una cosa…? Yo también he leído tu *Cristina Guzmán*, ¡y me ha encantado!

—¡Pero por qué no me lo has dicho hasta ahora!

—No sé, por pudor, imagino. Ha sido una tontería. Me gusta esa viuda, aunque mi príncipe azul no me ha llegado millonario como *mister* Prynce. —Y le guiñó un ojo a su amiga con mucha complicidad.

—¡Ni falta que hace!


Siguieron trabajando para el Auxilio Social sin descanso, como decía Mercedes, y, como en esa fecha todos se habían trasladado al Madrid «liberado», hicieron lo mismo con su organización, que cambió su sede en Valladolid por otra en Madrid, un antiguo convento de monjas situado en el número 39 de la calle José Abascal.

Tras la guerra, la nueva España fue articulándose en torno a la figura del general Franco y el nacionalcatolicismo. Se suprimieron los partidos políticos y, con un nuevo amanecer, llegaron la censura y el control de la prensa. Aquella nueva España se ensombrecía, encerrándose en sí misma para que el mundo no supiera lo que estaba ocurriendo y que tampoco entrara en ella ninguna influencia del exterior que disgustara al Caudillo.

La Sección Femenina intensificó su labor de «formación» con las mujeres en las conocidas como escuelas del hogar, en las que preparaban a las jóvenes para ser buenas amas de casa y les inculcaban los preceptos básicos del amor incuestionable a la patria, la puericultura como deber absoluto y la moral católica. Y las adiestraban para que cumplieran con el servicio social, una especie de servicio militar que obligaba a todas las mujeres con edades comprendidas entre los diecisiete y treinta y cinco años a realizar seis meses de trabajo gratuito para España. Este servicio a la patria se dividía en dos partes: tres meses de prestación gratuita en comedores del Auxilio Social, hospitales u oficinas, y otros tres meses de formación personal, durante los cuales tenían clases de cultura general, música y enseñanzas del hogar.

La primera escuela del hogar se inauguró en Madrid, en el número 7 de la calle de Villalar, con la asistencia de la esposa del Caudillo. El ya entonces célebre barman Perico Chicote se encargó de ofrecer un cóctel para celebrarlo, completamente gratis. Este tipo de escuelas llevaban años funcionando en varios países, como Bélgica, Suiza o Francia.

Un mes después de que las tropas nacionales tomaran Madrid declarando la victoria definitiva, Pilar Primo de Rivera organizó una gran celebración de la Sección Femenina en Medina del Campo, al pie del castillo de la Mota, que estaba medio en ruinas.

El momento grandioso con el que sacudir las ganas de desfogarse que las más de once mil asistentes mostraban, el de la exaltación victoriosa, corrió a cargo del general Franco. A pesar del recelo que su persona le causaba, Pilar andaba de un lado a otro, controlando los últimos detalles del evento, exultante por haber conseguido que el Caudillo avalara con su presencia la labor de la

Sección Femenina. En las notas que después tomó para su relato de la jornada escribiría: «La ofrenda de los frutos apareció como un inmenso y maravilloso bodegón pletórico de colorido en aquel sol de Medina, ofrecido por las camaradas de todas las provincias ataviadas con sus trajes regionales y con el fondo de canciones típicas de cada región, y por primera vez hubo una incipiente demostración de coros y danzas. Se hizo también una exhibición de educación física, y las *flechas* que habían cumplido los diecisiete años entraron en las filas de la Sección Femenina».

Cuando llegó su turno, el ambiente estaba convenientemente caldeado y ansioso de escuchar las palabras del jefe del Estado:

Camaradas de la Falange femenina, delegada nacional de las Secciones Femeninas y españoles todos que me escucháis:

Yo recibo orgulloso el homenaje de la mujer española, por cuanto representa en cariño a nuestros soldados y en honor a nuestros combatientes… Vosotras, mujeres españolas, sois las que habéis dado el ejemplo, ¿o es que no dicen nada las enfermeras ovetenses en los días del duro pelear, cuando, derrumbado el hospital, sacaban en hombros a sus heridos? ¿Es que no llama al corazón de todos los españoles el ejemplo de aquellas mujeres de Belchite? ¿Es que puede nadie permanecer indiferente ante el heroísmo de Huesca, de Teruel, de Madrid, Carrascalejo y tantos puntos de los frentes que vieron el valor de la mujer española?

No acaba vuestra labor con lo realizado en los frentes, en vuestro auxilio a las poblaciones liberadas, vuestro trabajo en los ríos, en las aguas heladas lavando la ropa de vuestros combatientes. Todavía os queda más, os queda la reconquista del hogar. Os queda formar al niño y a la mujer española. Os queda hacer a las mujeres sanas, fuertes e independientes… Tengo fe en vuestra obra. Yo os ayudaré. Yo haré que a todos los hogares españoles pueda llegar la comida y la alegría. Yo haré que en este vetusto nido se forje la primera escuela de la Sección Femenina.

Españoles todos, queridas camaradas femeninas, gritad conmigo: ¡Arriba España! ¡Viva España!

Aplausos eufóricos. Largos e interminables. Gritos de victoria. El fervor… La borrachera del triunfo…, los laureles…, la conquista… También las mujeres tenían ya la bendición de los vencedores para imponerse sobre la España vencida.

Poco a poco, en un mundo que se esforzaba con dificultad en ir recuperándose aunque siguiera sufriendo, las luces de los escenarios fueron encendiéndose y, así, el 15 de noviembre se alzó el telón en el teatro Reina Victoria para representar *Cristina Guzmán, profesora de idiomas*, con guion de Carmen, en colaboración con Luis de Vargas. La compañía, la de Tina Gascó y Fernando Granada. Para ella significaba tanto aquel estreno… Era el reencuentro con el reconocimiento literario, con su Cristina del alma que muchas satisfacciones le había reportado, con los aplausos, incluso con su familia, ya que no faltó nadie, y, por encima de todo, el reencuentro con el mundo de los sueños.

Quizás fuera excesivamente optimista que, en época de posguerra, se estrenara una obra teatral que tuviera previsto permanecer en cartel hasta marzo del año siguiente. Pero era una manera de creer que lo peor había pasado y podía recuperarse algo llamado normalidad.

El caso es que lo peor no había pasado, ni mucho menos.

De vez en cuando, por la noche, Pedro se perdía en la oscuridad de una lejana trinchera y, en sueños, sentía arder una de las heridas en el costado. Por la repentina sacudida de su cuerpo, acompañada de un gemido de dolor aun dormido, Carmen sabía cuándo le estaba sucediendo y entonces se giraba para abrazarlo hasta el despuntar del alba.

# XXVI

# ADULADORES DE LA PATRIA

*Mister Prynce se acerca a la cama. Joe le tiende los brazos. Y el padre abraza al hijo con honda emoción.*

*—Padre, ¡ha vuelto porque me quiere! Y no la dejaremos marchar, ¿verdad? Díselo tú, papá. Dile que la querrás. Dale las gracias por haber venido.*

*Mister Prynce se ha acercado a Cris. Ha puesto sus dos manos sobre los hombros de la muchacha y su mirada se ha hundido profundamente en los ojos grises con chispitas doradas.*

*—Gracias —dice solamente. Pero Cris ha comprendido.*

Cristina Guzmán, profesora de idiomas (1936)
Capítulo XII

## Madrid, finales del año 1939

Era 3 de noviembre de aquel glorioso año de la victoria, como los vencedores se referían a 1939, cuando Mercedes y Javier se casaron en la intimidad más estricta, siendo conscientes de la repercusión y las consecuencias que su matrimonio podría acarrearles. «La viuda de Onésimo» pasaba a ser de nuevo una mujer casada, para escándalo de las hipócritas mentes bien pensantes del nuevo régimen.

Por fin, Mercedes había empezado a pensar en ella misma. Tenía razón Carmen, con lo difícil que era encontrar a alguien con quien poder compartir la vida, y más aún en medio de un país destrozado por la guerra, no era justo renunciar, a los veintiocho años, a esa felicidad. La decisión de darle a sus sentimientos el lugar que merecían la condujo hasta el altar, asumiendo todo lo que viniera después.

Lo llevaron con tanta discreción que el día antes, sin levantar ninguna sospecha sobre el inminente enlace, Mercedes presidió el acto de constitución del Comité de Mujeres Americanas junto a la esposa del embajador de Estados Unidos. El comité tenía como finalidad recaudar fondos y conseguir ropa, calzado y juguetes para ayudar al Auxilio Social. Nada hacía imaginar el paso que Mercedes Sanz-Bachiller iba a dar en tan solo veinticuatro horas.

La boda se celebró en la parroquia de San Andrés, en la capilla del Obispo, a media tarde. Muy pocos fueron los invitados, solo los padres del novio, los tíos de la novia, Acacia y Miguel, y algunos compañeros del Auxilio Social. Pasaron tres días en el céntrico y lujoso hotel Ritz a modo de luna de miel, corta, suficiente. Y se instalaron en un piso en la calle de José Abascal, próximo a la sede del Auxilio.

Faltaba apenas un mes para que se inaugurara el nuevo congreso de la organización, y quiso Dionisio Ridruejo que para entonces las asperezas de la pareja con el Gobierno, en especial con Serrano Suñer, estuvieran lo más limadas que fuera posible. Que no era mucho, ya que al formar Mercedes y Javier un frente común el encono se agrandaba.

Dionisio fue a visitarles en un par de ocasiones. Su amistad, forjada en todo el tiempo que pasaron juntos en Valladolid durante la guerra, se mantenía intacta.

—Tus hijos son encantadores, Mercedes. ¡Aunque no sé si puedo con este! —bromeó mientras intentaba sacarse de encima al pequeño, Onésimo, de cuatro años.

—¡One! Deja a Dionisio en paz —le regañó la madre sin demasiado éxito—. Esta criatura no para un segundo. No se parece a sus hermanas.

—No te preocupes, no me molesta. Y como tengo hambre… ¡ñam!, ¡me lo comeré de un solo bocado! —amenazó de manera impostada Ridruejo.

—Te recomiendo que mejor le hinques el diente a la tortilla que ha preparado Mercedes, ¡créeme, saldrás ganando! —dijo Javier entre risas.

La cena estaba lista. Mientras Javier sacaba los platos a la mesa, Mercedes fue a buscar a las otras dos niñas, Merche y Pilar, que se entretenían juntas en la habitación.

Estaba resultando una velada agradable. Cuando los niños se hubieron retirado, los tres adultos tomaron una copa en el sofá para charlar sin tener que estar pendientes de ellos.

Sin embargo, el ambiente relajado pronto se alteró. Fue escuchar el nombre de Serrano Suñer y Mercedes se incomodó, dejando su copa bruscamente sobre la mesita.

—Estaba cantado que entre Pilar Primo de Rivera y yo la elegiría a ella.

—Has de entender que la amistad que tenía con José Antonio era inquebrantable —intentó justificar Ridruejo.

—Yo no he de entender nada —dijo Mercedes tajante—. Estoy en desacuerdo con la deriva que está tomando el Auxilio y nada más. No me gusta hacia dónde lo están conduciendo.

—Y no es solo lo del Auxilio —terció Javier—. Ese hombre está convirtiéndose en un problema para nosotros y puede que también para España.

—¡Exageras! Eso no es así —comentó Ridruejo—. ¿Sabes qué creo? Que será él quien, llegado el caso, se atreva a plantarle cara al Caudillo. Y si no, al tiempo…

—Pues a mí me trae sin cuidado. Conmigo ha sido despiadado.

—¿Despiadado? Mercedes, en el juego de la política no cabe la piedad —le replicó Ridruejo.

—¿Estás perdiendo tu humanidad? —A Mercedes le perturbaba hablar de ese asunto.

—En absoluto. Solo quiero hacerte ver que el problema no es de Serrano Suñer, sino del régimen, el sistema. Todo consiste en la lucha de unas facciones contra otras. Y a vosotros os ha pillado en medio.

De repente, One se presentó quejoso en el salón restregándose los ojos.

—Oh…, ven aquí, pequeñín. ¿No puedes dormir? Le ocurre mucho, creo que es por la excesiva actividad. ¡No para quieto! Cuesta mucho que se relaje, ¿verdad que sí? —Mercedes hablaba al crío mientras lo sostenía amorosamente sentado en su regazo—. No deja de moverse de un lado a otro, da saltos, patadas al balón, hace como si fuera un vaquero montando a caballo…, solo le falta una liana para deslizarse como Tarzán en la selva. Lo malo es que tendría que hacerlo en mitad del salón. ¡Y es lo que nos faltaba!

Al niño empezó a entrarle sueño, embelesado por las palabras de su madre, que parecían arrullarle.

—Anda…, despídete de Javier y de Dionisio —le susurró a Mercedes.

Lo llevó en brazos a que diera besos a los presentes y, aprovechando la somnolencia, fue a meterlo en la cama y lo tapó. Estuvo contemplándolo durante unos segundos antes de depositar sus labios en la frente del pequeño sin que él ya pudiera darse cuenta.


Estando próxima la Navidad, y a punto de celebrarse en Madrid el tercer congreso internacional del Auxilio Social, que se llevaba preparando desde hacía meses, Mercedes supo que estaba embarazada, pero guardó público silencio. Le pareció innecesario desviar la atención de la importante cita en la que estarían puestas las más severas miradas de las autoridades franquistas. Se trataba del primer congreso que se celebraba terminada la guerra.

Nervios, carreras, preparativos a última hora… El día 14 de diciembre tuvo lugar en el palacio de El Pardo la sesión de apertura presidida por el general Muñoz Grandes, ministro secretario general de FET y de las JONS, y Pedro Gamero del Castillo, vicesecretario y ministro sin cartera.

Carmen, vestida de negro y el cabello recogido con su característica trenza ancha, paseó su sobria elegancia, habitual en ella, por los pasillos y las afueras del palacio, entre un círculo de hombres de uniforme que, en algunos casos, llenaban de condecoraciones, y altos representantes de la Iglesia, como el nuncio de su santidad en España, Gaetano Cicognani, quien llevaba un año ejerciendo su cargo. Carmen estuvo acompañada durante mucho rato por José María Alfaro, director del diario *Arriba*, órgano oficial del partido único, y subsecretario de prensa y propaganda.

Pero, por encima del baile de autoridades, lo trascendente del encuentro ocurrió durante el acto de clausura en el teatro Español, el día 21 de diciembre. Carmen, Mercedes y Javier andaban con la intranquilidad propia de quien quiere que algo importante acabe bien. Y todo había ido bien en el transcurso del congreso. Hasta el último día.

Pronunciaba el discurso de cierre Ramón Serrano Suñer, quien, en muy poco tiempo, había pasado de ser ministro del Interior a serlo de la Gobernación. Carmen había coincidido con él durante la guerra, pero apenas se conocían.

Los tres amigos, compañeros de la misma aventura, no podían ocultar la emoción, aunque el matrimonio no bajaba la guardia de sus recelos sobre el cuñado de Franco. Faltaba muy poco para que el congreso acabara y pudieran anotar un notable éxito más. Sin embargo, los vientos cambiaron de dirección según avanzaba el discurso de Serrano Suñer. Al poco de haber empezado, el auditorio encajó las primeras críticas a la base organizativa del Auxilio Social, palabras que se clavaban como dardos en la autoestima de Mercedes.

Pero fue todavía peor, porque el poderoso ministro llegó a poner en cuestión la manera de financiarlo; unas graves acusaciones que no pasaron de ser veladas en el escenario, pero que se hicieron tangibles una vez hubo terminado. Y anunció la necesidad de que el régimen interviniera en la gestión del organismo social que había alcanzado un grado máximo de independencia tras la ardua batalla planteada por Mercedes Sanz-Bachiller frente a Pilar Primo de Rivera.

Mercedes no podía creer lo que estaba pasando. Desconcertada, quiso ir a hablar con él, pero Carmen y Javier la detuvieron. La pareja saludó por compromiso a un par de personalidades. Mercedes optó por aguantar el chaparrón con gran serenidad; una actitud que causó admiración en su marido. Y mientras ellos dudaban sobre su permanencia en el lugar tras lo ocurrido, Serrano Suñer anduvo moviéndose entre las autoridades durante el cóctel de despedida, saludando y charlando brevemente con unos y otros, y propició un encuentro con Carmen. Era inevitable comentar lo que acababa de ocurrir en el escenario.

—¿Me permites que te diga que quizás has estado demasiado duro en tu discurso? Espero que no lo tomes a mal, ministro.

—No te preocupes, prefiero a la gente que es directa y sincera, que no a los aduladores que solo me dicen lo que creen que quiero oír. ¿Duro? Yo más bien diría realista. Cuando algo no funciona bien hay que reaccionar para mejorarlo. Dejarlo correr conduce al fracaso.

—Pero el Auxilio está funcionando bien.

—Nosotros no pensamos lo mismo.

—¿Vosotros…?

—El Gobierno.

Serrano Suñer sonreía sin que lo pareciera. Había oído decir de él que era un hombre serio y algo rígido en sus maneras, que, por otro lado, se notaban exquisitas, pero, a una distancia tan corta, a ella le pareció amable. No le impresionó, como pensó que ocurriría. La forma que tenía de observarla con la máxima atención y de interesarse por lo que pensaba hizo que sintiera que hablar con él era lo más natural. También a Carmen le gustaban las personas claras y directas. No estaba hecha para subterfugios.

El ministro tenía una presencia curiosamente arrolladora tratándose de un hombre más bien reservado y de no demasiada estatura. Su capacidad de observación permanente contrastaba con la actitud del resto de los presentes. No había nada a su alrededor que escapara a su control y eso a Carmen le agradaba porque valoraba a los hombres que sabían observar y escuchar, otro rasgo del carácter de Serrano Suñer que estaba a punto de conocer.

—Me han hablado muy bien de ti —dijo el ministro.

—Es muy amable por tu parte.

—Gracias, pero la amabilidad sola no sirve para llegar muy lejos. Tenía ganas de hablar contigo y comprobar por mí mismo, que no dudo que será así, lo que me han contado.

—Pues aquí me tienes.

—¿Estás satisfecha con tu trabajo en el Auxilio?

—Estar satisfecho de algo es lo más parecido a estancarse.

—Eso me gusta —reaccionó Serrano Suñer con satisfacción—. Yo también lo creo.

—Mi trabajo me gusta, si es eso lo que deseas saber. Ojalá pudiéramos abarcar más de lo que hacemos.

—Me da la impresión de que puedes realizar mayores tareas que las encomendadas hasta la fecha.

—Las «mayores tareas», como dices, suelen estar vedadas a las mujeres. No imaginas cuánto nos cuesta que nos tengan en cuenta, tenemos que esforzarnos infinitamente más que cualquier hombre.

—¿Cómo sabes lo que yo pueda o no imaginar?

—Oh…, claro.

—No quería ser descortés. No te lo tomes a mal.

Le devolvió la frase con una sonrisa que ahora sí fue evidente.

—Te llamarán de mi parte para convocarte a una reunión en mi despacho. Creo que tú y yo tenemos muchas más cosas de las que hablar. Ha sido un placer. Ah, y enhorabuena por la organización del congreso. Ha ido sobre ruedas.

—Se lo transmitiré a Mercedes y a Javier.

Besó su mano ceremonioso y desapareció entre una cohorte de uniformes de alto rango, que destilaban halagos diluidos en el ambiente triunfalista.

Minutos más tarde, cuando el ministro decidió marcharse, Mercedes, como responsable de la organización anfitriona del congreso, lo acompañó hasta la puerta de la calle. El impresionante silencio bajo el que caminaban uno al lado del otro entre los asistentes, que habían sido testigos del ataque, resultaba tan frío como un glaciar en mitad del Ártico.

—¡Es inadmisible! ¡No podemos tolerar semejante acusación!

Mercedes estaba indignada con lo que se había atrevido a decir en público Serrano Suñer, señalándola sin pruebas.

—Bueno, también nos ha dado la enhorabuena por la organización del congreso. Quédate con lo bueno. —Carmen intentó templar los ánimos de su amiga.

—¡Menuda broma de mal gusto! Dice eso mientras luego te da una puñalada mortal que no te esperas. ¿Quieres un café? ¿Te preparo algo?

—No, te lo agradezco, Mercedes, pero no quiero tomar nada.

—Pues yo necesito merendar algo.

Buscó una caja de magdalenas y la puso sobre la mesa de la cocina. Carmen había ido a visitarla para contarle su conversación con Serrano Suñer y también para saber cómo se encontraba después del incidente.

—¿Cómo llevas el embarazo?

—Con muchos vómitos, son una lata. Y todo esto me ha alterado mucho. Es muy injusto.

—Lo es, pero una mujer fuerte como tú puede con algo así y con mucho más —le dijo Carmen mientras se acomodaban en el sofá del salón—. Ahora tienes que mirar por ti y por la criatura. Evita los disgustos.

—¡Ja! Como si fuera tan fácil…

Carmen cogió un libro que estaba tirado en el sofá. La *Enciclopedia para cumplidoras del servicio social*. Sorprendida, le preguntó a su amiga:

—¿Qué haces ahora con esto…? No me dirás que necesitas estudiarlo —bromeó.

—No lo sé, ¡qué más da! Estoy muy enfadada.

—¿Estás buscando algo con lo que canalizar tu enfado con la Sección Femenina? —Blandió el libro como si fuera un estandarte.

—Carmen… ¿crees que lo estamos haciendo bien? —preguntó, refiriéndose al libro que su amiga sostenía en las manos.

—Estamos haciendo lo correcto. Siempre lo hacemos.

La enciclopedia resumía los pilares ideológicos y educativos dirigidos exclusivamente a instruir a las mujeres a través del servicio social. El índice se dividía en diez amplios capítulos, en este orden: religión, historia sagrada, formación política, convivencia social, economía doméstica, ropa blanca, decoración, enseñanzas del hogar —referidas a cocinar y coser—, puericultura postnatal e higiene.

—¿De verdad a alguien se le ha podido ocurrir que es necesario que nos enseñen cómo lavar o planchar la ropa blanca? Por cierto, ¿se plancha diferente a la de color…? —preguntó Mercedes, poniendo mucho énfasis en su ironía.

—¡Ja, ja, ja! No tengo ni idea, yo la plancho igual. Mira, si yo hubiera tenido que estudiar todo esto no me habría quedado tiempo para escribir ni una línea.

—Me hago cargo. ¡Yo pienso lo mismo!

—¿Sabes…? Entiendo que estés tan enfadada.

—¿Enfadada, dices? No, querida. Lo que estoy es indignada, decepcionada…, ¿quieres que siga? Y no creo que Pilar sea ajena a nada de lo que está pasando.

—No sé… Intenta no darle muchas más vueltas. Ahora necesitas tranquilidad. Ya verás como, en cuanto comprueben que en el Auxilio está todo correcto, rectificarán y las aguas volverán a su cauce.

Mercedes se quedó pensativa mientras se acariciaba la incipiente tripa y se llevaba una magdalena a la boca.

# XXVII

# UN TIEMPO SIN ESPERANZAS

*—Para nuestro tratamiento nos va a ser mil veces más útil esta muchacha desconocida que la auténtica mujer de su hijo. Me parece que esta chica tiene lo que a aquella le faltaba: equilibrio, serenidad, tacto. ¿De dónde la ha sacado usted? ¿Quién es?*

*—No sé. Una chica que se gana la vida dando clases de idiomas. Una muchacha cualquiera.*

*—No —dice lentamente Rouvier, los ojos pensativos tras los cristales de las gafas—. Eso es lo que precisamente no es: una muchacha cualquiera.*

Cristina Guzmán, profesora de idiomas (1936)

Capítulo XII

### Madrid, enero de 1940

El gélido enero avivó el hambre en la población. Tuvo que acostumbrarse a una terrible novedad que entraba en los hogares como un fuego devastador de la ilusión de ver pronto el final de la penuria: la cartilla de racionamiento, el único medio para que las familias pudieran disponer de algunos alimentos básicos. Trescientos gramos de azúcar, un cuarto de litro de aceite, un huevo por persona y cuatrocientos gramos de garbanzos. Era un ejemplo lo que se permitía para todos los miembros de una familia. Al recogerlo se ponía un sello en la cartilla, de manera que no podían disponer de más comida hasta que les volviera a tocar en el reparto. Estaba claro que la carencia, la escasez, la miseria, se convertían en conceptos que se instalaron en la vida de los ciudadanos para convivir con ellos durante un tiempo sin esperanzas.

La Comisaría de Abastecimientos y Transportes era la encargada de la distribución de los víveres. Se controlaban los alimentos pero también los precios a través de una Fiscalía de Tasas, que dependía directamente de la Presidencia del Gobierno y contaba con una red de sedes provinciales.

Así empezó aquel año, con los alimentos racionados y el hambre desbocada. El año en el que los rumores de una posible malversación de los fondos del Auxilio, surgidos recientemente durante el último congreso internacional, se extendieron a gran velocidad. Mercedes no era mujer que se rindiera fácilmente y plantó cara a las acusaciones. Lo hizo muy rápido y apoyada por su segundo marido, Javier. Pidió al general Muñoz Grandes que ordenara una investigación a fondo de las cuentas de la organización, que arrojó un resultado satisfactorio para ella: todo parecía estar en orden. El general intercedió a su favor ante Franco, que reconoció la valía de la fundadora del Auxilio, pero asumía que no era fácil neutralizar a los muchos enemigos que su figura y su manera de proceder habían suscitado.

Se vio acorralada en una espiral que avanzaba vertiginosa e imparable. Cometió la torpeza de pensar que podía enfrentarse a Serrano Suñer sin salir indemne. El 12 de enero le lanzó al Caudillo el órdago de su dimisión y él le respondió, sin demasiado entusiasmo, todo hay que decirlo, que reconsiderara su decisión. Mercedes, embarazada de dos meses, supo entender que su suerte estaba echada.

No se equivocaba. Tan solo ocho días más tarde, Serrano Suñer recibía a Carmen en su despacho.

—Me alegro de que haya podido comprobar que las cuentas del Auxilio Social están limpias y en orden. No se ha encontrado nada irregular porque no lo hay —fue lo primero que dijo ella tras el saludo de cortesía.

Serrano Suñer sonrió condescendiente.

—No te he convocado para hablar de las finanzas del Auxilio. Corren tiempos nuevos para España y el Auxilio no se va a quedar fuera. Los cambios también afectarán a su organización.

—Espero que para bien.

—También yo lo espero. Y dime, ¿tu familia está bien?

—En casa estamos todos bien, gracias a Dios, intentando superar estos años difíciles. Te agradezco que te preocupes.

—¿Tienes planes respecto a tu carrera literaria? Creo que antes de la guerra te iba muy bien. *Cristina Guzmán… ¿se titulaba así tu novela?*, fue un éxito increíble, según tengo entendido.

—Sí, tengo planes e intención de seguir escribiendo. De hecho, llevo tiempo con una nueva novela, y aunque en estos momentos pensar en publicar sería como creer en los milagros, está a punto de salir al mercado.

—¡Enhorabuena! Me sorprendes, Carmen, puedes escribir entre tantas dificultades, verdaderamente tienes mucho talento.

—Talento no sé, pero perseverancia… ¡toda la del mundo y más!

—Es una lástima, no he tenido el placer de leerla. Pero espero poder hacerlo en un futuro.

—Pues ahora el placer sería mío si asistieras a una de las representaciones de la obra en el Reina Victoria.

—Cuenta con ello. Carmen, hay mucho trabajo por hacer para reconstruir este gran país. Necesitamos, más que nunca, a personas valiosas como tú. La patria te necesita. Quiero que sepas que te aguardan importantes responsabilidades. ¿Estás preparada?

—Siempre lo estoy para trabajar y para servir a mi patria.

—Es lo que quería escuchar.

—Pero no te lo he dicho por eso.

Los dos rieron amigablemente. Era evidente el entendimiento que existía entre ambos.

—Bien, entonces a qué esperar más para que conozcas el cargo que vas a desempeñar en cuanto lo aceptes. La responsabilidad es mucha…

El cargo era nada menos que el de secretaria general de la Dirección General de Propaganda del Movimiento. De entrada, podría parecer impensable que una mujer alcanzase ese puesto, pero ya era suyo, y con él volvía a trabajar, de una manera más estrecha incluso que anteriormente, con Dionisio Ridruejo, responsable de esa dirección general.

Las tropas del bando nacional arrasaron no solo ciudades en su conquista hacia la liberación, sino también medios de comunicación desarrollados durante la República o adscritos a ella; periódicos, emisoras de radio, editoriales, imprentas, rotativas… pasaron a constituir una Cadena de Prensa del Movimiento que dependía de la Delegación Nacional de Prensa y Propaganda, integrada en la estructura del Ministerio del Interior, de modo que estaba sujeta al mando directo de Serrano Suñer. La nueva ley de prensa, rubricada por él en el Boletín Oficial del Estado, llevaba vigente año y medio. Se crearon nuevos cargos para los que designó a Dionisio Ridruejo en la Dirección General de Propaganda, a José Antonio Giménez-Arnau, en la Dirección General de Prensa, y a Antonio Tovar en la Jefatura de los Servicios de Radio.

Carmen se había acostumbrado a ser la única mujer desempeñando tareas importantes entre hombres. La última vez había ocurrido poco antes de finalizar la guerra, cuando asistió en Londres a un congreso internacional de organizaciones de beneficencia, en el que participaron varios mandatarios europeos. Volvió a ser la única mujer en una expedición de la que formaban parte destacados líderes extranjeros.

El día 20 de enero el cargo era suyo. La segunda responsable de propaganda del Movimiento, el aparato político creado por Franco a su medida para regir los designios de España. Iglesia, prensa, partido único; las instituciones se comprimían en el culto al Caudillo para que todo estuviera bien atado.

—Te felicito, Carmen. Es un buen puesto.

Mercedes no tenía buena cara. En aquellos días pisaba poco la calle, no le apetecía ver a nadie. Cuando no tenía más remedio acudía a su despacho, pero eso precisamente era lo que le causaba más apatía.

—Está corriendo el rumor de que el Auxilio Social podría pasar a depender directamente del Ministerio de la Gobernación —comentó Carmen.

—O sea, a depender directamente de Ramón Serrano Suñer… ¡Cómo no! Temía que algo así pudiera suceder, y ya verás que acabará siendo así. —Mercedes Sanz-Bachiller se lamentaba del nuevo rumbo de su organización.

—No seas tan pesimista. Gobernación es un poderoso ministerio y eso puede beneficiarnos más que perjudicarnos —dijo Carmen con sinceridad, ya que creía que sería así.

—Lo siento, pero no puedo verlo como dices. El cuñado del Caudillo tiene demasiado poder y creo que lo que quiere es concentrar en su persona todas las instituciones y organismos que pueda para aumentar aún más su capacidad de influencia.

—No sé qué decirte, Mercedes. Quiero pensar que, a partir de ese momento, si es que llega, tendremos más apoyo, pelearemos para contar con más infraestructura.

—A partir de ese momento, que no dudes que llegará, lo que va a ocurrir es que se escribirá nuestro final, Carmen, no te engañes. Verás como esto no queda aquí. El ministro no me ve con buenos ojos. Intuyo que mi sentencia en el Auxilio ya está escrita. Solo queda que la firme y yo debo adelantarme. Mira lo que está pasando con Javier. Tu editor, Afrodisio Aguado, ha empezado a ponerle pegas al trabajo que tiene en su empresa.

—Por favor, no te refieras a que es mi editor con ese tono despectivo. Yo no tengo nada que ver con nada que afecte a Javier.

—Disculpa. Es que esto me pone enferma. Estoy atada de pies y manos. Me sigue pareciendo todo muy injusto.

—Lo sea o no, Mercedes, tenemos que seguir adelante. Nuestro trabajo es necesario. Nadie va a prescindir de nosotras. Por cierto, ¿qué has querido decir con que tú tienes que adelantarte...?

—Bueno... —Se le notaba el cansancio en la mirada. Pocas eran sus ganas de hablar del tema, pero no podía eludirlo ante Carmen. Con ella, no—. Pues... lo que quería decir es lo inevitable, y más aún después de lo que acababas de contarme. Ya te he comentado que la semana pasada le hice llegar a Franco el mensaje de que quiero dimitir de mis responsabilidades en el Auxilio Social y...

—Oh, era eso. Sí, me lo dijiste, pero no lo he tomado en serio porque es una idea delirante.

—Deberías tomar muy en serio lo que te digo. Lo tengo decidido. La carta con mi renuncia llegará mañana al lugar correspondiente.

—¿Has escrito ya tu carta de dimisión? —A Carmen le costaba creerlo, a pesar de que últimamente todo estaba poniéndose en contra de Mercedes—. ¿Qué va a ser del Auxilio sin ti?

—¿Y qué será de mi hijo sin una madre feliz y convencida de su tarea en el mundo? ¿Cuántas veces me has dicho que tengo que empezar a pensar en mí? Ha llegado ese momento. Apenas reconozco la obra que empecé y que, entre todos, sacamos adelante. ¿Cómo educaré a mi hijo si renuncio a los principios que considero correctos...?

*Carta al excelentísimo señor ministro secretario general de Falange Española y de las JONS, don Agustín Muñoz Grandes*

*Excmo. Sr.:*

*El día 12 puse verbalmente a disposición de V.E. y del Caudillo mi cargo de delegada nacional. Los motivos los conoce perfectamente V.E.: la desarticulación del Auxilio Social por el traspaso del servicio social a la Sección Femenina (cuando la aplicación de los dos decretos del Caudillo que lo instauraron había sido perfecta y provechosísima en resultados) fue agravada*

*con el discurso del señor Serrano Suñer por el cual se atacaban públicamen-*
*te (en lugar de corregirlo discretamente si se juzgaba necesario) algunos as-*
*pectos de la obra. (…)*

*En estas condiciones y circunstancias, habiendo variado los criterios*
*fundamentales que sobre Auxilio Social teníamos, presenté a V.E. mi dimi-*
*sión que por este oficio le confirmo con carácter irrevocable.*

*Por Dios, España y su revolución nacionalsindicalista.*

*Madrid 15 de enero 1940*
*SALUDO A FRANCO*
*ARRIBA ESPAÑA*

*Firmado: Mercedes Sanz-Bachiller*

No podía soportar por más tiempo la presión y la campaña de acoso y derribo que sentía en su contra. La prensa participó en los ataques y, así, el diario *Arriba*, solo dos días después de que entregara su carta de dimisión, publicó un durísimo editorial que dejaba su imagen por los suelos.

—¡Esto es más que doloroso! Es un ataque sin piedad.

Para Mercedes era inconcebible estar viviendo semejante pesadilla.

—No sé qué podemos hacer, pero es difícil quedarse de brazos cruzados. —Javier, su marido, intentaba consolarla abrazándola en el sofá.

—Creo que no es casualidad que el periódico repita casi al dictado los argumentos que Serrano Suñer me lanzó a la cara durante su discurso de cierre del congreso. ¡Qué desfachatez!

—Sí, al menos podían haberse molestado en ser más originales.

—¿Sabes por qué no lo son? Porque, en el fondo, les faltan argumentos para acabar conmigo y recurren a los oficiales. Pensé que con mi dimisión tendría suficiente y cesarían en este intento de triturarme.

Aquella noche le costó conciliar el sueño. Acostada de lado, Javier se pegó a ella en la cama y la rodeó con su brazo. Su mano buscó la mejor posición sobre el vientre de Mercedes y reposó hasta el nuevo día en ese rincón en el que brotaba la vida de ambos.

Fue un enero de infarto. La novela que Carmen llevaba meses preparando salió finalmente con el título de *¡Quién sabe…!* y el resultado, una trama muy politizada, sorprendente en alguien que en poco tiempo se había consagrado como una importante escritora de novela romántica. En *¡Quién sabe…!* el escenario de fondo era la guerra contada desde el punto de vista de los vencedores.

La historia contenía altas dosis de suspense y se servía de los versos de uno de sus poetas preferidos, el alemán Heinrich Heine, al que conocía bien, para desentrañar el enigma que planeaba sobre la novela:

> *Mi corazón es semejante al mar*
> *tiene tempestades y resacas*
> *y alguna hermosa perla*
> *se esconde en su profundidad.*

Una España, la de los vencidos, se escondía en lo más profundo mientras la otra se hacía fuerte construyendo los cimientos del nuevo Estado que, por imponer, hasta los principios morales impuso. Y unas nuevas leyes que ocasionaron una sucesión de problemas, tanto en la vida pública como en la privada, que fue necesario resolver con prisas para que miles de españoles no se quedaran fuera de la ley. El estado civil de los ciudadanos se convirtió en uno de los más graves. La separación de muchas parejas dejó de estar vigente al anularse el divorcio, con lo que de un día para otro miles de ellas volvieron a estar unidas, sin importar que hubieran rehecho su vida junto a otra persona. Al mismo tiempo, se decretó como único matrimonio legalmente válido el canónico y la religión católica como la oficial y única. ¡Cuántos niños, inscritos solamente en el Registro Civil, tuvieron que ser bautizados a todo correr!

Durante la primera primavera después de la guerra empezó a racionarse también la gasolina; había que presentar unos vales para retirar solo lo que permitía el cupo fijado en función de la potencia del automóvil de que se tratase. Y en el mes de abril fue anunciada como un gran acontecimiento social la venta de chocolate, eso sí, con carácter extraordinario, por lo que tenía que anotarse en la cartilla la fecha de la adquisición de la pertinente ración y puede que fuera la única.

Paulatinamente iban añadiéndose productos a la lista. Así sucedió con el membrillo y el tocino. De la misma forma progresiva que se modificaban las cartillas de racionamiento fueron produciéndose más cambios en el entorno de Carmen y en su propia vida. A Mercedes le admitieron la dimisión a mediados de abril y, antes de finalizar el mes, Manuel Martínez de Tena fue nombrado delegado nacional del Auxilio Social, en el que Carmen ascendió. De asesora pasó a ser secretaria nacional. Mercedes se lo tomó como una traición imperdonable porque habían sido amigos y colaboradores de la institución gracias a ella. A lo que había que añadir que Martínez de Tena fue secretario del hermano de Onésimo Redondo, Andrés, cuñado de Mercedes.

De nada sirvió la insistencia de Carmen para hacerle entender que ella no lo había buscado y que no había hecho nada para provocar su ascenso. La relación entre ambas quedó tan herida de muerte que difícilmente sobreviviría tras la convalecencia.

De hecho, la noche del 22 de agosto de aquel año de 1940, Mercedes dio a luz en su casa a su cuarta hija, Ana María, la primera para su marido, y, después de una correcta felicitación por parte de Carmen, la relación quedó rota. Al día siguiente, en un alarde sin precedentes de falta de tacto, apenas recuperada del parto, el editor Afrodisio Aguado, alegando insistentes presiones, despidió a Javier Martínez de Bedoya. En realidad, le pidió que renunciara, temiendo la clausura de su empresa por parte de las autoridades. La caída en desgracia de la pareja era ya un hecho irreversible. Javier estaba convencido de que el teléfono estaba intervenido y que los vigilaban.

Aquel verano quedó atrás en el calendario dando paso a un nuevo racionamiento, el de tabaco. Apenas si se podía comer y tampoco iba a ser posible consolarse del hambre y la escasez. Se instauró una «cartilla del fumador», solo para varones, claro.

Por qué sería que ni a Mercedes ni a Carmen les sorprendió… En eso continuaban estando de acuerdo.

# XXVIII

# EL LIMPIABOTAS
# EN LA NOCHE DEL RITZ

*Bubi será… ¡lo que su madre hubiera sido de haber nacido hombre!*
*Un ser fuerte y sano de cuerpo y de alma, útil, emprendedor, alegre, tomando*
*la vida tal y como es, y no pidiéndole lo que no da.*

*Esa es la clave de la felicidad. No resignación, que suena a fracaso y*
*tristeza, sino conformidad alegre y optimista. «Ya vendrán tiempos mejores»*
*o «Pudo sucederme algo peor». La inmensa mayoría de la gente pide, y pide,*
*y pide. Y piensan: «Mi felicidad sería conseguir esto o aquello». Y mientras*
*tanto la dicha está junto a ellos, diluida, quizá, en las cosas más pequeñas de*
*la vida diaria. En un vaso de agua fresca cuando hace calor. Entre las chispas*
*de los leños de un día crudo de invierno. En las páginas de un libro. En un*
*apretón de manos o entre los rizos de un niño…*

Cristina Guzmán, profesora de idiomas (1936)
Capítulo XIII

## Madrid, año de 1940

«La inmensa mayoría de la gente pide, y pide, y pide…». Era tanta
la necesidad tras la devastación… Decenas de personas acudían a
diario a la sede madrileña del Auxilio Social en busca de ayuda. A
las puertas de su sede se formaban largas colas en las que el silencio
era la única compañía de aquellas almas dolientes.

Un día, siendo aún muy temprano, una mujer pidió ver a
Carmen. Le explicaron que no era posible sin haber concertado
una cita previa, ya que las muchas ocupaciones que debía atender
hacían que su tiempo fuera escaso. Pero la mujer, que vestía de luto
y se movía arrastrando con los pies la carga de la pesadumbre,
insistió tanto que terminó sentada ante la mesa del despacho de
Carmen de Icaza.

—Gracias, no se imagina…, no puede hacerse una idea, de verdad se lo digo, de cuánto le agradezco que me haya recibido.

—Le ruego que disculpe la dificultad, ya ve que estamos desbordados de trabajo. Dígame, ¿en qué podemos ayudarla? ¿Qué es lo que necesita, ropa, comida, mantas…?

—No, yo…, no he venido a eso.

—Pero aquí nos dedicamos solo a ese tipo de ayuda.

—Lo sé. Lo que ocurre es que…

Resultaba conmovedor el esfuerzo que la mujer estaba haciendo para expresar el motivo de su visita. Las manos le temblaban y no dejaba de moverlas, una encima de otra, inquietas, terriblemente nerviosas, sobre el regazo. Las piernas juntas. La angustia, saliéndosele del pecho.

—Su marido conoce bien a mi hijo.

—Ah, vaya… —Carmen se sorprendió, pero sin darle demasiada importancia.

Y antes de que pudiera preguntarle de qué se conocían, la mujer añadió:

—Por favor, no me considere atrevida si le digo que, de alguna manera, también yo la conozco a usted, aunque usted no a mí. La conozco a través de su *Cristina Guzmán*, no me perdía ni una entrega, bueno…, desde que tuvo la amabilidad de regalarme el paquete de revistas. Entonces sí ya pude leerla entera. Su novela…, digo. No he tenido la ocasión de agradecérselo en persona, así que lo hago ahora.

Se estableció entre ellas un extraño silencio. Carmen no podía creer que esa mujer estuviera hablándole, allí, sentada en su despacho. Abrió la boca pero la dejó así suspendida, unos segundos, hasta que pronunció su nombre:

—Josefa…, ¿verdad?

—Sí, señora, Josefa Romero, para servirla a usted. La madre de Luis…, Luisillo, el limpiabotas de su marido. El de la Peña. Que la felicito por cómo escribe usted, ¿sabe? —Lágrimas todavía incomprensibles para Carmen asomaban a los ojos de la mujer.

—Gracias. Pero…

—Sí, lo sé, se preguntará que a qué he venido. Es por mi hijo, que me lo van a matar…, a mi niño. —Se echó a llorar y su cuerpo empezó a balancearse; las manos continuaban hechas un torpe ovillo sobre la falda, negra como un nubarrón que precede a la muerte.

—Cálmese, Josefa. ¿Por qué lo van a matar? ¿Qué quiere decir? ¿Quién lo va a matar?

Josefa era, en ese momento, la viva estampa del dolor que no cabe en ningún cuerpo.

—¿Quién va a ser? El Gobierno. A mi niño me lo va a matar Franco, doña Carmen, si nada lo remedia. Está condenado a muerte. Y yo no sé a quién recurrir, perdóneme, se lo suplico, perdóneme por venir así, pero estoy desesperada. ¿Usted lo entiende, verdad? Y no sé yo qué habrá podido hacer, pero no es mal muchacho, se lo juro que no es un mal chico, y es muy joven, un juicio sumarísimo, han dicho, lo ejecutarán…

La mujer siguió y siguió hablando sin pausa de su hijo y esgrimiendo razones sobre la conveniencia, más bien necesidad, de revocarle la condena a muerte, mientras el llanto envolvía su pesar, pero Carmen ya no la escuchaba, solo pensaba en el andén de la estación del Norte el día que escapaban de Madrid, en el berrinche de su hija, ajena a la gravedad de lo que estaba sucediendo, en su temor de no poder protegerla…, en el carro de los helados, en su marido a lo lejos… La sirena del tren a punto de arrancar, el rostro impasible del revisor, el humo, el miedo… Y Luisillo.

—¿Lo entiende, verdad? —fue la última frase de Josefa.

—Sí… —No había atendido a nada de lo que había estado diciendo.

—¿Entonces cree que tengo razón en todo lo que le he dicho?

Un fuerte suspiro, que no pudo reprimir, y Carmen le dijo:

—Veré lo que puedo hacer. Siempre hay que tener fe.

—Eso… La fe…, claro. —Y agachó la cabeza resignada.

Aquella noche, en casa, Carmen y Pedro pasaron horas en el sofá después de cenar y de acostar a Paloma. A ratos en silencio, a ratos rememorando las prisas y el pánico ante la posibilidad de ser detenidos durante la huida y de que a su hija le pasara algo malo o que la pudieran separar de ellos en caso de que los republicanos los hubieran detenido. Fueron capaces de recrear con palabras el contenido de aquellos eternos segundos, solo fueron segundos, en los que creyeron que Luisillo los delataría. Pero no lo hizo. Gracias al limpiabotas subieron al tren en el que cargaron el miedo y todo lo que fue necesario para abandonar Madrid. Sin mirar atrás.

Y en Madrid volvían a estar, en su casa, acabada la guerra. Carmen ayudaba a cientos de personas al día. ¿Cómo no iba a hacerlo con el joven que les salvó la vida?

Recogiendo los pedazos de una España partida en dos, llegó el otoño y parecía que la guerra quedaba lejos. Lo parecía en lugares como los suntuosos salones del hotel Ritz, engalanados para la fiesta que, organizada por la embajada de Alemania, reunió a lo más granado del cuerpo diplomático y miembros del Gobierno, el ejército y la alta sociedad madrileña.

En la calle, en cambio, el baile y las celebraciones como las que iban a tener lugar esa noche en el Ritz quedaron vedados para el resto de la población, que era la mayoría. Claramente ya estaba instaurada una gigantesca brecha entre lo que se imponía con carácter general y aquello que la clase dominante determinaba para sus propias costumbres y su moral.

Se prohibieron las fiestas de carnaval y el uso de los trajes de baño a la vista de todos. Tantas cosas se prohibieron... A la gente, que había sufrido lo indecible con la guerra, se le privó de todo aquello que pudiera aliviarle el sufrimiento.

En los pueblos resultaba más fácil que en las ciudades eliminar o controlar los bailes. Pero esto derivó en un gran problema, ya que el baile era uno de los pocos entretenimientos que tenían los vecinos durante el año y se convertía siempre en una cita muy esperada entre los parroquianos. «Ávila. Las autoridades han prohibido, por inmorales, los bailes públicos y privados, excepto la jota serrana, de tanto sabor en esta provincia», podía leerse en la prensa. Y se aprovechaba para introducir una recomendación religiosa con rango de ordenanza municipal: «El ayuntamiento ha dispuesto que los serenos vuelvan a cantar la hora, como se hacía desde el siglo XVI hasta el advenimiento de la República, en que se suprimió la costumbre. La jaculatoria Ave María Purísima precederá el canto de la hora y el anuncio del tiempo».

El tiempo… Discurría distinto para una España y otra. En el Ritz, lámparas, luces, espejos, lucían esa noche engalanadas para una de las primeras grandes fiestas en los salones de la élite social. La familia Icaza acudía casi al completo. Carmen y Sonsoles, con sus respectivos esposos, y, cómo no, doña Beatriz, que no podía faltar a una cita tan sonada y de semejante nivel.

Ramón Serrano Suñer acababa de ser nombrado ministro de Exteriores, un cargo al que Franco necesitaba dotar de gran valor para que le ayudara a sacarle brillo a la apagada imagen de España después de tres años de Guerra Civil.

—Qué bien que nos vemos. Iba a llamarte por teléfono para un asunto urgente —se alegró Carmen al encontrarse con él.

—¿Y no puede esperar? En caso de que se trate de trabajo, que mucho me temo, por tu cara, que sea así.

Serrano Suñer acababa de ver a una hermosa mujer que se aproximaba a ellos y se detuvo frente a él. Sin importarle haberles interrumpido, le preguntó a Carmen:

—Hola, hermana, ¿no vas a presentarme al ministro del momento? El hombre más popular del Gobierno.

—Sí, por supuesto… —respondió Carmen con desgana.

Conocía perfectamente a su hermana y sabía que ni la protección de su condición de mujer casada podía frenarla ante un impulso, por más inapropiado que este fuera. Supo ver el peligro. Ni siquiera se trataba de intuición, sino de la firme convicción de que esa noche y la presentación entre Sonsoles y Serrano Suñer iba a traerles problemas a todos. Lo vio en ese instante, con una claridad que a ella misma asustó.

Pero no podía negarse a que se conocieran. Ya no. Era demasiado tarde.

—Señor ministro, ella es mi hermana Sonsoles, marquesa de Llanzol.

Antes incluso de que dijera su título, él ya le había tomado la mano y la estaba besando ante la incomodidad de Carmen.

El marido de Sonsoles se acercó al grupo y saludó a Serrano Suñer. Intercambiaron unas palabras, pocas y carentes de importancia porque para entonces el ministro solo tenía ojos y atención para Sonsoles. Ella, que, en el fondo, lo había provocado, se dio cuenta y realizó una exhibición de sus mejores capacidades para seducir.

—Si nos disculpan… —Carmen tiró con amabilidad de su hermana, las formas había que guardarlas.

Se apartaron unos pasos.

—¡Basta ya, Sonsoles! —le recriminó a su hermana, molesta y a media voz para no llamar la atención

—No sé a qué te refieres.

—Deja de coquetear, es impropio de una señora como tú.

—¿Qué señora soy? ¿La más aburrida de la sala? ¿O de todo Madrid?

—No es justo que digas eso.

—¿Qué sabrás tú? ¡Suéltame! ¿Acaso estás casada con Paco? No. Lo estoy yo, así que sé mejor que tú de lo que hablo. No veo por qué no puedo disfrutar de una fiesta como esta.

—Paco te quiere.

—No estoy hablando de él, Carmen, sino de mí. ¡Nunca te das cuenta! ¿A alguien le preocupan mis sentimientos? ¿Es suficiente con que él me ame? ¿Y qué pasa conmigo?

—Si nuestra madre te oyera.

—¿Crees que me importa? Yo quiero a Paco, a mi manera. Es un hombre muy bueno.

Carmen sonreía a media distancia a quienes se movían por el salón cerca de ellas. Entre dientes le dijo:

—Estamos a punto de dar un lamentable espectáculo. Ve a coger del brazo a tu marido.

—Te he dicho que me sueltes.

En lugar de hacerlo, la sujetó con más fuerza mientras la empujaba disimuladamente hacia donde se encontraba el marqués, en un corrillo de militares de alta graduación.

Pero el ministro de Exteriores las interceptó a medio camino:

—No se marcharán ustedes... —dijo, mirando solo a Sonsoles.

—¿Se le ocurre una buena razón para que no lo hagamos? —respondió ella con una coquetería que se le atravesó a Carmen. Sonsoles aprovechó para soltarse.

—Ministro, es necesario que me dediques un minuto, te lo ruego —le pidió Carmen—. El asunto del que tengo que hablarte es serio. Ya te he comentado que iba a llamarte precisamente mañana para hablarte de ello.

—Habrá tiempo para todo. —No dejaba de mirar a Sonsoles—. Disfrutemos de la noche, de esta velada, de la magia de las casualidades, ¿no le parece, marquesa?

—Sin duda. Es que mi hermana no sabe relajarse y disfrutar. Para ella solo existen la familia y el trabajo.

—La vida es mucho más que eso. Lo interesante es ir descubriéndolo... —comentó Serrano Suñer.

El juego que ambos se traían entre manos empezaba a desesperar a Carmen.

—Cierto, la vida tiene muchas puertas, pero algunas no hay que abrirlas —matizó Carmen.

—Eso depend…

—¡Sonsoles! —De repente volvió a aparecer el marqués—. Ministro… —Se cuadró ante él con una ligera reverencia—. Estabais aquí.

Sonsoles de Icaza vio cómo la esposa del ministro, Zita Polo, les observaba desde las escaleras.

—Vuestra madre no para de preguntarme por vosotras —prosiguió el marqués—. Aunque la verdad es que yo la he visto muy entretenida hablando con la esposa del embajador alemán.

—Id vosotros, el ministro y yo tenemos que acabar de hablar de un asunto importante. Será solo un momento.

Carmen hizo gala de su carácter firme para conducir la situación finalmente adonde quería llevarla desde el primer momento, antes de que su hermana pusiera un pie en su futura perdición.

—Nada hay que consiga hacer que te rindas —comentó Serrano Suñer, alabando la estrategia de Carmen.

—La vida de un hombre está en juego. Un muchacho condenado a muerte.

—Como tantos otros. Esto no es fácil para nadie.

—Tengo que pedirte algo.

—Lo sé desde que nos hemos saludado.

—Es algo que tampoco es fácil, lo reconozco.

—Ni tú ni yo somos de tomar el camino fácil. —Esa mirada… El mundo que cabía en ella a veces se estrechaba y la presencia de Serrano Suñer imponía—. ¿Y bien?

—Espero no incomodarte en una noche como esta.

—Me incomodes o no, vas a decirlo de todas maneras. Ya nos vamos conociendo, Carmen.

—Quiero pedirte el favor de que hagas algo por esa persona para que no acabe su joven vida fusilado.

—Me pides un imposible.

—Para el ministro y cuñado del Caudillo no hay nada imposible. Ya nos vamos conociendo, Ramón…

Al ministro le gustaba la sagacidad de Carmen.

—Lo que me pides es muy complicado y no creo que sea posib…

—Ramón —Carmen le interrumpió—, ese hombre nos salvó la vida a mí, a mi marido y a mi hija. A él le debemos que, en lugar de haber sido detenidos, y Dios sabe qué suerte habríamos corrido, pudiéramos subir al tren en el que salimos de Madrid después de los primeros bombardeos. ¿Acaso no fue también un republicano de un ministerio quien salvó la tuya? Porque eso es lo que tengo entendido. Hablamos de personas. De lo que hemos sido, y somos, capaces de hacer los unos por los otros al margen del bando en el que estemos. ¿Vas a decirme que no salvarías al hombre al que tus hermanos recurrieron para que te ayudara a escapar de Madrid como también tuvimos que hacer nosotros?

Serrano Suñer, cuyo rostro había mutado en una severidad que encajaba mal en una fiesta en el Ritz, la miraba fijamente sin decir nada. Pepe y Fernando se habían colado en la fiesta. El doloroso recuerdo de los hermanos muertos que lo salvaron. Fusilados, como tantos otros, según él mismo había dicho para referirse a «los otros».

La música de fondo sonaba cada vez más alta.

Él se había convertido en una estatua que la miraba con frialdad de acero. Resultaba imposible imaginar qué pasaba por su mente en ese momento; qué había ocurrido en su interior para que se produjera esa desconexión del entorno real. Ella, desconcertada, le sostuvo la mirada.

Hasta que el ministro volvió a sonreír y, entonces, Carmen respiró tranquila.

—¿Cómo se llama?

—Luis Fernández Romero.

En la otra punta de Madrid, Josefa Romero lloraba en la cocina abrazada a varios ejemplares de la revista *Blanco y Negro*. No conseguía dormir. Llevaba días sin hacerlo, consumida por el sufrimiento de no saber qué iba a pasar con su Luisillo. No podía dejar de pensar en él ni un solo segundo no fuera a ser que la memoria y el recuerdo, igual que ocurre con las penas, se las llevara consigo el sueño.

—Tendrá noticias del asunto —afirmó Serrano Suñer—. Déjalo en mis manos.

—¿Quieres que te llame mañana para recordarte el nombre?

—Luis Fernández Romero —repitió el ministro—. No lo considero necesario.

—Gracias, Ramón. Te lo agradezco de corazón. —Iban a despedirse, cuando Carmen todavía añadió—: ¿Conoces los versos del poeta Heine, «¡Ah, señora Fortuna! Inútilmente desdeñosa te muestras»? No tientes a la fortuna, Ramón, no desdeñes la suerte, como la de tener una maravillosa familia, por ponerte un ejemplo, porque hacerlo a veces acarrea la perdición.

—Te agradezco el que tomo por consejo sabio. Pero, gustándome como me gusta la lectura, resulta que los poetas románticos no han sido nunca mi fuerte, por más alemanes que sean…

# XXIX

# DESEAR QUE NOS AMEN

*Cris cuenta siempre solo consigo misma. La vida le ha enseñado que*
*la propia voluntad y los propios puños son lo único que no falla jamás. Y*
*Cris, como la lechera de La Fontaine, sueña. Solo que ella es lo bastante*
*práctica para agarrar con mano firme su cántaro de ilusiones.*

*Y Cris recuerda el frío de su alcoba. El desayuno frugal. Las judías, las*
*lentejas, el contar y recontar los céntimos.*

*Cris se estremece. Está viviendo un cuento de hadas. Una bella película,*
*que es el cuento de hadas de las niñas modernas.*

Cristina Guzmán, profesora de idiomas (1936)
Capítulo XIV

## Madrid, principios de septiembre de 1960

«La vida le ha enseñado que la propia voluntad no falla jamás». Sin
esa fuerza de voluntad que demuestra, no habría podido sobrelle-
var el exilio que le ha empujado a dar tumbos de un país a otro
hasta recalar en España con intención de establecerse el tiempo
que necesitara para tomar decisiones.

Esta mañana, en la capital, luce un sol plomizo de finales de
verano. En el piso segundo del 11 de la avenida del Doctor Arce, el
expresidente Juan Domingo Perón ensaya un discurso en la terraza. Desde el mismo instante en que abandonó su amada Argentina
camino del exilio ya ansiaba volver. Si Franco supiera el tiempo
que lleva preparándose para regresar, pero por la puerta grande,
para tomar de nuevo las riendas de su país…

Escribe un discurso tras otro y los recita ante un exiguo auditorio compuesto únicamente por su compañera de vida, María
Estela, Isabelita para los amigos. Que esa es otra, desde hace meses
recibe presiones indirectas del Gobierno para que regularicen su

anómala situación sentimental, dónde se ha visto que haya que soportar a un presidente exiliado con tendencias populistas y que, encima, conviva con su concubina. «Esto es España, ¿adónde creerá este Perón que ha ido a parar?», dicen que se le escapó un día a un ministro entrando en la reunión del Consejo de Ministros.

Perón gesticula, modula la voz, agita los brazos mientras recita la última versión del tercer discurso que escribe en esta semana. Isabelita asiente, reafirmando el contenido de las palabras del hombre al que acompaña desde hace cinco años, en lo bueno y en lo malo, en las alegrías y en las penas… y en el destierro. Se conocieron en Panamá, donde él estaba exiliado y ella recaló como bailarina de una compañía de teatro que se encontraba de gira por Hispanoamérica. La diferencia de edad es un abismo de treinta y seis años que ellos se ponen por montera, como el mundo que se les torna hostil.

Sorteando la ridiculez, los incansables falsos discursos que ensayan con naturalidad les unen en ese universo que se han construido a modo de fortaleza. Ella, diligente e infatigable, lo alienta sonriéndole y dedicándole continuamente gestos de aprobación.

Tal estado de júbilo es roto esta mañana por unos gritos inesperados que proceden de la terraza de arriba: «Perón, Perón… ¡maricón! ¡Perón, cabrón!». Ava suelta después una sonora carcajada y se esconde en el interior de su vivienda. Y de nuevo, el enfado virulento de Perón y el hastío de Isabelita.

Nadie dijo que Madrid fuera un lugar tranquilo para vivir, ni que, con todo lo grande que es el mundo, Ava Gardner acabara viviendo en el piso de arriba.

—¿Has sido tú, verdad? ¡Quién si no iba a ser!

Carmen se ha quedado atónita al escuchar a su hermana Sonsoles convertida de repente en un sentenciador del tribunal de la

Inquisición, tal es el tono agresivo que emplea contra ella al repro-
charle no sabe el qué.

—¿Se puede saber qué te pasa para que me hables así?

—Lo sabes perfectamente. ¿Por qué le metes en la cabeza a la
niña ideas tan delirantes?

—¿Por «niña» te refieres a Carmencita? Porque creo que
entre todos la hemos obligado a dejar de serlo.

—¿Cómo se te ocurre convencerla para que se marche a
África? ¿Es que te has vuelto loca? Sonsoles está muy nerviosa.

—¡Cómo! ¿Pero qué estás diciendo? No tengo ni idea de lo
que me hablas.

—Ahora sale con que quiere marcharse como voluntaria a
no sé qué misiones de unas monjas francesas, que deben de ser
unas revolucionarias porque en París no quieren atender a señoritas bien, dicen, y se van a África. ¡No entiendo qué está pasando,
hermana!

—¿No lo entiendes? ¿Cómo es posible que no te des cuenta
de que tu hija está desesperada? Puede hacer cualquier cosa. Te aseguro que yo no le he dicho nada. Ni siquiera conozco a las monjas
de las que hablas, no sé quiénes pueden ser, ni lo que hacen. Y no
me importan lo más mínimo. A mí quien me importa es mi sobrina. Carmencita tiene un gran corazón. Ella intenta no culparte, a
pesar del dolor que le ha causado tu decisión de no contarle la verdad sobre su verdadero padre. Tienes que esforzarte en entenderla
un poco más. Conociéndola, sé que es lo que espera de ti, que la
entiendas.

—¡Qué fácil es decirlo!

—Vale, vale, está bien. Pues, entonces, haz lo que consideres.
Pero creo que va siendo hora de que sea ella quien decida sobre su
vida, después de que hayan sido otros quienes hayan decidido hasta ahora. Si quiere marcharse a África, tendrá sus razones. Al fin y
al cabo, se va de misiones, Sonsoles, no a una vida loca. Entiendo
que necesite hacer el bien, ayudar a otros, eso le hará sentirse útil y

en paz consigo misma. Lo que le ha ocurrido es horrible. ¿Qué habrías hecho tú en su lugar?

—Contigo es imposible hablar.

Y cuelga sin despedirse. No ha acabado Carmen de colgar el teléfono enfadada cuando alguien llama a la puerta.

—Y ahora el timbre…, lo que faltaba. ¡Esta casa hoy es una jaula de locos!

Ahí está, sin avisar, plantado en la puerta de su casa con su metro noventa de estatura y arrastrando la tristeza, que ha dejado una estela imborrable en el rellano.

—Hola, buenos días.

Como Carmen permanece callada, posiblemente porque se encuentra desubicada al ver a su amigo, al que no esperaba, y procesando todavía la conversación con su hermana, Hemingway le pregunta:

—¿No vas a dejarme pasar?

—Sí, disculpa. Adelante.

—¡Lo conseguí! —dice antes de que ella le pregunte el motivo de su visita cuando no son ni las diez de la mañana.

Le enseña como si se tratara de un trofeo taurino un ejemplar de la revista *Life* abierto por las páginas de su artículo «El verano peligroso».

—¡Enhorabuena! ¿Cómo has conseguido la revista? ¿Y dónde?

—No preguntes, anda. ¿Me sirves una copa, por favor?

—¿A esta hora? ¿No es muy temprano?

—Tratándose de whisky, nunca es temprano para empezar ni tarde para terminar de beberlo.

—No te hacía yo muy dado a la filosofía barata. Me sorprendes.

—Es gratificante saber que todavía puedo sorprender a una mujer.

Deja caer su peso sobre el sofá.

—Vengo muy cansado. Me habría quedado en la cama. Pero necesitaba hablar con alguien.

—¿Una mala noche, tal vez?

—Otra más, así es. Venga, Carmen… —Junta las manos en un ademán de súplica—. No te hagas de rogar y sírveme una copa, por favor.

—No tienes arreglo. Eres un verdadero desastre.

Mientras le sirve el whisky él no para de hablar, aunque da la sensación de que hoy hacerlo le supone un gran esfuerzo.

—Nadie sabrá nunca lo mucho que me ha costado terminar este artículo.

—Tampoco es necesario que nadie lo sepa. Lo importante es que lo terminaste y… ¡ya está publicado! ¡Bravo! Ahora a pensar en el siguiente.

—Je… No. —Una sonrisa forzada se queda a medio salir—. Me veo incapaz de ponerme a escribir otro artículo, y no digamos corregirlo. Puede que ya no trabaje más.

El vaso se le resbala de las manos y cae al suelo haciéndose añicos.

—*Fuck!*

—Tranquilo, no te preocupes.

Intenta inclinarse para recoger los cristales, toca algunos, pero como le cuesta se levanta ofuscado, y entonces ella advierte con pena su lamentable estado, la barba descuidada, parece que no se haya lavado ni siquiera la cara al levantarse, si es que se ha acostado, ni tampoco cambiado de ropa. Muestra estar muy irritable. Se sacude los pantalones como si el líquido pudiera quitarse de la ropa de esa manera, dando palos de ciego al aire. Carmen intenta, inútilmente, calmarlo.

—No tiene importancia, Ernesto. —Pero él acaba de ser abandonado momentáneamente por la razón. No la atiende, se da palmadas en la cabeza y suda—. ¿Qué te pasa? ¿Qué tienes? —Carmen se alarma al verlo cada vez peor—. Dime cómo puedo ayudarte.

—No es nada. —Se desploma sobre el sofá vencido por sí mismo.

—Ernesto, no puedes vivir así.

La mira desolado, agotado. Temeroso del futuro al que se niega.

—¿Lo ves…? Por fin lo entiendes. —Entre una frase y otra se cuelan sus incertidumbres—. Es lo que te digo: no puedo seguir viviendo. Ahora hasta tú misma lo dices.

—Yo no he dicho que no puedas vivir, sino que así, como estás, no hay manera de vivir.

—Pero es así como vivo, Carmen. No puedo hacerlo de otra manera porque es así como me siento y no hay vuelta atrás. Es así como paso los días y me peleo con las noches.

—¿Te has cortado? —le pregunta, señalando unas pequeñas gotas de sangre en su mano derecha.

—No es nada.

Se limpia instintivamente en los pantalones, todo le da igual.

—Pero si el otro día estabas bien…

—Ay, el otro día… —repite como un lamento—. ¡Qué lejos queda el otro día!

—Esa mano sigue sangrando, déjame que la cure.

—Creo que voy a irme.

—No estás en condiciones.

—¡Qué más da! Tengo…, tengo que irme antes de que ellos lleguen.

—¿Ellos? ¿Quiénes?

—No puedo decirlo. —Ahora habla tan bajo que apenas se le escucha.

—¿Te persigue alguien? —pregunta Carmen intrigada.

—Está bien, te lo diré, pero guárdame el secreto: sí, desde hace algún tiempo agentes del FBI me siguen a todas partes y temo por mi vida.

Cualquier respuesta, menos esa, podía haber esperado Carmen. No sabe qué pensar. ¿Habla en serio o está perdiendo la cabeza?

—Debo marcharme.

—¡Pero si no estás bien! Explícame qué es eso de que el FBI te sigue. Ernesto, necesitas ayuda.

Pero ya ha desaparecido. Una inaudita agilidad se ha adueña-
do de sus piernas para facilitarle que salga de la casa corriendo. Es
evidente que no está bien. Y no importa el lugar al que vaya, seguirá
sintiendo que no es el suyo y tendrá ganas de continuar con la
huida. La caída por la pendiente de la angustia lo persigue, más que
ningún espía.

—¡Ernesto! ¡Vuelve!

Carmen le grita en la escalera, pero él se ha marchado.

Ya en la calle, Hemingway nota un poco de hambre. No:
mucha hambre. Se da cuenta de que no ha desayunado, solo ha
tomado un café, y decide coger un taxi para ir a una de sus cafe-
terías favoritas; una visita que termina en desastre. La paranoia que
le entró en casa de Carmen ha ido a peor y se ha puesto muy
violento pidiéndole al camarero que lo conduzca a algún lugar
seguro del local porque unos tipos siniestros le pisan los talones.
Como es lógico, el chico se ha negado y entonces Hemingway,
encolerizado, se ha puesto a vociferar y a recorrer todos los rincones en busca de refugio. En la huida, y con su volumen corporal,
arrastra sin querer una columna de cajas apiladas en la trastienda
llenas de botellas que caen al suelo causando un gran estrépito.
Algunos comensales se alertan por el ruido. El encargado de la
sala les ruega que sigan desayunando con tranquilidad porque no
ha ocurrido nada, eso les cuenta pero ya se ve que no es cierto.
Ernesto se ha puesto muy nervioso, insulta a varios camareros y
lanza una silla contra la pared, que, por suerte, no encuentra a
nadie en su trayectoria.

En medio del desastre, cuando el escritor norteamericano cae
al suelo se presenta el dueño, que al parecer es amigo suyo. Esa
suerte tiene, que siempre aparece un amigo que acude en su resca-
te. Pero nadie consigue rescatarlo de sí mismo, su enemigo más
peligroso. Él.

*Mano a mano, vuelven a callar. El silencio compenetrado de dos seres afines es más elocuente que todas las palabras. Cris y Gary no sienten la necesidad de poblar con frases profanadoras esta callada emoción suya. Al contrario, como en la solemnidad de una catedral, penetran cada vez más en su silencio, impresionados y felices.*

Cristina Guzmán, profesora de idiomas (1936)
Capítulo XXIX

Han quedado en el parque del Retiro, que a esas horas suele hallarse desierto. A media mañana la gente está en sus trabajos; o haciendo tareas en casa; o en alguna consulta médica… A media mañana nadie tiene una cita.

¿Quién va a amarse a media mañana?

Ellos, en cambio, decidieron verse a esa hora precisamente porque es cuando la ciudad anda distraída en sus quehaceres.

Carmencita tiembla. Rolo lleva instalado un dolor en el estómago desde que concertaron la cita. «Es que todos los problemas se me van al estómago, como a mi padre», le había dicho una tarde de verano a Carmencita bajo unos pinares, y entonces ella se acurrucó en su cuerpo y empezó a pasarle la mano por el estómago para calmarlo. Pobre Rolo, acaba de venirle ese recuerdo, que ahora duele más que una úlcera. Mucho más.

Ella es preciosa…, aunque esta mañana su rostro está desfigurado de tanto sufrimiento. No parece ella. Pero aun así es hermosa.

Cuando están frente a frente se dan cuenta de que el mundo ha cambiado y ellos no están en él juntos. Es la primera vez que se ven después de haber conocido la verdad.

La terrible verdad. La tragedia con la que deben aprender a vivir el resto de sus vidas sin que sepan cómo hacerlo.

Carmencita se siente mujer y niña a la vez. No quiere llorar y, sin embargo, tener a Rolo tan cerca hace que las lágrimas se desborden mientras él se apresura a abrazarla sin importarle lo que ya saben. Consolándola a ella se consuela a sí mismo.

Se cogen las manos para sentirlas por última vez…

¿Y cómo hacer que sea la última…?

No hablan mucho porque para entonces ya está todo, más que dicho, sentenciado. No tiene sentido ahondar en el pasado y el futuro ya no existe para ellos. Así les ha dejado la verdad a su paso.

El sentimiento de una extraña culpa planea sobre el beso que no se atreven a darse cuando se despiden.

> *Prynce-Valmore ha cogido entre las suyas las dos manos de la muchacha y sus ojos se hunden en los ojos grises.*
>
> Cristina Guzmán, profesora de idiomas (1936)
> Capítulo XXV

Por la noche, al ir a acostarse, Carmen le comenta a su marido:

—Hoy me llamó Isabelita Perón.

—¡Vaya! ¿Y qué te ha contado?

—Lo que puedes imaginar: que su casa sigue siendo un sinvivir. Que Ava Gardner no les deja en paz y que se ha atrevido, incluso, a increparles a voz en grito desde la terraza. Hoy ha llamado a su marido cabrón y maricón.

Un breve silencio. Su marido gira la cabeza como un muñeco estropeado, la mira y le dice muy serio:

—Estás de broma…, claro.

—De broma, nada. Que se lo ha gritado desde la terraza. Imagínate qué vergüenza, pudiendo oírlo todos los vecinos.

—Desde luego, tienen un grave problema. Esa mujer está desquiciada. Demasiada juerga y demasiado alcohol.

—Pues yo creo que lo que le pasa es que es un ser muy desgraciado. Terriblemente desgraciado, diría. Si consiguiera lo que realmente desea, es posible que su comportamiento fuera otro.

—Tal vez ni siquiera sepa lo que quiere.

—Eso es una tontería, querido. Todos sabemos lo que quere-mos, y se resume en que nos quieran. Y si en algún momento parece que no lo sabemos, no es más que intentamos que parezca que no lo sabemos para no asumir que no tenemos el amor o el cariño que nos gustaría tener.

—No sé, si tú lo dices. ¿Quieres que vayamos mañana a Ara-vaca con los niños a pasar la tarde?

—¡Sabes que a ese plan siempre voy a decirte que sí! —excla-ma, mostrando un entusiasmo un poco forzado, porque, aunque es sincera, en su mente planean los problemas de su amigo. Hablar de Ava le ha llevado de inmediato a pensar en él. Ernesto sabe, mejor que nadie, lo que es desear que nos amen.

# XXX

## LAS MUJERES
## DE CARMEN DE ICAZA

> Miss *Prynce ha lanzado a su primo una mirada incrédula. Pero
> ¿es que se ha vuelto loco? ¡Colocar a una persona «sacada del arroyo» en el
> sitio que corresponde a* mistress *P. Valmore.*
>
> —*Es de lo más desagradable el tener que alternar de igual a igual con
> una persona que, probablemente, es una cualquiera.*
>
> —*Mira, Gladys, no te esfuerces. Esta muchacha está hoy en mi casa,
> y porque a mí me conviene, lo mismo que si fuese realmente mi nuera…*
>
> Cristina Guzmán, profesora de idiomas (1936)
> Capítulo XV

### Berlín, otoño de 1940

«Ningún año es malo cuando está vencido. Pero este ha sido para
mí, en lo privado y aún más en lo público, el más doloroso de los
veintiocho que tengo —escribió Ridruejo en su hoja de notas que
resumían el año—. No siempre se es precoz. Temo que mi adolescencia solo acabó hacia diciembre de 1940».

La inocencia la había perdido mucho antes, con la guerra, en
la época que pasó en Valladolid. Aunque para él fueron buenos
tiempos por los amigos que hizo. También tuvo ocasión de conocer a fondo y por dentro a los falangistas y a los partidarios de las
FET y las JONS, y no es que todo le gustara. Él era más de José
Antonio.

La literatura, cuya necesidad sintió muy pronto —¡en eso sí
fue precoz!—, le ayudó a madurar, a hacerse adulto, más que la
política en la que comenzó de manera igual de temprana.

«Lo que sigue en las notas de mi agenda nada tiene que ver con el viaje que acabo de rememorar». En aquel otoño estaba componiendo algunos de los poemas de un libro al que quería llamar *En la soledad del tiempo*. Aprovechaba para escribir durante los trayectos del intenso viaje que duró del 12 de septiembre al 2 de octubre, con el que pretendía preparar un encuentro que iba a ser histórico entre Hitler y Franco previsto para unos veinte días más tarde, posiblemente el 23, en Hendaya. Dionisio acompañaba a Ramón Serrano Suñer, aunque en sus notas reconoció que «en aquel viaje yo no fui más que un personaje de relleno y mi participación en el trabajo se limitó a escuchar los desahogos malhumorados de Serrano cuando volvía de conversar con Von Ribbentrop, el ministro de Exteriores alemán, un tipo más arrogante que sutil, o sus semiconfidencias, algo menos enfurruñadas y algo más misteriosas, cuando volvía de hablar con Hitler».

Aquel era el primer contacto establecido al más alto nivel entre el Estado español y el Tercer Reich desde que comenzó la guerra mundial. Ridruejo decidió que sería su último viaje oficial y político. Sus anotaciones las había titulado: «Notas ligeras de un viaje grave (a Berlín en 1940)».

Fue un largo periplo, muchas idas y venidas en tren, a Hendaya, Berlín, París… «Las grandes perspectivas de l'Étoile al Louvre, del Trocadero a l'École Militaire, de los Palais —el grande y el pequeño— a Les Invalides, del Sena con la Cité al fondo, me dejaron sorprendido». Una visita a «Bruselas y las fortificaciones de la costa atlántica, por cuyas playas (Ostende, Dunquerque, Calais, Boulogne) aparecían las huellas de la guerra como en rescoldo».

Pero la belleza de lugares y paisajes no impedían que el joven Dionisio empezara a hacerse preguntas de inciertas respuestas. Se las hacía hacia dentro, como bulle el magma de un volcán. Quedaban latentes sin hacer ruido ni importar mientras no dieran la cara. En esa expedición había presenciado indebidas humillaciones y había comido en la misma mesa que Heinrich Himmler, «un personaje del cual sabíamos aún poco y tenía un aspecto vulgar de maestrillo, salvo la malignidad de sus ojos, semicerrados y casi oblicuos tras sus gafas sin montura. Nos había aburrido con una larga disertación sobre criminología positivista, con proyección de cráneos deformes y quijadas espantosas». Un gesto de pésimo gusto que, peor aún, entrañaba el germen de un terrorífico vaticinio.

A Ridruejo le sorprendió que el viaje no dejara de ser en ningún momento una moneda con dos caras. De día tocaba moverse entre embajadores y altos cargos del Gobierno de Hitler; de noche, las movedizas arenas de lo perverso y clandestino se abrían al paso de la comitiva. Le llamó la atención, tanto como para escribir en sus notas que acabarían en su literario resumen anual, la visita a Río Rita, un cabaré «muy para extranjeros», donde conoció a «una Margarita que era un cascabel, capaz de justificar a un Fausto viejo y no solo a un poeta joven. Entre los dos inventamos un idioma y, gracias a ella, pude olvidarme un par de noches de alarmas y refugios. ¿Qué sería de aquella muchacha cuando empezó a llover fósforo del cielo?».

—¿No te la puedes quitar de la cabeza?

Necesitaba a alguien con quien comentar lo que ni él mismo quería admitir que le ocurría, seguramente porque aún no le estaba ocurriendo. Era una anticipación. Cuando llamó a Carmen, ya de regreso en Madrid, ella le notó en la voz que algo no marchaba bien.

—Me he acordado mucho de ti en Berlín. Nadie de los que iban en el grupo hablaba alemán como tú.

—¿Nadie hablaba como una chica berlinesa? —bromeó ella desde el profundo respeto que ambos se profesaban.

Dionisio le contó lo que no sabía que tenía que contarle. A pesar de lo confuso que resultaba, a Carmen le bastaba saber que él albergaba serias dudas sobre cuál era el lugar que quería elegir para estar en el mundo después de una guerra civil. Después de tanto que habían vivido… Por otro lado, la situación en Alemania estaba llegando a unos extremos que no contribuían a que se sintiera bien consigo mismo en el bando al que pertenecía. Y las cosas iban a ponerse aún más feas.

Llegó a preguntarse si Carmen sería consciente del juguete en el que se había transformado Alemania en manos de Hitler. Los viajes realizados en su compañía habían sido distintos. En ellos hubo ideales compartidos y un sentir común de que podían hacer algo por el mundo, aunque estuvieran equivocados. En cambio, viajar con jerarcas del Tercer Reich, entre lujos, derroches, opulencia y comportamientos que, como mínimo, chocaban de frente con el decoro, le había abierto los ojos. Y no estaba seguro de no poder cerrarlos.

—¿Puedes creer que el mismísimo embajador Von Stohrer nos llevó de putas? Bueno, perdona el lenguaje, ¿qué debería decir, mejor, meretrices? —se corrigió a sí mismo con un poso de ironía.

—A mí ya no me sorprende nada, querido. Y lo del lenguaje es lo de menos.

—Pues ya te aseguro que no era la primera vez que ese hombre recalaba en el burdel de postín al que nos llevó. Yo no imaginaba que estaba incluido en el tour turístico por París. Tenías que haber visto cómo celebraban nuestra visita y el tratamiento que le dispensaban, casi como de andar por casa. Fue una noche extraña, Carmen. A veces me preguntaba qué hacía yo allí…

La noche a la que se refería, la del 30 de septiembre, comenzó con una cena en Maxim's y terminó de una manera un tanto peculiar. Dionisio tardaría en olvidar aquella noche.

Del restaurante, uno de los más caros de la capital, fueron al Casino de París a disfrutar de un espectáculo de revista, «fastuosamente desenfadada para quienes vivíamos el clima pacato de Madrid —anotó—. Después, y con toda naturalidad, el mismo embajador de Alemania en Madrid, Eberhard von Stohrer, con quien hacíamos el viaje, nos llevó a un prostíbulo lujoso entre el XVI^ème y el XVII^ème. Era una casa entera, de un rococó reinventado con gusto modernista. Grandes paneles pintados eróticos. Espejos enormes con marcos dorados, florales. Barandillas de metal rubio con troquelado vegetal. El gran salón era de una suntuosidad que se ironizaba con el decorado libertino para no ser ridículo.

Nos sentamos en unas butaquitas de tapicería delicada, la copa de champagne al lado, y comenzó *le petit ballet*. Las señoritas de la casa —diez o doce—, límpidamente desnudas, compusieron «números», hicieron simulacros, representaron escenas tan académicamente perversas que al fin no daban ni frío ni calor. Lo curioso era el contraste: unos cuantos varones graves —yo era el más chico— con un pomposo embajador al frente y, ante ellos, el juego de aquella fantasía refinadamente vulgar. Cuando el *ballet* concluyó, una de las ninfas, rubia, centelleante, con más desgarro y burla que picardía, se inclinó saludando y dijo: «*Voici la France au travail*». Ese era el nombre del periódico que editaba el mando alemán junto con colaboracionistas franceses. «Aquella muchacha salvaje y refinada —decían las notas del joven veinteañero—, cínica y dolorosa, era un símbolo. Su imagen no me abandonó en algunos días…».

—Oye, Dionisio, ¿tú no estás muy solo? —se le ocurrió a Carmen después de escuchar el relato que acababa de hacer su amigo.

—¿Te refieres a novias? —le descolocó la pregunta—. Ah, no, no, a mí no me vengas con esas. Estoy bien como estoy.

¿Realmente lo estaba…? Porque en sus poemas la soledad se tragaba las palabras para hacerlas suyas y sobrevivir.

> *En junio son desazones*
> *lo que en julio cumplimientos,*
> *agosto es dulce cansancio,*
> *septiembre el umbral del duelo,*

*octubre la despedida,*
*noviembre el lento recuerdo*
*y diciembre el desamparo.*

*Luego nacerá lo muerto,*
*sin regreso, sin huida,*
*en la soledad del tiempo.*

En la soledad del tiempo… Así fue como Dionisio le ganó la partida a sus propias incertidumbres, llevándole a dimitir de la Dirección de Propaganda del Movimiento. En silencio. Con sigilo. Sin anunciarlo. Antes de que aquel año de 1940 tocara a su fin.

Pero se dio cuenta de que dar ese paso no le reportó la tranquilidad de espíritu que esperaba.

—*Gary, yo creo que no existe mujer de nuestra sociedad que no haya soñado alguna vez con hacerte soñar a ti.*
—*Yo no soy del tipo de los soñadores.*

Cristina Guzmán, profesora de idiomas (1936)
Capítulo XV

## Madrid, año de 1941

En un tiempo en el que no tenían cabida los sueños, cualquier logro podía suplirlos.

Luis Fernández Romero. Ese nombre llevaba uno de los tres sucesos importantes con los que Carmen de Icaza recibía el nuevo año. Dos de ellos habían germinado en la fiesta del Ritz mientras la mayor parte de la población intentaba dormir entre una oscuridad que se prolongaba más allá de la noche y una minoría recuperaba los fastos de antaño.

Luis Fernández Romero, Luisillo, pertenecía a los primeros, a los que vivían intentando sacar la cabeza en la noche continua de la pobreza. En tanto no llegaba la noticia que parecía imposible, Josefa, su madre, tuvo el alma rota porque al chico se le ocurriera defender la República de la manera que eligió. Quién le mandaba meterse en esos líos...

Y la noticia le llegó. Por fin y «a Dios gracias». A Luisillo, el limpiabotas de la Gran Peña, no solo le conmutaron la pena sino que lo dejaron en libertad, eso sí, no sin antes «leerle la cartilla». Cuando se lo comunicaron a Carmen, ella pensó que la vida a veces va cerrando círculos en los que quedan atrapados para siempre capítulos, pasajes, que desaparecerán engullidos por la extinción y el olvido.

Sonsoles era el otro nombre propio que marcó en ese año la vida de Carmen, aunque fue solo el principio del gran problema que se le iba a plantear a la familia y que parecía destinado a perdurar en el tiempo. Lo supo nada más presentarlos, a su hermana pequeña y al ministro Serrano Suñer. La chispa que prendió en ellos en la fiesta del Ritz devino en un incendio que ardió por todos aquellos rincones de Madrid en los que se veían clandestinamente. El beso del adulterio trascendió los salones de la villa y en cuestión de meses la relación que mantenían en el extrarradio del matrimonio, de los votos religiosos, las buenas costumbres, el decoro y la moral del régimen, fue un secreto cuchicheado en cualquier reunión social que se preciara.

—Es asunto mío —respondía a la defensiva cada vez que Carmen le instaba a poner fin a la relación.

—Tu marido acabará enterándose, si es que no lo sabe ya.'

—No tiene por qué enterarse.

—Pero en qué mundo vives, Sonsoles. Eres una mujer casada y Ramón también lo está, nada menos que con la hermana de la esposa de Franco. Entiendo que hayas podido deslumbrarte con un hombre así, es comprensible que pueda resultarte atractivo y admito todo lo que quieras decir de él, pero no puedes seguir con esta historia. Estás yendo demasiado lejos. Ya te has dado el capricho, así que ahora pon el punto final. Madrid es una ciudad llena de chismosas.

—¡No es un capricho! Y te repito que es mi problema. Solo a mí me incumbe.

—¡Deja de decir eso! Te comportas como una niña malcriada.

—No, lo que pasa es que tengo corazón y sentimientos, sobre los que nadie puede mandar, ni siquiera yo. Eso es lo que sucede.

—Eso es una estupidez. Ni que fuéramos animales, como para no poder mantener el control sobre lo que sentimos. Los sentimientos no pueden conducirnos a nuestra perdición, y es lo que te pasará a ti si no cortas esto. ¿Estás dispuesta a poner en riesgo tu familia?...

Pero no lo cortó. Carmen lo dio por perdido, al menos de momento, y se dedicó al tercer hito de aquel año: la publicación de su tercera novela. Quiso dejar atrás, gracias a la literatura, lo todavía no era posible en la vida real. La guerra, los desaparecidos irreversiblemente, los muertos que se marcharon envueltos en el desabrigo de la venganza... La posguerra, tan presente a diario con sus zarpas ansiosas, debía ser superada en las páginas de la ficción, y un paso necesario para conseguirlo era trasladar el escenario lejos de todo ese horror; tan lejos como lo estaba Estambul, capital que Carmen conocía bien. En la exótica ciudad turca ambientó la historia de *Soñar la vida*, título que incitaba al paraíso de la imaginación. La acción transcurría a orillas del Bósforo y su protagonista, Rosa Sandoval, recordaba mucho a la autora: hija de un intelectual, un eminente académico que al fallecer dejó a la familia en una complicada situación económica. Rosa tuvo que ponerse a trabajar para sacar a los suyos adelante y se convirtió en una exitosa novelista. Una historia en cuyo desenlace fama y amor arropaban a Rosa.

Carmen se volcó a ella misma en aquellas páginas en las que conjuró el drama de la guerra, la crueldad de las pequeñas criaturas a las que había visto sobrevivir solas y el delicado problema familiar que, aunque protagonizado por su hermana Sonsoles, sabía que acabaría estallándoles a todos como una bomba de incalculables efectos.

Su nueva novela, cargada de intensidad humana, se convirtió en otro gran éxito de ventas, aunque no tardaría ni un año en ser ampliamente superado por la siguiente, *Vestida de tul*. Se subió al tren imparable de la escritura, lo necesitaba, y que siguiera triunfando en las librerías le animaba a aumentar la velocidad de su producción literaria

Solo había alguien capaz de irle a la zaga en ese aspecto: su amigo Dionisio. No solo seguía escribiendo varias historias a la vez, sino que, al dejar su puesto en la Dirección de Propaganda, fundó una revista, *Escorial*. Su socio en aquella aventura era Pedro Laín Entralgo, y los secretarios, el poeta Luis Rosales y Antonio Marichalar, procedente del grupo de la *Revista de Occidente*, fundada por Ortega y Gasset. Ramón Menéndez Pidal, el filósofo Xavier Zubiri, Gregorio Marañón, Eugenio D'Ors y Pío Baroja figuraban en su nómina de colaboradores.

Pero como seguía buscando su lugar en el mundo, no fue posible que parara quieto ni siquiera a disfrutar del éxito del nacimiento de la revista, ya que, al poco, decidió embarcarse en una terrible peripecia. Y es que —él mismo se lo confesó a Carmen—, aquellos dos años, el cuarenta y el cuarenta y uno, «fueron los más contradictorios, desgarrados y críticos de mi vida. Los del disgusto interior más irritable. Terco en la esperanza y en las convicciones teóricas, vivía cada día su fracaso y me estrellaba cada día contra la realidad». Con ese peso partió a combatir en Rusia, en las filas de la División Azul. «Ha sido una buena solución para huir de la cotidiana contradicción y del estado de disgusto permanente que la empresa política española, en la que andaba metido, me producía», escribió a Carmen en una de las cartas que envió a los pocos días de pisar suelo ruso. Otra tuvo como destino su grupo de colegas de la revista, y a ellos se quejaba de llevar una semana y no haber empezado a combatir. Era como si la desesperación por jugarse la vida en aquel lejano frente de guerra, que él parecía tomar como su última oportunidad, le impidiera alcanzar ninguna serenidad de ánimo.

«España lo echará de menos», comentó Carmen a Pedro, su marido, al leer la carta. En Madrid la vida seguía. La cantidad de trabajo que abarcaba Carmen habría resultado agotadora para cualquiera, era desbordante; sin embargo, ella jamás mostraba signos de cansancio, a pesar de que muchos días se acostaba extenuada. Conseguía aprovechar el tiempo del que apenas disponía, y escribía, atendía a su familia y organizaba el Auxilio, para el que aquel 1941 fue un año intenso en el que la necesidad de ayuda se diversificó y ocurrieron hechos que daban cuenta de la nueva realidad que se vivía en el país.

En julio se produjo la primera expedición de mendigos recogidos en las calles, desde Madrid hacia sus lugares de origen. Los concentraron en los Mataderos de la capital, en un parque instalado por el ayuntamiento. Los voluntarios del Auxilio Social se encargaron de clasificarlos por edad, sexo, estado y zonas de España de la que procedían, y también de facilitarles ropa y calzado. Para ese cometido, la organización tenía su departamento del ajuar. Pero muchos de los mendigos evacuados contaban con familia, hijos, padres, parejas, que no podían marchar con ellos. Un nuevo drama que sumar a la pobreza. Aquella primera vez, casi cuatrocientos niños, solos y separados de sus familiares, fueron repartidos por los hogares infantiles del Auxilio Social. Y con ellos se repartieron también los restos de dignidad que pugnaban por no desaparecer del todo.

Transcurrido un año de la dimisión de su amiga Mercedes, supo que le habían ofrecido dos puestos de relevancia: el de consejera en el Consejo de Administración del Instituto Nacional de Previsión y, también, de jefa nacional de la Obra Sindical de Previsión Social. En los círculos próximos al Gobierno se contaba que quien lo promovió fue José Antonio Girón de Velasco, ministro de Trabajo, convencido de que habían cometido con ella una gran injusticia al cesarla del Auxilio Social. Injusticia o no, le había costado la amistad con Carmen y apartarse de un grupo de amigos de los que Mercedes pasó a desconfiar.

Por su parte, Javier, tras un breve tiempo como director comercial de la Compañía Española de Propaganda e Industria Cinematográfica (CEPICSA), acabó abriendo su propio bufete de abogados.


Nunca podría afirmarse como una verdad absoluta, pero parecía verosímil pensar que la guerra, y el ambiente bélicamente luctuoso, la miseria que generó, y todo lo que veía en su trabajo en el Auxilio, empujaron a Carmen a escribir varias obras tan seguidas que pudieran hacer olvidar a los lectores aquella pertinaz tristeza que todo lo envolvía. «No necesito decir mi emoción —declaró— ante la idea de que mis páginas ligeras hayan podido alegrar, siquiera un instante, a uno solo de nuestros gloriosos caídos. La oportunidad brindó a Cristina Guzmán la *chance* maravillosa de haberlos quizá hecho sonreír. De haberlos quizá hecho soñar…».

A sus dos últimas protagonistas femeninas pasó de hacerles soñar la vida a vestirlas de tul. Pero la moneda tenía otra cara: la de la realidad. Muchas mujeres viudas, desposeídas de sus sueños, tenían que dedicarse al estraperlo de lo que podían, que solía ser mayoritariamente pan o aceite.

Mujeres para las que sus ilusiones se quedaron en agua de borrajas tras la guerra.

# XXXI

## «ESCOLLOS DE UN MAR REVUELTO»

*Pero Cris ya le ha «cogido el hilo», y con su actuación, alternativamente enérgica y tierna, pero siempre equilibrada y paciente, sortea del mejor modo posible los escollos de ese mar revuelto que es el espíritu de Joe.*

*Al verla frente a él en estas mañanas doradas y azules, joven y radiante, el rostro sereno y los gestos sobrios, sin que Joe se dé cuenta de ello, algo de seguridad, de esa paz mental, se infiltra en él.*

*El muchacho se recuesta en su butaca y entrecierra los ojos.*

*—Léeme los periódicos.*

*Y Cris lee.*

Cristina Guzmán, profesora de idiomas (1936)
Capítulo XVII

Con el espíritu de tener todo bajo control, todo sin excepción, se sorteaban los posibles escollos que provocaba el mar revuelto de la disidencia al régimen.

La maquinaria de la represión se había puesto en marcha. Las comisiones depuradoras de instrucción pública se emplearon a fondo en hacer una «limpieza» de maestros y profesores universitarios que no eran afectos al Movimiento y al nuevo Estado franquista. No importaba que fueran funcionarios; eran sustituidos por otros que sí se mostraban partidarios de los nuevos tiempos. Algunos solo eran apartados; otros desaparecían. En un intento de hacer pasar la venganza por unos trámites legales y neutrales, muchos de los nuevos profesores habían pasado las llamadas «oposiciones patrióticas», en las que contaban más las heroicidades con el bando nacional o los méritos políticos que los académicos.

La nueva España seguía dando pasos hacia la consolidación precisamente de ese régimen establecido por el proclamado como Caudillo, en el que se intentaba que la moral pública y la privada constituyeran un todo bajo el control de las instancias del Estado dedicadas a tal fin.

Así, desde aquel año, cuando se aproximaba el verano, la Dirección General de Seguridad emitía una nota oficial con estrictas recomendaciones sobre los baños en el mar, con el siguiente encabezamiento: «Al acercarse la estación estival, y en defensa de la moralidad pública, esta dirección general hace públicas las siguientes disposiciones, habiéndose cursado a las autoridades competentes instrucciones en el sentido de imponer sanciones a todos cuantos las infrinjan».

Entre las disposiciones se incluían la de prohibir el uso del traje de baño fuera del agua, esto era en la playa, bares o clubes; o «el uso de prendas de baño indecorosas, exigiendo que cubran el pecho y espaldas debidamente, además de que lleven faldas para las mujeres y pantalón de deporte para los hombres»; o «los baños de sol sin albornoz, con excepción de los tomados en solarios tapados al exterior». Respecto de esto último, se hizo difícil sortear la paradoja de tener que tomar el sol en sitios cerrados, donde el sol no llegara, o bien hacerlo cubiertos con un albornoz al aire libre. Pero no cumplir con ese grado máximo del absurdo suponía la humillación social para el infractor que, después de tener que pagar una multa, veía su nombre publicado en la prensa en la sección de «Sanciones», en ese caso por inmoralidad y escándalo público.

La Iglesia, por supuesto, se pronunció sobre la llamada «moral vestimentaria». El cardenal Isidro Gomá, fallecido no hacía mucho, mientras fue primado de España publicó *Las modas y el lujo*, donde podía leerse: «En muchos de los figurines que os impone la moda, hay, señoras, una malicia profunda del dibujante o del modisto que, más que vestiros, parece que se han propuesto ejercer lo que un crítico llamaba el arte de desnudar con decencia, tal es la perversa intención que delatan ciertos recortes, gasas y pliegues y colores en cuya combinación se ocupan los grandes sacerdotes de la moda para profanar vuestros cuerpos y hacer de ellos cebo de pecado».

Hasta las mujeres seguidoras de las doctrinas de los vencedores de la guerra asumían como propia la censura y justificaban su necesidad. Asociaciones como la Unión de Damas Diocesanas de Sevilla emitían manifiestos y comunicados con palabras así:

> Mujer española, en estos momentos graves para la patria querida, tu norma de vida no puede ser la frivolidad, sino la austeridad: tu puesto no son los espectáculos, los paseos y los cafés, sino el templo y el hogar.
>
> Tus adornos no pueden ser las modas mundanas de la Francia judía y traidora, sino el recato y el pudor de la moral cristiana: tus ilusiones no pueden cifrarse en levantar oleadas de concupiscencias carnales...

Al mismo tiempo que se propugnaban esas consignas morales en público, en privado los amantes Sonsoles y Ramón se amaban en la dirección contraria a la establecida, tocando de lleno la cima del escándalo. El vértice de lo clandestino y perturbador. «Los sentimientos no pueden conducirnos a nuestra perdición», las palabras de Carmen caían en el saco roto de la tozudez de su hermana. Aunque no quisiera, estaba involucrada en la historia de Sonsoles, que la había citado aquella tarde para merendar bajo la cúpula del hotel Palace, cerca del Ritz, donde la historia había comenzado. Y, por más que hubiera tirado la toalla y desconfiara de la mala cabeza de su hermana pequeña, en lo más profundo de su ser invocaba a Dios y a todo lo que hiciera falta rogando que hubiera recobrado la cordura y que lo que tuviera que contarle fuera que terminaba la relación porque sabía que no conducía a nada bueno. Quién sabe, tal vez había entrado en razón...

Carmen estaba impacientándose. Su hermana se retrasaba. Cuando por fin llegó y empezó a explicarle el motivo por el que deseaba hablar con ella, hubiera preferido que no llegara. Por unos instantes, Carmen quiso desaparecer. El mundo se convirtió, de repente, en un castillo de naipes que iba cayendo lentamente de arriba abajo hasta desmoronarse. Pensó en su padre, en lo que habría dicho de haber estado vivo; en los difíciles años que su muerte trajo para la familia, que Carmen tuvo que mantener sin haber trabajado nunca antes.

Tal vez llevaba tiempo temiendo que pudiera suceder lo que Sonsoles le estaba confesando, pero resultaba tan descarado, tan provocador, y también tan problemático, que no podía creer que ese momento se hubiera producido.

—¡Realmente has perdido la cabeza!

—Te ruego que no empieces, Carmen.

—¿Y no podías haber elegido un lugar más discreto para contarme algo así?

—Pensé que aquí ibas a controlar tu enfado, ¿verdad, hermana…? —Y sonrió a lo lejos con hipocresía a una condesa cuyo nombre ni recordaba.

—¿Se lo has dicho a tu marido?

—Sí.

—¿Y… cómo ha reaccionado?

—Solo le he contado que estoy embarazada.

—«Solo»… Pero… ese hijo… ¡En qué estabas pensando! Esa criatura… —Hasta plantearlo le costaba un gran esfuerzo—. ¿De quién es?

—Sí, no es de Paco, es exactamente lo que imaginas.

—¿Cómo puedes hablar con esa tranquilidad?

—¿Tranquilidad? Ha ocurrido, y no hay más, ¿qué quieres que haga ahora? Mi marido tiene muy claro que el niño no es suyo, y no creo que necesites detalles de por qué lo da por hecho. Pero no ha dicho nada al respecto. Lo que viene en camino será el hijo de los marqueses de Llanzol y punto. No te he llamado para que me juzgues, que parece tu deporte favorito últimamente, sino para que no te enteres por otros. Quería ser yo quien te comunicara la noticia.

—Comunicarme la noticia… ¡Dios santo!

Hablaban bajando la voz. «Lo único que nos falta es que la gente se entere», musitó Carmen entre dientes conteniendo su enojo porque estaban en público. En eso Sonsoles tenía razón.

—¿Lo sabe alguien más?

—Solo Cristóbal.

—¿Balenciaga? Oh, vaya, cómo no. ¿Habéis pensado en que desfiles con algún vestido para embarazadas?

—¡No seas sarcástica!

—Esto es una locura. Te lo dije, Sonsoles. Te dije que cortaras con él. Suerte tienes de que tu marido es un santo, hermanita. A saber qué habría hecho cualquier otro. Verás cuando esto se sepa en el palacio de El Pardo, que se sabrá, no lo dudes.

Abandonó el Palace pensando que la mala cabeza de su hermana suponía un problema para toda la familia, empezando por la propia Carmen. Esta vez, tener que tomar las riendas de una dificultad familiar como esa, que adquiría una dimensión social e incluso política dado quién era el padre del bebé, no iba a ser fácil. De poco serviría encomendarse a Dios.


Aunque resultara ridículo el contraste, en cualquier zona de esa misma España, y bien que lo sabía Carmen, los feligreses asistían en sus parroquias a sermones en los que el sacerdote los exhortaba a seguir sus recomendaciones: «Las parejas no deben salir solas. Los riesgos de la tentación son muchos y el maligno no descansa en su empeño por pervertir las almas puras».

La tentación que Sonsoles no había evitado. A Carmen solo le importaba ella. Lo que Ramón hiciera era su problema y el de su familia. ¿Cuál es el lugar reservado a las almas puras? A Carmen le preocupaba qué hacer con las que no se consideraban así. Cómo proteger a su hermana y a la familia de la impureza, si acaso no era ya demasiado tarde.

«Por eso es bueno que los novios vayan siempre acompañados por persona formal, con años moralmente preparada, que sea para ellos como escudo que les libre de las tentaciones». La Iglesia recomendaba que no se bajara la guardia cuando se acercara la fecha de celebración del sacramento matrimonial. «Antes al contrario: la cercanía del tálamo vuelve a los hombres más rijosos y a las mujeres más fáciles a entregarse a un anticipo».Y les exhortaba a mantenerse «castos y puros» hasta que, «bendecida la unión, puedan entregarse a cumplir con los deberes estrictamente procreativos para los que se fundó y santificó la unión matrimonial». Unión que a Sonsoles no le había importado a la hora de encamarse con otro hombre que no era su marido. El hombre con más poder después de Franco.

Las ordenanzas municipales establecieron sanciones para quienes evidenciaran que no cumplían con la moral que estaba imponiéndose, y, así, en parques y jardines de todas las capitales, ciudades y pueblos, la policía vigilaba el mantenimiento del decoro y la llamada «moral pública».

El clero no renunció a su parte de potestad y pasó a ejercer una influencia directa en la enseñanza, las costumbres sociales y la moral y el orden públicos. Unas normas que a Carmen le bailaban desordenadas en la cabeza. No podía apartar de ella el destino de su hermana, ante el que ya no sabía qué hacer.


En ese nuevo escenario en el que se resistía a encajar una parte de la sociedad, Carmen seguía escribiendo y aumentaba, con cada nueva novela, el éxito de la anterior. De *Vestida de tul*, la siguiente a *Soñar la vida*, se vendieron más de diez mil ejemplares en tan solo una semana. Un verdadero récord, más aún teniendo en cuenta que no eran tiempos en los que se vendieran muchos libros cuando los alimentos seguían siendo racionados.

Repitió con su quinta novela el fenómeno social que se produjo con *Cristina Guzmán, profesora de idiomas*, la segunda. Se habló de la nueva obra como «la novela femenina más popular de todos los tiempos». Había pensado titularla *La muchacha que bailó con el rey*, en lugar de *Vestida de tul*, pero finalmente optó por ese otro título. No había en ella una trama que resolver, los hechos narrados no conducían a ningún punto concreto, sino que servían, al igual que los personajes, como instrumentos para diseccionar con maestría y profundidad la alta sociedad, sus muchos vicios y sus escasas virtudes. No en vano Carmen conocía bien los resortes de esa clase social. Destripó con intención crítica la vida aparente en los salones de lujo de hoteles y palacios en los que los rumores eran la savia de la que muchos de sus miembros vivían. ¿Le influyó la clandestina historia amorosa de su hermana con el ministro y cuñado de Franco? Si fue así, nunca lo contó.

Poseía Carmen la habilidad de sortear los vigilantes tentáculos del régimen desde el estómago del propio régimen. Solía salirle bien; le funcionaba y nadie la detenía, recriminaba o censuraba. A pesar de la irrelevancia social a la que quedaba relegado el papel de la mujer en la nueva realidad, a la que la prensa extranjera ya se refería como una dictadura, Sol, la protagonista de *Vestida de tul*, quería estudiar en el conservatorio de música y, como respuesta de la madre, la autora puso en boca de esta: «¡Solo me falta una hija intelectual y sufragista!».

O hizo también que Sol respondiera a uno de los personajes masculinos cuando en otro pasaje él le decía que «a los hombres nos cargan las mujeres inteligentes»: «Tú me dices: "Que no sepan que sabes pensar". Mi madre, a todas horas: "Que no sepan que sabes tal cosa. Que no parezcas tal otra. No pises fuerte. No te rías, que es poco serio. No estés seria, que es aburrido". Señor, ¿por qué se empeñan todos en que una chica tiene que ser sin color ni sabor, como el aceite de ricino?».

El mundo a su alrededor había cambiado y ella participaba en los designios de dicho cambio, pero seguía albergando la idea de que las mujeres debían pensar y obrar según su propia voluntad y que podían, y tenían, que hacer mucho más de lo que les decían que podían hacer. La creencia de que las mujeres eran dueñas de su destino resultaba casi tan escandaloso como un amor clandestino. Y Carmen lo defendía en *Vestida de tul*…

> *(Sol) le coge la cabeza entre las manos. Y percibe el latir de sus sienes.*
> *—Felipe… —dice con absorta dulzura. Están solos en un mundo nuevo. Nuevo como el paraíso—. ¿Me querrías, así, vestida de dril?*
> *Él la contempla, blanca y erguida. El viento ajusta contra su cuerpo joven los vuelos; convierte en alas el delantal y la cofia; peina hacia atrás los rizos.*
> *Felipe la mira deslumbrado:*
> *—Parecerás un desafío a los elementos adversos. ¡La Victoria a la proa de su propio destino!*

Curiosamente, el personaje de Sol tampoco encajaba demasiado con las normas estivales de la Dirección General de Seguridad sobre los baños y la indumentaria en párrafos como el siguiente:

> *El mar se extiende ante Sol, tumbada en la arena. (…) Sol se estira con delicias de lagartija. Un calor luminoso la penetra. La arena irradia una vitalidad salina, y en su traje ligero, su cuerpo feliz parece querer echar raíces. Sanlúcar es el sitio más encantador de la tierra.*

Y así fueron, las mujeres literarias de Carmen de Icaza, construyéndose un mundo en el que las estrictas leyes y las prohibiciones quedaban aparcadas en otra playa, muy lejana, desde la que el humo de las hogueras en la arena no conseguía alcanzarlas.

# XXXII

## «SOLDADOS LEJANOS»

*También el padre, como el hijo, gusta de escuchar leer a Cristina. Y también entrecierra los ojos y también se siente envuelto por un ambiente que desconoce: el ambiente familiar.*

*Prynce-Valmore perdió a sus padres siendo muy niño. A su mujer, el año pasado. Es un solitario que ignora el calor del hogar. Con gesto indiferente ha apartado a las mujeres de su vida. Y el hombre de negocios de mirada fría y gesto seco, como cualquier romántico caballero medieval, había guardado celoso su fidelidad a una muerta. Lily. Blanca y sencilla como la flor cuyo nombre llevaba.*

*Prynce-Valmore siente de repente una añoranza. Se ha levantado y contempla el retrato que ocupa en su despacho el sitio de honor. Y le hace el efecto de que aquellos ojos le miran con profunda compasión.*

Cristina Guzmán, profesora de idiomas (1936)
Capítulo XVII

**Madrid, verano de 1942**

Carmen ni siquiera notaba el calor. Estaba sentada en el salón principal, acompañada de su marido y de quien iba a ser oficialmente el padre de la niña que estaba a punto de llegar a este mundo. Se sentía inquieta. Había mucho de desasosegante en la alegría que debía suponer el nacimiento de su sobrina.

El 29 de agosto del año cuarenta y dos nació Carmencita Díez de Rivera y de Icaza, hija de Sonsoles y de Ramón Serrano Suñer, aunque oficialmente lo fue del marqués de Llanzol. A ella, su tía Carmen, la nombraron madrina. Cuando la tomó entre sus brazos por primera vez sintió un amor inmenso y tuvo la conciencia de que debería cuidarla cuanto pudiera al margen de sus padres. No se trataba solamente de que tuviera su misma sangre, sino que las circunstancias a las que debía su existencia iban a marcarla de por vida, a lo que había que sumar su condición de madrina.

Pedro la miró y pensó en lo bien que la conocía. Podría reproducir una a una las palabras que bailaban en la mente de su esposa en aquellos momentos. Hasta sería capaz de reproducir los ecos de su corazón.


La llegada de Carmencita tuvo consecuencias. Fue un acontecimiento que los amantes y sus familiares cercanos vivieron de la manera más callada posible. En cada uno de los respectivos hogares de Sonsoles y Ramón se produjo una pequeña revolución que enderezaba sus caminos. Dejaron de verse. Pero el efecto duró poco tiempo. En los primeros meses de vida de la pequeña Carmencita, Sonsoles intentaba dedicarse a sus cuidados hasta que volvió a llamar a Ramón y reanudaron sus citas clandestinas sin importarles que todo Madrid estuviera al tanto de lo que había entre ellos.

Hubo más consecuencias, como era de esperar.

Un mes antes de parir se había producido un hecho en el que podría situarse el origen de que los dos hermanos, Carmencita y Rolo, estuvieran muy unidos desde pequeños. Los dos matrimonios, Serrano Suñer y Díez de Rivera, cenaron en el hotel Ritz. Sonsoles lo tomó como una provocación —había sido Ramón quien convocó la cita; estaba segura de que la elección de ese lugar se debía a que en aquellos salones había surgido entre ellos la atracción cuyo escandaloso fruto albergaba en su vientre—. Se vio sentada, sin que le apeteciera lo más mínimo, al lado de Zita Polo, que destacaba por ser una persona prudente. Ambas mujeres apenas se relacionaban, no se conocían más que de superficiales saludos en actos sociales. Pero recelaban por igual la una de la otra.

Esa noche se presentaba una situación delicada. A pesar de sus esfuerzos para no fijarse en el abultado vientre de Sonsoles, Zita no podía evitar mirarlo. Llegó a pensar que aquel vientre, cuya presencia en el asiento contiguo significaba un desafío, la buscaba a ella, porque sus ojos no dejaban de encontrarse con él.

Durante la cena, Sonsoles decidió responder a la provocación con otra:

—Deberíais veranear en San Sebastián. Nosotros estamos encantados, ¿verdad, cariño? —se dirigió a su esposo, el marqués, que encajó como pudo la inesperada propuesta de su esposa.

—Sí, sí, tiene razón Sonsoles. Llevamos años pasando los veranos en San Sebastián y es maravilloso, el clima… es muy agradable.

—Ah, pues tendríamos que contemplar esa idea, ¿no te parece, Ramón? —Zita recogió el guante y se lo pasó a su marido.

Ahí comenzó a torcerse el destino de los niños. Ese fue el origen de la futura desgracia de Carmencita y del hijo de Ramón y Zita Polo. Pasar las vacaciones juntos supondría que los chicos crecerían en el mismo ambiente, las mismas pandillas de amigos, los mismos amores… Crecerían cogiéndose de las manos para sentir la fortaleza que les proporcionaba el poder estar unidos.

—Ya debe de quedarte poco para el parto —comentó Zita.

—No creo que pase del mes.

—¿Qué os gustaría más, niño o niña?

—¡Una niña! —se adelantó a responder el marqués—. A mí me encantaría que fuera niña.

El marido de Sonsoles esquivaba como podía la incomodidad de la situación. No así ella:

—Yo, en cambio, siento que será un niño. Dicen que cuando la forma de la tripa es ancha será una niña. Y salta a la vista que la mía no lo es —lo dijo mirando descaradamente a Zita—. Además, en este embarazo apenas he tenido náuseas, así que será niño, sin duda. Brindemos porque lo que sea venga bien —propuso Sonsoles—. Eso es lo más importante, ¿verdad, Zita? Las mujeres lo sabemos mejor que nadie.

Zita Polo contuvo sus ganas de levantarse y salir corriendo.
Paco Díez de Rivera, marqués de Llanzol, se descompuso.

Pedro había vuelto a su trabajo en la Telefónica. El edificio encajó
los nuevos tiempos intentando borrar de sus estancias el paso de
personas, papeles, órdenes, documentos, aparatos de transmisión
para facilitar las comunicaciones, corresponsales extranjeros, mandos de la República... Pero era difícil recobrar la vida como si
todo aquello no hubiera sucedido.

Más fácil fue el regreso a la Gran Peña, a pesar de que acusaba
los estragos, no solo en sus paredes, sino también en el ambiente. El
silencio que era habitual y celebrado en el club se tornó en extra-
ñeza al reabrir sus puertas. Se deslizaba entre las estancias una
atmósfera solitaria con un aire decadente. El ambiente triste y
silencioso fue adaptándose a las bajas que las batallas habían causado entre los socios.

La primera vez que Pedro Montojo volvió a bajar al sótano
sintió una especie de vacío incómodo en la boca del estómago. El
nuevo limpiabotas estaba sentado de espaldas ordenando los betu-
nes. Pedro pasó varios minutos detenido observándolo antes de
aproximarse con sigilo y sentarse ante él en el sillón de los clientes.
Encerraba tanto aquella imagen... Vio el andén de la estación del
Norte. Se vio a sí mismo jugándose la vida junto a su familia cuando huían de Madrid al estallar la guerra. De nuevo, la escena del
pánico, entera, sin que faltara un detalle. Vio el carro de los helados,
convertido en una meta inalcanzable porque parecía que estaba a
cientos de kilómetros de distancia, tan largo se le hizo el trayecto
hasta el tren viendo a Luisillo a punto de delatarles. A Carmen y a
Palomita. Las vio, a su mujer sosteniendo en sus brazos a la niña
apretada contra el pecho, metidas dentro de un cuadro donde el
tiempo parecía haberse detenido.

El chico nuevo era mucho más joven que Luisillo y no había en su rostro ningún rastro de los golpes que propina la vida cuando los vientos se tuercen.

—¿Qué va a ser, señor? —dijo el limpiabotas—. ¿Betún o solo brillo?

Pero Pedro no lo escuchaba. Siguió parado en el andén durante un largo rato hasta que perdió la noción del tiempo.

La sobrina de Carmen había venido al mundo entre algodones y, por supuesto, con el apellido Díez de Rivera. Cinco días después, Ramón Serrano Suñer era cesado por el general Franco como ministro de Exteriores. ¿Casualidad…? Carmen lo sintió muy sinceramente. En los últimos años se trataron con bastante frecuencia. Por su trabajo en la Dirección General de Propaganda, Carmen se había acostumbrado a moverse con soltura entre los periodistas y solía aparecer asiduamente en la prensa inaugurando centros asistenciales del Auxilio Social, jardines maternales, que si una guardería infantil en la carretera de Aragón, que si un hogar en la Ciudad Universitaria…, siempre junto a Martínez de Tena y acompañada de altos cargos del régimen. En muchas ocasiones, el «alto cargo» con el que figuraba era precisamente Serrano Suñer en calidad de ministro de Exteriores.

Pero no fue la caída del cuñado de Franco lo único que vino a alterar la vida política del entorno de Carmen. Ridruejo, que había regresado de Rusia en un estado de salud precario, quiso compartir con ella una nueva decisión, tan sorprendente como algunas de las tomadas recientemente. Una decisión que no tardaría en trascender.

Carmen lo invitó a almorzar en casa. Pedro también estaba presente.

—Tendré que volver pronto a la oficina. Querida… ¿Dionisio no está muy demacrado? —bajó la voz, se hallaban en la cocina.

—El frío exagerado y las malas condiciones en las que habrá vivido en el frente ruso le habrán pasado factura, es lógico. Además, como sabes, él tampoco ha tenido nunca una salud de hierro.

—¿Quieres decir que no es un chico fortachón? —bromeó.

—No seas tonto… ¡Deja ya de coger patatas! —Pedro jugaba a robar patatas fritas de la bandeja destinada a la mesa mientras mantenían la conversación—. Sí, tú ríete —replicó Carmen—, pero a ti te querría ver yo en Siberia, a ver cómo te las apañabas.

Seguro que para nadie sería fácil afrontar una situación semejante, en la que las noches transcurrían «con la agitada lentitud de siempre»… Aunque Dionisio lo tomara casi como una exaltación del alma.

> Áspera, penosa, ilusionada, presurosa, alegre. Así, compleja pero simplicísimamente, es esta vida nuestra de soldados lejanos. No creo que exista una persona sana, con salud esencial en el alma, para quien una guerra no sea, a la larga, una buena experiencia, provechosa y fortalecedora, ya que no jubilosa. Queda el cuerpo probado y sometido. Queda el alma serena, triunfante y levantada. Queda el corazón, en esta descuidada niñez del soldado, fresco y sencillo, como acabado de nacer.

En la reciente primavera, Ridruejo había publicado sus *Cartas de la guerra*, como esa, en el diario *Arriba*. Iban firmadas con el sinónimo de Andrés de Oncala.

La comida, como cabía esperar, discurrió tranquila y agradable; los tres comensales eran buenos conversadores y coincidían en parecido sentido del humor. Tenían mucho que contarse, pero Pedro, como ya había anunciado, no podía seguir acompañándoles, se marchó antes de lo que habría deseado porque tenía que regresar al trabajo.

Al quedarse solos, Dionisio destapó las verdaderas razones por las que quería ver a Carmen. Destapó, en definitiva, las verdades de su corazón y de las fluctuaciones anímicas que lo atormentaban desde hacía algún tiempo. Dudas y afirmaciones se entrelazaban en la senda humana de las contradicciones.

Le contó que había intentado ver al secretario general del partido, José Luis Arrese. Incluso fue a buscarlo al campo. Tuvo a bien recibirlo, pero para lo que sirvió bien podría haberse ahorrado el viaje. Eso es lo que pensaba de vuelta a la ciudad después de la estéril reunión.

—Has de tener paciencia. —Carmen intentó rebajar su enfado.

—¡Paciencia! ¿Tú la tienes?

—De no tenerla, posiblemente no estaríamos hablando de esto porque ya lo habría dejado.

—¿Y si lo dejo yo? —El tono de Dionisio, aunque realmente no lo pretendía, era retador.

—Bueno, tú ya lo has dejado.

—Me refiero a dejarlo todo.

—Ya dimitiste de la dirección general… No sé qué decirte… ¿Dejarlo todo? ¿Supondría romper con el Movimiento…? ¿Con el Gobierno…?

Exactamente a eso se refería. Su voluntad de apartarse de los cargos en el Consejo Nacional y en la Junta Política era irrevocable.

—Quiero que leas mis notas. —Le entregó a Carmen uno de los papeles que extrajo del bolsillo.

Los «auténticos» del partido —que han visto, cruzados de brazos, cómo defenestraban a uno de los suyos, el delegado de sindicatos— se acomodan sin remedio. La masa general solo aspira a recibir el premio de la victoria. ¿Para qué seguir?

A Arrese le planteé el problema: si el partido no está dispuesto a imponer, incluso mediante la rebeldía, las reformas que el país necesita, yo estoy de más en este juego. Con no menos sinceridad me contestó que él estaba por la lealtad a ultranza. Ese mismo día tomé mi decisión. Y ahora escribo al jefe del partido y del Estado una carta en que, después de largas consideraciones críticas, le doy cuenta de mi estado de desafección de la causa en la que hasta ahora he estado implicado.

Envuelta en un denso silencio, Carmen dobló el papel en cuatro, reforzando con los dedos los filos de los dobleces. Parecía querer asegurarse de que aquellas palabras no escaparan del papel en el que estaban escritas.

—Querido amigo…, ¿es que te has vuelto loco?

—De locura no pueden tildarse la verdad ni los principios.

—Pero…, esto no verá nunca la luz, ¿verdad? —preguntó alarmada Carmen, pretendiendo dar por hecho que sería así.

—No puedo responder a tu pregunta. ¿Quién sabe…? Pero eso no es todo…

—¿No es todo? —repitió ella lacónicamente—. Ah, claro…, está lo de la carta. ¿Estás seguro de que quieres hacerlo?

—Hecho está ya, Carmen.

—Entonces te lo preguntaré de otra manera: ¿estás seguro de querer enviarla? Piénsalo…

*Al Excmo. Sr. D. Francisco Franco Bahamonde*
*Jefe del Estado*
*Jefe nacional de F.E.T. y de las J.O.N.S.*
*MADRID*

*Mi general:*

*Si me atrevo a distraer la atención de V.E. con esta carta es simplemente por una razón de conciencia. (…) Todo ha ido llegando a los peores extremos. Vivíamos antes en un estado de mal arreglo, pero ahora no parece quedar ante el falangista sincero el margen de esperanza que hace meses parecía abierto.*

*Lo cierto es que seguir viviendo silencioso y conforme como un elemento, aunque insignificante, del régimen, me parece, en el estado actual de*

*cosas, un acto de hipocresía. Por eso adopto esta actitud sincera al dirigirme*
*a V.E.*

> *Durante mucho tiempo he pensado que el régimen presidido por V.E.*
> *terminaría por ser al fin el instrumento del pueblo español y de la realiza-*
> *ción histórica refundidora que nosotros habíamos pensado. No ha resultado*
> *así y esto lleva camino de que no resulte ya nunca.*
> *Por otra parte, el Movimiento mismo pierde fe y realidad, desgasta sus*
> *equipos y termina por hacer prevalecer a los que, por mediocres, resultan más*
> *cómodos.*

La carta era muy larga. Carmen leyó hasta siete hojas manus-
critas. Le costó creer que Dionisio se hubiera atrevido a escribirle
en esos términos al Caudillo…

*Todo parece indicar que el régimen se hunde como empresa aunque se sos-*
*tenga como «tinglado».*

«¿Estás seguro de querer enviarla? Piénsalo…».

*Perdóneme V.E. toda esta impertinente crudeza. Sepa en cambio que con*
*todo fervor le deseo una vida de aciertos para España.*
> *Respetuosamente a las órdenes de V.E.*

*Dionisio Ridruejo*

—Ya está enviada, Carmen. Ya está enviada.

Para el Gobierno, Carmen de Icaza se convirtió en una perfecta
cadena de transmisión con la sociedad a través de su obra literaria
y presumía de tener en sus filas a una mujer de carácter, solidaria y
exitosa; una notoriedad que contribuía a mejorar su imagen.

En verdad, llegó un momento en que Carmen caminaba de éxito en éxito. No se trataba solo de fama sino de un claro reconocimiento de lo que era capaz de conseguir.

*Cristina Guzmán, profesora de idiomas* dio el salto a la gran pantalla al realizarse una versión cinematográfica protagonizada por Marta Santaolalla, Ismael Merlo, Fernando Fernán-Gómez y Luis García Ortega. Corría el año 1943. El fenómeno tan extraordinario de aquella obra acabó de completarse con la adaptación de Guillermo Sautier Casaseca en un serial radiofónico.

De sus amigos le iban llegando, de vez en cuando, algunas noticias. De los que lo seguían siendo y también de los que lo habían sido y quedaba tan solo el recuerdo. Se enteró, por ejemplo, de que a Javier Martínez de Bedoya, marido de Mercedes, lo nombraron agregado de prensa en la embajada de Lisboa. Suponía que ella y los niños se encontrarían bien.

Quien estaba desaparecido desde hacía tiempo era Ridruejo. Como ya se temía Carmen, sus dimisiones en cadena y las cartas que escribió a Franco y a Arrese no podían reportarle nada bueno, y no se equivocaba. Empezó contra él una campaña de persecución, prohibiciones y confinamientos, que lo llevó a vivir en varios lugares de España. Cataluña, Baleares, Andalucía…, en ocasiones por orden gubernativa, como fue el caso de Ronda, para que pudiera estar sometido a vigilancia policial. Pero no todo lo que le pasó en aquel tiempo fue malo.

También supo Carmen que andaba ennoviado con una joven llamada Gloria, de lo que se alegró mucho. Pensó en todas las veces que le había insistido en que estaba demasiado solo. En verdad, Dionisio era un hombre amarrado dulcemente a la soledad.

Sus compromisos, políticos y con el Auxilio Social, obligaban a Carmen a viajar por todo el país. De entre los viajes que realizó en aquel 1943 destacó, por su relevancia, el que hizo a Andalucía.

En Cádiz su presencia fue un gran acontecimiento, las autoridades locales, incluidos representantes del partido, la recibieron con grandes honores. En Sevilla, los periodistas se volcaron en su visita a la Asociación de la Prensa y los periódicos le dedicaron páginas elogiosas, porque destacaban, al mismo tiempo, su perfil de escritora ilustre que gozaba de una enorme popularidad entre los ciudadanos. Es lo que demostraron los vecinos de la localidad sevillana de Marchena; las calles se llenaron de gente que la aclamaba y le ofrecía muestras de afecto. En ese pueblo inauguró el nuevo local de su organización y visitó el centro de alimentación infantil, en el que se atendían a más de cuatrocientas criaturas, caritas que se le quedaron grabadas en la retina durante el camino de vuelta.

«El amor…, el amor, Carmen, algún día llegará, pero no tengo prisa, yo no estoy para esas cosas…». Y llegó el amor, de la misma manera que «en enero nace el alma, virginal y sin secreto» (*En la soledad del tiempo*). A finales de junio de 1944, Dionisio se casaba con Gloria Ros, el amor al que le dedicó «Elegía *íntima*»…

> Fue un día de febrero con sol. El mar callaba
> y los montes dormían el aire transparente.
> Era la estación breve, delicada y sin nombre
> que llega como heraldo con flores atrevidas…

# XXXIII

## PEQUEÑAS ALMAS BUENAS

*«Emanan sus almas —se dice Cris— ahora que todo duerme. Sus almitas buenas y agradecidas al trato humano. Ellas son las que nos rodean en la paz de la noche…».*

Cristina Guzmán, profesora de idiomas (1936)
Capítulo XXI

Tres años tardó Carmen en publicar su siguiente novela, *El tiempo vuelve*. Al hacerlo, en diciembre de aquel 1945, fue proclamada por el Gremio Sindical de Libreros de Madrid «la escritora más leída del año». El gremio acababa de constituirse en el palacio de El Pardo, en un acto oficial presidido por el ministro secretario general del Movimiento, Carlos Ruiz, y Alberto Alcocer, alcalde de la capital, entre otras autoridades. La nueva entidad se encargaba de organizar la Semana del Libro, que ese año estuvo dedicada a Carmen de Icaza, convocándose incluso unos premios literarios con su nombre, cuyos ganadores verían sus trabajos publicados en el diario *Arriba* y en el semanario *Dígame*.

La novela de *Cristina Guzmán…* estuvo presente en las celebraciones como el inicio de una cadena de éxitos que gozaba de tan buena salud que se prolongaría en el tiempo. Carmen fue feliz en aquellos días de su gloria particular. La gente formaba largas colas para que le firmara ejemplares de sus novelas.

En una de las colas le llegó el turno a una bella joven, alta, de rubios tirabuzones bien peinados y vestida con refinada elegancia. Le extendió su libro, era la última de sus obras:

—Por favor, ¿puede poner para Eloísa? —Su voz era bonita y sonaba a transparente cansancio.

—¡Claro! Lo haré encantada.

—¿No sabe quién soy, verdad?

La autora levantó la vista de la hoja en la que estaba escribiendo la dedicatoria y se fijó detenidamente en la desconocida.

—Discúlpeme, ¿tendría que saberlo? ¿Nos conocemos?

—Usted no me recuerda, pero yo a usted, sí. Han pasado muchos años. La vi una mañana de hace veinte años en la Casa del Pecado Mortal. Después leí su artículo. Muy bueno, por cierto.

—Es usted... —No cabía en su asombro, ¿cómo era posible que se hubiera reencontrado con alguien a quien vio apenas unos segundos en un lugar del que entonces nadie quería hablar?

—Sí. Yo soy a quien se refería en su artículo como miembro de la aristocracia que también era acogida por las monjas de aquella casa en la que se juntaba con las hijas de mujeres de clases sociales claramente inferiores. Recuerdo todas y cada una de sus palabras. He estado dudando sobre la conveniencia de buscarla. Fue el título de su libro lo que acabó de animarme. *El tiempo vuelve.* Y por eso aquí estamos. Porque el tiempo siempre vuelve.

—Estoy tan...

—¿Sorprendida?

—Exacto.

—Le doy la enhorabuena por sus logros literarios. En cierto modo, me he visto reflejada en la Jandra de *El tiempo vuelve*, enamorada de un noble, como me ocurrió a mí. Aunque me temo que mi final no fue tan feliz como el suyo. Y me habría encantado que él me hubiera inmortalizado en un cuadro. Es una idea preciosa, la felicito.

La protagonista femenina de la última novela, Alejandra Monsagro, que recordaba a Simonetta Vespucci, la bella modelo de Botticelli, se enamora de un noble italiano que se dedica a la pintura. Alejandra posa para él con el marco de Florencia encuadrando su amor, como Simonetta lo hacía para el maestro Botticelli.

—Me siento halagada, es muy amable —le agradeció Carmen.

—Envidio a sus personajes. A esas mujeres que toman las riendas de su destino. ¿Tiene usted, Carmen, tomado el rumbo de su vida? Se nota que sí, y también por eso la admiro.

—Lo intento, al menos.

—Yo también lo intentaba, pero mi familia me obligó a cambiarlo. Y no conseguí tomar las riendas de mi vida hasta que me convertí en una mujer adulta. Pero ¿sabe qué? Ya era tarde. Yo era demasiado joven cuando me vi en la Casa del Pecado Mortal sin poder escapar de allí. Aunque lo peor de todo es que no quería escapar. Asumí lo que consideraba que era mi destino. Solo ahora me he dado cuenta del error.

—Créame que lo siento —le dijo verdaderamente conmovida—. ¿Nunca volvió a ver... a...?

—No. Nunca. Era un niño. Un varón. —A pesar de la dureza de lo que le pasó, un gesto de amable dulzura la acompañaba en todo momento—. Lo busqué con desesperación hasta que entendí que si somos dueños y responsables de las decisiones que asumimos aunque no las hayamos tomado nosotros, igualmente hemos de serlo de las consecuencias que de ellas se deriven.

—Pero no pudo elegir. Su familia lo hizo por usted.

—Permítame que no esté de acuerdo. —La mujer mostraba unas formas extraordinariamente educadas y un poso de amargura asomaba en la expresión de su hermoso rostro, que intentaba combatir mientras hablaba—. Yo acepté lo que eligieron para mí, así que soy tan responsable como ellos.

—¿Rehízo su vida?

—Si se refiere a si me casé, sí. Lo hice. Pero eso no ha rehecho mi vida.

—¿Ha tenido más hijos?

La pregunta provocó en Eloísa un gesto de dolor que le hizo agachar la cabeza, como si no pudiera soportarlo, antes de responder:

—No. Los médicos me dijeron que no puedo engendrar. Aunque no dan con la razón. Pero yo sí lo sé. Es como si me hubiera secado por dentro. Y aunque intento vivir solo el presente, no hay día en que no me levante pensando en cómo será hoy aquel niño, qué cara tendrá, cómo habrá sido educado…

Se veía que no quería llorar, pero las lágrimas podían más que su deseo.

—Lamento mucho que haya tenido que pasar por algo tan espantoso. Si estuviera en mi mano hacer algo…

—Gracias. No quiero entretenerla más, hay mucha gente esperando.

Le agradeció la dedicatoria y se despidieron cogiéndose mutuamente las manos.

Cuando ya se marchaba, la escritora reaccionó con algo que no se había atrevido a decirle:

—¡Eloísa!

Se volvió hacia Carmen.

—Habría sido muy buena madre.

Las dos mujeres, desde sus diferentes mundos, se sonrieron. Luego, Eloísa se perdió caminando sutil y ligera entre la gente, como una sombra entre vapores de agua. Veinte años después.


Estaba inequívocamente consagrada como novelista. *Vestida de tul* se lanzó a la conquista de los teatros. Se estrenó en el madrileño Infanta Isabel con Isabel Garcés en el papel principal, el de Sol, y Fernando Rey, en el de Felipe Arce. En el mismo año estuvo en la cartelera catalana, en el teatro Barcelona, producido por la compañía del empresario vasco Arturo Serrano y con Isabel Garcés representando, de nuevo, a la protagonista. El público aclamaba tanto a Carmen en el estreno que tuvo que subir al escenario al finalizar cada uno de los tres actos de la obra. Fue una locura, el sueño de cualquier escritor. La propia Carmen escribió en *La Vanguardia Española* que *Vestida de tul* estaba dirigida a las «mujeres aprisionadas, como la princesa de Rubén Darío, en la jaula dorada de los prejuicios de una época». Aquel recuerdo de su infancia llamado Rubén Darío. «Las princesas primorosas se parecen mucho a ti…», le recitó un día el poeta en su casa.

De Carmen se decía que escribía historias de princesas de cuentos de hadas. Pero por qué se llamarán cuentos de hadas si nadie preguntó a las hadas si querían un cuento…

Dionisio Ridruejo la felicitaba por cada uno de sus éxitos hasta que un día le dijo bromeando que se diera «por felicitada para los próximos diez años porque no me gusta tener que repetir las cosas». Ya no mantenían la relación estrecha de la época que pasaron en Valladolid, pero seguían viéndose con frecuencia. Dionisio se había convertido en un reconocido poeta, «no ibas a ser tú la única literata».

Con *La fuente enterrada*, que salió al mercado en 1947, Carmen se apartaba de la novela rosa pero también de su editor, Afrodisio Aguado. La publicó con la empresa que había creado, Gráfica Clemares. Empuje e iniciativa no le faltaban y pensó que ya era hora de recibir los beneficios íntegros de sus exitosas novelas.

Irene Quiroga, la protagonista de *La fuente enterrada*, era un personaje de una muy elaborada hondura psicológica que terminó internada en un sanatorio mental. Otra vez le buscaba las cosquillas al régimen con una mujer insatisfecha, ahondando en el fracaso matrimonial, la infidelidad, el sacrificio, la abnegación… Suma que suma, otra novela que fue adaptada al cine y con un plantel de lujo: la dirección de Antonio Román, el guion de Manuel Tamayo y con Ana Mariscal y Conrado San Martín en el elenco.

De existir en la vida real la Irene Quiroga de su última novela, y en caso de que residiera en una zona rural, habría tenido que asistir, a buen seguro, a la escuela ambulante «Francisco Franco» que la Sección Femenina puso en marcha un año antes. Se las conocía como Cátedras Nacionales Motorizadas y recorrían pueblos de menos de cinco mil habitantes impartiendo cursos de un mes de duración y cuyo temario se resumía en la patria, el hogar y la religión. Corte y confección, puericultura, medicina doméstica, conocimientos básicos de industrias rurales, trabajos manuales y labores o cocina, eran algunas de las asignaturas básicas. Las apacibles vidas de aquellos pequeños pueblos se veían alteradas, de la noche a la mañana, con la llegada de estas pequeñas caravanas compuestas por unos cuatro o cinco camiones con remolque acondicionados cada uno para su fin: un camión era una sala de estar o, temporalmente, también de exposiciones; otra, una vivienda a escala reducida, con su cocina, dormitorio con literas que podían transformarse para reducir el espacio, aseo y cuarto de estar. Hasta llevaban un camión-clínica, con laboratorio incluido, en el que podían realizar reconocimientos médicos y rayos X.

Las jornadas lectivas se iniciaban siempre con una misa, seguida de la izada de la bandera de España. Ese año, el de su creación, se estrenaron visitando medio centenar de poblaciones. Era una manera de enseñar y adoctrinar a partes iguales allí donde no había ni paso de viajeros.

Las ayudas sociales seguían su camino por una senda paralela. Y aunque el final de la guerra quedara ya lejano, el trabajo no disminuía.

Un caluroso día estival, de esos en los que uno se levanta con el pálpito inconsciente de que no va a ser un día cualquiera porque algo hará que no lo sea, Carmen tuvo conocimiento de un suceso terrible: el fallecimiento del único hijo varón de Mercedes. Había ocurrido durante la primera semana de julio en la finca malagueña de la familia. Onésimo Redondo Sanz-Bachiller tenía trece años y el resto de su vida borrado por la muerte injustamente prematura.

El chico llevaba enfermo dos años, desde que tuvo una caída accidental durante el verano del cuarenta y seis. Había dejado de caminar y todos creyeron que era fruto del accidente y que se resolvería con el tiempo. Sin embargo, la peor de las noticias no le fue comunicada por los médicos con toda su crudeza a la madre para que siguiera transmitiéndole el ánimo que el chico necesitaba para vivir el tiempo que le quedara. Porque su diagnóstico fue cáncer de huesos, un sarcoma muy difícil de superar. «¿Por qué él? ¿Por qué…? —no dejaba de preguntarse Mercedes recibiendo el consuelo de los brazos de su marido—, si era aún un niño…».

Carmen se enteró estando en su oficina y ese día no consiguió acertar con ninguno de los papeles pendientes de resolver que tenía sobre su mesa. Hasta que decidió cerrar todos los documentos y carpetas, se colocó la chaqueta y se fue a casa.

Antes de llegar se detuvo en la parroquia de San Miguel de los Santos, en la calle López de Hoyos, sintiendo una congoja en el pecho que necesitaba liberar. Entró y se arrodilló en un banco. Recordó el tiempo amargo de la guerra en Valladolid y cómo la amistad los salvó de la devastación emocional. Y entre aquellos recuerdos correteaba el pequeño One…, huérfano de padre tan pronto. Quién iba a imaginar entonces que él mismo dejaría a su madre huérfana del amor que el crío le daba en vida. Carmen lloraba… Pensó en su hija Paloma, tenía solo tres años más que One, y se convenció de lo que un día había escrito en su exitosa novela. Estaba convencida, sí, de que en la vida «las almitas buenas son las que nos rodean en la paz de la noche…».

Dos años después, 1950, se publicó *Yo, la reina*, novela en la que «reinaba» la primera protagonista no española. La joven polaca Tyna es acusada de haber asesinado a su amante. De una manera o de otra, las mujeres iban buscando sus huecos para estar presentes en la sociedad. Una manera era la literatura, pero, mucho más difícil todavía, también la prensa.

En ese mismo año, en el mundo real, la abogada falangista Mercedes Formica hablaba por primera vez en España del libro *El segun-*

*do sexo*, de la filósofa francesa Simone de Beauvoir, en un artículo en la *Revista de Estudios Políticos*. La defensa de la igualdad de hombres y mujeres era una tesis aceptable en Francia pero no en España, por ello la censura prohibió la publicación de la obra de Beauvoir, como había hecho con anterioridad el Vaticano. «Lo que une a una francesa existencialista y una española católica es el rechazo a la injusticia y la desigualdad», reconocía Formica en su artículo. Puso a los censores y las sotanas en alto como las espadas. Era previsible.

Posiblemente no faltara nada en su vida. Carmen era una persona que sabía valorar lo que poseía, lo que la vida había tenido a bien regalarle. Así lo consideraba. Pero resulta que también un ministerio quiso hacerle un regalo con el que su madre se sintió orgullosa. El 14 de julio de 1951, el periódico *ABC* daba cuenta del decreto del Ministerio de Justicia por el que se rehabilitaba el título de barón de Claret, concedido por primera vez por Felipe IV a Francisco de Areny y Toralla, señor de Claret. Carmen de Icaza se convirtió en la octava baronesa de Claret.

Por aquellos días, la noticia compartía página con otras como la ratificación, en Amán, del tratado de paz entre España y Jordania, o esta otra fechada en Alejandría: «El rey Simeón de Bulgaria, la reina madre, Juana, y la princesa María Luisa, abandonarán definitivamente Egipto el domingo, a bordo del *Atlantic*. Se dirigen a España. Agencia Efe». A aquella España sedienta de lo que llegaba del extranjero mientras necesitaba todavía las cartillas de racionamiento. La misma España que recibía meses antes a la estrella cinematográfica internacional Ava Gardner en su primer viaje. Hollywood filmaba *Pandora y el holandés errante* en la Costa Brava. Novia de Frank Sinatra, durante el rodaje Ava Gardner se encaprichó del apuesto torero Mario Cabré, compañero de reparto. Para él, en cambio, fue mucho más que un capricho, perdió la cabeza por ella y Sinatra tuvo que ir desde Los Ángeles a Tossa de Mar, en Gerona, para rescatarla de «ese maldito país de toreros». Y eso que no sabía lo que le esperaba poco después…

De quien se enamoró de verdad Ava fue, precisamente, del país. Aquella primera visita la marcó de tal manera que decidió regresar algún día para quedarse.

Para cuando se estrenó *Pandora y el holandés errante*, España ya era dueña del corazón de Ava Gardner.

# XXXIV

## CRUCE DE CAMINOS

*Cris sale todos los días a dar un paseo a pie. Sus pasos la conducen por sí solos a la central de teléfonos, donde ya la conocen.*

*—Es la señora que conferencia con Madrid…*

*Cris, los ojos húmedos, escucha una vocecita resuelta:*

*—Pero, mamá, ¿cuándo vuelves? ¿Qué me vas a traer?*

*—Muchas cosas, Bubito.*

*—¿Bonitas?*

*—¡Bubi! ¡Bubito! ¡Mándame un beso! ¡Anda, mi vida!*

*Un chasquido suave, ¡los labios de su pequeño! Cris se seca los ojos con el revés de la mano.*

*Es dura la vida. Ahí está ella, cuidando a un hijo ajeno, cuando el suyo necesita de toda su vigilante ternura. Pero inmediatamente reacciona. ¡Frente alta, Cristina Guzmán!*

Cristina Guzmán, profesora de idiomas (1936)

Capítulo XVIII

### Madrid, año de 1953

Las tempestuosas noches de Ava mantenían la ciudad encendida hasta el amanecer. Aquel Madrid que se rendía a los pies de la bellísima actriz no era el que asistía a los discursos del Caudillo en la plaza de Oriente. Las dos Españas enfrentadas en la guerra perduraban en una continua colisión que marcaba los pasos en aquellos años cincuenta en la capital.

Como prometió durante del rodaje el film *Pandora y el holandés errante* en la Costa Brava catalana, Ava, cautivada por España y, sobre todo, por los españoles, regresaba con intención de permanecer una larga temporada.

El mundo, sin embargo, nos miraba por ella. Se fijaba en nosotros a través de la mirada de Ava y del amor *fou* que mantenía con el torero Luis Miguel Dominguín, del que daba cuenta la prensa extranjera mientras la nuestra callaba. Había elegido España para huir de su tormentoso matrimonio con Frank Sinatra y se refugiaba en amantes bañados en el alcohol de las bodegas del bar Chicote, o del Pasapoga, o el Cock...

Esa vez la noche había sido tan larga que el alba se les quedó corta, prolongándose hasta el final de la mañana del día siguiente. Se les fue la mano, a Ava y a los amigos habituales de sus juergas, a los que se había unido uno norteamericano que la quería con locura y la protegía en la medida en que era posible, tarea nada fácil. Lo llamaba cariñosamente Papa y recurría a él en sus múltiples descalabros con los hombres, «Nunca aprendo», «Todos buscan lo mismo», «Qué difícil resulta que a una la respeten como es debido»... y su amigo, casi como un padre, le pasaba la mano por la espalda antes de abrazarla y dejarla dormir en su regazo. Cuántas veces no lo hicieron hasta quedarse ella dormida sobre su pecho sudorosa y empapada en lágrimas y sorbos de whisky compartidos con él.

Hacía poco que Papa había llegado a Madrid encumbrado por uno de los premios literarios más codiciados del planeta.

—Creo que ya es hora de irse, Ava, déjalo ya —le decía a su amiga mientras le arrebataba de las manos la última copa.

—¿Eso quién..., que quién lo dice...? ¡Ja! —le costaba articular con claridad las palabras.

—Se prolongó demasiado la noche, querida. Si nos descuidamos, volverá a hacerse de noche y aquí seguiremos, sentados en el mismo sitio, sin movernos.

—Uuuhhh..., eso no es verdad, lo del... el... el Pasapoga estuvo muy pero que muy bien. ¿Ves como no hemos estadooo..., aquí todo el tiempo, Papa? Fuimos taaambién al Pasapoga..., eso es. —Y se le colgó al cuello.

Él se deshizo con mimo de sus brazos para dejarla en los de Luis Miguel Dominguín. El torero y la actriz no se prodigaban demasiado en locales públicos, según les iba el romance, pero aquella noche habían querido recibir al amigo americano, a la celebridad que se corría sus buenas parrandas como ellos.

El final de la mañana avanzaba dejando atrás a los ángeles borrachos que protegían aquellas madrugadas de desenfreno y se daban de bruces con el trajín de la vida cotidiana que no se detenía cuando la ciudad despertaba.

Carmen, una más entre los viandantes que caminaban con prisa por las aceras de Gran Vía, tenía intención de detenerse unos momentos en la Casa del Libro para comprobar que ya había llegado su última novela: *Las horas contadas*. Ambiciosa y con un escenario de ensueño, la isla de Mallorca, abarcaba la historia de tres generaciones a lo largo de más de veinte años. Últimamente, Carmen estaba publicando a razón de una novela cada tres años.

Aquel mediodía soleado iba camino de la Telefónica para recoger a Pedro y tomar el aperitivo, querían festejar la salida de su nueva obra. A lo lejos, nada más coger la avenida desde Alcalá, vio un grupo de periodistas agolpados a las puertas de un local, parecía que era Chicote, y un gran revuelo en el momento en que alguien salió y comenzaron a echársele encima disparando sus cámaras.

Conforme se acercaba le dio tiempo solo de ver que se trataba de la actriz norteamericana —«Otra vez en España, ¿qué película estará rodando ahora?»—, que desaparecía en un automóvil para huir de los fotógrafos. Pero no, no estaba rodando. Sencillamente vivía. Ava devoraba sin freno los ecos del desamor, y también la pasión, los celos…, sus ansias de divertirse y su necesidad de que la amaran de verdad. «Al fin y al cabo, todos buscamos lo mismo», llegaría a decirle él y lo haría en breve, ya que Carmen caminaba hacia el destino y la casualidad.

*Dejemos nuestro caso en manos del destino.*

Cristina Guzmán, profesora de idiomas (1936)

Capítulo XXII

Fue entonces cuando la vio. El taxi de Ava y su amante se perdía entre la serpiente de vehículos y él la vio…, subiendo por Gran Vía, sola. Elegantemente vestida y peinada, con el cabello recogido en una trenza a modo de diadema. «Originalidad y mucha clase», pensó. Persistía en su cabeza el alcohólico mareo, pero la distinguió con claridad.

Se detuvo y permaneció parado sin creérselo. Se hallaban cerca de donde se vieron por primera vez. Primera y última, hacía de eso unos veintisiete o veintiocho años, no recordaba con exactitud. Qué casualidad… Alguna vez había pensado en ella. Recordaba que tenía un algo, no sabía qué, pero había en ella un rasgo de distinción, o un brillo, o «yo qué sé el qué», pero algo tenía que hizo que no la olvidara.

—¿Vamos, querido? —lo requirió una mujer que iba con el último grupo que salía del Chicote.

—¡Id vosotros! Yo os alcanzo enseguida.

Y se quedó allí plantado, con su físico corpulento asentado en el tiempo, ansioso de curiosidad. Con las manos metidas en los bolsillos, lo que desestabilizaba su metro noventa de estatura. Aquellas manos que igual escribían páginas celestiales como atizaban con fuerza en un ring de boxeo.

—Tú… Es el destino.

—¡Usted! —exclamó ella sorprendida.

Jamás lo había relacionado con aquel joven al que conoció fugazmente cuando salía de hacer su primer reportaje. Hasta ese momento en que volvía a encontrárselo también de manera fortuita no se había dado cuenta de que el desconocido con el que tropezó casi treinta años atrás era el aclamado escritor al que le habían concedido el Premio Pulitzer no hacía ni dos meses. Nunca reparó en que el famoso escritor que aparecía en los periódicos era el joven robusto y amable, aspirante a escritor, que le tiró al suelo sin querer los documentos que acababa de conseguir en la Casa del Pecado Mortal. Ocurrió muy cerca de donde la vida había vuelto a cruzar sus caminos. «Los caprichos del destino», dijo el norteamericano, que se hallaba en un visible estado de embriaguez.

Carmen aún no podía reaccionar. Estaba impresionada ante una situación que, por unos instantes, la desubicó en el espacio y el tiempo.

Parados el uno ante el otro, mientras los amigos de Ernest —«Ernesto»— seguían llamándolo para que se fuera con ellos.

—¡Carmen!

—¡Qué memoria! Sí, Carmen de Icaza.

Mirándose entre sí miraban el vasto tiempo transcurrido desde entonces.

Él le sonrió antes de decir:

—Creo que tenemos un café pendiente.

—¿Cómo es posible que se acuerde?

—¿Acaso tú lo has olvidado? Nunca nadie ha tardado tanto en aceptarme una invitación.

Carmen se quedó paralizada por unos instantes. Pero ante la persistente sonrisa del norteamericano, dedicada a ella y a su recuerdo, no pudo evitar sonreír y reaccionó:

—Nunca es tarde.

Él tomó su mano e, inclinándose ceremoniosamente, la besó en el dorso:

—Ernesto Hemingway. —Le extendió la mano haciendo verdaderos esfuerzos para no tambalearse—. Es un verdadero placer… Nos presentamos de nuevo, como si el tiempo no hubiera pasado.

Le dijo su nombre en español, quizás porque sus amigos en España así lo llamaban. Se le veía entusiasmado con la casualidad. Bueno, el alcohol también hizo lo suyo en el entusiasmo.

—¡Esto es el destino, Carmen! Yo, saliendo del bar. Tú, caminando por Gran Vía. ¿Adónde ibas? ¿Qué haces por aquí? ¡Dios santo, cuántos años han transcurrido!

Ella observaba atentamente todos y cada uno de sus movimientos, con curiosidad y sorpresa. La seriedad se había borrado de su expresión para dejar paso a una sonriente amabilidad que acompañaba su asombro. ¡Era uno de los escritores más famosos del mundo!

La invitó a cenar esa noche, a lo que ella respondió:

—Muchas gracias, pero no puedo aceptar.

—¿Por qué no? —Hablaba muy alto—. ¡Venga, Carmen! Hay que aprovechar las ocasiones inesperadas.

—De veras que no puedo.

Una copa lejos de los amigos que le acompañaban, le dijo. ¿Por qué iba a hacerlo si, en el fondo, no lo conocía? Nada sabía de él más allá de lo que publicaban los periódicos. Qué poco tenía que ver ella con esa otra España que se condensaba con intensidad en pedazos rotos de la capital como el de Gran Vía donde estaba el bar Chicote…

—Está bien, está bien. Entonces dame, al menos, un número de teléfono al que pueda llamarte.

—Es que…, no sé… —Realmente estaba confundida, porque, al fin y al cabo, se trataba de una celebridad literaria, lo que pesaba más que el hecho de que para ella fuera un desconocido. Quizás le resultara interesante aceptar.

—¡Claro que lo sabes! —La borrachera lo envalentonaba.

—Sí, de acuerdo. —No quería llamar la atención más de lo que ya lo hacían él y sus amigos.

—¡Venga, Ernesto! ¡O vienes ya o nos marcharemos sin ti! —le gritaban desde el interior del taxi en espera.

—Sus amigos tienen prisa. Apunte…

Hemingway había sacado una diminuta libreta del bolsillo de su pantalón y anotó el teléfono de Carmen con un lápiz.

—Puedes tutearme, eh. ¿Adónde ibas?

—A la Casa del Libro a comprobar si ya ha llegado mi última novela.

—¡Cierto! También eras escritora. —Hemingway experimentó otra subida repentina de ánimo—. Ah... Icaza... Por eso me sonaba tu apellido, oí hablar de ti hace años, eres una novelista muy famosa.

—Creo que debería irse ya, sus amigos no paran de llamarle.

—Pero ¿por qué me tratas de usted? Tutéame, por favor. Entre colegas...

Carmen empezó a inquietarse al divisar a lo lejos a su marido que ya la esperaba en la puerta de la Telefónica. Le estrechó la mano a Hemingway para despedirse:

—Me alegro de haberlo..., perdón, de haberte conocido.

—Te llamaré...

—Te he dado el teléfono del periódico. Llámame cuando quieras.

«Sol no se asombra en su abrazo —escribió Carmen en el último capítulo de *Vestida de tul*—. El pasado no existe. No ha existido jamás. Es solo esto.

»Esto».

# XXXV

# MANERAS DE HUIR DE LA VIDA

*Cris parece una joven diosa, de línea adolescente y pura, que viste el péplum de las damas romanas. Desde sus sandalias de crespón blanco hasta su peinado clásico, todo en ella es armonía, distinción.*

*Cris baja al hall. Prynce-Valmore, de frac, aguarda ya.*

*Con ojos admirativos contempla la blanca figura que ante la chimenea enfila sus largos guantes de piel.*

*«Qué bonita es. ¿Verdad, papá?».*

*Sí, es bonita. Y fina. Y elegante. Demasiado bonita, y fina, y elegante, para ser simplemente una profesora de idiomas.*

Cristina Guzmán, profesora de idiomas (1936)
Capítulo XIX

## Madrid, mediados de septiembre de 1960

*¿Qué habría pasado si hubiéramos hecho algo irreparable? Tan irreparable como la verdad que me ahoga. El mar es inmenso e infinito el horizonte. Mi amor también lo era. Y ahora lo es mi dolor. Mi amado Ramón ya no me habita. No se le permite, aunque lo que nadie sabe es que mi corazón jamás podrá desalojar de él su recuerdo. Al menos su alma y su espíritu seguirán habitando en mí.*

*Sigo sin poder entender lo que ha pasado. Esta historia me supera. Has de creerme si te digo que no tengo ganas de vivir. No quiero hacerlo si no es con él. En mi vida solo hay silencio. Todo se ha apagado, el sonido, los colores, la luz… Rota. Estoy rota y desolada. Mi madre se empeña en que todo sea como antes, pero es imposible. No solo he perdido a mi Rolo sino también todo aquello que quería que fuera mi vida, y hasta mis vivencias de niña, y nuestros besos… No puedo pensar ahora en ellos… No creo, querida madrina, que la vida tenga reservado para mí nada que pueda ser peor que esto por lo que estoy pasando ahora.*

*Pronto regresaré a Madrid. Me alejaré del mar y de las olas que han mecido mi tristeza.*

*Tu Carmencita que te quiere*

Nada más apagar la luz de la mesilla para disponerse a dormir suena el timbre de la puerta.

—¿Quién será a estas horas?

—Qué raro, es muy tarde para llamar a ninguna puerta. Abriré yo —se ofrece Pedro.

—No, quédate, voy yo.

Carmen se incorpora con rapidez y, poniéndose la bata, va a comprobar quién es. Su marido no le hace caso y va tras ella.

Observa por la mirilla para comprobar si es un desconocido y no puede creer lo que está viendo. Cómo es posible que haya ido a visitarla a estas horas. Aunque de él ya nada debería extrañarle.

Abre y…

—Carmen…

—Ernesto… ¿No sabes qué hora es?

—Pues no, no sé qué hora es.

—¿Estás seguro de que no te has equivocado de casa?

—¿Y adónde quieres que vaya?

—Donde siempre acabas, sobre todo a estas horas, en casa de tu amiga Ava, por ejemplo. Y seguro que tienes otras muchas más alternativas.

—Uh, quita… ¿Si me sale el general qué hago…?

Apoya una mano en la pared para no perder la estabilidad. Los ojos se le cierran al hablar.

—En este estado hasta el peinado de Isabelita Perón podría asustarte. Pasa, no te quedes ahí.

Camina con dificultad y le cuesta tanto mantener el equilibrio que Pedro, que se ha levantado para ver qué pasaba, tiene que ayudarle a llegar al sofá y recostarse.

—Mejor os dejo. Querrá hablar contigo.

—Gracias, cariño.

Desaparecido Pedro, Hemingway lloriquea, no quiere llorar pero tampoco puede evitarlo, tiene tal confusión que no sabe ni qué quiere. Está mareado. Y dolorosamente deprimido. Los dedos de las manos se le han hinchado y le molestan, por eso no para de moverlos haciendo que parezca que está más nervioso de lo que está, que es bastante.

—No sabía adónde ir. Ya no puedo confiar en nadie.

—En mí, sí.

—Sí, sí, en ti, sí. Lo sé. Eres la única que no tiene nada que ver con ellos.

—¿Quiénes son ellos?

—Son todos, Carmen. Todos se han unido contra mí. Empezaron a perseguirme, a espiarme, a conspirar en mi contra, agentes federales de mi país. Pero luego mis amigos se fueron uniendo a ellos, hasta los más íntimos. Menos Mary, creo que a ella no han conseguido captarla. Aún, porque no estoy seguro de que no puedan conseguirlo. Es una trama muy bien organizada.

Carmen acaba de sufrir una conmoción. No imaginaba que su amigo estuviera tan mal y mucho menos que hubiera perdido la cabeza hasta ese punto.

—Querido…, dudo que la situación sea como la estás contando.

—De veras que lo es. —Hemingway habla deliberadamente en un tono de voz bajo para no ser escuchado por los espías.

—Nadie te persigue.

—¡Sí! Tú no los ves, pero están ahí. ¡Yo los oigo! —Se tapa las orejas apretándolas con fuerza.

—Me temo que lo que tienes se llama manía persecutoria.

—¿Tú también estás con ellos? —Quiere incorporarse para huir.

—¡No, no! Cálmate. Yo estoy contigo, es solo que me preocupo por ti. Olvida lo que he dicho. No me lo tengas en cuenta.

Por nada del mundo lo dejaría marchar así. Decide hacerle creer que da por verídico lo que él le está contando, para no soliviantarlo más.

—Entonces, ¿vas a ayudarme? —le pregunta su amigo.

—Por supuesto.

—Por favor, es importante que vayas a comprobar que no me han seguido hasta tu casa. Ve a ver si hay alguien en el rellano.

—¿Ahora? —A pesar de que se esfuerza, a Carmen le está resultando difícil seguirle el hilo de su paranoia—. Está bien.

Sale de la estancia y se queda un minuto detrás de la puerta simulando que ha ido a asomarse a la entrada. Después vuelve junto a él.

—No hay nadie. Puedes estar tranquilo.

—¿Estás segura? ¿Has mirado bien? Porque son expertos en pasar desapercibidos, consiguen que nadie note su presencia, pero a mí no me engañan. Me siguen a todas partes, me espían, en mi casa en Ketchum interceptan mi teléfono y hasta se atreven a hacerlo también con mi correspondencia. Mi vida es una pesadilla, no lo imaginas bien.

—Lo imagino y por eso me gustaría ayudarte.

—Nadie puede.

—¿No te parece que…? —Casi ni se atreve a mencionar la palabra médico—. ¿No crees que deberías consultarle a tu médico?

—Mi médico dice que mi depresión se agrava. Pensé que en España…, no sé…, que aquí podría mejorar.

Es increíble, pero, con su altura y su fuerza, en este momento es la viva imagen de un niño desvalido.

—No quiero estar aquí… Nadie lo entiende.

—Ernesto, pues regresa ya a casa, entonces. Es lo mejor que puedes hacer. Allí descansarás.

—No me refiero a España, ni a Madrid, ni a mi casa. Me refiero al mundo. No quiero estar en el mundo.

Asustada por lo que dice su amigo, y, peor aún por cómo lo dice, corre a sentarse a su lado en el sofá para consolarlo. Pretende calmarlo, pero no lo tiene fácil.

—Por favor, haz un esfuerzo, Ernesto. No puedo verte así, tan mal. Tienes que reaccionar.

—¿Y para qué…? Si ya nada tiene sentido. Mi vida no tiene sentido. ¿Por qué nadie entiende lo cansado que estoy?

—Si no vas a macharte todavía a Estados Unidos, mañana por la mañana buscaremos a un buen psiquiatra para que te revise la medicación.

—Será una pérdida de tiempo.

—No, al contrario, es necesario que un médico te vea. Aunque, si no dejas de beber, poco se va a poder hacer. ¿Cómo puedo yo ayudarte? Tienes tanto por hacer… Es injusto que desperdicies tu talento.

Él le coge el brazo con fuerza, como un movimiento reflejo.

—¡No sigas! Te lo agradezco, pero no sigas. Es inútil. Mírame bien, amiga. Ya no me queda nada.

—Lo siento, pero no puedo estar de acuerdo contigo. Esta noche no eres capaz de ver el tiempo que tienes por delante. Tampoco te esfuerces demasiado porque ahora lo que debes hacer es descansar. Acomódate bien, túmbate, voy a taparte con esta manta y no admito réplicas. Te quedarás aquí esta noche.

Ernesto le suelta el brazo y la observa agradecido. Cuando acaba de colocarle la manta a la altura del pecho le dice:

—Mi tiempo se acaba. Pero gracias, Carmen. Gracias…

—No tienes que agradecerme nada.

—¿Sabes? A pesar de todo, me alegro de haber venido a España y haberte visto de nuevo. Puede que acabe siendo por última vez, pero nos hemos visto.

—No vuelvas a decir eso. Tú habrás dejado de amar la vida, pero, gracias a Dios, la vida no ha dejado de amarte a ti.

—No te engañes… Ya no habrá otra primavera, ni tampoco otro otoño. El tiempo se agota, tanto como me agoto yo. Si no puedo existir como yo quiero, la existencia es imposible, ¿entiendes? Así es como he vivido y así es como debo vivir… o no vivir.

# XXXVI

# ESCRITORES
# EN UNA TARDE MUSTIA

*¿Quién es esa preciosa muchacha que está en el palco del «rey del acero?».*

*Cris, ajena a todo, sonríe clara. Su espíritu, desligándose de cuanto la rodea, se ha elevado en alas de armonía hacia un mundo mejor.*

*Y Prynce-Valmore, al abrigo de la semioscuridad, la observa atento. La boca fresca entreabierta... Las sombras de las largas pestañas en las mejillas... Y las manos de niña buena, esas manos que él sabe decididas, útiles, y diestras, inmóviles en la balaustrada del palco.*

*El halcón y la paloma; la muchacha, toda de blanco, abstraída, inocente, luz en el rostro claro, y el hombre, en la sombra, que acecha su presa.*

Cristina Guzmán, profesora de idiomas (1936)
Capítulo XX

## Madrid, año de 1953

Hemingway sostenía en las manos el trozo de papel en el que Carmen le había anotado su número de teléfono. La vio alejarse en el sueño de una mañana de hacía tres décadas.

Treinta años... Volvió a mirar el papel y después buscó de nuevo la silueta de aquella mujer pero ya no estaba. Sus amigos, aburridos de esperarlo, celebraron que por fin consiguiera subir al taxi.

El automóvil enfiló la Gran Vía camino del paseo de la Castellana atravesando los estertores de la última borrachera.

Dos días más tarde, su hermana Sonsoles la llamó por teléfono para ponerla al día de los últimos cotilleos de la Villa y Corte, pero Car-

men no estaba de humor. Seguía pensando en Ernesto con mucho
desconcierto; en la casualidad de reencontrarse con él tanto tiempo después y que aquel joven se hubiera convertido en un afamado escritor. No acababa de asimilarlo.

Tendrá que acceder a verlo, eso es lo que cree.

—Carmen, ¿has visto lo de Ava Gardner?

—No.

—Toda la prensa habla hoy de ello.

—No he visto la prensa aún.

—¿Sabes que está viviendo en Madrid?

—Sí, algo he oído. —El tono de Carmen era displicente,
como muchas veces que hablaba con ella.

No tenía ganas de contarle a su hermana que la había visto
con sus propios ojos salir de Chicote donde estaba poniendo fin a
una noche de juerga en compañía del famoso escritor Ernesto
Hemingway, a quien, por cierto, había conocido treinta años atrás
cerca precisamente de donde hoy estaba el bar Chicote. Era
demasiado hasta para ella misma, como para intentar explicárselo
a Sonsoles.

—Hace un par de noches —siguió contando su hermana
pequeña— hubo tal jaleo en su casa que tuvo que ir la Guardia
Civil. Al parecer, no para de organizar fiestas, en las que pasa de
todo y nada bueno, y arman un ruido tremendo. El vecindario está
harto. ¡Qué escándalo!

—¿De veras eso te parece un escándalo? Es curioso que
alguien como tú se escandalice por algo así.

—A cualquiera se lo parecería.

—No cualquiera vive en un escándalo permanente.

No pudo evitarlo. No quiso decir eso. Pero las palabras salieron incontenibles.

—¿Es necesario que me ataques sin piedad continuamente?
—El tono frívolo de Sonsoles viró a una severidad que rozaba el
enfado.

—Querida hermana, sabes que no es mi intención atacarte, ni mucho menos. Pero no me cansaré de decirte que tienes que poner fin a la relación con Serrano Suñer. Eso sí es un escándalo con el que haces daño a muchas personas de tu alrededor.

—Eso es lo único que te preocupa, mi relación con Ramón.

—¡Claro que no! Pero ¿no te parece que trece años son suficientes? Ya no se trata solo de ti, tienes una hija y un marido. ¿No te importa que la gente siga murmurando? Si no rompes con él por ti, hazlo por ella, creo que es lo que Carmencita merece. Por no hablar de lo que debe estar pasando Paco.

—No metas a mi hija en esto.

—¿Cómo no voy a hablar de ella si es el fruto de esa relación?

—Es fruto del amor, no lo olvides, Carmen.

—¡Oh, por Dios, hermana, déjate de tonterías! Esto es muy serio. Y no deberíais permitir que mi sobrina pase tanto tiempo con el hijo pequeño de Ramón y Zita. Esas criaturas se pasan la vida juntos.

—Si se quieren, por qué no van a hacerlo.

—Pues porque no está bien, ellos no saben que son hermanos. Has hecho muy mal…

—Lamento tener que colgar, hermana, pero no quiero llegar tarde al desfile de Cristóbal. Adiós.

> Pero de repente dos manos la han cogido por los hombros. Unos ojos claros y brillantes se miran retadores en los suyos.
>
> —El hombre de acero, ¿qué? —pregunta una voz baja y cálida.
>
> Ella, involuntariamente, ha cerrado un instante los ojos. Y cuando vuelve a abrirlos, las claras pupilas están muy cerca de las suyas…, tan cerca…, tan cerca…
>
> Cris se ha soltado bruscamente. Está muy pálida, y dos rayitas se surcan junto a su boca, que tiembla.
>
> —Ha hecho usted mal, mister Prynce —dice solamente—. Muy mal.
>
> Coge su capa y, sin decir nada más, sale del despacho.

*Prynce-Valmore, súbitamente sobrio, la ha mirado desaparecer.*
—*Tiene razón* —*murmura.*

Cristina Guzmán, profesora de idiomas (1936)
Capítulo XX

A media tarde, el movimiento que se percibía en el exterior a través de las ventanas del local era tan escaso que parecía un decorado muerto. Cierto que se trataba de una calle estrecha y poco transitada, pero en los últimos retazos de la tarde las fuerzas se extinguían con el día y parecía aún más inerte.

Habían quedado en una cafetería de corazón apagado, al norte de la capital, casi en la salida de la carretera de Burgos, elegida por Carmen. Un lugar tranquilo y, sobre todo, discreto. Igual de tranquilo y discreto que la calle.

Insólita situación… Verse allí tomando un café nada menos que con Hemingway, sobradamente reconocido en todo el mundo y recién galardonado con el Premio Pulitzer, algo que a su protagonista no parecía impresionarle:

—Yo lo llamo «Premio Pullover» —bromeaba—. Hay que eliminar ese boato trascendente que tienen los premios.

—Nadie le hace ascos a un premio, y menos a un Pulitzer. ¿No te gustaría, acaso, ganar el Nobel, por ejemplo?

—¿Te refieres a un premio «IgNoble» ¡Ja, ja!

Su risa retumbó en el interior del local. Lucía una gorra oscura tras la que ocultaba media cara y gafas de sol. Resultaba difícil reconocerlo.

—Qué raro se me hace todo esto —confesó Carmen.

—Lo es. Nos conocemos desde hace veinticinco años, pero en realidad no nos conocemos. ¿Te das cuenta de que solo nos hemos visto dos veces en nuestra vida y ambas han sido de manera fortuita y en el entorno de Gran Vía? Yo creo que eso es por algo.

—Sinceramente, no sé qué decirte porque no sé qué pensar. Han pasado exactamente veintiocho años. ¡Es una auténtica barbaridad! Éramos tan jóvenes… Mira cómo han cambiado nuestras vidas. Es una innegable coincidencia que ambos nos hayamos dedicado a la literatura, claro que delante de ti he de decirlo con la mayor modestia.

—Tal vez no sea una coincidencia. Y no peques de modesta porque he estado informándome sobre tu carrera literaria antes de acudir a nuestra cita y… ¡eres la novelista española más importante!

En aquella cafetería apartada, y en los aledaños de una tarde mustia, se pusieron al día de sus respectivas vidas. Entre otros sucesos importantes de su biografía, Carmen le contó la razón por la que había empezado a trabajar en un periódico cuando se conocieron en aquel encuentro casual delante de la Casa del Pecado Mortal. Y él le habló de su juventud; de las esposas que había tenido —Mary Welsh, con quien estaba en Madrid, era la cuarta y llevaban casados siete años— y de su pasión por viajar a Europa, sobre todo a Francia, hasta que descubrió España, colocada en el podio de su corazón como un trofeo imperecedero. Picasso, en París, fue quien le habló de su país y le hizo amar la tauromaquia. De ahí a los sanfermines y sus amigos toreros. No se perdía la gran fiesta de Pamplona por nada del mundo.

—Es la primera vez que vuelvo a España desde la Guerra Civil.

—Has tardado mucho tiempo, para alguien que se siente medio español, como me has dicho.

Hemingway pidió un whisky a un camarero.

—Me costaba venir. La derrota de los republicanos fue un golpe duro y no me apetecía viajar a una España sometida a un dictador. Imagino que esto no podrás entenderlo del todo, con los cargos que has tenido en…, ¿cómo es? ¿El Movimiento?

—Ernesto, no irás a juzgarme… ¿Puedo llamarte Ernesto?

—¡Sí, por supuesto! —respondió afable y con firmeza—. Ya me he acostumbrado a que mis amigos españoles me llamen así y me gusta. Pero no, yo no pienso juzgarte. Como periodista solo añadiré que es una evidencia.

—¿Vas a decirme que con la República estábamos mejor?

—¡Pues claro! —respondió rápido Hemingway.

—Bien, pasemos a otro tema —sugirió Carmen en tono irónico—. Siento la curiosidad de saber qué te ha hecho cambiar de opinión para viajar a España después de tanto tiempo.

—Los toros. Ah, sí…, siempre los toros. —Arrastraba las palabras deleitándose en la pasión y la sempiterna nostalgia que le producían—. He venido para escribir una especie de apéndice, o de epílogo, de *Muerte en la tarde*. Llegué con la idea de narrar la decadencia de las corridas de toros y ver cómo han cambiado, pero resulta que estaba equivocado. Reconozco que el encanto de los sanfermines que tanto me hicieron disfrutar en los años veinte se ha esfumado. O digamos mejor que se ha transformado. Demasiados turistas. Ha perdido parte de su verdadera esencia. Pero, a pesar de ello, he visto que la fiesta sigue en auge. Dominguín es una estrella. Aunque quien me tiene fascinado ahora es Antonio Ordóñez, el hijo del Niño de la Palma. —Cayetano Ordóñez, conocido como Niño de la Palma y padre de Antonio, fue convertido por Hemingway en uno de los personajes principales de su novela *Fiesta*—. Esa novela la publiqué un año después de que tú y yo nos conociéramos.

—Es curioso que te quejes de que los sanfermines se hayan desvirtuado habiendo sido tú el causante, en gran medida, de que miles de turistas vengan atraídos por lo que seguramente han leído de ti.

—El ser humano es contradictorio, querida.

—Cuéntame de Ava Gardner. ¿Sois muy amigos?

—¡Ava es un volcán en permanente erupción! Como sabrás, acabó casándose con Frank Sinatra y su matrimonio es cualquier cosa menos una balsa de aceite. ¡La adoro!

—Pero ¿son ciertos los rumores que circulan sobre su relación con el torero Dominguín? Y, disculpa, no quiero que me consideres una chismosa. —Hablaba a media voz, como si le diera vergüenza que alguien se enterara de la conversación.

Dos sonoras carcajadas salieron de la boca de Hemingway. A él le estaba pareciendo divertido.

—No te preocupes, todo el mundo me pregunta por mi amiga Ava, es lógico, se trata de una gran diva. Y sí, tiene un tórrido romance con Dominguín. Muy tórrido. —Esto último lo dijo susurrando, pero no lo tomaba en serio—. De hecho, él tenía una novia, o tiene, porque, si te digo la verdad, ya no lo sé, es una peruana muy guapa con hechuras de modelo. Y cuentan que ha amenazado a Dominguín con quitarse la vida como siga con Ava. ¿Satisfecha tu curiosidad?

—Con los artistas ya se sabe… Lamento tener que marcharme. Se está haciendo tarde.

—Me gustaría que alguna vez nos escribiéramos —propuso él—. Sería una manera de no perder el contacto, ahora que sí podemos decir que nos conocemos, ¡treinta años después!

Ninguno de los dos pudo contener la risa que les producía ese cruce que el destino había propiciado.

Le costaba resistirse a España en cuanto tenía ocasión de viajar, pero África esperaba a Hemingway. Los paisajes, tan distintos a Europa o Norteamérica, asaltaban sus sueños abriendo cielos que no tenían fin.

Hemingway y su esposa regresaron a París para desplazarse a Marsella en los primeros días de agosto, y allí embarcaron poniendo rumbo a Mombasa para cumplir el sueño africano.

# XXXVII

# VIOLETAS PARA ERNESTO

*Las llamas danzan en la chimenea.*

*Cris se acurruca entre los brazos de terciopelo. Se siente cansada. De cuerpo y de alma.*

*Siente un suave bienestar. Cierra los ojos.*

*Querer. Ser querida. ¿Por qué no? Más allá de la razón. Más allá de la muerte.*

*Y ella tenía ganas de recibir… No de querer…, no de mimar…, sino de ser querida…, de ser mimada… En su breve paso por la vida ella había dado siempre… Y estaba cansada de dar…*

*Las llamas danzan en la chimenea.*

Cristina Guzmán, profesora de idiomas (1936)
Capítulo XXI

**Finca La Vinca, Aravaca (Madrid), finales de septiembre de 1960**

—¿Qué te pasó en África aquel año?

—Durante meses me dediqué a cazar leopardos y leones.

—¿Hablas en serio? Tienes mucho valor, Ernesto.

—Dudo de si era valor o inconsciencia —bromea el escritor norteamericano—. No se me dio mal del todo, eso es lo cierto. Estábamos en zona inglesa. Lo pasamos bien, hasta que a final de año las cosas se complicaron para mí, sufrí dos accidentes de avioneta casi seguidos. El segundo fue muy grave. Durante semanas se me dio por muerto. No os imagináis lo que supone leer tu propia esquela, ¡los periódicos de todo el mundo anunciaron mi muerte! Ya ves, Carmen, entonces, que no me quería morir, me mataron, y ahora que sí querría, no lo consigo.

—¿Cómo dices? —A Perico le extraña esta última afirmación.

—Oh, no es nada —interrumpe Carmen—, ya sabes que los escritores tendemos a vivir otras realidades y a veces hasta nos las inventamos fuera de nuestras obras. ¿Verdad, Ernesto?

—Sí. Será eso… —En esta ocasión, quizás debido a que quiere ahorrarse determinadas confidencias ante el marido de su amiga, Hemingway se alegra de no tener que dar explicaciones.

—Pero qué horrible lo que cuentas —prosigue ella, impresionada por el relato de la estancia en África—. ¿Y te recuperaste bien?

—Sí, aunque me costó. Le di la bienvenida a 1954 reponiéndome de las múltiples heridas desde la cama de un hospital de Nairobi. Me gustan las emociones fuertes, pero esta no figuraba en mis planes. Pero ya me conoces, esa misma primavera, sin estar recuperado del todo, viajé a Europa, fui a Venecia, y echaba tanto de menos los toros que en mayo volví a España.

—¡Cómo no! Ya puedes estar muriéndote que siempre acudes a la llamada de España. Da la sensación de que este país nunca se canse de llamarte.

—Sí, debe de ser algo así, me gusta cómo lo defines. Crucé la frontera y me planté en Madrid para asistir a las corridas de San Isidro. ¿Recuerdas que mis amigos Ava y Luis Miguel Dominguín seguían inmersos en sus turbulencias sentimentales? Y, aunque los médicos me habían recomendado reposo absoluto, puedes imaginar que con semejante compañía no resultaba fácil hacerles caso.

—También recuerdo que estuviste hasta el verano.

—En julio regresé a mi Finca Vigía, en Cuba. Eso sí es descanso. Allí fue donde a finales de octubre me llegó la noticia más impresionante que nunca pude imaginar: se me había concedido nada menos que el Premio Nobel de Literatura. ¡Dios santo! Tardé varios días en reaccionar, me parecía increíble ser merecedor de tal distinción.

—Yo, que también soy escritora, no puedo hacerme una idea de lo que te supuso. ¡No imaginas cuánto me alegré!

—Lo mismo digo, aunque en mi caso retroactivamente, ya que entonces no tenía ni idea de que Carmen te conociera. —Perico tira de ironía para evidenciar su queja por no haber sabido en todo este tiempo que su esposa mantenía amistad con uno de los escritores más famosos del mundo.

—Ya estás otra vez con eso. —No se atreve a reprenderlo delante de Hemingway, pero, en el fondo, suena a que lo está haciendo.

—Lo importante es que aquí estamos, hoy, los tres. —Hemingway echa un trago largo de vino a la salud de Perico.

—¿Por qué no quisiste ir a Estocolmo para recoger el premio? —quiere saber Carmen—. Con lo que te gusta viajar, no creo que esa fuera la razón, el viaje.

—No, claro que no. Pero no fue por una sola razón. Hubo muchas. La primera era mi salud. Todavía me sentía débil, los accidentes en África me dejaron verdaderamente maltrecho.

—Puedo suponer lo mal que te encontrarías para renunciar a un viaje tan apetecible. ¡No recoger un Nobel! Cuesta creerlo.

—Es que, a pesar de que soy un tipo duro, la segunda avioneta me dio un tremendo vapuleo por el suelo. Aunque confieso que también se sumó un inmenso ataque de pudor.

—Eso sí que no me lo creo.

—¡Ni yo! —reafirmó Perico riéndose—. No te conozco tanto, pero no me pareces muy tímido.

—¡Pues lo soy! Ja, ja… En serio, un brote de timidez se alió con mis huesos rotos y mis músculos en baja forma. Fui incapaz, entre unas cosas y otras, de ir a recoger la medalla en persona.

—¿Qué has hecho con ella? Espero que la tengas expuesta en un lugar destacado de alguna de tus casas. Eres capaz de haberla metido en un cajón.

—La regalé al santuario de la Virgen del Cobre.

—En Cuba… ¿Es posible regalar un objeto que simboliza algo tan importante? Además, que yo sepa, tú no eres creyente, y mucho menos hasta ese extremo.

—Tienes razón, no soy creyente, pero estoy muy agradecido a Cuba. Por eso la doné a su patrona, la Virgen de la Caridad del Cobre. Creo que era lo justo.

—Es un gesto hermoso por tu parte.

—A estas alturas de la vida me doy cuenta de que nadie tiene de veras una cosa hasta que la ha dado, hasta que se desprende de ella. En definitiva, hasta que es capaz de regalársela a otro a pesar de lo importante que es para él eso que regala. Las semanas posteriores a la concesión del premio fueron una auténtica y desquiciante locura. Solo deseaba con todas mis fuerzas estar solo, que me dejaran trabajar en paz. Me costaba defender mi intimidad.

—Es lógico que el premio más importante que puede recibir un escritor despierte mucho interés.

—Una cosa es interés y otra que te conviertan en un animal de zoológico. Mi casa sufrió el asedio de periodistas y de decenas de curiosos, a todas horas.

—Entiendo la incomodidad, pero cualquiera desearía ganar un Nobel.

—Y yo también, me siento muy honrado con él, pero no quiero ganar un premio si eso significa que no me van a dejar escribir un libro. —Se recuesta cómodamente en la silla y mira a su alrededor—. Este lugar me gusta. —Carmen celebraba verlo con un estado de ánimo tan distinto al de la otra noche. Parecía estar disfrutando del día con ellos—. La casa es bonita —siguió diciendo—, pero lo que me llama la atención es el jardín. ¡Cuánta belleza hay aquí, amiga!

—Carmen tiene buen gusto para la decoración —explica Perico—. Diría que las antigüedades son su segunda pasión, después de la escritura. En esta casa todo lo ha hecho ella, incluido el jardín, que ha diseñado literalmente a su antojo.

—¡Pues ha tenido un buen antojo, sí, señor! —Hemingway deja caer su risa sobre la suave superficie del mantel de jacquard.

—Este lugar se conoce como la Cuesta de las Perdices. Lo pasamos bien viniendo aquí con nuestros pequeños, ¡y ellos disfrutan aún más!

—¿Tenéis muchos nietos?

—Tres —responde Perico.

—Una niña, Beatriz. Lleva el nombre en honor a mi hermana mayor, que murió al poco de nacer. Y dos chicos, Íñigo y Pedro.

—El último se llama así por mí —dice el marido de Carmen al quite, orgulloso del nombre de su nieto—. Eso sí, lo llamamos Pedrolo, porque con un Perico en la familia era suficiente.

—El mayor, Íñigo, es un querubín precioso de cuatro años, tendrías que verlo, rubio como el sol y tiene unos ojazos claros…

—Los niños… son una bendición y un castigo.

—No digas eso —se queja Carmen.

—¿Tú cuántos nietos tienes? —quiere saber Perico.

—Cinco. El quinto, John, ha nacido precisamente estando yo aquí, en agosto, el día 19.

—¡Ernesto! —exclama Carmen recriminándole—. ¿Cómo es posible que te lo hayas callado? ¿Por qué no has dicho nada?

—Lo estoy diciendo ahora.

—Enhorabuena. —Perico alza de nuevo la copa—. Vaya si había motivos para brindar.

—Es una gran noticia, querido. Es maravilloso celebrar una nueva vida, ¿no te parece? —dirigiéndose a su amigo.

—Bueno… —responde con cierto aire melancólico—. Si tú lo dices…

De repente sus ojos se ensombrecen. Carmen, que se ha dado cuenta, da un giro a la conversación y, mirando el plato de comida, le pregunta:

—¿Te gusta?

—¡Estos huevos fritos están riquísimos! —reacciona el escritor—. En ningún otro lugar del mundo se hacen tan ricos como en España. ¡Es uno de mis platos favoritos!

—Compartimos esa debilidad —comenta Pedro—. ¡Me ocurre lo mismo!

—Pero esto no es chorizo, ¿no…?

—Es sobrasada —aclara Carmen—. A Perico los huevos fritos le gustan más así, es por su ascendencia mallorquina. El apellido Sureda, de su madre, imprime carácter. La sobrasada de Mallorca es un capricho de dioses.

Ríen y brindan con un buen tinto de Rioja. Hoy, gracias al sol que luce con intensidad desde la mañana, no parece un día de otoño. En estas fechas suele hacer fresco en Madrid. Están comiendo en el jardín, donde la presencia de la gran capital, que dista unos escasos seis kilómetros, se torna remota, lejana… Lo mismo que las copas, los excesos, Ava Gardner, los artistas gitanos con sus gritos y su arte esparcido entre el humo del tabaco del que los juerguistas abusan, las madrugadas enredadas en ebrias confesiones, o el mismísimo Perón. Quedan tan lejos ahora…

Ernesto no deja de admirar las plantas. Carmen goza viendo a su amigo relajado y sonriente. Parece feliz, o al menos se le ha borrado de la expresión del rostro la pesadumbre que va arrastrando de un lugar a otro de Madrid durante el que ya ha anunciado que va a ser su último viaje a España. Ella no acaba de creérselo, precisamente porque lo conoce bien y duda de que pueda aguantar sin volver nunca más. Pero él insiste en que no tiene fuerzas para seguir, y mucho menos para viajar. Su frase: «No habrá otra primavera, ni tampoco otro otoño», lleva persiguiéndola días, aunque hoy, por primera vez desde que se la escuchó decir, se ha diluido entre las vincas que inundan de bígaro color y belleza el jardín. A Carmen le apasionan hasta el punto de haber bautizado la finca con el nombre de estas flores de la familia de las violetas. Mientras inspiran el aire puro del campo y se dejan atrapar por la quietud del tiempo, le cuenta a Hemingway que esta flor de la *pervenche* era la preferida del poeta francés Alfredo de Vigny, uno de los símbolos del movimiento del Romanticismo en el país vecino, amigo de Víctor Hugo.

Perico se disculpa y se retira al interior de la casa para descansar un poco después de la comida. Carmen y su amigo se trasladan a unos cómodos butacones en otro rincón del jardín bajo un bonito porche. «Esto también será obra tuya, querida, seguro…». Un café y una copa les acompañan en el momento de las confidencias que, durante toda la comida, han estado aguardando en el corazón de Hemingway la senda del desahogo.

—Me cae bien tu marido.

—Vaya, ¡menos mal! —responde ella irónica—. En ese caso no prescindiré de él.

—Qué considerada… Y ahora en serio, creo que tardaré en olvidar el día de hoy, ha sido magnífico.

—Y todavía no ha terminado. Tienes que aprovechar cada minuto al máximo, como siempre has hecho, apurando hasta la última gota, lo mismo que haces con tus vasos de whisky.

—¡Y con los daiquiris, eh! —bromea—. Por unas horas he sido feliz, lo cual es todo un éxito en los últimos tiempos.

—Deberías dejar de torturarte y disfrutar de todo aquello que pueda hacerte dichoso. Mary, tu esposa, es un motivo de felicidad, un aliciente, una razón, para no dejarte vencer.

—Lo es. El problema no es ella sino yo.

—¿Dónde está, por cierto? No te he preguntado por qué no ha venido.

—Estoy seguro de que le habría gustado venir, pero lleva un par de días fuera de Madrid, en la finca de unos viejos amigos.

—¿Estos días te encuentras mejor?

—Mejor no preguntes.

—¿Al menos se te pasó el miedo de las persecuciones de espías?

—¿Cómo sabes eso?

Carmen se queda cortada.

—¿No recuerdas…? La otra noche en mi casa…

Hemingway se siente mal. En efecto, no recuerda nada.

—No, Carmen. No recuerdo.

—Ah…, pues, no pasa nada.

Insiste en quitarle importancia y aprovecha que se han quedado solos, y que ve necesario cambiar de tema, para volver a preguntarle por el paquete que le dio hace tiempo y que tiene guardado en una caja de seguridad del Banco Central. No puede más con la intriga.

—¿Nadie te ha dicho nunca lo terca que eres? —se queja él.

—Persistente me gusta más. Y tenaz.

—Sí, sí, llámalo como quieras. —Ernesto intenta aguantar la risa—. Pero eres tozuda como una mula.

—¿Qué importancia tiene que lo abra y vea de qué se trata?

—Carmen, escúchame con atención. No es la primera vez que te lo digo, pero puedes dar por hecho que va a ser la última. Shhh…, déjame acabar. —Se coloca en vertical un dedo sobre los labios—. Solo quiero añadir que entiendo tu curiosidad, pero te pido por favor que sigas respetando mi voluntad de que eso que te entregué sigas guardándolo bien hasta que yo abandone este mundo.

—No me gusta que digas eso. ¿Es que no puedes entenderlo?

—Está bien, vale, de acuerdo, no lo diré más. Pero tú no olvides mi deseo.

—Si cuando te conocí hubiera sabido que eras tan pesado, te doy mi palabra de que habría salido corriendo Gran Vía abajo.

—¡Pero si es lo que hiciste!

Las risas volvieron a esparcirse por el aire.

—He recordado tantas veces el momento en el que nos conocimos —sigue él—, de aquella manera tan casual y tan…, abrupta, ja, ja, ja. Qué torpe era, y lo he seguido siendo.

—¡Cómo iba a imaginar quién eras! Ahora que lo pienso, no te hice el menor caso.

Hemingway suelta una sonrisa renqueante.

—Suele pasarme con las mujeres.

—Hace tanto de aquello…

—Años veinte.

—Mil novecientos veinticinco —concreta ella—. Acababa de morir mi padre, por eso es una fecha difícil de olvidar para mí.

—Éramos muy jóvenes y todavía no nos conocía nadie, a veces añoro aquellos primeros años. Quién iba a decirnos que nuestras vidas, que apenas estrenaban el mundo adulto, volverían a cruzarse treinta años después, con un pelotón de vivencias a nuestras espaldas. Creo que no es una casualidad que naciéramos en el mismo año y que fuera el último de un siglo. ¿No te parece excepcional?

—No lo había pensado.

—Esa confluencia, esa casualidad reiterada, es por algo. Tiene que haber una fuerza por encima de nosotros que ha unido nuestros destinos. De hecho, aquí seguimos, y eres depositaria de un gran secreto que no he querido compartir con nadie…, todavía.

—Por favor, por favor, Ernesto —junta las manos cómicamente suplicante, recordando a la niña que fue, aquella a la que gustaba teatralizar la realidad—, dime qué hay en la caja.

—Ja, ja… No lo intentes más. Qué pronto faltas a tu palabra. Pero no te preocupes que tu curiosidad no tardará en ser colmada.

Ella cambia radicalmente de actitud:

—¡Qué pesado eres!

—Pensarás que es una tontería, pero, en el fondo, aquel encuentro fortuito está relacionado de algún modo con el contenido de la caja y con su significado. Pero eso ya lo verás. Recuerdo que yo estaba en Madrid con mi primera esposa y que veníamos de París. Allí empecé a escribir una novela de la locura que vivíamos en aquella capital deslumbrante e intensa, una novela de cuando éramos pobres pero muy felices, ya sabes…

—¿Es la novela de la que me hablaste?

—Sí, la que perdí.

—¿Todavía no sabes qué vas a hacer con ella?

—La verdad es que esa novela es como si no existiera, aunque es una de las obras que más quiero, es en la que hay más de mí mismo.

—No puedo entender que en todos estos años no hayas querido publicarla.

—Lo entenderás algún día. Pero ese día no va a ser hoy.

—Voy a coger algunas violetas para que te las lleves, a Mary le gustarán.

—Te lo agradezco. Esas flores parecen querer decir que todo pasa y que el estallido de la vida hace que todo sea distinto.

—¡Eso está muy bien!

—Sí, solo que yo no me lo creo. Querida, me siento muy cansado, voy a marcharme, que ya va siendo hora. Y sobre tu preocupación por esa novela, te diré algo que he aprendido con el paso del tiempo: en la vida perdemos y recuperamos, cosas, personas, sentimientos… Lo malo de cumplir años es que cada vez perdemos más y recuperamos menos.

# XXXVIII

## LOS LATIDOS DEL AIRE

*Prynce-Valmore la espera paseándose de arriba abajo a grandes zancadas. Al verla entrar, se detiene, y en una sola rápida mirada abarca la esbelta figura vestida de gris. Qué pálida está. Qué frágil parece. Qué joven.*

*El rey del acero va derecho a ella y con un arranque impulsivo le coge las dos manos.*

*—Miss Guzmán —dice con tono cariñoso—, quiero pedirle a usted perdón y darle mi palabra de honor de que lo de anoche no volverá a repetirse.*

Cristina Guzmán, profesora de idiomas (1936)
Capítulo XXII

**Madrid, primavera de 1955**

Sonsoles corrió a abrir la ventana de la estancia. Necesitaba aire. El llanto estaba ahogándola.

—¡Supongo que ya estarás satisfecha! —le gritó a Carmen. Lanzaba contra su hermana mayor su enfado con el mundo—. ¿Era así como querías verme, abandonada? ¡Pues aquí me tienes!

Sonsoles estaba desquiciada. En ese momento era imposible razonar con ella y ni siquiera hablar. Su relación con Serrano Suñer acababa de romperse.

—Ahora no puedes verlo, pero es lo mejor para todos —afirmó Carmen.

—¡Es lo mejor para vosotros! —Estaba destrozada—. Es lo mejor para todos, pero no para mí.

—Esta relación ha sido una locura desde el principio. Lo que no entiendo es cómo ha podido prolongarse tanto tiempo. Lo que ha hecho Ramón ahora podía haberlo hecho mucho antes, porque está claro que tú no ibas a ponerle fin.

—En ningún sitio está escrita la necesidad de tener que terminarla.

—Las obsesiones no pueden prolongarse demasiado, no sé cómo esta ha podido durar casi quince años ¡Es inaudito!, siendo ambos quienes sois. Esta obsesión vuestra ha causado mucho dolor, Sonsoles, y se ha llevado a su paso muchas cosas buenas que seguro que había en tu matrimonio. Solo has pensado en ti. Hace tiempo te dije que, si no querías hacerlo por ti, rompieras con Ramón por respeto a tu marido y a tu hija. Cualquier otro que no tuviera el corazón que tiene Paco te habría dejado en la estacada. Todo Madrid sabe quién es el padre de Carmencita y, sin embargo, te ofrece su brazo para que te cojas a él para salir al mundo. Para no caminar sola.

El abismo entre las hermanas era enorme. Solo el cariño lo cubría.

—¿Por qué habrá hecho esto Ramón? ¿Por qué ha tomado esa decisión?

—¿Y por qué no lo ha hecho antes? Olvídalo, hermana, olvídalo ya. Tienes que reaccionar. Dedícate a tu familia. Intenta resarcirles del sufrimiento de tantos años.

—¡No puedo! ¡No puedo!

Carmen tiró de ella hacia el cuarto de baño. Abrió el grifo del agua fría y se la echó a su hermana a la cara.

—Toma. —Le tendió una toalla—. Sécate esas lágrimas y despídete de ellas como de Ramón. A partir de este instante lo uno y lo otro se han terminado. ¿Lo has entendido? Alguien tiene que tomar las riendas de esto. No voy a permitirte ni una tontería más.

La criada llamó a la puerta del baño preguntando si Sonsoles iba a acudir con el señor a la cena que tenían esa noche, el marqués quería saberlo.

—Claro que no —respondió Sonsoles.

—Claro que sí —corrigió Carmen—. Puede ir a decirle al señor que no tardará en arreglarse.

Salieron del baño y Carmen la condujo hasta el armario donde su hermana guardaba los vestidos de fiesta. Lo abrió y le preguntó:

—¿Lo eliges tú o lo elijo yo…?

## París, noviembre de 1956

A veces escuchaba los latidos del aire. Le retumbaban en las sienes como el ruido de un tambor. Azotaban su ánimo y reducían su natural ímpetu a simplemente mantenerse vivo. Igual que el fuego reduce el papel a cenizas. Es un proceso irreversible.

Pero así no quería. Así no se puede vivir, creía él. Los médicos le acababan de rebajar drásticamente la dosis diaria de alcohol y le impusieron un régimen alimenticio que era casi peor que no beber.

Había viajado de nuevo a España, donde, como en tantas otras partes del mundo, se había convertido en una gran celebridad. La gente, de una manera abrumadora, lo paraba por la calle para hacerse fotos o pedirle autógrafos. A él le hacía gracia, pensaba que no merecía ese premio a su notoriedad. «Si ellos supieran…», le decía a su acompañante de turno cuando daba media vuelta y se marchaba después de haber firmado un autógrafo o de dar un abrazo a un estudiante incrédulo al cruzarse con él en la calle.

Ya por aquel entonces no era el Hemingway fuerte y de carácter arrollador de siempre, sino un hombre que comenzaba a apagarse, como la luz de una llama cuando la cera se agota. En esa ocasión, su estancia en España no fue todo lo divertida que esperaba. Sus ansiados planes de volver a viajar a África, esa vez junto al torero Antonio Ordóñez, programados en noches que los doctores no habrían aprobado, se habían aguado precisamente por prescripción médica. Mary, su esposa, decidió que tal vez sería bueno ir a

París. El director del hotel Ritz les había hecho llegar un aviso de que habían aparecido unos objetos que creían que podrían pertenecer al escritor. Pero no detallaba más. Ir a recogerlos era la excusa perfecta para renunciar a África.

Hemingway parecía un niño al despedirse de su amigo Ordóñez antes de embarcar hacia la capital francesa. «Ya ves lo que pasa, Antonio. ¿Desde cuándo las mujeres me dan órdenes? Debo de estar muy grave y el médico no ha querido decírmelo, seguro», ironizaba. En eso su carácter no había cambiado.

Entró en el lujoso hotel parisino con la sensación de que parte de su vida estaba allí. Aquellas paredes, los salones tantas veces visitados cuando había dejado de ser un joven con dificultades para llegar a fin de mes, las lámparas deslizándose por cascadas luminosas que alumbraban los sueños… Un mundo tan distante de las guerras… Italia, Francia, España; lugares en los que aprendió a no rendirse.

Lo recibieron casi con honores de Estado. El personal se desvivió por hacer que sus días en el hotel le resultaran inolvidables. Pero cómo iban a imaginar que lo inolvidable, lo verdaderamente importante, no estaba en los agasajos, ni en el lujo de la habitación, ni en las atenciones que le prodigaban, sino dormitando en los bajos de aquella montaña de elegantes ostentaciones.

En el descenso por las escaleras que conducían al sótano notaba la ansiedad de quien desea sortear un abismo inevitable pero se ve abocado a él. Temía y anhelaba a la vez, porque él estaba esperándose en el interior de los dos pequeños baúles que permanecieron almacenados en los sótanos del hotel Ritz desde marzo de 1928 y que acababan de aparecer. En ellos invernó una parte de él que floreció en París, dando los frutos que recogería a lo largo de toda su vida.

Hacía mucho tiempo que no lloraba. Lo hizo. Hemingway lloró y sus lágrimas cayeron sobre la vida reencontrada en aquellos viejos cuadernos en los que había ido anotando la proyección de los anhelos del joven aspirante a escritor, de veintidós años, que buscaba los caminos más apasionantes y los más intensos para adentrarse en ellos. Porque lo fácil y predecible le aburría.

Recién casado con Hadley Richardson llegó a París con una carta de recomendación del escritor Sherwood Anderson, que le entregó a Gertrude Stein. La temida y admirada escritora estadounidense afincada en la capital parisiense había descubierto a varios talentos que inscribirían sus nombres con letras brillantes en la historia de la literatura. Ahí empezó todo para Hemingway. Para subsistir escribía artículos que enviaba a revistas de su país, pero allí, en aquella capital de la vieja Europa, halló en su interior una luz que no era la del Sena, sino la luz de la literatura. En una de las anotaciones reencontradas con el Ernest que tenía olvidado describía lo que experimentaba «si uno había renunciado al periodismo, y estaba escribiendo cosas por las que nadie en América daba un real...».

El tesoro hallado contenía cuadernos de notas, libros, borradores, algunas prendas de ropa vieja, recortes de periódicos, fotos... Cinco años del pasado escondidos en dos baúles. Cinco años del tramo más importante del pasado, aquel que supone el inicio de la vida de adulto; el que forjó al Hemingway en el que entonces aún cabían todas las esperanzas; el joven escritor que se comía el mundo sin imaginar que un día se dejaría comer por ese mismo mundo hasta ser devorado.

Al remover el interior de uno de los baúles, lo vio, y sus manos se detuvieron por la emoción. No podía creerlo. Allí estaba su tesoro perdido. Lo extrajo con cuidado y se lo llevó al pecho, abrazándolo como si fuera un niño. El manuscrito más preciado de su vida.

En las anotaciones que había extraviado sobre su estancia en la capital del Sena, entre 1921 y 1926, dejó testimonio de su asistencia a las tertulias literarias que Gertrude Stein celebraba en su apartamento-estudio del número 27 de la *rue* de Fleurus; o de cómo consumía las horas en pequeños cafés de Montparnasse donde se podía escribir sobre veladores; o de sus paseos para comprar algunos libros en los puestos de las orillas del río Sena. Las apuestas en las carreras de caballos o las interminables borracheras junto a Scott Fitzgerald… Descubrió un mundo inmenso que quiso abarcar. Sexo, alcohol, horas que se acumulaban en el desenfreno y un intento permanente de atrapar el maldito amanecer que no se dejaba. Por eso el día lo confundía con la noche.

De los baúles olvidados se escapó, al abrirlos, el polvo de la nostalgia. «Cada año se le iba a uno parte de sí mismo con las hojas que caían de los árboles, a medida que las ramas se quedaban desnudas frente al viento y a la luz fría del invierno. Pero siempre pensaba uno que la primavera volvería, igual que sabías que fluiría otra vez el río aunque se helara. En cambio, cuando las lluvias frías persistían y mataban la primavera, era como si una persona joven muriera sin razón».

En aquel París que nunca muere «éramos pobres pero muy felices». En aquel París de la Generación Perdida, en la Rive Gauche, la orilla izquierda, del Sena. James Joyce, Ezra Pound, Scott Fitzgerald y su perturbadora obsesión por su mujer, Zelda. «Toda la tristeza de la ciudad se nos echó encima de pronto con las primeras lluvias frías de invierno».

Hemingway tenía alquilado un cuarto en el último piso del hotel donde murió el poeta Verlaine. Allí leía a los autores rusos que descubrió gracias a los libros que le prestaba la dueña de la librería Shakespeare and Company, Sylvia Beach. Las lecturas de Dostoievski y Tolstói… En aquel cuarto era donde, «con tanto árbol en la ciudad, uno veía acercarse la primavera de un día para otro, hasta que después de una noche de viento cálido venía una mañana en que ya la teníamos allí. A veces, las espesas lluvias frías la echaban otra vez y parecía que nunca iba a volver, y que uno perdía una estación de la vida».

Treinta años después, en París, como venía ocurriéndole en Madrid, también oía latir el aire. Lo oía incluso con más fuerza. Su esposa quiso buscar algún médico para que le tratara sus terribles dolores de cabeza. Pero cada vez que lo mencionaba, él respondía poniéndose la mano en el corazón: «El problema no está en mi cabeza, sino aquí», y se daba un par de palmadas suaves.

Sintió frío. Y tristeza en los árboles del París reencontrado. Y un deseo desesperado de que la primavera llegara desde el más allá de sus cuadernos para no perder otra estación más de la vida. «Eran los únicos períodos de verdadera tristeza en París. Ya se sabía que el otoño tenía que ser triste».

Porque la primavera era la vida; era el recuerdo de la infancia dormida, que aguarda a que el adulto en el que nos convertimos la despierte un buen día en el que amanecemos necesitándola para darnos cuenta de quiénes somos.

«En aquellos días, de todos modos, al fin volvía siempre la primavera».

# XXXIX

# UNA ESTACIÓN DE LA VIDA

*—Christine, me siento feliz junto a usted. Me siento otra vez joven…
Y lamento no tener quince años menos.*

*—¿Para qué? Está usted bien como está.*

*Prynce-Valmore frena su coche tan bruscamente, que chirrían las llantas.
Y se vuelve a su compañera, el rostro muy serio:*

*—Christine. I love you.*

*Cris, muy pálida, ha recostado su cabeza en el asiento y ha entrecerrado
los ojos.*

*—Es terrible, Christine; pero es verdad.*

*Cris no contesta.*

*—Es terrible por el conflicto en el que estamos metidos. Yo no puedo
saltar por encima de la razón y de la vida de mi hijo para decirle: Christine,
¿quiere ser mi mujer?*

*Cris ha levantado hacia el rey del acero su rostro todo luz.*

*—Con eso me basta… No diga más…*

Cristina Guzmán, profesora de idiomas (1936)
Capítulo XXIX

## Madrid, noviembre de 1956

—Me había hecho ilusiones y pensé que me citarías en el bar
Chicote —bromeó Carmen nada más sentarse. Él ya estaba
esperándola.

—Este lugar me gusta. Tiene algo de decadente y nostálgico
que no sabría explicarte, pero que le saca ventaja a Chicote.

—Coincido contigo; al fin y al cabo, lo elegí yo en su día.

—Le pareció una excentricidad divertida, propia de Hemingway,
que la citara allí y no en alguno de los locales de moda que frecuentaba.

Hemingway había querido quedar con ella en la modesta cafetería en la que se citaron por primera vez. El sitio perfecto para la discreción que entonces buscaba Carmen, en el que nadie reparaba en ellos porque nadie reparaba en los demás. Un rincón de solitarios que parecían sacados de los cuadros de Edward Hopper.

—¿Cómo te ha ido en París? El viaje ha sido corto.

—Lo suficiente para encontrarme con mi pasado. Estoy cansado, amiga, ya no aguanto muchos días en París, y te diría que en ningún sitio, más que en España y en Cuba.

—¿Encontrarte con tu pasado? Suena fascinante.

—Lo es… ¿Has perdido alguna parte de tu pasado? Porque yo sí, y resulta que estaba almacenado donde nadie imaginaba. Donde no molestaba ni tampoco servía para nada.

Disfrutó contándole sus sensaciones en el momento de abrir los dos baúles en el sótano del Ritz parisino. Le habló de su tesoro y de aquellos años veinte que dejaron huella en él, en el hombre y también en el escritor en el que se convertiría.

—Lo prodigioso es que entre los papeles apareció un manuscrito que extravié hace ya ni me acuerdo. Aquel suceso me causó una pena profunda, lo que había perdido era el cúmulo de mis vivencias de aquellos años, escritas precisamente para que no se perdieran. Creo que fue en París donde arrancó mi vida. Me dolió perderlo, sentí como si se me escaparan mis años parisinos.

—Es fascinante… Y ha aparecido después de tanto tiempo. ¿Sabes qué había pasado con esos documentos?

—Ni idea. El director me dijo que es imposible saber cómo llegaron hasta allí. Ha transcurrido demasiado tiempo.

—¿Qué vas a hacer con el manuscrito?

—Nada.

Carmen habría esperado cualquier respuesta menos esa.

—Supongo que no lo dices en serio.

—Muy en serio.

—¿Un Premio Nobel tiene un manuscrito suyo que son casi unas memorias y no piensa hacer nada con él? ¿Quién esperas que se crea algo así?

—Tú. —Lo tenía muy meditado. Sus respuestas no dejaban ni un mínimo resquicio en el que cupiera una duda, una vacilación—. Mira, Carmen, lo importante es que ese manuscrito y muchos de mis recuerdos han aparecido. Los di por perdidos. Habían dejado de existir.

—Sí, pero ya me encargaré yo de convencerte para que lo entregues a algún editor. Por respeto a tus lectores.

—Siempre olvido lo tozuda que eres. Has de saber que a mis lectores los respetaré a través de ti. Tú solo aguarda a que transcurra el tiempo necesario.

El recuerdo del Ernesto de los años veinte llevó la conversación hacia los hechos más relevantes de sus vidas personales. Carmen no podía estar más feliz ese año, había nacido su primer nieto, Íñigo, antes de cumplirse el primer aniversario de la boda de su hija con Íñigo Méndez de Vigo y del Arco, caballero de honor y devoción de la Orden de Malta. El pequeño Íñigo vino al mundo en Tetuán, primer destino de su padre nada más salir de la Academia General Militar de Zaragoza con el rango de teniente.

—Tiene diez meses y unos ojazos claros como dos soles.

Hablaron de lo que estaba en boca de todos los corrillos en Madrid —y esa vez no era de su hermana Sonsoles y el marido de Zita Polo, cuya relación había terminado hacía un año—: Ava Gardner se había instalado en España. Fijó su residencia en la capital por tiempo indefinido. Lo que recogía la prensa era la parte blanca de sus hábitos en el país, su presencia en actos públicos como estrenos de cine o teatro. O sea, lo que se podía contar. Lo que podía exhibirse. A la dictadura le venía bien dar una buena imagen en el exterior acogiendo a una diva internacional. Pero lo que tenían que lidiar con ella las autoridades franquistas por detrás de los titulares periodísticos no tenía otro nombre que el de escándalo. Continuo y en varias direcciones.

Carmen se interesó por algunos cotilleos sobre la buena amiga de Ernesto, como el de que la habían echado del hotel Ritz, donde se alojaba.

—Así es, no se marchó por su propio pie, entre otras cosas porque no podía de lo borracha que iba. La echaron una noche en la que llegó al hotel tan ebria que el recepcionista no la dejó pasar y entonces ella se subió la falda y allí mismo, sobre la impresionante y bonita alfombra de la entrada del Ritz y ante la atónita mirada del tipo, echó una laaarga meada…

—¡Por Dios, Ernesto!

—Más bien por Ava… —Soltó una carcajada con la que consiguió que, por fin, algunos clientes repararan en ellos.

Carmen no sabía dónde meterse, pero lo peor era que, por más que estuviera reprimiéndose, lo encontraba gracioso. Imaginaba la cara del pobre recepcionista nocturno. Igualmente podía imaginar cómo sería el Madrid canalla que la cohorte que rodeaba a la bella actriz construía bajo el manto aparente del sueño. Pero la dictadura no descansaba de noche y los problemas solo se multiplicaban.

Llevaban más de media hora hablando cuando Ernesto extrajo de una bolsa un sobre algo abultado.

—Toma, es para ti.

—¿Un regalo? ¿Me has traído un regalo de París? Yo no te traje nada, qué desconsiderada soy, discúlpame.

—No hay nada que disculpar. No es exactamente un regalo, aunque podría considerarse así. Es algo de una gran trascendencia para mí. No imaginas cuánto.

—¡Qué intriga! ¿Qué es?

—Lo lamento, querida, pero no puedo decírtelo.

Carmen arqueó las cejas. Sorprendida… Expectante… Curiosa. Sintiéndose, de repente, como una niña a la que le han enseñado su golosina favorita para después guardarla y privarle de la misma.

—Amiga…

—Te agradezco que me consideres así.

—Sí, te considero una buena amiga y una gran persona. En estos tres años que llevamos comunicándonos lo he visto claramente. Tres años siendo amigos, ¿ok? —Ella asintió—. En este tiempo me has demostrado que puedo confiar en ti y espero que también tú confíes en mí. Voy a decirte algo importante. Quiero que este sobre lo tengas tú, que lo guardes bien. Lo que contiene es de gran valor sentimental, pero también es mucho más. Deberás depositarlo en una caja de seguridad de un banco.

—¿Es una broma?

—No —fue tajante.

—Entiendo… Ya veo. No sé qué decirte…

—Sencillamente, dime que lo harás. Por favor…, haz eso por tu buen amigo.

—De todas las personas que tienes a tu alrededor, ¿por qué yo, Ernesto?

—Una razón ya te la he dicho: porque confío plenamente en ti y deseo que seas tú quien gestione el contenido. Sabrás valorarlo mejor que nadie. Y la otra es porque quiero que se quede en España. No se me ocurre otra persona más idónea que tú.

—Me abrumas, amigo. Siento que es una gran responsabilidad.

—Lo es.

Ella le regaló una sonrisa señorial y sincera en aquel preciso instante en el que, sin que pudiera sospecharlo, Ernesto le hacía depositaria de una especie de visado para que lo que estaba entregándole pasara a la Historia. Con enormes letras mayúsculas.

—Así procederé, entonces —afirmó para que se quedara tranquilo—. No se hable más.

NO HABRÁ OTRA PRIMAVERA

—Sí, hay una cosa más de la que hablar. Tienes que respetar una condición, que en realidad es más un ruego.

—¿De qué se trata?

—Va a resultarte extraño, pero no puedes abrirlo hasta que yo muera.

—¡Qué cosas dices! ¿Quién piensa en la muerte?

—Yo. Porque me persigue. Aunque a veces no sé distinguir bien: ¿me persigue la muerte o la persigo yo a ella?

—No me está gustando nada esta conversación.

—¿Qué tiene de malo…?

—Todo tiene de malo. —Carmen se puso seria. Él, en cambio, se rio.

—No irás a enfadarte.

La educación de Hemingway solía quedar anulada cuando la sobrepasaba el elevado nivel de alcohol ingerido. Y el nivel se medía por sus salidas de tono y, si nada había cambiado en esos años, también la falta de sueño.

—Sigues sin dormir bien, ¿verdad? Porque algo está afectándote a la cabeza. Puede que sea la falta de sueño.

—¿Dormir? ¿Y para qué voy a dormir? En cualquier momento podría pasarme algo. Creo que no estoy a salvo en ninguna situación, menos aún durmiendo.

—No digas bobadas.

—¡Ja! Últimamente digo muchas.

—Dices y también haces. Ya me dirás qué es, sino una bobada, este regalo que me haces para que lo abra cuando hayas muerto. Podrías decirme, al menos, de qué se trata.

—Ahí está la gracia de un regalo. Quién lo recibe no sabe de qué se trata. Los regalos son sorpresas.

—Querido Ernesto, ya no estamos para sorpresas.

—¡Claro que lo estamos! —Echa un trago de su whisky—. Hasta el último de nuestros días estamos para sorpresas. Cualquier cosa puede sorprendernos mientras estemos vivos… —Hizo un largo silencio con la mirada fija puesta en el borde del vaso—. Qué mierda, Carmen… —Seguía mirando el vaso fijamente, como si estuviera ido—. Realmente, ya nada puede sorprenderme más que la muerte.

El corazón de su amiga se inundó de un pesar súbito. Ni siquiera podía compadecerlo porque lo conocía y sabía que cumplir años le suponía un tormento para el alma y para su cuerpo. Siempre intuyó que sería así. Pero jamás había imaginado que pudiera llegar a verlo tan abatido, tan extraño de sí mismo. Tan ajeno a su fuerza que habría jurado que sería eterna.

El ánimo de Ernesto iba oscureciéndose en paralelo a la tarde. Carmen puso su mano afectuosamente sobre la espalda de su amigo, encorvada por el peso de su taciturna tristeza. Él levantó la mirada desalentado. Se incorporó en el asiento y recuperó la compostura.

—Qué distintos fueron nuestros mundos, ¿verdad, Carmen? —Sonrió con un halo de melancolía cruzándole los ojos.

—Lo fueron, sin duda.

—Mira que he pasado años en España, viviendo al vaivén de sus convulsiones políticas, algunas sangrantes como la Guerra Civil. Y jamás he encontrado a nadie que fuera tan del régimen sin serlo. ¿Ves? En el fondo, resulta que nos parecemos. Tampoco tú encontrabas tu lugar en el mundo.

—En eso no estoy de acuerdo. Siempre tuve claro mi sitio. Pero las personas evolucionan.

—Supongo que habrás tirado la foto que te dedicó Mussolini. —Como Carmen se negaba a responder insistió—: Oh, no, dime que no la guardas. ¿Sí…? ¿Cómo es posible? No me digas que la tienes enmarcada en un lugar preferente de tu casa —quería provocarla.

—Desde luego no la tengo sobre la cómoda de mi dormitorio, ni en el salón, pero no veo por qué habría de tirarla. Lo vivido forma parte de la historia.

En ese momento, la expresión de Hemingway denotaba admiración.

—Lo vivido forma parte de la historia —repitió despacio, separando las palabras.

Una chica de apenas veinte años se acercó tímidamente a ellos sosteniendo una pequeña libreta con ambas manos a la altura del estómago. Más bien pareciera que era la libreta la que la sostenía a ella, de lo nerviosa que estaba.

—Discúlpenme, no quisiera molestarles. ¿Es usted el señor Hemingway, verdad, el escritor?

Él mostró una sonrisa franca y a Carmen le produjo ternura el nerviosismo de la chica al conocer en persona el que parecía para ella un ídolo.

Después de firmarle un autógrafo y estrecharle la mano, la joven se marchó emocionada y Ernesto prosiguió:

—¿Me das tu palabra de que cumplirás lo que te pido? —Volvió a entregarle el sobre, que Carmen dejó sobre la mesa sin querer cogerlo.

—Pero debo saber qué contiene.

—Tendrás que fiarte de mí. ¿No vas a aceptar un regalo?

Se lo alargó de nuevo.

—Está bien. —Carmen acabó cogiéndolo.

—Ya sabes, tienes que depositarlo en una caja de seguridad de un banco. Protégelo bien. No puedes abrirlo hasta que yo deje de estar en este mundo.

—¡Qué cenizo eres, Ernesto!

—Y cuando lo abras, recuerda que lo vivido forma parte de la historia. Tú misma lo has dicho.

—No has contemplado una posible circunstancia que podría producirse.

—¿A qué te refieres?

—Me refiero a que, de los dos, sea yo quien abandone primero este mundo.

Ernesto hizo una pausa para meter en ella el sentimiento que vagaba errante en él.

—Créeme, querida, eso no ocurrirá.

—Me desconciertas. Creo que te pasa algo que no quieres contarme.

—En ti confío, Carmen. En ti confío. —El cansancio iba al galope en su cuerpo—. Es de mí de quien desconfío. Desde hace tiempo hay un universo de tinieblas en mi cabeza. Oigo…, oigo voces que me atormentan.

—Pero las tinieblas pueden disiparse si entra la luz en ellas —respondió Carmen afectuosa.

—La luz ya no existe, ¿no lo entiendes? No puede venir de ningún sitio.

—Está en ti, Ernesto. Búscala, es lo más importante que deberías hacer en este momento.

—No hay tiempo. Las voces se han apoderado de mí. No estoy pidiéndote ayuda, sino consuelo, porque nadie puede ya ayudarme. Es tarde para eso.

Sus ojos se hundieron. Los de Carmen se llenaron de la humedad de un tímido sollozo.

—¿Has estado en París? Ojalá te alcance allí alguna primavera. Para ti sí hay tiempo, amiga, aprovéchalo. Disfruta de una nueva estación…

Uno veía acercarse la primavera de un día para otro. A veces, las espesas lluvias frías la echaban otra vez y parecía que nunca iba a volver, y que uno perdía una estación de la vida.

La última vaharada de humo del cigarrillo se enredó en la estación de la vida que Ernesto está perdiendo.

Al día siguiente, temprano, Carmen fue al banco para cumplir el extraño encargo que le había hecho su amigo. Estaba apenada de verlo en ese estado. Sostuvo el sobre fuertemente entre las manos, como si alguien fuera a arrebatárselo.

El empleado extrajo una pequeña caja de seguridad, metálica y rectangular, igual de fría que la estancia en la que se encontraban.

Ella pasó la mano por la superficie del sobre por última vez antes de depositarlo en el interior de la caja. El empleado se apresuró a cerrarla, echó la llave con dos vueltas y la devolvió a su lugar. Carmen no se perdía ni uno solo de los movimientos que encerraban su curiosidad en aquel sobre.

Se marchó pensando que Ernesto siempre acababa consiguiendo lo que se proponía. Pero ella sí conocía París…

Si tienes la suerte de haber vivido en París cuando joven, luego París te acompaña donde vayas, todo el resto de tu vida, ya que París es una fiesta que nos sigue.

# XL

# DESPEDIDA

*Joe ha muerto. Se ha quedado en un colapso. Sin agonía casi, sin dolor. Su padre, con los ojos secos, le ha cerrado las pupilas azules. Le ha peinado en una última caricia la melena rubia, y con ojos secos se ha sentado junto a él para velar por última vez su último sueño.*

*Cris, de rodillas entre las velas lucientes, respeta su dolor. Ni con un gesto ni con una palabra se le acerca. Ese gran dolor es suyo. Le pertenece por completo, le aísla como un muro de todos los demás.*

*Prynce-Valmore mira a su hijo dormido para siempre, como si quisiera grabar su última imagen para siempre en su memoria.*

Cristina Guzmán, profesora de idiomas (1936)
Capítulo XXXV

## Círculo de Bellas Artes, Madrid, primeros días de octubre de 1960

Por qué no pensar que las dos parejas de cariátides saludan desde la distancia. Ernesto va a marcharse y no deja de insistir en su convencimiento de que este será su último viaje.

Carmen y Ernesto han quedado para despedirse en la cafetería del Círculo de Bellas Artes, situado en la acera de enfrente del Banco Central.

—Ahí, en la esquina de abajo, ¿lo ves?, está tu sobre, Ernesto, bien custodiado, tal y como me pediste —le comenta Carmen, mirando a través de uno de los enormes ventanales de la sala.

—Me marcho tranquilo sabiendo que está en tus manos.

—Qué cruel eres, no piensas decirme qué es lo que está en mis manos.

—Eso ya no se presta a más discusión. —Se le nota tan cansado…

En un gesto afectuoso, su amiga le coge la mano. Lamenta no haber podido hacer nada más por él, por mejorar su estado.

—Sé que te cuesta creerme, pero no volveré, Carmen. Tomamos un avión mañana.

—No soy muy amiga de las despedidas, pero parece que no nos queda otra. Si no quieres volver a España nadie puede obligarte. Aunque yo lo sentiré mucho.

—No es que no quiera. No podré hacerlo. Esa es la verdad. Quiero irme ya...

Ella ya no se atreve a preguntarle si lo que quiere es irse ahora o irse de España, o... porque mucho se teme que de donde se quiera ir sea de la vida.

—Prométeme —le pide— que en cuanto llegues te pondrás en manos de los médicos, empezando por el oculista. Y tu estado de ánimo, tienes que volver a tratarte.

—Me temo que hay cosas que no tienen remedio. Nunca te he contado que padezco una enfermedad hereditaria, se llama hemocromatosis.

—Dios mío, no suena bien. ¿Es grave?

—Parece ser que sí. Tengo de manera constante un exceso de hierro en mi cuerpo porque no es capaz de absorber lo que debería. Los efectos son variados y ya te adelanto que ninguno bueno: cirrosis, artrosis, me afecta también al corazón, y yo qué sé qué más.

—Creo que la cirrosis te la has causado tú solito con tanto alcohol. No entiendo por qué sigues bebiendo tanto.

—Y qué más da la causa... Míralo al revés: si no bebiera, la tendría igualmente *gracias* a esta dolencia. Así que no importa que beba, al menos esa alegría que me llevo a la tumba.

—Sabes que no me gusta que bromees con eso.

—Llega un momento en la vida en el que nos podemos permitir bromear con lo que sea. Para mí ese momento llegó hace tiempo. ¿Sabes cómo me gustaría que me recordaran? Como un hombre bueno que hizo de la escritura un modo de vivir. Aunque…, si te soy sincero, no sé por qué lo pienso ya que, en realidad, me importa más bien poco. A veces ni siquiera me considero escritor, sino un contador de realidades y de aventuras. Así se lo dije a Pío Baroja cuando fui a visitarlo hace cuatro años.

—Por aquel entonces debía de estar muy enfermo.

—Mucho. Lo vi medio moribundo. Torpe de mí le regalé una botella de whisky y resultó que no le gustaba.

—¡Vaya acierto! —Se rio Carmen—. Es propio de tu despiste.

—Un acierto total, sí… ¡Imagínate! Y le firmé un ejemplar de *Adiós a las armas,* pero, entre tú y yo, diría que ni se enteró. Apenas hablaba, no podía. Pero recuerdo que le dije: «Usted, Baroja, debía tener el Premio Nobel antes que yo. Yo no soy más que un aventurero y usted es un escritor». Así lo siento de veras. Sus libros han sido muy importantes para mí, sobre todo la trilogía *La lucha por la vida,* ¿la has leído? Algunos hasta los tengo subrayados y con anotaciones. Estoy pensando en dejártelos en mi testamento, ¿te interesan? —le dice en un tono claramente provocador—. Ahora en serio, por si no volvemos a vernos, querida, deseo decirte que has sido una buena amiga y que me habría gustado que nos hubiéramos tratado más de lo que lo hemos hecho. Pero hay que estar agradecidos por lo que ha sido nuestra amistad y lo que hemos podido disfrutar.

—Por favor, ¿quieres dejar de hablar como si fueras a morir mañana? Solo es un viaje, Ernesto.

Él apoya la cabeza sobre las dos manos, que frotan la frente como si quisieran sacar de la cabeza oscuridades y demonios.

—¿Estás bien? ¿Qué ocurre ahora?

—Aj, esto es horrible. Las voces han vuelto. Mañana nos iremos todos, subiremos a un avión rumbo a América, Mary, las voces, yo, los fantasmas… No sé si cabremos todos —ironizó.

—Prométeme que en cuanto llegues verás a un médico. Y prométeme también que, ya que no piensas volver a España, al menos seguiremos en contacto escribiéndonos. Al fin y al cabo, es lo que mejor se nos da, escribir. —Le regaló una sonrisa en la que había espacio para una amistad eterna.

—Tiene gracia, eso mismo nos lo preguntamos hace años, ¡y en buena hora que lo hicimos! Sencillamente retengamos esta despedida en nuestra memoria.

—¡Pero si te he dicho que no me gustan las despedidas! —respondió Carmen enérgica y, a la vez, cariñosa—. ¿Acaso también estás mal del oído…?

# XLI

# MONTAÑAS DE IDAHO

*Hay que ir pensando en encauzar de nuevo la vida.*

*Cristina Guzmán ha hecho en la suya un alto de tres meses. A su regreso de París a un Madrid de agosto, Cris cogió a Bubi y Balbina y se fueron los tres a una playita gallega, muy fresca y barata, donde el chiquillo engulló leche y huevos y se curtió al sol y a las brisas marinas.*

*(...)*

*El otoño ha teñido de púrpura los castaños del jardín de abajo, y los últimos resplandores del poniente encienden hogueras en los cristales de las casas vecinas y vierten raudales luminosos sobre los tejados.*

*Cris ha vuelto a su vida de siempre. Cris está aún un poco desorientada. No sabe qué hacer. Por qué cabo desenmarañar el ovillo complicado de su existencia.*

*Cris se deja caer, pensativa, en la butaca, junto a la boca gris y triste de la chimenea.*

Cristina Guzmán, profesora de idiomas (1936)
Capítulo XXXVIII

## Ketchum (Idaho, Estados Unidos), 2 de julio de 1961

Habría querido volver a su vida de siempre pero esa vida ya no está.

Hem abre los ojos y respira hondo. Mira al techo. Ha dormido poco, pero no le importa, ahora ya da igual. Es muy temprano, apenas si ha amanecido. Es domingo. Mal día para despedidas.

Llegaron a Ketchum el viernes por la noche. Cuánto necesitaba volver a casa... Anoche cenaron en el pueblo, él, Mary y George Brown, su entrenador de boxeo y antiguo mentor. Lo pasaron bien y se fueron a la cama pronto. Hem y Mary necesitaban descansar del largo viaje desde Madrid.

Le cuesta incorporarse. A la derecha, encima de la mesilla de noche, el bote con las pastillas que dejará de necesitar. Se pone en pie y, arrastrando los pies, llega hasta el baño para lavarse la cara. Después se viste con una bata ancha. Una túnica.

Quiere ir por última vez a su despacho, solo para verlo, no va a trabajar. Se acabaron las hojas en blanco como alas cortadas de los pájaros que anidan en su jardín.

El jardín quiere igualar en inmensidad al valle en el que se asienta la casa. Da la mano al infinito para una larga travesía juntos.

Pasa por delante del cuarto de Mary, que tiene la puerta entreabierta. Comprueba que duerme y admira el amor del que estuvo lleno para él ese rostro hermoso. Llevan tantos años durmiendo en habitaciones distintas que ni recuerda desde cuándo lo hacen.

Llega al despacho y se asoma a la ventana ante la que ha escrito cientos de páginas en su máquina negra que reposa sobre la mesa. El abeto del ángulo derecho ha crecido tanto que da la sensación de que en cualquier momento las ramas más altas invadirán la estancia.

Se sienta a contemplar el majestuoso paraje verde, el valle, con Bald Mountains al fondo. La máquina de escribir y él se despiden, se echarán de menos mutuamente.

Nota el cansancio empujándole para que no tarde mucho. Lo avisó en la clínica; antes de su último ingreso a finales de abril había intentado suicidarse. Advirtió de su agotamiento, que no era sino hastío, hartazgo de vivir y de huir, porque no le hicieron caso, pero él ya dijo que agentes de la CIA y del FBI llevaban años siguiéndolo, espiando sus movimientos a diario, y que no podía soportarlo por más tiempo. Había hecho algún trabajito para ellos. J. Edgar Hoover, el director del FBI, lo conocía. Ese hombre no era trigo limpio, él ya lo dijo. Sus cuestionables métodos los había dirigido en su contra. Pero nadie le había hecho caso, pensaba Hemingway que porque nadie se atrevía a meterse con él; Hoover los tenía a todos pillados con la información que obtenía de espiarlos al margen de la ley. Estaba convencido de que a él también lo espiaba. No se sentía a salvo en ningún lugar. Qué habría pensado J. Edgar Hoover si llega a verlo presenciando la ceremonia de la toma de posesión de John Fitzgerald Kennedy como presidente de los Estados Unidos. No acudió porque seguía ingresado en la clínica Mayo de Rochester, en Minnesota, pero el 12 de enero había recibido un telegrama con la invitación de puño y letra de Kennedy.

En la clínica, para evitar el acoso de la prensa, lo inscribieron con nombre falso y bajo la excusa de que tenía que seguir un tratamiento para la elevada presión arterial que padecía. Pero la realidad fue bien distinta: seguía un tratamiento psiquiátrico, que no le sirvió de mucho. Las obsesiones y la manía persecutoria no dejaron de dominarlo, hasta este día en el que ha decidido que sea el último. «Ojalá algún amigo, o mi esposa, hubieran entendido lo mucho que me afectaba moralmente el aislamiento hospitalario». Dos meses internado y convencido de que iba a ser la última vez, pero no, todavía hubo otras.

Pero ahora sí que se acabó. No ingresará en ningún centro hospitalario más.

En esta casa llevan viviendo solo dos años. Se alegra de haber viajado una vez más a España, aunque vaya a ser la última, y haberse despedido de su amiga española, Carmen. Con ella ha compartido el mayor drama que soporta, a punto de cumplir sesenta y dos años, y es que siente que ha perdido la capacidad de escribir que ha tenido siempre. Son muy pocos los que pueden entenderlo. «No me olvidaría de escribir. Era para lo que había nacido y volvería a hacerlo». Y ni siquiera quienes lo aman sinceramente y lo conocen bien han querido aceptar lo que le ocurre. Nadie le ha hecho caso. Nadie lo ha creído. Salvo Carmen. Ella es depositaria desde hace años de un gran secreto. «La escritura también guarda muchos secretos». Al menos la vida le ha permitido, en el último momento, ese cobijo para el corazón, el pasado octubre. Despedirse de España, de esa parte de su vida. Y de Carmen, y dejarla al cargo de su última voluntad, que solo ella conoce.

Su casa está en una zona en la que puede cazar y también pescar en el río Big Wood, que forma parte de las vistas. La pesca le apasiona. Si no le gustara tanto no habría podido escribir una novela como *El viejo y el mar*.

El mar… Cuba… El adiós a Finca Vigía aún le pesa en el alma.

Desciende las escaleras con sigilo para no despertar a Mary. Cada paso consume años de existencia aplastados por las tinieblas que van ganando terreno conforme avanza hacia la entrada. Primero localiza en el salón las llaves que su esposa tiene escondidas, las del armario de sus armas de caza. Se hace con ellas y elige una escopeta de doble cañón y calibre doce. No tarda en prepararla.

Después se asoma a la amplia cocina. Las paredes están revestidas en madera, como todo el exterior. Los objetos inertes configuran la estampa de lo cotidiano, mudos, aguardando unas manos que no volverán a utilizarlos.

Sigue arrastrando los pies. Abre la puerta y contempla por última vez el paisaje más hermoso, que en cuestión de segundos se fundirá a negro para él. Pretende cerrar el círculo y morir en el mismo lugar y el mismo mes en que había nacido.

Ernest Hemingway, Ernesto, el hombre que no encaja con la idea de renunciar a la vida, apoya la boca sobre los dos cañones de la escopeta. «El paladar es la parte más blanda de la boca», había dicho a los amigos recientemente, cuando la idea del suicidio le rondaba.

La abre, encaja correctamente la barbilla y coloca los dos cañones apuntando hacia el cielo de la boca…

El cielo que ya no espera.

El cielo en el que duermen los ángeles borrachos mientras velan el sueño de su amiga Ava en Madrid.

Suena un golpe seco. Breve como el subir de la espuma. Y, con él, todo termina.

El tiro mata al joven de París y al corresponsal de guerra del madrileño hotel Florida. «Sabes que la de París fue una buena época, y Cayo Hueso también fue maravilloso. Pero España fue sin duda lo mejor».

*Los muertos defienden lo suyo. Su derecho a un vacío que nada debe llenar. Su derecho a dejarlo todo devastado.*

Cristina Guzmán, profesora de idiomas (1936)
Capítulo XXXV

# XLII

## EL QUE PIERDE
## LAS BATALLAS...

*Otro timbrazo.*

*—Ya va. Ya va —dice Cris.*

*Y tira del pestillo.*

*En el umbral, sobre el fondo de la escalera encendida, se recorta una alta silueta enlutada. Cris cierra los ojos. Ella está en la sombra de la habitación oscura.*

*—¿La señorita Cristina Guzmán, profesora de idiomas? —pregunta con voz vibrante el rey del acero.*

*Cris no contesta. No puede. Pero él la ha adivinado. Ha presentido que es ella esa clara figura entre tinieblas. Y sin pedir permiso, entra. Y sin pedir permiso, la coge en sus brazos.*

Cristina Guzmán, profesora de idiomas (1936)

Capítulo XXXVIII

**Madrid, 2 de julio de 1961**

A esa misma hora y al otro lado del mundo, Carmen de Icaza, como una alta silueta enlutada, ha presentido una zona de tinieblas que de repente la ha invadido.

Ha sido como un golpe seco, un puñetazo con el que estalla el miedo, esparciendo después la nube de oscuridad. Algo se ha roto por dentro.

Y entonces todo pasa a ser desasosiego.

Dos días más tarde, el 4 de julio, Perico le extiende el periódico que trae entre sus manos tristes. Tampoco la cara anticipa nada bueno. Es un ejemplar de la edición matinal de *ABC*. Acaba de leer la noticia de su muerte y no sabe cómo decírselo.

Carmen lo coge temiendo hallar en sus páginas la respuesta a la repentina oscuridad, al golpe seco en su interior, como así sucede. Un disparo accidental... Acababa de salir de un sanatorio... Mary dormía... Era domingo... Hemingway limpiaba su escopeta cuando...

Hay tantos puntos suspensivos... Ella no cree nada de lo que lee. Ha adivinado lo que durante tantas conversaciones no fue capaz de intuir. O quizás sí lo fue, pero se negaba a aceptarlo por lo doloroso que resultaba. Los pertinaces fantasmas que torturaban el alma y la mente de su amigo se lo llevaron al fin. Lo consiguieron.

«A Hemingway tendremos que recordarlo conmovidos por lo que amó a España y a los españoles», dice un titular de *ABC*. «El escritor estaba en su residencia del valle del Sol (Estados Unidos)». Repara en la paradoja de la noticia contigua: «Cambian el rumbo de un avión cubano y piden asilo en Miami». Mientras Ernesto decidía huir de la vida, trece personas huían de la Cuba que él tanto amó, tanto como a España.

Se asoma con vértigo al jardín de La Vinca, su casa de Aravaca, en la que la familia pasa el día con sus nietos. Coge al pequeño Íñigo y lo abraza. El niño le toca los ojos y baña sus deditos en las lágrimas de la abuela, a años luz del mundo adulto que también le hará llorar a él algún día. Porque a todos alcanzan los sinsabores, pero también la felicidad. Si no, quién iba a ser capaz de soportar la vida...

La llama por teléfono Isabelita Perón, que ha debido de enterarse del suceso, pero no la atiende. Se siente incapaz de ponerse a escuchar la última correría que seguramente habrá hecho Ava Gardner y que vendría después del comentario hipócrita sobre cuánto lamenta la muerte de Ernesto.

Ava... Eran tan amigos...

Mira los ojos del pequeño, grandes interrogantes del sentido futuro de la vida, vuelve a abrazarlo y piensa en su hija Paloma, la mamá de Íñigo, y en Carmencita, su sobrina, y en la dificultad de evitarles los males que acarrea el hecho de existir. Llorar ya no consuela.

Otra vez delante de las cariátides de la fachada del Banco Central, en la calle Alcalá. Esta es la definitiva. Ahora, que por fin va a tener la posibilidad de conocer el contenido de la caja que le entregó su amigo para que la custodiara, ha perdido el interés. La condición que le puso para abrirla ha resultado demasiado dura.

Llega al banco guiada solamente por el compromiso que adquirió con Ernesto, porque, si por ella fuera, no lo haría. Pero le dio su palabra.

Cuando se queda a solas con el sobre que ha sacado de la caja desearía con todas sus fuerzas no tener que estar allí para conocer el secreto que ha tenido que custodiar. La curiosidad ha dado paso a la pena, e inundada de ella comienza a abrir el sobre.

En su interior hay una carta y un paquete. Ernesto, a quien no gustaba dejar cabos sueltos, los había numerado para que Carmen empezara en el orden por él marcado. El número uno lo llevaba escrito a lápiz, a gran tamaño, la carta.

Al abrirla despacio le sobrevino un ligero mareo. Era un trago duro, leer la carta de un amigo muerto. Ver su letra era como hablar con él. Qué extraña sensación…

### EL QUE PIERDE LAS BATALLAS

*Mi querida Carmen:*

*Sé que eres la única persona en el mundo que no se sorprendería de que necesite ponerle título incluso a una carta. Si la estás leyendo es que ha ocurrido lo inevitable. Siento mucho el dolor que podáis sentir quienes erais sinceros en vuestro aprecio hacia mi persona, como es tu caso. Pero no quería*

*seguir viviendo si no era como a mí me gustaría hacerlo. No podía, Carmen.*
*No podía....*

Tiene que parar, le duele demasiado. Y le cuesta fijar la vista.
Se retira las gafas un momento para secarse las lágrimas delica-
damente con un pañuelo. Le sobrecoge hacer cualquier gesto porque en él siente a su amigo.

«¿Y por qué esa muerte, Ernesto? —se pregunta Carmen en
voz baja, como si le hablara a él—. ¿Qué te costaba esperar a que
llegara tu hora? A todos nos llega, por eso no debías preocuparte».

*Ahora no era más que un hombre que pierde todas las batallas. La más im-*
*portante, la de vivir, también la he perdido. Nada queda, pues, más que mis*
*hijos y mis novelas y artículos, y la memoria de las mujeres a las que amé.*
*Ante todas ellas me disculpo si no supe amarlas como merecían. Espero que*
*esa sea una batalla perdida solo a medias.*

*Ya ves que cuando te advertí de que para mí no habría otra primave-*
*ra no era un artificio literario. Hubo un momento en lo más profundo de mí*
*en el que sentí que iba a ser así, que las inolvidables primaveras de París no*
*se repetirían en ningún otro lugar. Quédatelas todas, te las regalo. Para mí*
*no habrá ni una sola primavera más porque no puedo aguantar más tiempo*
*en este mundo. En caso de que haya otro, ya te anticipo que yo no lo co-*
*nozco y tampoco creo que vaya a conocerlo en un futuro que deja de existir.*

*Sé que es difícil que lo hagas, pero me gustaría que conocieras el últi-*
*mo paisaje que verán mis ojos, el de las hermosas montañas de Idaho. No*
*hay mejor lugar para morir que aquel en el que has sido feliz, aunque yo*
*lo he sido en tantos... Este valle del Sol es mi lugar definitivo, el que he*
*escogido para mi despedida.*

*Si fueras más joven, no dudo de que lo harías, ¡si fuiste capaz de via-*
*jar cuando ninguna mujer lo hacía! Alemania, Italia, Francia, París... «En*
*aquellos días, de todos modos, al fin volvía siempre la primavera, pero era*
*aterrador que por poco nos fallara». París era una fiesta, aquí lo tienes, mi*
*manuscrito inédito. El más importante de mi vida. Confío en ti. Harás lo*

*que conviene. Harás lo mejor, como siempre intentaste en todo lo que hicis-*
*te. Dale a esta obra la mejor vida, la que yo ya no podía tener.*

   *Tuyo, siempre,*

                                                                   *Ernesto H.*

No puede evitar emocionarse. Dobla la carta cuidadosamente y la deja a un lado de la mesa para disponerse a abrir lo que está marcado con un dos. Desata la cinta que lo envuelve y, como en un sueño, se descubre ante sus ojos algo maravilloso que no parece real. Aparta la primera hoja y lo ve, escrito a máquina.

El latido del corazón se acelera precedido de una sonrisa en la boca de Carmen que clama por gritarle a su amigo en los cielos. *PARÍS ERA UNA FIESTA*, todo con las mayúsculas con las que pasan a la historia las grandes gestas. Esa lo era. En un renglón inferior: «Manuscrito inédito. Ernest Hemingway».

Toma con cuidado el paquete de hojas perfectamente escritas y lo estrecha contra su pecho, abrazándolo conmovida por el hallazgo y porque el deseo de su amigo hubiera sido que ella se encargara de dar a conocer la última hazaña del gran aventurero que fue. «Yo no soy más que un aventurero», recuerda que le dijo a Baroja.

Deposita el manuscrito con delicadeza sobre la fría superficie de la mesa. Con la levedad de una pluma en el aire, pasa un dedo por la línea del título, *PARÍS ERA UNA FIESTA*. No deja de mirarlo con ojos ávidos por descubrir… mundos, fantasías, realidades, juventud de un gran escritor. Durante años ha sido dueña, sin saberlo, de uno de los grandes secretos de Hemingway. «La escritura también guarda muchos secretos. Nada se pierde nunca, aunque lo parezca en un momento dado, y lo que se queda fuera aparecerá y dará fuerza a lo que se ha escrito».

Siente el impulso de ir a la última página del manuscrito. El final… Ella siempre lo tenía claro cuando empezaba a escribir una nueva novela. Son tan importantes los finales… Conocer de antemano el final mejora el principio y predetermina cualquier historia.

Lee la última frase: «(…) este libro contiene material de las *remises* o depósitos de mi memoria y mi corazón. Aunque la una se haya visto alterada y el otro no exista». No es cierto, Ernesto. Carmen no está de acuerdo. Puede que la memoria se hubiera desvirtuado, pero su corazón estuvo con él hasta el último instante de vida. Ella así lo defiende y lo hubiera discutido con él de haber seguido vivo. «Nadie puede asegurar que jamás se romperá una pierna. Lo de romperse el corazón es distinto. Hay quien dice que el corazón no existe. Desde luego, si no lo tienes, no puedes rompértelo», escribió Hemingway en la novela que ella sostiene en las manos y cuyo inequívoco destino es ser póstuma.

Se centra en el último capítulo y encuentra el balance del joven aspirante a escritor a quien París ha cambiado. «No me olvidaría de escribir. Era para lo que había nacido y volvería hacerlo. Dijeran lo que dijeran sobre ello, sobre las novelas, los cuentos y sobre quién los escribía, me parecería bien». Sus referentes, su primera esposa, sus amigos, las anécdotas… Todo aquello que forjó los cimientos del hombre adulto lo volcó en *París era una fiesta*. Aquel París de los locos años veinte.

—¿Te acuerdas de la vez que apareciste en Madrid, recién salido del hospital de Murcia, en alpargatas sobre la nieve, cuando estabas de baja después de que te hirieran y dormiste cruzado a los pies de la cama, y John Tsanakas durmió en el suelo y Johnny cocinó para nosotros?

Cualquier pasaje que lee la deja extasiada. Le abruma la conciencia de poseer uno de los tesoros mejor guardados del Premio Nobel. «Hay gente que dice que al escribir no se posee nada hasta haberlo revelado o, si se tiene prisa, es posible que tenga que desecharse».

Carmen no tiene prisa en recrearse en estas primaveras de París que dejó escritas Ernesto. Muerto su amigo, tiene todo el tiempo del mundo para leer estas páginas despacio, como si el cielo esperara, imaginando a cada frase, igual que a cada paso se avanza, al joven al que conoció accidentalmente una mañana bañada en la bruma de la memoria, el íntimo almacén de lo que nadie, más que uno mismo, conoce. Salvo que se escriba.

«Mucho tiempo después de estas historias de París puede que no tengas nada hasta contarlas por escrito y luego es posible que tengas que tirarlas o volverán a robártelas». Como la muerte le ha robado la vida a Ernesto.

Porque la muerte roba siempre aquello que no tiene.

*—He venido a buscarte, mi pequeña guerrera.*

*Cris no se atreve a abrir los ojos.*

*—No puedo vivir sin ti —dice, baja y trémula, la voz de Gary Prynce—. He venido a buscarte. Todo lo tengo arreglado. Si tú quieres, en dos días…*

*Un ruido en la cerradura interrumpe sus palabras.*

*La puerta de la calle se ha abierto estrepitosamente.*

*Cris, con dedos inseguros, busca la luz.*

*Gary coge al chiquillo en sus brazos.*

*—Claro, no me conoces.*

*Bubi, inquisidor, contempla el traje de luto, el rostro enérgico, los ojos claros.*

*—¡Ya sé quién eres! El papá del niño que se fue al cielo.*

*Un silencio.*

*—¿Y quieres ser tú ahora mi niño? —pregunta Gary Prynce.*

*Bubi vuelve hacia su madre su mirada interrogante.*

*—¿Me hago hijo suyo, mamá?*

*Cris asiente. Deslumbrada, se sujeta al borde de la chimenea.*

*—Christine, estás muy pálida. ¿Qué te pasa, querida?*

*—Nada —dice Cris, y sonríe.*

*Y su sonrisa es tan clara, tan luminosa…*

Cristina Guzmán, profesora de idiomas (1936)

FIN

«Si el lector lo prefiere, puede considerar el libro
como obra de ficción. Pero siempre cabe la posibilidad
de que un libro de ficción arroje alguna luz sobre las cosas
que fueron antes contadas como hechos».

ERNEST HEMINGWAY,
*París era una fiesta* (prefacio escrito en Cuba en 1960)

# Nota de la autora

Carmen de Icaza y el escritor norteamericano Ernest Hemingway jamás se conocieron en la vida real. Pero las alas de la literatura los han unido en esta novela, albergando la idea de que podía haber ocurrido.

La Casa del Pecado Mortal existió en Madrid, hasta que en 1926 el ayuntamiento de la capital la expropió para completar el tercer tramo de la Gran Vía, en aquel momento en construcción. Ha salido de la mente de la autora la conexión de Carmen de Icaza con dicho edificio y su actividad. Sin embargo, lo que sí es cierto es la preocupación de Carmen por los más desfavorecidos de la sociedad de aquellos duros años, que iba desde los vencidos en la guerra, las mujeres o los niños, hasta las embarazadas solteras, cuyo estigma se recuerda como de los peores que entonces pudieran darse.

Entre el blanco y el negro con el que se tiende a interpretar la realidad caben matices en los que, a veces, hallamos lo más parecido a la verdad, a lo auténtico y genuino; encontramos aquel remoto lugar en donde radica lo verdaderamente importante. Carmen de Icaza supo alzar la mirada y sobrevolar posicionamientos y rencillas ideológicas.

Dionisio Ridruejo, con quien Carmen viajó a Italia y Alemania en los años treinta, en sus *Casi unas memorias* la describió como «una mujer enérgica, triunfal, expresiva, recitada. Había luchado mucho —y con mérito— en la vida, y de la tensión por vencer le

quedaba ese impulso, un tanto novelado, de personaje con voluntad, que producía un pequeño rechazo». Posiblemente un rechazo,
sobre todo, entre los suyos porque no todas las luchas se llevan a
cabo desde el exterior de lo que se pretende combatir o mejorar.
En ocasiones es más difícil hacerlo desde dentro. Ocurrió también
con otras mujeres como Mercedes Formica o Mercedes Sanz
Bachiller. Salvando las distancias, ya que ninguna se parecía a las
demás, sí tenían todas ellas en común algo que las une aún hoy:
fueron mujeres que buscaron siempre lo que era justo y vivieron la
injusticia de un olvido que lucha en el vasto océano que a veces
media entre el tiempo y la memoria.

Considero necesario advertir que he extraído con literalidad
frases de los libros de memorias biográficas de algunos de los protagonistas de esta novela (son los casos de Dionisio Ridruejo,
Ramón Serrano Suñer y Pilar Primo de Rivera).

La carta de dimisión de Mercedes Sanz-Bachiller como delegada nacional del Auxilio Social, que aparece en el capítulo 27, es
un extracto literal de la carta real. Está tomada de la tesis doctoral
de María Jesús Pérez Espí (*Mercedes Sanz-Bachiller, aproximación a su
biografía política*, Universitat Rovira i Virgili, 2017) y pertenece al
Archivo Particular de Mercedes Sanz-Bachiller, según consta en
dicha obra académica.

Por lo que respecta a Ernest Hemingway, quiero aclarar un
aspecto importante sobre su obra *París era una fiesta*, inédita hasta
1964. Aunque en la presente novela he hecho aparecer el manuscrito en los baúles hallados en el Hotel Ritz de París, lo que apareció fueron las anotaciones que posteriormente Hemingway utili-
zaría para escribir *París era una fiesta*, que más que una novela
podría considerarse un libro de memorias de los apasionantes años
(1921-1926) que el escritor norteamericano vivió en la capital gala
siendo muy joven.

Hemingway comenzó a escribir estas memorias en Cuba en
1957. Siguió haciéndolo en Ketchum (Idaho), en 1958 y 1959,

año en el que escribió otra parte en España y, finalmente, en 1960, en Cuba.

«Ya no habrá otra primavera, ni tampoco otro otoño. Hotch, si no puedo existir como yo quiero, la existencia es imposible, ¿entiendes? Así es como he vivido y así es como debo vivir… o no vivir», le dijo Ernest Hemingway a su amigo, editor y biógrafo, Aaron Edward Hotchner, cuando fue a visitarlo al hospital de Valle del Sol, en el que se reponía, en el mes de junio, de una de sus peores crisis poco antes de quitarse la vida. Acababa de llegar de su último viaje a España. Le habló abiertamente a su amigo de su intención de suicidarse. «Ya no habrá otra primavera»… Y, en efecto, no la hubo porque se pegó un tiro con su escopeta en julio, al poco de abandonar el centro hospitalario y setenta y cuatro días después del desastre americano de Bahía de Cochinos, en Cuba.

En palabras del escritor cubano Norberto Fuentes, «Hemingway, al igual que los animales indómitos, buscaría el mismo lugar donde nació para morir».

Y el caso es que Carmen de Icaza y de León murió, el 16 de marzo de 1979, en el mismo Madrid en el que había nacido.

# Agradecimientos

Mi sincero agradecimiento a las personas que han colaborado generosamente en la elaboración de esta historia, enriqueciéndola con sus inestimables aportaciones:

Muy especialmente a Íñigo Méndez de Vigo y Montojo, barón de Claret, y a sus hermanos Beatriz, Pedro y Valeria, nietos de Carmen de Icaza.

Al embajador de México Carlos de Icaza, sobrino de la escritora.

Al escritor cubano Norberto Fuentes, autor de una obra imprescindible para conocer a Ernest Hemingway.

A Alfonso Serrano Súñer García de Leyaristy, joven apasionado por la Historia de España y bisnieto de Ramón Serrano Suñer.

A Federico Ayala Sörensen, jefe de Archivo y Documentación del diario *ABC*.

A María Jesús y María Rosario Tellería, hijas del músico y compositor Juan Tellería.

A Carmen Fernández de Blas, directora editorial de La Esfera de los Libros, por su guía y entusiasmo, y a Berenice Galaz (los sobresaltos de última hora a veces abren un camino lleno de luz).

Y a mi agente literaria y buena amiga, Silvia Bastos, por su apoyo infinito.

# Bibliografía

Abella, Rafael, *La vida cotidiana en España bajo el régimen de Franco*, Argos Vergara, Barcelona, 1985.

Aguilar Carrión, Isabel, *La participación activa de la mujer en la Sección Femenina: su labor cultural (1939-1952)*, en *Investigación y género. Inseparables en el presente y en el futuro*, coord. por I. Vázquez Bermúdez, Departamento de Historia del Arte, Universidad de Granada, Sevilla, 2012.

Álvarez Frías, Emilio, *Or Konpon y el «Cara al Sol»*, *Gaceta de la Fundación José Antonio Primo de Rivera*, n.º 119, 10 de abril de 2016.

Arce Pinedo, Rebeca, *La construcción social de la mujer por el catolicismo y las derechas españolas en la época contemporánea*, tesis doctoral, Departamento de Historia Moderna y Contemporánea, Facultad de Filosofía y Letras, Universidad de Cantabria, 2015.

BOE, «Habiéndose padecido error en la publicación de la Ley de este Ministerio, fecha de ayer, 23 de abril (Ley de Prensa de 22 de abril de 1938), se reproduce a continuación debidamente rectificada», firmada por el Ministro del Interior, Ramón Serrano Suñer.

—, «ORDEN de 28 de julio de 1941 por la que se dispone que el Municipio de Quintanilla de Abajo se denomine Quintanilla de Onésimo», firmada por el Ilmo. Sr. Director General de Correos y Telecomunicación, Galarza, 30 de julio de 1941.

BUSTOS DE FINAT, Casilda, condesa de Mayalde, «Escuelas de Hogar de la Sección Femenina», *Revista Nacional de Educación*, 1941.

COVERNTON, Victoria, *Las organizaciones juveniles de la Falange Tradicionalista*, Departamento de Historia, Facultad de Filosofía y Letras, Universidad de Tucumán, 2007.

DELGADO BUENO, María Beatriz, *La Sección Femenina en Salamanca y Valladolid durante la Guerra Civil. Alianzas y rivalidades*, Facultad de Geografía e Historia Medieval Moderna y Contemporánea, Universidad de Salamanca, julio de 2009.

DELGADO IDARRETA, José Miguel, *Prensa y propaganda bajo el franquismo*, Universidad de La Rioja, 2004.

DIDIER CORDEROT, Pilar (IUFM de Martinique), «Flecha, el semanario de las Juventudes Falangistas (1937-1938)», *Prensa, impresos, lectura en el mundo hispánico contemporáneo: homenaje a Jean-François Botrel*, Université Michel de Montaigne Bordeaux, 2005.

FORMICA, Mercedes, «El domicilio conyugal», *ABC*, 7 de noviembre de 1953.

FOXÁ, Agustín de, *Madrid de Corte a checa*, Planeta, Barcelona, 1993.

FRAGERO GUERRA, Carmen, «La técnica narrativa del espejo en Carmen de Icaza (1899-1979) y en Carmen Martín Gaite (1925-2000)», *TEJUELO. Didáctica de la Lengua y la Literatura. Educación*, n.º 16, Centro de Magisterio Sagrado Corazón, EUM, 2013.

—, «Auxilio Social en *La casa de enfrente* (1960) de Carmen de Icaza», *TEJUELO. Didáctica de la Lengua y la Literatura. Educación*, n.º 20, Universidad de Córdoba, 2014.

—, *Del azul al rosa: la narrativa de Carmen de Icaza (1936-1960)*, Sial Ediciones, Madrid, 2017.

FUENTES, Norberto, *Hemingway en Cuba*, Arzalia Ediciones, Madrid, 2019.

GARCÍA LAHIGUERA, Fernando, *Ramón Serrano Súñer: Un documento para la Historia*, Argos Vergara, 1983.

GIL PECHARROMÁN, Julio, *El Movimiento Nacional (1937-1977)*, Planeta, Barcelona, 2013.

GÓMEZ PALLETE, José, *La Gran Peña (1869-1917)*. *Monografía histórica*, Talleres Tipográficos Fortanet, Madrid, 1917.

HEMINGWAY, Ernest, *El viejo y el mar*, Planeta, Barcelona, 1975.

—, *París era una fiesta*, Penguin Random House, Barcelona, 2015.

HERNÁNDEZ GARVI, José Luis, *La Guerra Civil española en 50 lugares*, Cydonia, Pontevedra, 2019.

HERRERO, Nieves, *Lo que escondían sus ojos*, La Esfera de los Libros, Madrid, 2013.

HUERTA, David, «Francisco A. de Icaza. Daguerrotipo de un profesor de melancolía», en *Escritores en la diplomacia mexicana*, tomo II, Secretaría de Relaciones Exteriores, México, 1998.

ICAZA, Carmen de, «El hotel para niños que viajan solos (De la vida moderna)», *Blanco y Negro*, 6 de enero de 1935.

—, «La mujer reclama su derecho al trabajo (Feminismo a través del mundo)», *Blanco y Negro*, 17 de noviembre de 1935.

—, *La casa de enfrente*, Gráfica Clemares, Madrid, 1960.

—, *Cristina Guzmán, profesora de idiomas*, Editorial Castalia y el Instituto de la Mujer, 1991.

—, *Vestida de tul*, Editorial Planeta, 2017.

ICAZA, Francisco A. de, *Cancionero de la emoción fugitiva*, Fondo de Cultura Económica, México, 2017.

MANZANO BADÍA, Benjamín, «Carmen de Icaza, una apología pequeño-burguesa y conservadora de la familia», *Mujeres novelistas en el panorama literario del siglo XX*, I Congreso de narrativa española (en lengua castellana), coord. Marina Villalba, Ediciones de la Universidad de Castilla-La Mancha, 2000.

MERINO, Ignacio, *Serrano Súñer, valido a su pesar*, La Esfera de los Libros, Madrid, 2013.

MONSERRATE, Gabriel, «La posguerra, el hambre y el estraperlo», *Vivències: La Barcelona que vaig viure 1931-1945*, Ayuntamiento de Barcelona, 2008.

MONTOJO, Paloma, «Introducción», *Cristina Guzmán, profesora de idiomas*, Castalia y el Instituto de la Mujer, Madrid, 1991.

MUÑOZ SORO, Javier, «Después de la tormenta. Acción política y cultural de los intelectuales católicos entre 1956 y 1962», *Historia y Política*, n.º 28, Madrid, 2012.

NÚÑEZ PUENTE, Sonia, «Novela rosa y cultura popular: Carmen de Icaza y Concha Linares Becerra», *Revista Sincronía*, n.º 42, 2007.

OFER, Inbal, «La legislación de género de la Sección Femenina de la FET. Acortando distancias entre la política de élite y la de masas», *Historia y Política*, n.º 15, Universidad de Tel Aviv, 2006.

ORDUÑA PRADA, Mónica, *El Auxilio Social (1936-1940). La etapa fundacional y los primeros años*, Escuela Libre Editorial, Madrid, 1996.

PALOMAR, Eduardo, «La obra nacional de Auxilio Social», FNFF, Madrid, 2018.

PAYNE, Stanley G., *Falange. Historia del fascismo español*, Ruedo Ibérico, Madrid, 1985.

PEÑALBA SOTORRÍO, Mercedes, «La Secretaría General del Movimiento como pilar estructural del primer franquismo, 1937-1945», en *Falange, las culturas política del fascismo en la España de Franco (1936-1975)*, coord. por M. A. Ruiz Carnicer, vol. 2, Centro Universitario Villanueva, 2013.

PÉREZ ESPÍ, María Jesús, *Mercedes Sanz Bachiller, aproximación a su biografía política*, tesis doctoral Universitat Rovira i Virgili, 2017.

PÉREZ MORENO, Heliodoro M., «Educación y asistencia social de una escuela errante durante el franquismo en España», *Revista de Educación Social*, Universidad de Huelva, 2013.

PÉREZ TROMPETA, Ángel, *La formación de la mujer española en la Sección Femenina de F.E.T. y de las J.O.N.S.: La Enciclopedia para cumplidoras del Servicio Social*, Universidad Complutense de Madrid.

PORTAL GONZÁLEZ, Almudena, «Los muertos del régimen de Franco entre 1952 y 1975», *Aportes*, n.° 85, 2014.

PRIMO DE RIVERA, Pilar, *Recuerdos de una vida*, Ediciones Dyrsa, 1983.

PUJOL, Carlos, «Vida de Hemingway», *El viejo y el mar*, Planeta, Barcelona, 1975.

PULPILLO LEIVA, Carlos, «La configuración de la propaganda en la España nacional (1936-1941)», *La Albolafia: Revista de Humanidades y Cultura*, n.° 1, Instituto de Humanidades de la Universidad Rey Juan Carlos, Madrid, 2014,

REBOLLO MESAS, M.ª Pilar, *Viaje al centro de ninguna parte: historia de las Cátedras Ambulantes*, Universidad de Zaragoza, 2005.

RIDRUEJO, Dionisio, *En la soledad del tiempo*, Montaner y Simón, 1944.

—, *Casi unas memorias*, Colección Espejo de España, Planeta, Barcelona, 1976.

—, *Cuadernos de Rusia. Diario 1941-1942*, Colección Siglo XX, Fórcola, Madrid, 2013.

RODRÍGUEZ LÓPEZ, Sofía, «La Falange femenina y construcción de la identidad de género durante el franquismo», *Actas del IV Simposio de Historia Actual*, Universidad de Almería, Logroño, 2002.

ROMERO, Ana, *Historia de Carmen. Memorias de Carmen Díez de Rivera*, Planeta, Barcelona, 2002.

SAMPELAYO, Carlos, «Testimonios del 18 de julio: A la sombra del Cuartel de la Montaña», *Tiempo de Historia*, n.° 80-81, julio-agosto de 1981.

SERRANO SUÑER, Ramón, *Memorias. Entre el silencio y la propaganda, la Historia como fue*, Planeta, Barcelona, 1977.

SERVÉN DÍEZ, Carmen, «Novela rosa, novela blanca y escritura femenina en los años cuarenta: la evolución de Carmen de Icaza», *Asparkía. Investigació feminista*, n.° 7, Instituto Universitario de Estudios Feministas y de Género y Universitat Jaume I, 1996.

—, «Mujer y persona narrativa en tres novelas del siglo XX: Carmen de Icaza, Carmen Martín Gaite y Rosa Montero», *Mujeres novelistas en el panorama literario del siglo XX: I Congreso de narrativa española (en lengua castellana)*, coord. Marina Villalba, Ediciones de la Universidad de Castilla-La Mancha, 2000.

SOLER GALLO, Miguel, «Vencer a Medusa: El modelo de mujer angelical en la primera novela rosa de Carmen de Icaza. Feminidad y tradicionalismo», *Verba Hispánica*, anuario de la Sección de Estudios Hispánicos, vol. XXIII, n.º 1, Facultad de Filosofía y Letras, Universidad de Ljubljana, 2015.

SUÁREZ-PAJARES, Javier, «El compositor vasco Juan Tellería y su tiempo. Reflexiones después del centenario», *Cuadernos de Música Iberoamericana*, 1996.

TOMASONI, Matteo, «La dialéctica religiosa del fascismo español. Liturgia política y prensa jonsista: los casos de "Libertad" e "Igualdad"», *Diacronie. Studi di Storia Contemporanea: Discursos y prácticas religiosas durante el quinquenio republicano (1931-1936)*, 2020.

TUÑÓN DE LARA, Manuel, *Historia de España. Textos y documentos de Historia moderna y contemporánea (siglos XVIII-XX)*, vol. 12, Labor, Barcelona, 1986.

VICENT, Manuel, *Ava en la noche*, Alfaguara, Madrid, 2020.

VILAR, Pierre, *Historia de España*, Grijalbo Mondadori, Barcelona, 1995.

# Índice